I0649057

PATTAYA
BEACH

Franck Poupart

DÉDICACE

À mes enfants et à la belle Siamoise qui partage ma vie.

ISBN : 2846280924
ISBN-13 : 978-2846280921

PRÉAMBULE

Depuis plusieurs années, « Pattaya beach » était épuisé et les rares exemplaires d'occasion disponibles se vendaient à prix d'or.

Souvent, on me reparlait de ce premier roman écrit en 2000 à la suite de mes premiers voyages en Thaïlande. J'avais envoyé le manuscrit aux éditeurs à l'été 2001 — juste avant la parution de « Plateforme » de Michel Houellebecq et l'attentat du World Trade Center qui annonça un changement d'époque.

Remarqué par Franck Spengler, « Pattaya beach » sera finalement publié en 2004 aux éditions Blanche puis il sera réédité en format poche en 2008. Cette réédition corrigée est donc la troisième.

En relisant ce texte pour en chasser les coquilles, je réalise combien la Thaïlande a changé depuis cette époque. Il n'y avait pas, en 1999, de réseaux sociaux et l'usage du téléphone mobile — sans parler des smartphones — était peu répandu. Le métro aérien était encore en construction à Bangkok et les vols atterrissaient à Don Muang. C'était dans un autre siècle, un autre millénaire.

Et pourtant, au-delà des attributs technologiques, le choc que produit le Royaume de Siam sur les Occidentaux reste fondamentalement le même. Souvent, il nous oblige à interroger nos vies — ce que nous sommes.

En Europe, les évolutions récentes ont dépassé les prévisions les plus sombres du roman. 2017 me semble encore plus déprimante que 1999 et je crois que je pourrais réécrire pire aujourd'hui sur le fonctionnement totalitaire des grands groupes.

Première partie

1

D'abord, ça a été une violente odeur de merde, un remugle sucré de chiasse qui remontait des égouts de l'avenue. Ça m'a pris à la gorge en descendant du taxi et ça m'a plus lâché jusqu'à l'hôtel.

Dans la pénombre du hall, l'odeur douceâtre était plus ténue. La télé était allumée derrière le comptoir. Encore ébloui par la lumière extérieure, je pouvais juste deviner la tignasse rousse du gardien : une tapette rondouillarde au visage constamment illuminé d'un large sourire.

Onze heures de vol à essayer de dormir plié en chien de fusil, les deux heures de route m'avaient presque parues confortables. Un rêve bercé par le miaulement des chansons sucrées. Impassible, le chauffeur peinait à s'extraire de l'enchevêtrement de la circulation matinale. Je buvais, avide, ces nouveaux paysages, cette écriture volubile qui me rappelait l'Inde, cette foule compacte de visages dorés qui grouillaient au bord de la route. C'était comme une obsession, une ruée débonnaire. Partir travailler par tous les moyens. Bus, pick-up, motos, vélos, tuk-tuk, charrettes, véhicules bringuebalants, surchargés de travailleurs ensommeillés, taxis de la Marne de la guerre économique.

Parfois, quand le flot s'immobilisait, des yeux curieux croisaient mon regard. Déjà une heure de route, nous étions toujours en ville. La pieuvre de béton n'en finissait pas de dévorer la campagne. Une armée de femmes enveloppées dans des haillons les protégeant de la poussière travaillait sur les bords des routes. Fossés comblés, dalles coulées, à ce rythme dans moins de vingt ans, les deux plus grands bordels de la troisième planète ne formeraient plus qu'un seul et gigantesque lupanar. Le long de la nationale, une procession d'écoliers en uniforme, chemise blanche immaculée, sans un faux pli, jouait les catadioptres.

Pattaya, la Mecque du sexe tarifé, la mère de toutes les orgies. Une puanteur mêlée de fente, de fric et d'alcool. Longtemps, ce n'avait été pour moi qu'un nom exotique glané au hasard d'un journal télévisé. Un parfum de soufre. Touristes empoisonnés, pédophiles menottés, drogue trafiquée, le dépotoir sordide de tous les tarés de la Terre.

Quelques images volées au caméscope dans des gogos-bars pour pimenter ces reportages racoleurs de fin de soirée où, sous couvert d'information et de dénonciation, on montrait du sexe exotique en images floutées. Pauvres filles à l'air triste, un numéro glissé dans la ficelle de leur string. Adolescentes dansant juchées sur une plate-forme, accrochées à des barres avec des gestes mécaniques. Fascination de ces visages asiatiques impassibles, énigmatiques. Et puis cette lumière, froide, omniprésente, minérale. Ce rouge vénéneux des néons qui rendait la chair des corps plus crue, plus obscène.

Tout un foutoir immédiatement englouti avec les milliers d'autres images qui chaque jour s'abîment dans les circonvolutions molles et tièdes de mon cerveau. Un magma inutile archivé au jeu de hasard de mes neurones entre l'effondrement post-soviétique et les gamins de Bogota.

Au moment de l'explosion de la pandémie de SIDA, les médias avaient un peu reparlé de cette ville l'accusant d'être devenue un des hauts lieux de diffusion de la nouvelle peste noire. Ce n'était qu'un épisode de plus de la série « la misère s'acharne toujours sur les pauvres gens ». Non seulement ces filles vendaient leurs culs à Pattaya mais, en plus, elles en crevaient, contaminées par le venin de ces salauds de touristes sexuels. Malheureusement dans la lente torpeur des digestions familiales, l'Église Cathodique n'arrivait plus à émouvoir des fidèles, blindés par des décennies de désastre dégoulinant, de guerres interminables et d'exécutions sommaires.

Pattaya sommeillait immergée dans les méandres de mes synapses en clair-obscur intitulées « Le tiers-monde sordide et miséreux ». La vie passe. Trop vite. Personne ne se voit vieillir. Le temps de se retourner et nous avons déjà un pied dans la tombe. J'avais oublié jusqu'à l'existence de ce nom si exotique.

Comme toutes les villes vivant la nuit, Pattaya profitait du calme matinal pour soigner sa gueule de bois et les excès charnels de ses démences nocturnes. Neuf heures. Depuis les piaules sordides du Soï Post Office jusqu'aux hôtels de luxe de Pattaya Nord, tout le monde dormait paisiblement ou baisait furieusement. La ville sortirait lentement de sa torpeur, au fur et à mesure que le lustre solaire déclinerait vers les eaux du golfe de Thaïlande.

Dix dollars la nuit pour une grande chambre, au troisième sans ascenseur. Gustin ne m'avait pas raconté de salades, l'hôtel était flambant neuf. Il avait été le premier client de ce petit hôtel de rapport d'une trentaine de chambres. Le premier client pour un hôtelier, c'est comme le poulet sacrifié ou la bouteille de champagne fracassée, *Good luck*, lui avait dit en souriant le patron : un Chinois dans les affaires à Bangkok. La chambre sentait encore la peinture. Nous étions loin de la merde crasseuse du tiers-monde profond, là où les rues pisseuses se transforment en gigantesques dortoirs au soleil couchant. Finalement, l'odeur de chiasse était trompeuse.

La douche brûlante me défroissa le dos. Une ville inconnue m'attendait — toute frémissante comme une jeune mariée. Un simple nom sur une carte allait prendre forme et pas n'importe lequel : le plus gigantesque lupanar de la planète. La vulve de l'Univers.

J'avais quartier libre car Gustin n'émergerait pas avant trois heures. Il avait réalisé le rêve de tous les oisifs : fusionner la nuit avec la sieste. L'immonde appartient à ceux qui se couchent tard.

commençait à chauffer l'
vieilles étaient en quête d
usés succédaient aux cor
tapins rentrés bredouilles
Do du Royal Garden, u
short en jean était assise
à mater les passants. Ell
fixant froidement :

— *Where you go ? I go wi*

J'ai demandé d'un air

— *Do what ?*

— *Suck and Fuck.*

Une franche de la h
Pattaya ou bien fallait pas

— *How much you want ?*

— *Five Hundred for shor*

Treize dollars la pass
Cinq cents bahts, la pass
de mille, la nuit complèt
début d'après-midi. Seul
des gogos demandaient c

J'ai hoché la tête en
immédiatement levée
cheveux mi-longs teints
pour une Asiatique. E
s'appeler Môu. Le corps
peut-être à force de fair
Road. Sur son visage,
premiers stigmates de
putes de rue.

Son anglais était son
ont rarement traîné lo
J'appris pourtant par la
écrire le thaï mais po

2

Dehors, le soleil ne cognait pas encore trop fort. Par où commencer ? J'ai décidé de musarder jusqu'au bord de mer. Ce devait être la raison initiale qui avait transformé un village endormi en première station balnéaire du Royaume. Un rachitique ruban de sable ombragé par des palmiers composait une vague Promenade des Anglais made in Thailand.

À cette heure matinale, les célèbres bars à bière, dont Gustin m'avait souvent parlé, étaient déserts. Deux ou trois vieilles au visage parcheminé comme une carte sans trésor s'y affairaient, rangeant ou surveillant des empilements de cartons frappés de l'écusson Singha ou Heineken. Hasard, réglementation militaire US ou convergence de l'évolution, tous ces bars à ciel ouvert étaient bâtis sur un plan unique : un comptoir rectangulaire ouvert sur un des petits côtés pour permettre à une brigade femelle de s'y entasser sous la surveillance d'une mamasan trônant derrière la caisse. Les femelles au centre de l'arène, les mâles autour. Le monde avait toujours été ainsi. Un large toit en tôle protégeait ce petit commerce de la brûlure du soleil et des déluges de l'automne.

À la meute avide des femelles s'ajoutait l'univers plus interlope des *kathoeys*. Opérée ou pas, cette engeance hermaphrodite et provocatrice était la plus dangereuse de la ville. Persuadées de ne recevoir que rejet ou mépris, ces étranges créatures à la voix de fausset et au regard ambigu haïssaient ce monde qui leur avait légué un sexe dont elles avaient tant de mal à se débarrasser. Gustin m'avait solennellement prévenu :

—Évite ces goules, el
vraies femelles. Ceux qui y
et se mettent à délaisser le⟨

Je n'allais pas me mett⟨
finir dans les gogos du B
éphèbes musclés.

Selon les saisons, entr⟨
de leur cul à Pattaya atti⟨
quête d'aventures à bon ⟨
Anglais, Suisses, Belges et ⟨
du bataillon. Du rouquin,
cul large. Peu de Fran⟨
pourtant pas beaucoup e⟨
placé pour le savoir. Sûre⟨
du stalag.

Les bars s'agglutinaie
fournies. Quatre ou cinq,
pour les plaza les plus ⟨
s'offrir les billards, le ring⟨
une petite scène où, s⟨
venaient se produire dans⟨

En longeant le front
pénétrer dans la vieille ⟨
piétonne. Il y avait de no⟨
climatisés où, le soir ver⟨
tenue, dansaient sur de l⟨
badge numéroté épinglé à ⟨

Pattaya Beach avait été
On avait fait utile, à l'am⟨
plage : Beach Road, qui ⟨
piétonne, Second Pattay⟨
Third Pattaya Road. Tro⟨
perpendiculaires et, surto⟨
les soi, numérotées comm⟨

Je marchais déjà depu⟨

particulières au gré des rencontres.

Môu me suivait sans un mot. Au fur et à mesure que le soleil montait vers son zénith, la touffeur moite des *soï* devenait plus lourde. À présent, la ville était étranglée par une lumière aveuglante que fuyaient de petits chiens dépressifs affaissés en travers des rares flaques d'ombre. Un parfum saturé de fruits surs montait des étals des marchands. Heureusement, l'hôtel *climatisé* n'était plus très loin.

Les tenanciers savaient que les touristes ne venaient pas pour les joies de la plage, mais ça n'empêchait : certains hôtels de luxe chicanaient et faisaient des tracasseries pour réclamer des suppléments quand le client ramenait une fille. Le nez dans sa soupe de riz, le Chinois a posé la clef sur le comptoir sans même jeter un regard à la fille.

Môu, ma première putain thaïe. Je n'oublierai jamais ton superbe corps ambré, ta peau nerveuse et souple comme une pièce de soie chaude, ton petit cul cambré perché en haut de tes jambes longues et fines. Tes petits seins pointaient vers moi, durs et renflés, plein d'arrogance. Une liane dorée, magnifique. Je devais, par la suite, souvent revivre le cérémonial de la douche mais tu as été ma première fois — ma First Lady.

Tu as commencé à me sucer consciencieusement en titillant le haut de mon gland avec ta langue pointue de chatte lapant sa soucoupe de lait. Six mois d'abstinence involontaire, je bandais comme un ours sortant d'hibernation et tu me pompais avec une ardeur enthousiaste. Puis, interrompant ce doux supplice, tu es venue placer ton visage en face du mien. Je me suis emparé de tes lèvres criminelles, j'ai fouillé ton museau. Langue contre langue. Tu avais gardé l'odeur de ma verge. Je t'ai caressé entre les cuisses, mes lèvres ont glissé lentement jusqu'à ta petite vulve délicieusement gonflée. Tu m'as repris dans ta bouche pendant que je te léchais. J'étais fou de joie. Depuis si longtemps sans femme.

par l'ingéniosité Farang pour libérer la ménagère. Épouser le blanc, c'est décrocher le visa avec en prime toute cette richesse en technicolor que vomissent les chaînes géostationnaires.

— Comme partout, le grand gavage numérique des cerveaux crédules.

— Si t'avais vu Nat hier soir lorsque le Lion de la MGM a rugi dans l'écran. Ses pupilles étirées en fente se sont mises à briller de convoitise. Elle fixait, immobile, les pavillons californiens bien proprets avec la pelouse tondue tous les samedis. Un gosse devant son premier arbre de Noël. On a beau débiner l'Occident, un rêve d'Amérique, irrémissible, hante leurs cervelles tièdes. Regarde les boîtes, elles s'appellent Hollywood, Stardice ou Disco Duck.

Nat venait de tomber en arrêt devant un magasin de fringues. Gus en a profité pour acheter deux barquettes de mangues.

— Et s'il n'y a pas de beau mariage ?

— Avec un bon client, une Gogo-girl se fait en une nuit l'équivalent de deux semaines de salaire alors, elles restent dans le circuit. De toute façon, elles sont gâtées par les habitudes fainéantes de la putasserie. Mais leur vrai but c'est le mariage, pas cette vie marécageuse à sucer des bites jusqu'à choper un blocage de la mâchoire. Mais, tant va la cruche à l'homme qu'à la fin elle se case. Seules les plus moches restent sur le carreau. Et encore !

— Je comprends. Elles jouent au loto en attendant de toucher le gros lot.

— Au départ, ça m'a surpris tous ces mariages avec des morues et puis j'ai compris. Des virtuoses de la baise, chaudes comme des brioches sortant du four. Avec elles, baiser devient presque une expérience mystique. Le type, tout émoustillé par un cul fabuleux, peut plus s'en passer alors il s'amourache d'une de ces petites putains brunes et se met à vouloir la ramener à la maison. Histoire de prolonger un état de grâce qu'il a pas beaucoup connu dans son passé vaseux.

– Tu sais Gustin, mon oncle a fait l'Indo. Quand les troupes coloniales ont rembarqué après Diên Biên Phu, même les légionnaires les plus endurcis chialaient comme des gosses après leur concubine locale, leur congaï comme ils disaient. Lui a jamais pu oublier. Mon père appelait ça le mal jaune.

– Un retour vers l'enfer en sens inverse. Comme pour les Russes ou les Américains. Les blancs ont tellement aimé l'Indochine qu'ils ne se sont jamais résignés à la quitter. La plus longue guerre de décolonisation. L'Occident a même envoyé Oncle Sam pour conserver ce paradis mais ça n'a pas suffi.

– Faut croire que le paradis n'était déjà plus à la portée de l'Occident.

– C'est d'ailleurs à l'époque de la Guerre du Vietnam que sont nés les premiers claques de Pattaya. Les GI's louaient une Thaïe au mois. Les *mia-chao*, eux les appelaient des Suzy Wong.

Nat était en train de farfouiller sur un étalage de jeans, elle venait d'extraire avec un air victorieux une copie de Levi's. Gustin est passé à la caisse en marmonnant que c'était plus cher que prévu.

– En Asie, avait repris Gustin en rengainant son portefeuille, on apporte plus d'attention à la beauté intérieure. La culture bouddhiste est gouvernée par le spirituel alors que nous avons viré matérialistes.

À jeun, Gustin adorait élaborer des théories sur tout et n'importe quoi. À partir d'événements insignifiants de la vie quotidienne, il établissait des vérités quasi cosmologiques sur l'Univers. Il avait pris cet air docte et professoral qui m'agaçait pour énoncer une variante éculée de la théorie du « Bon sauvage de Rousseau ».

Parce qu'ils avaient échappé à la colonisation, les Thaïs

n'avaient pas été pollués par le culte de la jeunesse qui entraînait l'Occident vers son déclin. Ce morceau de Paradis originel aurait ainsi, au dire de Gustin, conservé les vertus les plus pures et les plus innocentes de l'Humanité. Un peu court ! Pour le peu que j'avais pu voir, ces « bons sauvages » étaient loin d'être stupides ou naïfs.

– Dis Gustin, la boxe thaïe c'est peut-être un sport de pédé ?

Derrière leur masque souriant, la cruauté était toujours là, prête à sourdre. Certains de ces « bons sauvages » au sourire perpétuel vendaient leurs femelles aux bordels les plus infâmes, faisaient le commerce d'enfants, trafiquaient de la dope, s'organisaient en mafias d'une cruauté inimaginable, corrompaient les fonctionnaires. Bref, les Thaïs étaient des hommes, ni pires ni meilleurs que les autres. Chez l'humain, le fond de caisse reste le même. Nous croisions de nombreux couples mixtes qui flânaient comme nous. Je me tournai vers Gustin.

– Elles les tiennent tendrement par la main mais c'est du chiqué. Ils sont lourds du cul, gras du bide et leurs chairs flasques pendouillent comme des bras de vieilles femmes.

Demande à une de ces jeunes beautés de te décrire un bon mari. Tu vas être surpris. Jamais elles te parlent de la couleur de ses yeux, de son âge ou de son tour de bite.

– De son compte en banque, peut-être ?

– Les premiers mots que tu vas apprendre c'est jai dee c'est-à-dire bon cœur ou jai dam l'inverse, le cœur noir. Un bon mari c'est un jai dee, un type qui a le cœur sous la main. Ce que l'on appelle un type bien chez nous.

– Laisse-moi juste te rappeler que tous les traités d'anatomie placent le cœur juste derrière un autre organe en cuir très apprécié en Thaïlande.

– Et chez nous ? C'est peut-être pas pareil ? Raconte à

la fille avec qui tu sors que tu viens de perdre ton boulot et que t'as plus un rond en banque. Ou même, dis-lui simplement que t'es apprenti charcutier. Tu vas voir combien vont te suivre dans un galetas à vivoter du RMI.

– Tu deviens cynique.

– Comme Diogène l'antique, juste réaliste. D'amour et d'eau fraîche, tu parles. Elles veulent toutes un mari friqué pour fonder un nid et élever leurs gosses. Si possible cossu, le nid avec rideaux de cretonne et climat tempéré favorable à la reproduction de l'espèce. Comment le leur reprocher ? C'est plus fort qu'elles, c'est biologique, ciselé à la cytosine, au plus profond de leur ADN de pondeuses. Et pour nous, c'est pareil. L'homme n'est pas programmé pour être fidèle. Nous sommes là pour balancer notre semence à tout vent. Nous sommes des distributeurs de diversité génétique.

– Certaines sont magnifiques, pourquoi n'épousent-elles pas un Thaï friqué ?

Gustin esquissa un sourire sarcastique.

– Jamais un rupin ne voudra d'une pauvre Isaan autrement que pour le sucer. Surtout si elle a déjà un gosse. Reste le coolie ou le chauffeur de taxi. Tu vois, pour le nid cossu, reste que le Farang.

Simulacre de passion ou pas, les couples que nous croisions avaient l'air heureux. Lui, sautait une créature à laquelle il n'osait même pas rêver en Europe. La fille pouvait espérer échapper à la mouise. Avec un divorce sur deux mariages à Paris, je considérais avec la plus grande humilité ces couples mal assortis incapables d'échanger plus d'une vingtaine de mots dans ce mélange nasillard d'anglais et de thaï de bar. Le désastre affectif de l'Occident rendait modeste. Je remarquai :

– Elles ont l'air sincères.

– Toujours difficile de lire derrière le maquillage d'une

morue, mais elles n'ont pas le choix.

– Et alors ?

– Alors, elles sont comme tout le monde. Quand on n'a pas le choix, mieux vaut croire que l'on a choisi sa vie. Le quotidien est plus facile à supporter. Et puis, après tout est-ce que l'amour est plus limpide en Occident ? Regarde ton couple !

– Gustin, s'il te plaît !

– Quoi ? T'es pas le seul. L'amour est devenu impossible en Occident.

– L'amour est une sorte d'abandon, de douce folie. C'est impossible pour des êtres que l'on éduque dans le contrôle de soi et dans un individualisme forcené.

– Tout ce que je sais, c'est que les quelques jours de Paradis artificiel achetés à Pattaya permettent à beaucoup d'hommes de tenir une fois rentrés en Europe, rattrapés par un quotidien gris et désespérant d'ennui. C'est déjà pas si mal ! Pattaya est plus efficace pour le moral qu'une thalasso à Quiberon. Le séjour devrait être remboursé par la sécu.

– L'ennui est la seule véritable condition humaine. C'est à se demander si ce que l'on cherche dans l'amour, la politique, les guerres n'est pas finalement qu'un dérivatif à cet ennui fondateur.

4

Par chartes entiers, toute la misère engendrée par la soi-disant « révolution sexuelle » de l'Occident venait se rafraîchir le cochon en Orient. Comme le cul faisait vendre, il en fallait toujours plus pour canaliser les libidos mâles vers les caisses enregistreuses. Alors le sexe s'affichait partout : sur tous les murs de Paris, dans les films, les magazines, à la télé, dans la pub, sur Internet.

Dès le petit matin, le Mâle était jeté dans un monde érotisé à outrance, dans un appel au rut permanent lancé par des silhouettes de rêve aux poses alanguies. De belles Aryennes bronzant sur les plages verticales des panneaux d'affichage le faisaient bander comme un rat. Et il aurait dû faire comme si de rien n'était ? Prendre au second degré ces corps somptueux ?

Facile à dire ! Offrir ces top-modèles sur papier glacé à la concupiscence collective revenait à montrer à longueur de journée des scènes de grande bouffe à des Soudanais faméliques. Travaillé par ses hormones mais privé de cul, le Mâle était simplement invité, par défaut, à acheter le produit vanté par la fille. La consommation comme ersatz se substituant à l'acte sexuel. Un beau sujet de thèse. Les publicitaires avaient dû gamberger fort en lisant Freud pour en arriver là.

Faute de forniquer avec Claudia, le rationné pouvait toujours s'astiquer le poireau à blanc dans la Citroën de sa réclame. Sauf que ça ne faisait sûrement pas le même effet. L'homme occidental ressemblait à ces verrats reproducteurs que l'on excitait avec des fumets de truies en chaleur pour qu'ils s'accouplent au final avec des mannequins de paille destinés à recueillir leur semence.

Miracle de la civilisation post-moderne, on exacerbait la libido de Peter, Helmut ou Jean-Claude pour mieux leur faire éjaculer leur pognon ! Après c'était plus le problème des pubeux. Fallait pas pousser, ils étaient quand même pas payés pour ça ! Ils en faisaient déjà assez pour contribuer au raffermissement de notre être en nous disant qu'il fallait acheter pour exister. Les cons étaient sommés de consommer. Je dépense donc je suis. Pour le reste, nous étions priés d'aller voir le psy ou les putes. La passe était d'ailleurs à peu près au même prix !

La presse aussi était de la grande curée du cul. Faire miroiter de grandes partouzes virtuelles gonflait les tirages anémiques d'une presse hebdomadaire ennuyeuse à crever. On émoustillait le cortex libidineux du chaland avec une accroche en lettres grasses et une couverture affriolante sur le « Paris coquin », « Le nouvel échangisme » ou « Les dessous du Moscou by night » et les tirages explosaient.

– Coco ! T'oublies surtout pas de masquer les visages des putes albanaises en une !

À l'intérieur, changement de ton. Tromperie sur la marchandise. L'ordre moral se répandait en de légitimes indignations pourfendant l'odieux esclavage sexuel des filles de l'Est dans des articles vengeurs. Fallait vendre mais sans aller trop loin. Surtout pas se faire accuser de racolage. On avait sa dignité, on était journaliste d'investigation, pas reporter pour Hot Video. Les mêmes journaux, dégoulinant de cette hypocrisie puante, empruntée au puritanisme américain, s'étonnaient ensuite d'un air naïf que le nombre de crimes sexuels explose. Les gens sont bizarres.

Nous venions de déboucher sur la Beach Road, Nat tenait bien serré le sac plastique avec son cadeau. Elle voulait rentrer chez elle. Gustin l'a embrassée sur le front.

– On vient affamé de cul mais on s'aperçoit vite que c'est d'amour dont on a besoin.

J'avais souri. Gustin contemplait le fessier de Nat qui s'éloignait dans un *soï* latéral :

– Rigole pas je t'assure d'Amour. Avec un grand A. On est vite pris d'une immense compassion pour ces filles si démunies et pourtant si généreuses. Rien qu'en Allemagne, trente-cinq mille Thaïes sont mariées. D'anciennes putes, pour la plupart.

– Si je te comprends bien, l'exportation de ses troupeaux de femelles est la principale ressource du pays.

– Je n'ai jamais vu un pays qui organise avec une telle avidité la vente de ses femelles.

– D'habitude, c'est pourtant sacré le ventre des femmes. Depuis l'enlèvement des Sabines jusqu'aux viols dans les Balkans, elles ont toujours été au cœur des guerres.

– Tu veux dire au centre du monde. Ici, pas de problème, je vous mets une jeune Isaan de dix-huit ans, garantie indemne de MST. C'est pour emporter ou pour consommer sur place ? Pour un *take-away*, il y aura juste un petit supplément pour les papiers. Certains pays ont de l'or noir, ici c'est plutôt l'or brun qui remplit les 747.

– En plus, c'est une ressource renouvelable, observais-je.

– Vaut mieux car le Nord grabataire de l'Europe n'en finit pas d'épouser la jeunesse Isaan. À se demander s'il reste des filles au village. Elles s'envolent pour Hambourg, Göteborg ou Liverpool le cœur léger, certaines d'avoir enfin échappé à un avenir foireux.

– Dis-moi, Gustin, comment supportent-elles ?

– Quoi ?

– Les banlieues grises et tristes, le ciel sale de l'hiver européen. Toute cette merde qui viendrait à bout des enthousiasmes les plus sincères.

– Une fois là-bas, le rêve de midinette tourne court. Le prince charmant est souvent désargenté, faiblement éduqué, besogneux. Un tocard absent toute la journée pour un boulot mal payé. Les filles nourries de soap operas californiens ont l'impression d'avoir été arnaquées. C'était donc cela l'Occident ? Bien sûr, elles savaient bien que leurs maris ne ressemblaient pas exactement à Brad Pitt. De là à croupir dans une HLM pisseuse !

– Pauvres fleurs ! Arrachées au fumier de Pattaya pour faner, coincées dans un monde laid d'hypermarchés et d'échangeurs autoroutiers.

– Au bout de deux hivers passés à dépérir, la fleur déracinée reprend vite fait un vol pour Bangkok et met simultanément un terme définitif à son désir d'Occident.

– Fin de l'aventure ?

– Pas toujours, certains couples, plus amoureux ou moins fatalistes, essaient de se survivre en revenant en Thaïlande et, pourquoi pas, en montant un beer bar comme si leur amour dépérissait loin de la crasse de Pattaya. Avec à la clef, une promotion de pute à Mamasan pour la fille. Un retour aux sources en somme. Ceux-là peuvent s'en sortir. Faut pas grand-chose pour vivre heureux ici : Quelques centaines d'euros par mois, une baraque en ciment avec eau chaude et ventilateur. Et bien sûr une fille immunisée contre les migraines, toujours prête à écarter les cuisses. Faut juste assurer un petit revenu régulier. Souvent, ce n'est pas hors de portée.

5

L'homme est au centre de forces internes et externes qui le dépassent.

Poussé par les pulsations de ses hormones, un besoin animal de s'accoupler agite ses passions inquiètes, un désir de s'enfiler antérieur à la race humaine, plus ancien même que l'apparition des Vertébrés au secondaire.

Une pulsion si universelle qu'il est probable que si la vie existe ailleurs dans l'Univers, cette vie, quelle que soit sa forme, résulte de l'accouplement d'entités sexuées. Comme le disait si bien, le vieux Sigmund : À part le cul, tout le reste est annexe.

Le génie des social-démocraties libérales a été de domestiquer cette force brute, primitive, de canaliser ce bouillonnement puissant vers les caisses enregistreuses et les comptes d'exploitation.

Mais, avec cette schizophrénie qu'il affectionne tant, si l'Occident excellait à pulser la testostérone et à libéraliser les marchés, il se révélait incapable de combler les libidos qu'il avait imprudemment excitées. Ce qui conduisait — dans un univers néolibéral globalisé — à délocaliser cette satisfaction vers des contrées moins regardantes.

Alors les vols pour Bangkok se remplissaient, drainant toute la misère sexuelle de l'Occident. Une horde barbare en rut déferlait sur la Thaïlande, sexe en avant, glandes congestionnées.

Ces saisonniers de l'accouplement rêvaient de plonger entre les sacrés iliaques de douces femelles. Tous les inassouvis de la planète faisaient le pèlerinage thaï, unis dans une même foi en Priape : retraités variqueux, divorcés dépressifs, peine-à-jouir shootés au Viagra, chômeurs concupiscents, vieux putassiers visqueux, petites frappes de banlieue, moyen-orientaux olivâtres, mafieux russes, tarlouzes amorties, employés aux écritures, mal voyants, mal entendants, mais tous, sans exception, surtout mal baisants.

Des bites pour tous les goûts, de toutes les couleurs, de toutes les formes. Un véritable inventaire à la Perret. Des trapues et enflées, des longues et effilées, des lourdes et paresseuses, toutes ronronnant de la glande, toutes bien congestionnées par une interminable période d'abstinence dans des pays qui avaient organisé par calcul, par moralisme ou par lâcheté, la frustration sexuelle d'une grande partie de la population mâle.

Condamnés à la chasteté par des castratrices nourries au sein du féminisme, privés de putes par un puritanisme hypocrite, enchaînés à des vies rechignées, les pauvres des pays riches venaient faire les riches dans les pays pauvres. Juste quelques jours. Comme ces manants du Moyen-âge couronnés monarques le temps d'un carnaval.

Pattaya sonnait pour eux la fin du jeûne. Le début d'une fête éphémère pour retrouver goût à la vie en oubliant le rouleau de sopalin. Et chaque fois, ces solitaires, retranchés dans leur orgueil, murés en eux-mêmes, s'émerveillaient en découvrant qu'il existait un dernier recours.

Ils avaient fui un univers sans chaleur ni tendresse et déshabillaient des corps tendres et soumis, des peaux soyeuses qui leur donnaient bien plus qu'une simple étreinte tarifée. La débandade de l'Occident n'en finissait pas de remplir des charters en érection venus à Pattaya recevoir un peu réconfort dans les bras d'autres laissés-pour-compte.

Et le pire, c'est que souvent ça marchait. Les filles appréciaient la galanterie occidentale et de nombreux hommes, pleins d'un impétueux désir d'amour, découvraient le plaisir de séduire ou, au moins, de faire semblant. À Pattaya, ils ressuscitaient. Ils retrouvaient le sens de l'humour.

Les filles étaient pleines d'une attention douce. Elles recherchaient leur compagnie, les embrassaient, les prenaient par la main. Ils ressentaient l'affection de ces créatures avec la surprise étonnée de ceux qui ont faim depuis des années, faim d'un amour immense mais jugé indigne sur la terre qui les avait vus naître.

Ici, beaucoup d'hommes, agonisant par manque de tendresse en Europe, découvraient un bonheur luxuriant qu'ils n'avaient jamais connu ou que l'abjection et la monotonie de la vie conjugale leur avaient fait oublier. Le temps d'un voyage, toutes les névroses, toutes les misères affectives de l'Occident mâle venaient se soigner ici.

On a fini par acheter deux mangues bien juteuses que la marchande nous a découpées. Le soleil déclinait sur l'horizon. J'allais vivre ma première nuit à Pattaya.

6

Les grosses chaleurs passées, la ville commençait à vibrer. Le flot du trafic s'intensifiait. La foule devenait plus dense. La masse des femelles enflait graduellement.

À partir de six heures, comme de bonnes abeilles ouvrières, les filles parées, les lèvres peintes commencèrent à sortir des hôtels ou des meublés pour rejoindre, grâce à une noria de motos taxis, leurs ruches bien alignées où régnaient les grasses mamasan boursouflées au *ladydrink*. Souveraines des essaims d'hyménoptères. Partout, c'était le même ballet de motos japonaises sillonnant la ville avec leurs amazones en équilibre instable. Belles-de-nuit sapées et maquillées, minijupes au vent, accrochées à la taille du chauffeur. Gustin avait déjà soif :

— C'est le meilleur moment de la journée juste avant d'aller se mouiller la meule. Le miracle se renouvelle à chaque crépuscule, comme un scénario immuable. Il en arrive de partout. Pourvu que cela ne finisse jamais, je suis mort de trouille à l'idée qu'un soir, sans prévenir, les bars ne se remplissent plus, que ce soit la fin.

— Si un jour les filles trouvent un travail correctement au pays, pas sûr qu'elles continuent à venir se faire bourrer pour 500 bahts. Ce jour-là, Pattaya ne sera plus qu'une station balnéaire comme les autres.

Avec des familles qui s'emmerdent le dimanche en traînant des gniards suçant leurs glaces à l'eau. Un beau gâchis, grommela Gustin.

Le disque de métal brûlant venait de s'abîmer dans les eaux salées du Golfe. L'or en fusion s'est dilué progressivement dans l'obscurité marine. La nuit allait commencer. Tout un petit peuple vivant du Farang est alors sorti de sa tanière. On aurait dit une troupe en campagne, un matin d'Austerlitz, une armée merveilleusement rodée qui préparait une bataille vénale. La lutte venait de commencer, elle se terminerait tard dans la nuit, au corps à corps.

Dans les bars, les putains se pomponnaient, attentives à leur maquillage et à la ligne de leurs sourcils pendant que les mamasan contrôlaient les stocks de bière et de chair fraîche.

Sentinelles imperturbables en faction à l'entrée de la rue piétonne, les vendeurs à la sauvette surveillaient les taxis déchargeant leurs cargaisons roses et dodues. Les rabatteurs des body-body et des sex-shows arpentaient le bord de mer en brandissant leurs dépliants cochons. De loin en loin, embusqués devant leurs boutiques, avec le même sourire féminin que les morues, des tailleurs sikhs disputaient aux salons de massage les mimiles en vadrouille.

- *Good quality, cheap price. Come inside Sir !*

Un panneau autour du cou, deux hello girls agrippèrent Gustin par la main :

- *Living Doll-a-gogo. Happy hour. Draft beer only 45 bahts. Come inside please !*

Plus loin, devant le Marine Bar, deux boxeurs s'assouplissaient dans un coin du ring. Partout les brochettes des marchands ambulants répandaient une odeur d'épices, de porc grillé qui embaumait l'air du soir. Il fallait bien nourrir les troupes avant l'assaut. Alors partout ça rissolait, ça grésillait, ça crépitait. Les parfums aigres, doux, se mêlaient dans l'air du soir pour mieux faire saliver le chaland.

– Bouffer, boire, baiser. Finalement, le Club Med n'a rien inventé ! lâcha Gustin.

La nuit tombait et tout un grouillement crépusculaire rejoignait calmement sa place au sein de cet écosystème fascinant uniquement dédié à la satisfaction des besoins du Grand Mâle blanc. Il avait enduré onze heures de vol pour sa grande migration annuelle alors fallait le nourrir, le distraire, le masser, le saouler, le séduire et surtout le baiser. Pas déçu du voyage.

Nulle part ailleurs, il ne trouverait un tel étalage de chair fraîche, une telle diversité d'âges, de tailles. Il y en avait pour tous les goûts : les hétéros, les phoques, les gousses, les esseulés de la bite, les jeunes congestionnés, les vieux à figure honnête, les enculés, les enculeurs. Pas une déviance sexuelle qui ne trouve un orifice humide, chaud et compréhensif pour se soulager. Pas un fantasme qui ne puisse s'assouvir entre deux muqueuses lubrifiées au K-Y.

Assis sur le muret du bord de mer, Gustin était en train de dévorer sa première brochette de poulet *satay*.

– Ce n'est plus le textile que l'on délocalise mais tout le reste. L'Occident a d'abord été au bout du monde extraire des matières premières pour son industrie, des troupes coloniales pour mourir dans ses tranchées puis des ouvriers pour trimer dans ses usines. Maintenant, il va même y chercher ses maîtresses, ses épouses et y adopter les gosses qu'il est devenu incapable de faire.

– Pattaya comme en avant-garde de la mondialisation, j'y avais pas pensé mais tu as raison c'est aussi cosmopolite que Paris ou New York.

– Bien plus. À Paris, c'est une paix armée. Les ethnies se côtoient en se haïssant ou, au mieux, en s'ignorant. Ici, elles couchent ensemble.

– Henry Miller faisait plus que côtoyer à Paris.

– Une poignée d'artistes américains profitant du dollar fort des années trente. Ils trimballaient leurs paresseuses ambitions et se prenaient pour des poètes maudits mais, au fond, ils étaient comme nous. Juste venus pour glander et baiser à bon marché. On a juste changé d'échelle comme pour les sports d'hiver ou les bains de mer.

– La vie putassière d'Hemingway ou de Miller à la portée du prolo de base. C'est beau la démocratisation.

La brise de mer qui s'était levée, rafraîchissait la ville. Le monde entier donnait de la beauté à voir, ici, on pouvait toucher. Ça changeait tout. En déchirant la chair grillée de sa deuxième brochette, Gustin lâcha en rotant :

– Quand Miller baise dans les bordels de Montmartre c'est un génie mais quand Helmut, chauffeur routier à Essen, fait la même chose à Pattaya, c'est dégueulasse. C'est du racisme de classe ou je ne m'y connais pas.

L'immense piétinement de tous ces êtres luttant pour leur survie s'élevait vers la nuit. C'était comme un chant païen, comme une prière démesurée montant en un crescendo qui n'allait s'achever qu'avec l'aube ; lorsque les ultimes fêtards s'émietteraient dans les *soï* déserts ; quand le dernier client du Marine Song aura enfin rejoint sa chambre d'hôtel en serrant la taille d'une beauté de vingt ans qui lui videra les couilles dans une sensation d'éternité lui rappelant qu'il existait, qu'il était vivant et que, ici au moins, ça voulait dire quelque chose. Alors seulement, Pattaya pourrait enfin dormir d'un sommeil profond, effrayant.

Mais à l'heure où la nuit se profilait, les discothèques étaient encore désertes. Seuls les salons de beauté, les magasins de coiffure étaient bondés de putes que le personnel bichonnait, que l'on astiquait comme des calandres de limousines en prévision de la nuit à venir.

Une organisation parfaite, sans faille, se mettait tranquillement en place sous les affiches de mode. Il fallait présenter la marchandise sous son meilleur jour. Les clients n'aiment pas les pommes blettes. Dans une telle exubérance de chair, malheur aux femelles laides, plates ou insignifiantes ! Alors après le sexe et la bouffe, le business de la beauté était le troisième pilier de la ville.

Chaque fille devait être plus pimpante que sa voisine. Question de survie économique. Même des bombes rentraient parfois bredouilles.

Seules quelques femmes plus âgées, épaves échouées d'une autre époque, n'investissaient plus un seul baht dans leur beauté. Déclassées, elles commençaient à dégoûter le trottoir. Terminus, tout le monde descend. Résignées, certaines de n'être plus que des serveuses de bar décaties, ces désaffectées traînaient des destins devenus si lourds qu'on en était gêné pour elles. Petit à petit, de plus jeunes les poussaient à n'être plus que les figurantes d'un spectacle quotidien qui se jouait désormais sans elles.

Car l'Hinterland marécageux n'en finissait pas de nourrir en jeunes femelles le Dieu Priape de la côte. Chaque jour, de fraîches déesses, fières de leurs vingt ans, quittaient leurs rizières pour débarquer à la gare routière. Ces Rastignac au féminin venaient chercher un bon mari, un yerman comme elles disaient.

Les « vieilles », avec leurs quarante balais et leurs reins fatigués, restaient là parce qu'elles n'avaient pas où aller. Fleurs au rebu, fanées par les nuits passées à poireauter derrière les comptoirs de chair fraîche. Elles symbolisaient ce que les jeunes ne voulaient surtout pas devenir : l'échec et la déchéance au bout de l'aventure de Pattaya.

Mais les débutantes ignoraient cet oracle vivant, cette part probable de leur destin vaseux. Elles sautaient des bus, pleines d'espoir, un maigre sac à la main, persuadées de ne devoir travailler que quelques mois dans cette cité de transit avant de s'envoler vers l'Eldorado farang.

7

Dans l'enivrante légèreté du crépuscule, les néons bourdonnants des gogos illuminaient l'air clair de pourpre. La nuit était tombée sans prévenir. En habitué, Gustin me faisait faire la tournée des Grands Ducs avec la solennité des soirées d'exception. Nous déambulions, pleins d'attente, dans la nonchalance parfumée du crépuscule.

– Ce soir, on se fait le chemin de croix en douze stations. Mon Golgotha à moi, la Passion selon Saint Gustin. Pattayaland 2. Première station. Un des *soï* les plus torrides.

Les façades explosaient d'une lumière carmin comme une fente de femme. De chaque côté du *soï*, une foire femelle de lèvres humides, de corps cambrés s'offrait à nos regards libidineux.

Partout, les gogos-bars s'affichaient dans une débauche de lettres de néon : Classroom-a-Gogo, Bubble-a-Gogo, Lipstick-a-Gogo. Le clignotement des enseignes embuait d'une lumière étrange le visage de Gustin, se reflétait dans la flamme pétillante qui rougeoyait au centre de ses pupilles dilatées.

– Au fond, ce qui emmerde le plus les bourges c'est que les prolos puissent faire comme eux et baiser des gonzesses de vingt piges.

Empreint de gravité, avec son bouc et ses longs cheveux tressés, il ressemblait à un antéchrist jailli de son antre pour une nouvelle chasse à l'homme nocturne. Ce n'était encore que le préambule vespéral mais une vitalité luxuriante envahissait déjà la ville. Gustin avait des envies d'ailleurs. Il a marmonné dans sa barbe avant de composer un numéro sur son portable.

–Nat ? C'est Gus... Comment ça, qui... Le Français... Ce soir, on peut pas se voir... Je te rappelle.

–Tu t'es décommandé ? Elle a dû être déçue.

–Tu parles ! Avec son physique, elle va pas rester célibataire très longtemps !

En passant devant le Bookazine, Gustin a acheté le Pattaya Mail :

–Lis ça, ils en ont encore chopé un. En ce moment, ils mettent la pression, me dit-il en me tendant le canard.

La police avait contrôlé un Allemand de 46 ans résidant illégalement depuis 7 ans à Pattaya. À l'issue de son visa d'un mois, l'homme n'avait pas quitté la Thaïlande. Sa famille avait signalé la disparition de ce fonctionnaire des impôts à la police de Dortmund mais l'enquête ouverte à l'époque n'avait pas abouti.

L'Allemand vivait dans une chambre du Soï Post Office avec une fille nommée Lek : serveuse au Dirty Pig Bar. Malgré quelques traductions pour le compte de filles de bar, l'homme vivait essentiellement des revenus de sa compagne qui l'avait dénoncé quand elle l'avait surpris au lit avec une autre serveuse du Dirty Pig. La Police a immédiatement prévenu le Consulat d'Allemagne pour procéder à son expulsion.

–Tu vois ! Pattaya, c'est une drogue ! Impossible de décrocher une fois que tu as goûté à ce type d'héroïne. Le véritable opium du peuple c'est plus la religion, c'est le cul.

–Et Pattaya, la nouvelle Rome ?

–Plutôt un self de femmes en saillie. Tu sors de chez toi et, à n'importe quelle heure du jour ou de la nuit, tu trouveras une chatte servie chaude. Comment ne pas devenir dépendant ?

—Je vois ce que tu veux dire. Nous venons pour un mois de vacances — histoire de dégazer en mer — nous finissons par couper les amarres. Sept ans incapable de redécoller comme une mouette mazoutée au pétrole lourd.

—Souvent, je repense à Paris, à nos soirées pourries, passées à errer comme une âme en peine pour essayer de choper une meuf, même moche. Ça me fout la nausée. La haine rien que d'y penser. Jamais ! Tu m'entends bien ! Jamais je ne reviendrai en France. Pour moi, la France c'est juste le RMI qui tombe tous les mois. Je leur pisse à la raie à ces guignols. Et encore, c'est une bien faible compensation pour tout ce que j'ai enduré là bas.

—T'as quand même pas souffert tant que ça.

Démons avides de femmes, de gorges parfumées, ogres excités par une chair fraîche et impure, nous progressions à un rythme d'explorateurs amazoniens dans les rues survoltées. Gustin s'est immobilisé devant un stand de crevettes.

—Pattaya, tu vois, c'est comme une femme bien juteuse. Elle a des cuisses fabuleuses, une croupe bien fendue, un cul ruisselant de femelle en attente… Toujours prête à se laisser trifouiller… On en tombe amoureux sans s'en rendre compte. Elle a le cul généreux pour tous les mal-baisés de la planète. Alors, les mal-baisés, forcément, ils veulent plus s'en aller. Ils sont trop bien dans la chaleur de ce con fabuleux.

—Comme le type du journal ?

—Les ligues de vertu refusent de comprendre et préfèrent condamner à coups d'anathèmes. La seule question qu'elles devraient se poser c'est pourquoi un mec quitte un des pays les plus riches de la planète pour un mois et reste sept ans ici à vivoter en traduisant des mails ?

Nos silhouettes se reflétaient dans la vitrine d'un gogo. Deux vols de nuit prêts à s'abîmer en bout de piste et à perdre jusqu'à la conscience pour oublier leur futur avorté.

Avec une poignée de billets de 500 bahts dans la poche et toute la nuit devant nous, la vie nous paraissait merveilleuse. Un grand flux de vie brute, juste là, à portée de main. Je me suis tourné vers Gustin.

– Et c'est quoi ton explication ?

– Quelle explication ?

– Pour l'Allemand, pour tous les autres. Il avait un bon job, peut-être des enfants, une épouse, des parents. Malgré tout ça, il a préféré vivre à la colle avec un tapin dans une chambre pouilleuse du Soï Post Office.

– L'Europe sent la pisse et la vieille fille. Un hospice où l'on s'emmerde en attendant la mort. Ici, la vie est joyeuse mais ça n'explique pas tout.

– Comment, pas tout ?

– C'est pourtant simple. Il a trouvé ici ce qu'on lui a toujours refusé là-bas. L'accès aux femelles est la clef de voûte de tout édifice social chez les Primates. Il a eu les filles et a laissé les pièges.

– Qu'est-ce que tu veux dire avec tes pièges ?

– Fric et pouvoir servent juste à appâter les filles. L'ambition, l'argent, le pouvoir, tout ce qui n'a aucune utilité en soi mais qui sert à acquérir des choses et surtout la plus précieuse de toutes : le cul des jeunes femelles.

Il avait ses fulgurances, Gustin. Je pouvais pas contester. Travailler en France m'avait vite dépucelé. J'étais cadre, mon père pouvait être fier de moi. Lui qui m'avait élevé dans le culte obsessionnel du travail, me l'incrustant au plus profond de mes tripes.

– Si tu travailles mal en classe, plus tard tu videras les poubelles.

À dix ans, en allant à l'école, je jetais des regards affolés vers le camion-benne. Ogre mécanique prêt à me punir de cette mère de tous les vices : la paresse. Aujourd'hui encore, je ne peux réprimer un sentiment d'angoisse quand je vois les bennes à ordures vertes sillonner Paris. Épée de Damoclès à jamais fixée au-dessus de mon destin...

Plus tard, tu videras les poubelles... J'ai grandi à une époque où le *return on equity* connaissait le même engouement que les reality shows sur TF1 et les maisons de campagne dans la Drôme provençale. Alors, je suis devenu cadre...

Cadre... anagramme de crade. J'aurais dû me méfier. Douze heures par jour dans des prisons sans gardien, exploité par le patron et tondu par le fisc.

Le soir, j'émerge usé, gris de fatigue. Pas la saine lassitude du corps qui éclaircit l'esprit mais ce sale épuisement des scribouillards qui embrume la pensée. Quand les matons nous libèrent, je me rue avec la foule des autres créatures blafardes qui s'engouffre vers l'obscène bouche souterraine. Des rats rescapés d'un naufrage cherchant à échapper à quelque chose de monstrueux. Nous circulons sous le cul des villes, entassés dans des wagons. Le métro de la Méduse.

Je me sens étranger à cette vie, à cette ville. Ne pensant qu'à rejoindre mon trou dans une terrible obsession de bête abrutie de sommeil, déjà taraudée par la certitude que demain ça recommencera... Encore et encore... Et puis tous les jours d'après, jusqu'à ce que je ne sois plus qu'un vieux débris.

Les années m'ont rendu craintif. Forcément, les coups, ça forme alors je passe mon temps à me méfier de tout, des autres, de la solitude, de la lumière et de la nuit. Je suis de la lignée des croquants, des sacs à chagrin, de ceux qui sont cocus depuis que le monde est monde. J'aurais dû flairer l'embrouille derrière cette superbe promotion sociale.

Tiens, je te parie que dans les cavernes, c'était déjà mon préhistorique d'ancêtre qui se tapait les mammouths à vider et qui bouffait en dernier. Il devait pas non plus baiser bézef, mon vieux. Oui quand même un peu, je sais, sinon je serai pas là à déblatérer. Je suis l'ultime maillon d'une longue lignée d'esclaves. Sinon d'où vient ce culte du travail ? Alors pour moi, pourquoi ça aurait changé d'un coup sans rien avoir exigé ?

Vous en connaissez beaucoup des cadeaux sur un plateau sans que l'on ait rien demandé ?

Même le rongeur le plus con hésite devant le morceau de gruyère bien en évidence. Forcément, c'est suspect un cube de fromage dans un parking souterrain. Moi j'ai foncé dans le piège à rats. Enthousiaste avec ça ! Oh pas longtemps. Manque de discernement. Les besoins avaient changé. On appelait cela la tertiarisation de l'économie. Je ferai cadre simplement parce qe le système de production n'avait plus besoin de métallos. Comme le métallo avait remplacé le péquenot, une génération plus tôt. J'aurais dû dire merci, en plus, comme à une cérémonie des Oscars.

Quand la raison nous conduit à un tel échec, on a envie de congédier notre vie, notre passé pour ne plus suivre que son instinct animal.

Gustin, lui, ne s'était jamais demandé pourquoi travailler. Lucidité précoce, paresse congénitale ou force de l'instinct, il avait toujours refusé le joug du salariat avec une énergie rare.

– J'ai juré que je ne bosserai jamais, répétait-il quand il était encore en France. C'était juste le comment qui lui manquait.

Une promesse qu'il avait scrupuleusement respectée. Fainéant comme une couleuvre, il vivotait au crochet d'un petit capital que lui avaient transmis ses parents. Cette oisiveté fondatrice et l'insupportable certitude qu'il avait de l'inopportunité du monde en général, et de son existence en particulier, l'avaient doucement conduit vers un alcoolisme qui emplissait la plus grande partie de sa phase éveillée.

Pourtant, paraît qu'enfant c'était un petit génie, Gustin. Sa mère s'était confiée à moi un jour où elle s'inquiétait pour son avenir. Elle m'assura avoir engendré un Mozart.

– Augustin avait tout pour réussir. Mon fils a gâché ses talents, m'avoua-t-elle avec un regard triste.

Un Mozart certes. Mais un Mozart assassiné. À six ans, il pelotait déjà la bonne et émettait des réserves sur les dernières orientations du XXe Congrès du Parti communiste chinois en matière de politique extérieure. Et puis, un peu comme ces athlètes partis trop vite qui se claquent un muscle, Gustin s'était désagrégé au contact des méthodes de pointe de l'Éducation nationale.

– L'école a tout gâché, m'assura-t-elle. Ce sont tous ces professeurs marxistes qui lui ont mis des idées funestes dans la tête. Des désirs de paresse et un dégoût du monde qui est en train de le perdre. Vous devriez lui parler, essayer de le raisonner.

Raisonner Gustin ! La pauvre femme le connaissait encore moins bien que je le pensais. La vérité c'est que sans le fric de ses parents, Gustin aurait le même choix cornélien que tous ses frères primates : plonger irrémédiablement vers la cloche ou faire comme les autres, tous ceux qui se lèvent le matin pour faire un boulot qui les répugne.

Pendant quatre ans, prétextant de vagues origines magyares, il avait trouvé une forme d'asile politique en Hongrie. Mais à la suite d'une offensive soutenue du capitalisme international dans les pays de l'Est, il s'était replié en bon ordre vers l'Asie.

- Pourquoi vivre en Hongrie, si ça devient comme la France ? avait-il expliqué, non sans un certain bon sens.

Je crois surtout qu'à la longue, le funeste hiver hongrois lui était devenu pesant. La beauté des Hongroises ne lui suffisait plus à oublier la neige sale, les trottoirs défoncés de Pest et ce vent glacé qui vient en lames aiguës du Danube et qui pousse dur, en hiver.

Pour ne rien gâcher, la vie en Asie était nettement moins chère qu'à Budapest et les filles baisaient mieux. La Hongroise, en s'enrichissant, s'était mise à snober Gustin et son look rasta. Alors, à la manière d'un pionnier, Gustin avait entrepris sa longue marche, son grand trek à lui à la recherche d'un paradis perdu. L'Inde était trop pouilleuse, les Philippines trop américanisées, la Birmanie trop militaire, l'Indonésie trop musulmane.

Avec la Thaïlande, il l'avait enfin trouvé sa Terre promise du cul, son El Dorado de la baise pas chère. Easy-food, easy-sex, easy-life. Il avait tenu parole.

8

Il devait être sept heures du soir. Les biers bars étaient encore engourdis. Trop occupées par leurs préparatifs, les filles jacassaient, se racontaient leur dernière nuit en prêtant peu d'attention aux Farangs en vadrouille. Qui prend une fille si tôt dans la soirée ? Le client n'est généralement pas pressé. L'alcool aidant, à chaque bar, le Farang a l'impression que les filles sont plus jolies. Selon Gustin, le début de soirée, c'était le meilleur moment pour effectuer un premier repérage sans être trop harcelé. La partie qui se joue entre Farangs et tapins n'a pas encore réellement commencé. Chacun est simplement en train de s'échauffer avant le prologue.

– Ici, t'as des problèmes de riche, argumentait Gustin. Ton unique souci, c'est de gérer l'abondance. C'est autrement plus agréable que les marathons parisiens à courir la gueuse. Tu te souviens, les quatre ou cinq cents balles foutus en l'air entre le ciné et le restau. Et tout ça pour essayer de tringler une pouffiasse même pas belle mais qui, justement, à cause de cela te semblait accessible.

– Erreur classique de débutant. Les boudins sont les plus méchantes, elles en veulent à la Terre entière d'être laides. Elles nous suspectent de nous rabattre sur des bas morceaux. Elles doutent de la sincérité de nos sentiments.

– Persuadées, à juste titre, que nous en avons juste après leurs culs. T'as raison même si on se dit qu'en levrette, on verra pas beaucoup leurs sales tronches. Quand j'y pense ! Toute cette énergie pour tirer un coup. On s'épuisait à draguer des génisses. Juste parce les glandes nous travaillaient.

Le souvenir des pitoyables parties de chasse de naguère le mettait en émoi. Gus était suffoqué par l'émotion, par toute une colère fermentée. Tant de rancœur contenue, de détresse adolescente accumulée, ressassée déclenchaient chez lui des tempêtes d'éloquence. Il était tourneboulé par des bouffées de souvenirs taillés dans de l'amertume bien noire, bien épaisse. Gustin éructait, gondolé de haine fielleuse.

– Je peux plus avec les Européennes fémino-hystériques. Elles se plaignent de ne plus trouver de mâles alors qu'elles ont passé les vingt dernières années à leur broyer les burnes en jouant aux vierges effarouchées. Elles dramatisent le sexe et en font un moyen de pression. Un véritable terrorisme du cul, un chantage permanent !

À Paris, beaucoup geignaient comme Gustin. Ça râlait ferme, ça s'insurgeait. En vain. Personne ne faisait grand-chose pour vraiment changer les choses. Avant, quand une société ne vous plaisait pas, les hommes essayaient de la faire évoluer. Pas le choix. Maintenant, ils votent avec les pieds, changent de pays, de continent. C'est plus rapide.

Le transport aérien a tué l'engagement politique. Les riches traversent la Manche, les jeunes chercheurs vont bosser en Amérique, Raël prêche au Canada et les mecs vont baiser au Costa Rica ou aux Philippines. Nos pays sont en état de mort clinique. Âme étriquée, destin envasé, vie triste à mourir, les gens s'emmerdent en Europe comme les pensionnaires aisés d'une maison de retraite cossue. Alors ils se mettent à bouffer, un des rares plaisirs encore autorisés. Le XXIe siècle sera obèse ou ne sera pas.

– Tu vois, Gustin, le seul projet qui reste à offrir à mes gosses c'est de devoir nourrir des baby-boomers en phase terminale.

– Et de maintenir le couvercle sur le chaudron des banlieues. L'Europe est devenue un mouroir qui sent la pisse et la vieille fille. Ici la vie est joyeuse. Les Thaïs parlent toujours de *sanuk*, de plaisir. Ils ne font quelque chose que si cela leur procure du plaisir. Le monde, les gens se divisent en *sanuk* et *mai sanuk*. Plaisir et déplaisir. Quand ils en ont leur claque, quand leur vie devient mai *sanuk*, ils changent de job. Notre pays est devenu foireux. Il sent le daubé, l'exode. Vaut mieux quitter le navire pendant qu'il en est encore temps !

— Facile pour toi mais avec mes deux gosses et mes crédits sur le dos, je suis coincé.

— Fait comme ces types sortis acheter des cigarettes et que l'on n'a jamais revus. Quelques-uns doivent sûrement être encore en train de sécher Soï Post Office. Tu n'as qu'une vie !

— Je refuse de laisser mes gamins.

— Un vieux reste de morale judéo-chrétienne ?

— Peut-être. Après tout, on macère dedans depuis deux mille ans. Ça laisse des traces. La seule solution serait l'amnésie. Tout oublier de la vie d'avant pour reprendre à zéro.

Mon couple avait lentement sombré, fané par le temps, érodé par les soucis de la vie, par le sentiment de trimer sans avancer, de piétiner à l'orée de ma réussite. Ça s'est fait comme ça, sans que l'on en ait jamais parlé. Étreintes plus rares, plus tristes, et puis plus rien.

On épouse une beauté flamboyante au flanc fécond et, un matin, on se retrouve face à une petite bourgeoise sans attrait, au physique alourdi par les grossesses. Deux nichons vides et un dos froid et têtu d'épouse pour unique stimulus. Deux ans que nous avions interrompu tout commerce charnel. Tiens donc, même dans un couple, on parle de commerce ! Rassurant pour le plus vieux métier du monde.

Ma femme voulait plus. Elle était comme toutes les

femmes : quand la tête ne va pas, le reste suit. Le corps refusait, quelque chose de dévasté en elle. Elle était bien loin l'époque où elle était toujours prête.

Au début du mariage, on est comme tous les autres. On a beau être devant l'évidence, voir tous ces naufragés du conjugal, on se croit différent, plus malin. Les divorces c'est comme les accidents, ça n'arrive qu'aux autres. Amour inoxydable, éternel.

Le temps est passé. Elle a fait moins d'efforts, je la décoiffais. Elle regimbait. Le matin, ça la fatiguait pour la journée. Le soir, elle était crevée. Parce que j'étais peut-être pas rincé, moi ? La vérité c'est qu'elle se défilait pour échapper à son devoir conjugal. Je dérangeais avec mes pulsions. J'étais plus le bienvenu. J'essayais même plus. J'étais sevré. Sûr de casser l'ambiance, je réfrénais mes désirs pour ne plus faire du coucher un instant tragique.

Elle voulait plus. Comme je le sentais moi non plus je voulais plus, je pouvais plus. Insupportable de voir sa femme se refuser. L'autre a la peste et ce n'est que le début. L'enfer intime vient de commencer, à éviter le moindre contact, à se tasser, raide comme la justice, sur le bord du lit.

Un couple qui se s'accouple plus n'est plus qu'un cadavre en décomposition qui fermente un peu plus chaque jour que Dieu fait. Notre mariage se mettait à ressembler à celui des autres : une méchante affaire. On se rappelait alors que nous avions été unis pour le meilleur et pour le pire. Le meilleur était passé, restait le pire. Il n'y avait plus de retour en arrière possible.

Comme la plupart des femmes, la mienne n'avait jamais été vraiment portée sur la chose et peut-être souhaitait-elle depuis longtemps que j'arrête de la grimper. Sans doute était-elle soulagée de ne plus avoir à satisfaire à son devoir conjugal. Au moins, je n'avais plus à supporter cette sale impression qu'elle me faisait la charité en acceptant de coucher. L'abstinence m'avait rendu une certaine dignité.

Quémander ces tristes étreintes était devenu la source d'une indicible humiliation. De toute façon, cela devait finir comme cela… Cela finit toujours comme ça.

Elle paraissait très bien s'en accommoder reportant toute son affection débordante sur nos deux enfants dans un exceptionnel déploiement de sensibilité maternelle, une effusion permanente de reproductrice tout émerveillée de sa progéniture. À croire qu'elle avait toujours rêvé de gamins à fagoter en prince et princesse pour les anniversaires.

Au fond, je n'avais été qu'un géniteur. Épouse querelleuse mais mère admirable. Je devais au moins lui reconnaître ce mérite. J'aurais dû être son fils. Pas son mari. Mauvaise pioche !

Au cours de ces deux années abstinentes, j'avais essayé tous les substituts possibles offerts par la capitale pour assouvir un appétit sexuel pourtant tout juste dans la moyenne.

Mes collègues de travail, divorcées pour la plupart, étalaient de bien pâles appâts. Les quarantièmes rugissants franchis, la ménopause avec, elles minaudent moins. Elles ont passé le cap Horn de la pudeur de leurs vingt ans. Trop tard, ce bijou dont elles faisaient grand cas, n'intéresse plus grand monde. Elles ne sont plus que des mantes religieuses inquiètes à l'idée de sauter le repas.

Les cinquantièmes hurlants approchent. Le grand Sud en ligne de mire. Navigatrices en solitaire, faute de mieux. Cap sur les mers australes, blizzard antarctique en prime. Me font pitié. Elles aussi doivent souffrir de la solitude. Petites princesses devenues de grosses pintades. De toute façon, seul leur cul aurait pu m'intéresser. Avant Pattaya. Mais ces névroses ambulantes semblaient aussi peu portées sur les plaisirs charnels que mère Térésa. Des tombereaux d'emmerdements en perspective pour des femelles grises sans intérêt. Et puis, les voluptés tremblantes de l'adultère me rebutaient.

Je m'étais vite lassé de faire la queue devant les minibus du bois de Vincennes où, les paupières en creux, les Blacks ravagées par la dope officiaient :

– Bonsoir chéri, c'est vingt la pipe et quarante l'amour.

La file d'attente, je m'y étais presque fait des potes ! Des habitués de la baise à bon marché, à besogner debout des négresses impassibles. Je restais sur ma faim.

Les travelots efflanqués du bois de Boulogne passaient mes limites du sordide. Quant au putanat de luxe des bars à hôtesses du genre Baron ou Diam's, il était réservé aux notaires véreux ou aux gros commerçants de province en virée à Paris. Mon pouvoir d'achat soviétique me rendait ces filles inaccessibles. Je craignais d'y prendre goût et de courir tout droit à la ruine. Mieux valait éviter.

Alors parfois, je traînais dans cette ville calculatrice et froide dont le monde entier persiste à croire, contre toutes les évidences, qu'elle est l'épicentre de tous les plaisirs. Ces soirs-là, je marchais, effroyablement seul, l'âme en peine, sans but, juste pour me frotter à de la femelle, tout heureux du sourire marchand d'une péripate de périph.

Boulevard des Filles souffreteuses du Calvaire, je sentais la nuit autour de moi, stérile et froide comme un scalpel. Ces soirs-là, je comprenais que je n'appartenais pas à ce monde tuméfié, que j'étais en dehors, profondément étranger à cet univers. Comme un clandestin bengali dans les rues verglacées de Saint-Moritz, le soir du réveillon. Je vivais dans un outre monde qui m'isolait du reste de l'univers et pourtant j'aurais tellement voulu trouver un corps chaud accessible et tendre, un corps inconnu qui puisse me délivrer de cette solitude transie.

Au fond, je n'avais pas renoncé à l'amour, au moins physique, je ne m'étais jamais résigné à cette continence abominable ni à l'espoir de goûter à de plus appétissantes femelles que celles que mes maigres émoluments pouvaient m'offrir. Bref, je traversais une sale période, toute en déprime. Tout ça pour dire qu'aller tirer ma crampe au soleil ne tenait pas de la vocation précoce mais que c'est juste la seule solution que j'ai trouvée pour pas crever de solitude.

– T'es con ! Viens me voir, m'avait suggéré Gustin. Les Thaïes sont somptueuses, douces, bonnes au lit et pas chères. Viens deux semaines ! C'est fabuleux ici ! Que du bonheur ! Tu amortiras vite le prix du billet.

Il ne parlait pas de prostitution mais d'un don inouï, d'une générosité immense pour le prix mesquin d'une simple passe. Ça faisait longtemps que je ne l'avais pas connu aussi enthousiaste. Il devait avoir une bonne raison. Pas con, la Thaïlande ! Oh bien sûr, ce n'était pas le genre de destinations dont un invité se vantait dans les dîners en ville.

– Et pour les vacances, vous avez été où ?

– En Thaïlande !

– Chiang Mai est une ville merveilleuse ! Nous y sommes allés en voyage de noces avec Charles-Henri.

– Je ne connais pas Chiang Mai. En Thaïlande, je ne connais que Pattaya !

– Vous y allez pour la plage ?

– Non, uniquement pour la baise, pour les putes splendides. Bonnes et pas chères ! Le meilleur rapport qualité-prix.

Loin devant la surfaite République dominicaine. Charles-Henri devrait essayer !

Succès garanti dans les familles. Heureusement, je n'en ai jamais eu beaucoup des dîners en ville. Un solitaire, je vous dis. La pression sociale m'a toujours été odieuse.

Aussi loin que je m'en souvienne, j'ai abhorré les doctrines, les partis, les loges, les militants, les manifestants, les catéchismes, les grandes causes. Même les quêtes de la Croix rouge ou le Muguet du premier Mai me sont insupportables. Jamais compris, ce besoin de tout faire en troupeaux. Et merde ! Tant qu'à être en dehors de la société, autant y aller carrément ! Va pour la Thaïlande !

J'aurais peut-être dû réfléchir avant de plonger mais il y avait longtemps que le cerveau ne commandait plus. Une sale audace m'était venue, tout esquintée de désirs insipides et rances. À force d'abstinence, les burnes avaient pris le contrôle du système central. Un putsch hormonal comme dans ces films de science-fiction où la machine se rebelle contre ses créateurs.

9

Au boulot de toute façon, l'ambiance était délétère. Une OPA « cross border mais amicale », comme ils disaient. Passé le choc initial qui nous avait tous tétanisés, une bruissante fébrilité s'était emparée de tous les êtres qui dépendaient du même Léviathan pour boucler la fin du mois.

Tout est allé très vite. Submergée d'incompétence, la banque, qui m'employait, devait finir par être absorbée. Nous connaissions la règle du jeu. Nous l'acceptions avec le secret espoir qu'enfin des professionnels viennent diriger la société. L'ancienne direction avait été évincée en touchant un monstrueux jack pot en primes de départ et stock options.

C'était cher payé pour avoir réussi à diviser les résultats par trois en cinq ans. De petits commis du grand capital, tout boursouflés de leur importance, avaient débarqué avec leur projet « un challenge pour le vingt et unième siècle » comme ils disaient dans la revue interne de la boîte.

J'ai essayé de lire, et surtout de comprendre, le programme sur papier glacé des nouveaux maîtres. Je n'ai trouvé qu'un ramassis de sottises obstinées. À en pisser de rire !

Cette œuvre immense, pondue par les synapses disjointes d'un consultant en stratégie grassement rémunéré, n'était qu'un monument de banalités et d'inepties de haute tenue. Une bêtise exténuante mise en œuvre avec méthode et application. Je reconnaissais la logomachie frelatée des grands cabinets anglo-saxons.

Débiter des conneries d'une médiocrité éprouvante mais avec le style et la forme.

L'auteur — je n'ose supposer qu'ils furent plusieurs — était probablement cocaïnomane et élevait dans ses délires verbaux le creusé de la phrase au rang d'un art authentique. Ses sphincters cérébraux avaient lâché et pris d'une chiasse irrémissible, il s'était vidé sans aucune retenue.

Depuis les grands indémodables de la banalité et du truisme suffisant jusqu'aux dernières fermentations cérébrales dans le style Internet et *New Economy*, on y trouvait tout un monceau putride de bêtise triomphante, un ramassis de lieux communs fardés à l'Internet, un défilé de concepts surannés, vaguement badigeonnés d'anglicismes à la mode. Une novlangue tordue, déformée en slogans de pissotière.

Je ressortis atterré par cette lecture exténuante. J'avais maintenant de solides raisons d'être inquiet : « un challenge pour le vingt et unième siècle » était un désastre irréfutable. Je regrettais presque l'ancienne direction qui, au moins, ne théorisait pas autant sa médiocrité.

La vision du monde des cervelles de héron qui dirigeaient la boîte avait le mérite d'être simple : tout ce qui avait été fait avant eux c'était de la merde. Dans un sens, ils n'avaient pas complètement tort. Le darwinisme économique qui présidait à l'élimination des faibles par les forts, se résumait à la devise vae victis.

Les vaincus c'était nous. Un convoi d'esclaves barbares ramenés à coups de fouet par des armées triomphatrices de lointaines campagnes militaires. Fallait collaborer avec l'ennemi, endosser l'uniforme des vainqueurs. Même si nous nous doutions que derrière la guerre économique, comme derrière toutes les guerres, se cachait une grosse arnaque où les petits allaient sûrement morfler. Comme d'habitude.

Nous étions prêts à faire un effort. Seulement,

personne ne voyait pas trop à quoi pouvaient nous mener tous ces tracas. Il aurait fallu qu'on nous explique ! J'étais prêt à me forcer, à me convertir, à développer une exceptionnelle souplesse d'échine. Fallait croûter. Seulement, voilà — même au prix d'efforts surhumains — adhérer à un tel magma de conneries resucées à l'infini était au-dessus de mes capacités. Pas doué.

Ce genre de choses se sent quand c'est pas naturel. Ils veulent des vibrants du résultat net, des fanatiques du coefficient d'exploitation, des enragés de la part de marché. Pas des tièdes. Il fallait adhérer de toute son âme, de toutes ses tripes, et moi, je m'étais affranchi de ce genre de conneries à la mords-moi-le-nœud. Impossible de revenir en arrière, je n'aurais pas supporté.

Ma hiérarchie se doutait que, lorsque je faisais l'effort de briguer un poste ou un avancement, je me foutais au fond qu'on me l'accorde ou pas. Cioran m'avait pourtant prévenu « La lucidité sans la force de l'ambition conduit au marasme ».

Tous les midis, pleins de médiocrité ravie, nos patrons gambergeaient, refaisaient le monde. Des trois à quatre heures au restaurant à se remplir la panse de mets coûteux, à s'infiltrer de grands crus. Diriger c'est pas donné à tout un chacun, faut la santé et un sacré coup de fourchette. Déjeuners de travail, arrosés de picrate à mille balles, indispensables pour mettre en œuvre « un challenge pour le vingt et unième siècle ».

Après s'être gobergées, les crapules rentraient à moitié pétées à force d'avoir fermenté de la stratégie arrosée de premier cru. Et puis, ils avaient le vin mauvais les rosses. Alors seize heures, c'était l'heure des branlées ! Nous n'en menions pas large ! Fallait pas être convoqué dans leur bureau. Des sanguins, les nouveaux patrons. Mon pote Abdel les avait surnommés « Suffisants mais pas nécessaires ». Ils passaient déjà plus les portes — tellement gonflés du sentiment de leur essentialité !

Mais au fond, nous en étions réduits à ressasser notre poisse, à nous apitoyer sur notre condition de vieux meubles dans des conversations inefficaces. Ce n'était que d'interminables jérémiades à pleurnicher autour du café espace fumiste sur le thème du « c'était mieux avant ». La vérité c'est que nous avions honte de nos carcasses trop peu rentables, de nos vies déficitaires.

La hausse des prélèvements de toutes sortes, le toujours plus de productivité pour toujours moins de salaire achevait de démobiliser des cadres déjà déstabilisés. Échine courbée, œil hagard, teint terreux, tube de Prozac à portée de main, le cadre maison était reconnaissable au premier coup d'œil. Il avait l'œil creux, le poil terne, la truffe sèche. Alors, dans cette formidable débâcle, tout l'étage lézardé puait la recherche d'emploi, le job-on-line.com, les lettres de motivation et la rédaction de CV.

Nous osions à peine parler aux démissionnaires par peur de nous compromettre. Tout le monde ne pensait qu'à se débiner de cette boîte à chagrin, ceux qui n'étaient pas encore partis, c'est qu'ils n'avaient pas trouvé. Les recrutements étant bloqués, nous nous retrouvions en effectif réduit avec des objectifs stratosphériques fixés par nos Koutousov de la finance entre un tartare de saumon et un feuilleté de ris de veau au jus de truffes.

Tout s'effilochait. Moi, j'avais pas encore cherché un autre boulot. Un peu la flemme mais surtout le fait que j'y croyais plus. Là ou ailleurs, j'avais l'impression que nous étions, de toute façon, baisé d'avance. Que les conjonctions ne m'étaient pas favorables. Alors, tant qu'à prendre, je préférais ne rien faire, attendre que ça passe.

Malheureusement, c'était pire chaque jour ! Mon boulot, ma famille, mon pays, tout partait en couilles. Série noire et Loi de Murphy réunies. La déprime me guettait et j'aimais pas prendre des trucs chimiques alors fallait réagir avant qu'il ne soit trop tard. Pattaya, c'était mon Prozac à moi. Je savais pas qu'il y avait aussi accoutumance. Gustin aurait pu me prévenir.

- Et tu lui as dit quoi à ta femme ? m'avait demandé Gustin au téléphone.

– Une formation bidon en Angleterre. Étant donnée la situation qu'elle m'impose, je me trouve plutôt prévenant de faire l'effort d'un alibi. De toute façon, Florence semblait soulagée de me voir foutre le camp.

– Deux solutions : tu sens le pâté ou elle a un amant.

– Je la vois pas avec un type mais je peux me tromper. En tout cas, son enthousiasme à l'idée de mon départ m'a enlevé mes derniers scrupules. Si ça fait plaisir aux deux, j'aurais tort de me priver.

J'ai eu quand même un peu les boules pour le prix du billet. Les vols étaient complets ce qui me semblait un excellent présage. Jamais entendu dire que les touristes se rendent en masse à Kaboul ou Karachi.

Le billet le moins cher c'était Uzbekistan Airlines, mais je le sentais pas trop le vol sur un vieux Tupolev hors d'âge avec changement à Tachkent. Je voulais pas risquer de me retrouver en rade à Novossibirsk.

Enfin, le grand jour arriva, bon Dieu que j'étais content de me casser ! C'était un aller simple que j'aurais dû prendre. J'avais l'âme de tout plaquer, de rompre les amarres. Mon début d'audace me donnait des ailes, la bête à chagrin ruait dans les brancards. Elle leur faisait un monstrueux bras d'honneur.

Claquer vingt ans d'économie avec les putes. Tous les planter, un rêve, jouissif à pas pouvoir le raconter : les fourbes, les épouses acariâtres, le fisc, les obsédés du *return on equity*, tout tendus dans un priapisme de rentabilité. Ces vampires d'actionnaires exigeaient leur quinze pour cent annuel. Sinon c'était la honte publique, l'opprobre collectif.

Mais comment cracher 15 % quand la croissance économique se traînait à moins de 1 % par an ? Produire plus avec un salaire moindre. En clair, accepter chaque année de se faire enfiler un peu plus profond. J'étais de la classe moyenne, ce dindon de la farce trop fauché pour intéresser les paradis fiscaux mais trop « favorisé » pour récupérer une partie du pognon que l'État lui piquait.

Bref, j'étais le connard au milieu du peloton, celui qui pédale groupé. Bien au centre de la courbe de Gauss, cette cloche avec son gros ventre de moyens et ses deux extrémités de trop riches et de trop pauvres, toutes occupées à lui vider la panse.

Elle aurait eu une drôle de gueule la courbe de Gauss sans moi ! Qui travaillerait pour les dividendes et les profits des rupins ? Qui paierait pour les allocations des pauvres ?

Il ne resterait plus que des pauvres sans fric qui se mettraient vite à bouffer des riches désemparés. Sans plus personne pour garder leurs villas en meulière avec les sapins bleus dans le jardin. Sans plus personne pour faire tourner leurs usines à dividendes. Finie la vie moelleuse et tranquille, un beau boxon, bien réjouissant, en perspective.

J'aurais bien tout fait péter mais les pères de famille ne font pas la révolution. C'est pour cela qu'ils rassurent le bourgeois. Mes chers petits, la lumière de ma vie, deux petites têtes blondes de cinq et sept ans qui n'avaient rien demandé et que, dans un moment d'optimisme insensé, j'ai précipitées dans le monde avec le sentiment de me propager, d'œuvrer pour l'éternité. Faire des gamins, ça donne un sens à sa vie en refilant son angoisse existentielle au bipède de la génération suivante.

Un jour, vous lirez peut-être ces lignes. Non, votre père n'est pas un putassier, un libidineux, un baveux de la bite, un jouisseur. J'aurais bien voulu mais c'était pire j'étais juste un de ces cadres moyens, un de ces cloportes ensommeillés qui grouillent chaque matin, quand le mauvais vent de novembre vous prend en rafale au sortir du RER lorsque l'on rejoint bien sagement nos prisons verticales.

Sur un coup de sang, le cloporte a tout simplement voulu goûter au hamac du paradis ensoleillé. Comme celui qu'étalent, impudiques, magazines et reportages télé. Si je n'ai pas complètement pété les plombs, c'est grâce à vous, chers petits !

Ou bien à cause de vous !

Au choix !

10

Celui qui n'a pas connu l'ivresse de ces débuts de soirée quand on ne sait pas encore avec qui l'on finira la nuit n'a pas vraiment connu le bonheur.

En France, je les terminais généralement seul mes samedis soirs. Pattaya c'était risque zéro, la fin programmée de la solitude. D'innombrables belles-de-nuit m'attendaient pour la soirée, et plus, si affinités. Elles se chargeraient de me faire oublier combien la vie est garce. Les philosophes auraient dû se demander s'il y avait une vie avant Pattaya.

La démarche lente et féline, Gustin déclenchait des bordées de *handsome man, sexy man, I go with you*. Il souriait avec un frémissement de voluptueuse fierté, tout heureux de cette nouvelle popularité. Faut dire que les pouliches, ça les changeait des lourds troupeaux quinquagénaires débraillés que nous croisions en ville. Gorgés de cette bière flatulente qui alourdissait les corps et obscurcissait les esprits, ces hommes, épuisés par une existence besogneuse, savaient qu'ils n'avaient plus beaucoup d'années devant eux pour profiter de la vie. Il reste toujours trop peu de temps pour glaner quelques instants de bonheur. Personne n'imagine son trépas, chacun se croit éternel mais la Camarde est bien là, embusquée, à nous attendre.

Enchaînés à des labeurs bien ennuyants, à des vies laiteuses et sans éclat dans des villes de province grises, condamnés à ruminer des projets plus tristes que leurs vies, ces hommes, tout englués dans leur quotidien médiocre, fuyaient sous le soleil, dès que les vacances les libéraient.

Pour oublier la mesquinerie du chef comptable, les points de retraite et les traites à payer. Pour oublier qu'ils étaient vieux, le visage poché, bientôt malades, déjà gâteux, presque morts.

Le compte à rebours avait commencé dès leur naissance, seulement maintenant le grand voyage approchait. Alors, ces intouchables étaient saisis d'un sentiment soudain d'urgence. Restait plus beaucoup de temps pour goûter au bonheur, pour quêter un soupçon de jeunesse entre les sourires des filles, les plages immaculées et l'ivresse de l'alcool. En liberté conditionnelle, le temps des vacances, ils s'enivraient de plaisir vénal pour oublier que la vie est un braquage qui se termine toujours mal.

Casanova ventrus au passé aussi poisseux que leur queue. Culs flasques de vieux tout grêlés et tremblotants comme un œuf en gelée. Rien d'enthousiasmant pour des midinettes, qui, comme toutes les filles de vingt ans, épinglaient des posters de Brad Pitt au-dessus de leurs lits.

— Tu sais comment les filles surnomment ce genre de clients ? Me demanda Gustin en me désignant un homme à la bouille confite de graisse.

J'ai suivi du regard l'homme au crâne luisant qui progressait lentement porté par des cuisses brèves et charnues.

— Je donne ma langue au chat.

— Des *khwaai*, des « buffles d'eau ». En paysanne, la Thaïe adore les allégories animales. Malheureusement, il lui faut se rendre à cette désolante évidence : ce troupeau quinquagénaire, neurasthénique et placide constitue son « cœur de cible », sa « ménagère de moins de cinquante ans ».

Les charters ne vomissaient le plus souvent qu'une humanité couperosée en quête de soûlographies tropicales. Alors, à la vue de Gustin, les bar girls se prenaient à espérer une nuit un peu plus romantique, un peu moins alimentaire. Les jeunes putes aussi ont le droit de rêver.

Nous avions échoué Soï 8 : une ruelle bruyante et animée, encombrée de cuisines roulantes et toute entière bordée de bars qui arboraient des myriades de filles jeunes et voraces. Un parcours du combattant à effectuer au crépuscule.

Le pas lent, l'œil aux aguets, nous avancions au milieu de la cohue interlope de ce pur canyon des plaisirs. Les bars formaient une haie de chair de chaque côté. Le regard défiant la pudeur des hommes, une fille saoule plus entreprenante bloquait le passage, me prenant par la main, me serrant contre elle pendant que sa copine enlaçait Gustin en essayant de l'embrasser.

– Où tu vas ?

– *Pai douay*, viens avec moi

– *Sexy man*.

– Tu m'as oublié, chéri.

– Je vais avec toi, OK ?

Plus loin, deux autres, encore plus délurées, tâtaient la queue de Gustin à travers l'étoffe du pantalon pendant qu'une troisième l'avait chopé par les burnes.

– Des chiennes enragées autour d'un os, remarquai-je

– De toute façon, les femelles finissent toujours par nous tenir par là, affirma Gustin en écartant fermement les serveuses.

La tranchée du *soï* se dilatait. À l'infini. Nous nous laissions porter par cette jeunesse outrancière si hospitalière. Par moment, le flot se cristallisait. Embolie putassière. Puis, le flot sanguin se fluidifiait et notre difficile progression reprenait. Lenteur bienvenue pour mieux mater les bars bondés.

Un moment d'inattention et l'on passait à côté de la femme de sa vie. Gustin, l'œil en alerte, était sans pitié.

Poète à ses heures, des filles dont il aurait rêvé en France étaient implacablement qualifiées de thons ou de sacs, selon l'inspiration du moment.

– Bon, me lâcha Gustin qui se trouvait très beau, tu es dans la petite moyenne en France mais à Pattaya, vu la laideur du Farang moyen, tu es une super affaire ! *You are an handsome guy !*

Toujours les mots pour faire plaisir, Gustin.

– Les Thaïes, abreuvées de films américains, tripent sur le physique Farang. Avec tes yeux bleus et tes cheveux blonds, tu vas faire un carton.

– Je suis châtain clair, pas blond.

Il commençait à me courir, Gustin.

- Pour elles, tu es blond, tu as vu la couleur de leurs cheveux ? affirma-t-il d'un ton péremptoire.

J'avais pas envie de me battre sur ce détail.

– D'ailleurs, ajoute-t-il, après six mois dans le pays, je commence à les connaître. Ici, toutes les stars de la télé sont métissées asiates farangs. Nez longs et teints clairs. C'est le canon de beauté. Hollywood nous a mâché tout le travail. En France, nous sommes des sous-merdes, ici des demi-dieux.

Je ne demandais qu'à le croire.

– Des demi-dieux ? T'es sûr ?

– Je t'assure ! Des demi-dieux ! Avec nous, elles ont l'impression de coucher avec Tom Cruise !

Sceptique, je considérais Gustin lui trouvant peu de ressemblance avec Tom Cruise. Et voilà qu'il repartait dans ses délires sur le côté irrésistible du physique Farang pour les filles thaïes.

Moi, j'avais surtout l'impression que cette ville était affamée de pognon et que c'était le fric des Farangs qui les rendait irrésistibles. Mais, mon Gustin avait besoin de plaire, d'être aimé pour lui, pas pour sa thune. En somme, c'était un pur ou bien un hypocrite.

Pour ma part, j'avais passé l'âge des mensonges pour compte propre. Bien sûr, c'était plus flatteur d'être aimé pour soi-même mais on est moins responsable de son physique que de sa fortune. Et puis, fallait pas trop en demander, c'était déjà inespéré. Qui pouvait rêver de passer la nuit avec des petits canons de vingt ans ? Demander en plus de l'Amour, du vrai, avec un grand A, c'était abuser ! Je l'écoutais d'une oreille distraite.

Les six Singha descendues depuis la fin d'après-midi avaient sorti Gus de l'hébétude, je sentais qu'il entrait dans la phase la plus active de la journée entre la torpeur post-comateuse de l'après-midi et le coup de barre qui le prendrait sur le coup des quatre heures du mat. Quand, assommé par l'alcool, il sombrerait aux frontières de la catalepsie et finirait la nuit en pissant aux étoiles en marmonnant :

– Putain, j'ai le casque !

J'appelais cela sa phase vespérale.

11

Nous avions échoué au Scandinavia Bar – un établissement de la Beach Road tenu par un Norvégien si j'en jugeais par le drapeau et, surtout, par le groupe d'ivrognes ventrus qui émettaient d'étonnants grognements gutturaux qui avaient du faire beaucoup, il y a mille ans, dans l'effroi que suscitèrent les Vikings sur les rivages de la *Doulce France*.

Je la dévorais des yeux. Un gamin devant la vitrine dominicale d'une pâtisserie. Elle me souriait en me battant régulièrement au Puissance 4. À chacun de ses sourires lumineux, une adorable fossette creusait sa joue. Elle alignait imperturbablement les quatre jetons de couleur avec une adresse redoutable.

– Toujours, tu perds. On fait la partie à 20 bahts. OK ?

– Et tu m'offres un short-time si c'est moi qui gagne ?

Elle a froncé les sourcils. Ses yeux étincelaient comme une boule à tango. Ils me renvoyaient le désir qu'elle avait fait naître en moi. Le pêcheur avait mordu à l'hameçon.

Comme l'usager du métro certain d'être un pur génie cerné par des cons, chaque bar était persuadé d'être unique. Alors on se différenciait comme on pouvait en affichant le drapeau du pays d'origine du proprio ou son prénom.

Ces manifestations de nationalisme outrancier étaient censées attirer les compatriotes. Mais qu'est-ce ça pouvait bien me faire si le patron s'appelait John, Olaf ou bien Helmut ? Je ne m'intéressais qu'au jeune troupeau de gazelles brunes que le bar offrait à ma convoitise frémissante.

À côté de moi, un homme sans cou, aux bajoues flasques était complètement déchiré. Son haleine empestait. Son visage de mérou semblait rivé à même un tee-shirt cradingue. Par moments, j'avais l'impression étrange que ses yeux tabagiques se voilaient d'une taie légère comme ceux d'un chien qui va mordre. Avec les pulsations de l'alcool, une envie de se maillocher lui montait dans le sang. Dans un aboiement d'anglais nordique, il avait engagé une de ces querelles vantardes d'ivrogne avec son voisin, un type âgé à l'air tout ratatiné et qui sentait fort la sueur incrustée.

– T'es un enculé, comme tous les Suédois, un sale enculé. Un *motherfucker* ! lança-t-il d'une voix crochue.

Puis, trouvant l'autre un peu trop éteint à son goût, il s'était mis à chicaner les serveuses, en empoignant sans vergogne une par le bras jusqu'à lui faire mal. La fille résignée, avec un sourire trop doux, se débattait mollement avec un air soumis et triste. La mamasan dut se lever pour dégager sa génisse docile.

– Elle va pas avec toi. Tu es saoul. *Mau mau*. Elle baiser pas avec *mau mau*.

Un sourire bovin, confit de supériorité, barra le groin de l'ivrogne.

– Je vais t'enculer, petite salope, tu m'entends ? T'enculer !

Ma partenaire de jeu haussa les épaules en souriant. Il émanait d'elle une grande sérénité.

- *What is your name ?*

- My name is Toy.

Je compris qu'elle était à Pattaya depuis six mois, qu'elle avait vingt-six ans, et une fillette laissée à la garde de ses parents près de Buriram. Son visage était nettement plus typé que celui des autres serveuses du bar.

– J'aime beaucoup tes yeux.

– Mes yeux, c'est comme yeux japonais.

– Ton père était peut-être japonais.

– Toi, *mau mau*, ma mère, elle allait pas avec les autres hommes. Que mon père.

– Elle était aussi jolie que toi ta mère ?

– Plus jolie, me répondit-elle, avec une moue de regret.

Ses prunelles hypnotiques baignaient dans un étrange cocktail, un mélange de pureté et de perversion. Son visage dégageait une incroyable lumière intérieure. Elle irradiait un bonheur presque mystique qui me fascinait. Gustin voulait aller chercher une fille.

– Une danseuse du Baby qui m'a mis les couilles en branle. Tu vas connaître l'extase !

Le Baby était, à son avis, le gogo le mieux achalandé de la ville. Je ne demandais qu'à juger sur pièce. Ma bière était tiède. Toy me souriait en aspirant son wine cooler.

– Tu viens avec moi ?

Elle me caressa du regard en ramassant le paquet de notes accumulées dans le cylindre en teck.

– *You pay bar* ? me demanda-t-elle de sa belle bouche sensible.

J'avais oublié ce détail. Une part non négligeable du revenu des bars ou des gogos venait de la « vente » des serveuses. Pour pouvoir emmener une fille, le client devait dédommager le bar. C'était une manière d'associer le bar aux bénéfices du commerce de la chair : une forme de proxénétisme légal. L'amende de bar était de deux cents bahts dans les beer bars et de cinq ou six cents dans les gogos. Cinquante bahts revenaient à la fille.

Gustin m'expliqua que si la serveuse, limitée à deux jours de congé par mois, voulait un jour de plus, elle devait alors se payer le bar fine, l'amende de bar. Avec son salaire mensuel de deux mille bahts, pour vingt-huit jours de travail, elle pouvait juste se racheter dix jours de vacances. Il n'y avait pas qu'en France que les petits morflaient. C'était structurel !

Toy se débrouillait dans cet anglais pidgin que pratique la plupart des Thaïs. Une fois les règles assimilées, la conversation était relativement simple.

– *Sister me go my friend you* signifiait « ma copine veut aller avec ton pote ».

– *My friend you butterfly want boum thing all ladies* signifiait « Ton pote est volage ».

12

Le Baby-a-Gogo étirait sa longue façade colorée sur la droite du Soï Diamond — un *soï* à gogos parsemé de bars carousels qui tournaient en permanence sur leur axe. Pratique car le client pouvait mater plus facilement les filles.

Deux branleurs en chemise blanche alpaguaient les Farangs en vadrouille.

- Come inside, good girls inside, Sexy show ! Lesbian show !

Dans la fraîcheur intérieure, sur une large plate-forme pommadée de lumière rouge, une quinzaine de filles, le regard vide et les seins nus, se trémoussaient sans conviction. D'autres papotaient, assises en petits groupes, ou bien papillonnaient d'une table à l'autre. Petites filles modèles se présentant avec un air sage aux clients pour se faire offrir un verre.

Assiégeant la piste, une vingtaine de touristes, Occidentaux et Japonais mêlés, sirotaient leur bière glacée au goulot par petites gorgées comme un précieux nectar. Seuls ou en petits groupes, ils reluquaient l'air blasé les pouliches offertes en pâture. La plupart ressortaient sans fille, simplement satisfaits d'avoir passé un peu de temps avec de jolies femelles sous les yeux.

Nous ne venions pas pour bavarder. La lourde sono et le mauvais anglais n'autorisaient qu'une communication basique. Si la fille qui venait vous trouver vous plaisait, il était d'usage de lui offrir un verre, un *lady drink* sur lequel elle toucherait une commission matérialisée par le jeton que lui glisserait la serveuse. Sa boisson était le plus souvent un liquide coloré dans lequel elle s'humecterait le bout des lèvres pour trinquer avec vous.

Le Baby était un des gogos les mieux achalandés. Gustin me désigna un sexe moulé dans la coquille d'un string.

– Le numéro 21. Un régal de l'âme. Je l'ai repéré hier. Elle a de la classe, tu ne trouves pas ?

Gustin adressa un petit signe de la main au numéro vingt et la danseuse braqua vers nous ses yeux fendus comme deux projecteurs glacés.

Avant de s'asseoir, elle commanda un lady drink à la serveuse qui attendait en retrait. La gogo-girl s'appelait Yahou, elle n'avait pas de bébé et venait de Chantaburi. Elle sortait du schéma classique de la fille Isaan avec enfants. Elle bossait pour subvenir aux besoins de ses parents. Il n'y avait pas non plus de retraite en Thaïlande.

Yahou avait un corps magnifique et un port souple même si, comme de nombreuses Asiatiques, ses seins étaient de petite taille. Sa chevelure, teinte en auburn, contrastait avec son long visage mat.

Au centre de ce visage, la nature l'avait généreusement dotée d'une merveilleuse « bouche à pipe ». Ce détail n'avait, bien entendu, pas échappé à Gustin, grand amateur de fellations devant l'Éternel. Je soupçonnais même cette bouche à gâteries d'être l'élément central de la fascination que Yahou exerçait sur lui.

– T'as fait le bon choix Gustin, une fille qui se prénomme yaourt doit aimer avoir du dessert lacté autour des lèvres.

– T'es qu'un suceur de putes, tu comprendras jamais rien aux sentiments

Yahou avait quelque chose d'acéré dans le visage comme une empreinte de ce cynisme que l'on rencontre chez les filles qui ont perdu leurs illusions. Elle ne devait plus croire à grand-chose et surtout pas à l'Amour. Juste au fric qu'elle pouvait soutirer aux Farangs.

Le problème, c'est que Gustin tombait régulièrement amoureux. C'était d'ailleurs, avec les turlutes, la seule chose qui l'intéressait vraiment. Derrière une façade rugueuse, il était plus fleur bleue que moi. Il devait rêver de romances sur une musique de Francis Lai, de couples courant au ralenti sur la grève de stations balnéaires hors saison. Chevelures collées par le sel des embruns. Baisers fougueux. Fous rires pour rien, juste par amour, par trop-plein de bonheur. Comme dans les films de Claude Lelouch.

Même à Pattaya, je devrais dire à Pattaya plus que jamais, Gustin continuait à chercher le grand Amour. Tout simplement, il disposait ici d'un inépuisable réservoir de filles pour rechercher la femme de sa vie. Forcément, ça dépotait plus vite, quand quotidiennement chacun pouvait fourrer jusqu'à trois filles différentes.

La serveuse nous apporta la note en souriant par avance du pourboire espéré.

– *Tip for you*.

Yahou avait disparu au vestiaire : une petite pièce coincée à côté des chiottes. On avait le temps de profiter un peu du show sexy annoncé à grand renfort de roulement de tambour.

Les Gogo-girls libérèrent la scène pour laisser place à une danseuse courte sur pattes sanglée dans un ensemble de cuir noir. La trentaine, elle se mit à onduler amplement de la croupe tout en tenant à la main des chandelles allumées. Une danse ridicule censée être sensuelle. Puis, la femme leva les bougies et se plaça à leur verticale pour recevoir la cire brûlante sur sa poitrine. À côté de moi, un Américain obèse ne put réprimer un bâillement.

Gustin commençait à s'impatienter.

– Qu'est-ce qu'elle peut bien foutre ?

Yahou n'avait toujours pas reparu quand la femme aux bougies laissa la place à six jeunes filles complètement nues, le front ceint de couronnes de fleurs. Du David Hamilton à bon marché avec des filles qui tournaient autour de balançoires.

Yahou est enfin réapparue en tenue de ville. Sa robe moulante l'avait métamorphosée en lui dessinant bien la taille. Sans cette habitude onduleuse d'avancer en tanguant du cul, bercée d'une houle intérieure, elle aurait eu l'air d'une femme d'affaires. Sur scène, le Bilitis à la sauce soja tournait maintenant au numéro de gousses. Onze heures dix-sept. À deux pas, le Tony's devait commencer à se remplir.

13

Une abominable tentation à l'état brut. À vous défroquer un conclave. À vous subjuguer les synapses. Une avalanche de sensualité : princesses graciles, êtres adorables à l'élégance animale, filles somptueuses à l'ovale parfait, chairs tentatrices au poli lumineux. Un chaos de sensations se saisissait du mâle halluciné à la vue de ces filles exquises à la musculature pure, de ces cohortes de créatures délicieuses aux attaches fines, aux membres bien découplés. Leur grâce innée, leur port de tête altier, leur gestuelle parfaite de raffinement, le lumineux rêve de corps promis éclataient en promesses d'orgasmes solaires.

Je mis une bonne dizaine de minutes à reprendre mes esprits, à me dégager de l'apnée vitale qui m'avait saisi à l'instant où j'avais pénétré dans ce lieu de supplices.

Trois catégories de clients fréquentaient le Tony's : des couples mixtes comme ceux que nous formions avec Toy et Yahou, des Farangs non accompagnés venus lever une fille pour la nuit et des groupes de filles thaïes en chasse. Je parle du début de soirée (à la fin, il ne restait pratiquement plus que des couples mixtes). À cette heure, seules les filles en free-lance chassaient mais à la fermeture des bars, les boîtes de la rue piétonne se rempliraient de bar girls esseulées venues tenter leur chance.

Dans ce tableau cohérent, une seule table se remarquait

avec trois blanches au maquillage outrancier. La seule vue de ces fausses blondes, grasses et vulgaires, agaçait Gustin, il s'était mis à maugréer, reprenant son couplet habituel dédié à la haine des femmes européennes.

– Putain, j'y crois pas ! Mais regarde-moi ces grosses truies comme elles sont moches avec leur maquillage et leur cul de vache ! Et dire qu'il a fallu deux mille ans de civilisation pour en arriver là… C'est à gerber !

Sûr qu'il leur en voulait aux femmes Farangs, Gustin. Il s'était trop de fois ramassé en boîte à Paris dans des plans de drague minable. Depuis, il exécrait la femme blanche. Indigne de les baiser, il s'était contenté de les haïr, de proclamer sa hargne éternelle à la face du monde. Une aigreur symétrique à celle des mal baisées qui virent féministes par rancœur contre l'indifférence des mâles.

– Ce sont des Russkofs qui tapinent à Pattaya, affirmait-il. Faut être fondu pour se farcir ces veaux quand on voit la jeunesse locale qui nous entoure. C'est comme vouloir se taper un Pepsi quand on bosse dans une usine de Coca. C'est avoir le vice sacrément chevillé au corps !

Les canons en free-lance contrastaient avec le physique décourageant des trois décolorées.

– C'est surtout les melons qui s'y intéressent, affirma Gustin, péremptoire.

– Pourquoi les Arabes ?

– Les crouilles, ils sont comme nous. Avec leur putain de religion, si t'es célibataire tu te la mets sous le bras.

– Alors, ils ne viennent pas pour les Thaïes ?

– Si, bien sûr, mais de temps en temps, s'enfiler une grosse Russkof, ils ne sont pas contre. Ils aiment varier du moment que ce sont des filles grasses. Surtout que la plupart des Thaïes les détestent pas.

– Ils ne sont pas en odeur de sainteté en ce moment avec leur islam conquérant.

– Ça, les filles s'en foutent, mais elles trouvent qu'ils sentent mauvais. Les grosses acceptent quand même les crouilles. D'autant plus que les Farangs ne s'intéressent pas aux filles grasses.

– Tout le monde est content alors ?

– Eux et nous, c'est chambre à part. On s'évite et tout va bien. Ils ont leurs cafés, leurs restaus, leurs filles et leurs boîtes à eux.

– Et c'est où la casbah ?

– Vers le croisement de Phratamnak Road et du Soï 16. Tu les verras en terrasse en train de sucer leurs chichas.

J'essayais d'être prévenant et attentionné avec Toy. Voyant mes efforts, elle se détendait progressivement. Elle observait Yahou avec réserve mais mes efforts pour faire oublier que je l'avais achetée la faisaient sourire.

Une naine n'arrêtait pas de nous harceler pour vendre ses roses. J'en pris une pour Toy et Gustin se crut obligé d'en faire autant pour Yahoo. Vraies roses pour fausses dragues, nous nous faisions déjà notre cinéma.

– *You, jai dee. Good heart*, décréta la belle Toy en me souriant. C'était le plus beau des compliments.

On dansait un peu autour de la petite table sur laquelle les serveurs avaient posé les verres. Le Tony's, comme la plupart des boîtes locales, était une *disco khrua*, littéralement une disco «cuisine» où les clients prenaient place autour de tables hautes entourées de tabourets. C'est autour de la table que l'on dansait. Comme la plupart des boîtes, le Tony's avait aussi son show en milieu de soirée. Le groupe était de bonne qualité et alternait dance internationale et tubes de variété thaïe.

Autour de nous, d'une table à l'autre, les signes de la main, les sourires et les hello se multipliaient. Les Farangs et les filles commençaient à se mélanger.

Pour une fille en free-lance, une soirée au Tony's était un véritable investissement. Ça lui coûtait dans les trois cents bahts de boissons comparés aux mille d'un long-time. Si elle ne ferrait pas au Tony's, elle pouvait se rabattre sur le Marine Disco et, ultime espoir, sur le Marine Song qui ne fermerait pas avant l'aube. Fallait surtout pas rentrer seule. Gustin me montra une fille presque adolescente qui avait l'air de s'ennuyer.

– Toutes n'aiment pas cette vie. Pas facile de dormir le jour, de travailler et baiser des nuits entières, tout cela en pensant au petit resté au pays.

– Elles restent combien de temps ?

– Certaines ne tiennent que quelques jours. Faute de clients ou de courage pour les suivre, elles retournent faire la caissière ou aider leurs parents à la ferme.

– Comment font les bars si les belles partent avec les Farangs et les autres retournent au pays ?

– La chair fraîche manque pas avec la pauvreté endémique. Les campagnes sont surpeuplées et avec le surendettement des paysans, les réserves semblent illimitées.

– De quoi réalimenter les bars en filles flambantes neuves ?

– Va à la gare routière et tu les verras. De rutilantes princesses qui débarquent de Khorat, d'Udon ou de Surin, les yeux tout remplis d'un mirage d'Occident.

14

Toy me raconta qu'elle travaillait depuis six mois. Elle était restée fidèle au même bar.

— *Mamasan, good heart, she takes care ladies, same same mama*, affirmait-elle.

Cette grosse femme, qui parlait fort avec beaucoup de gestes, était pleine de ruse et de jovialité. Elle savait que son fonds de commerce c'était la quinzaine de paires de cuisses qui s'agitaient chaque soir, pleines d'espoir derrière le comptoir.

Tous les jours, sur le coup des sept heures, elle offrait le dîner. Histoire de motiver les filles pour être à l'heure. Et puis, le ventre plein, les filles s'enfilaient les lady drinks avec un bel entrain qui faisait la satisfaction des Norvégiens. Ils se montraient alors plus généreux avec les pourboires. Surtout quand ils étaient beurrés, ce qui était la règle la plupart du temps.

— Mon mari mort. Moto accident à Bangkok. Ma fille deux ans. Nous mariés pendant sept ans. Le chauffeur du camion drogué ya baa.

Elle clignait la fente de ses yeux me relatant comment elle avait plongé. Elle parlait avec détachement comme si ce n'était pas de sa vie qu'il s'agissait. Mais ce n'était déjà plus sa vie. C'était avant. Avant qu'elle tourne pute.

Je compris que non seulement, les chauffeurs forçaient sur le Mekhong, cet infâme whisky local, mais qu'il y avait aussi le ya baa. Une sacrée cochonnerie, un cocktail d'amphétamines surdosées qui permettait de rester éveillé jusqu'à vingt heures d'affilé.

Les pilules vendues dans les bidonvilles de Bangkok étaient de mauvaise qualité, la drogue nécrosait les cellules cérébrales et, à terme, rendait fou. De temps en temps, une moto surchargée avec père, mère et enfants, le tout sans casque, était fauchée par un chauffeur défoncé.

À Pattaya, beaucoup de filles en prenaient pour tenir toute la nuit. Le plus souvent, elles le fumaient ou bien le mélangeaient avec du Captagon, un excitant en vente libre. Un « cocktail de power » comme elles disaient. Après leur shoot, les bar girls se mettaient à rouler des yeux comme des prêtresses antiques hystériques.

– Après mon mari mort. Ma mère garde ma fille Khan. Je travaille dans usine motos à Bangkok dix heures tous les jours.

– Combien tu gagnais ?

– Sept mille. Chambre deux mille. Sept mille, *nit noy*. Pas assez pour envoyer ma mère. Après, je viens à Pattaya. Je pleure tous les jours. Maintenant, ça va, me dit-elle en souriant.

Ainsi la première fois, elle avait chialé. Chialé d'avoir été souillée. Chialé de devoir recommencer demain et tous les jours qui allaient suivre.

– Tes parents savent ?

Gustin m'avait appris que beaucoup de filles mentaient à leur famille mais Toy avait préféré tout leur avouer. Son père et sa mère savaient qu'elle vendait son cul. Ils espéraient simplement qu'elle trouverait vite un bon mari qui l'épouserait et qui prendrait soin d'elle et, par là même, de toute la famille.

Le Farang ignorait souvent qu'avec la fille, il épousait toute sa tribu. En six mois, le charme envoûtant de Toy, les fossettes de ses joues, sa bouche chargée de chair lui avaient assuré un beau succès et de sincères engouements.

- Farangs like thai girls too much.

Gustin souriait en écoutant Toy :

— Elle est comme toutes les autres. Belle comme elle est, elle doit rester en contact par mail avec cinq ou six Farangs et naïvement, chacun d'eux doit être intimement persuadé d'avoir l'exclusivité.

— Toy, Gustin dit que tu as beaucoup d'amoureux. Combien de *boyfriends* tu as ?

— *I have no boyfriend.*

— Nous raconte pas de salades, s'énerva Gustin en la prenant par le poignet.

Elle cligna des yeux, puis avoua, en bonne paysanne prudente, garder plusieurs fers au feu. Elle n'omettait jamais de leur glisser son numéro de compte à la Thai Farmer Bank. De temps en temps, elle recevait un petit virement qui l'aidait bien. Elle me parla en particulier de John, un Norvégien divorcé de quarante-deux ans et de Michael, un Suédois de trente-huit ans avec lesquels elle avait respectivement passé deux et trois semaines.

— *John, good heart. Big but good heart. I don't like handsome men. Hansome men same same butterfly.*

Elle devait rêver comme toutes les filles de son âge de mariage et de belle robe blanche.

- Toi aussi, tu m'aimes ? me demanda-t-elle en souriant. Toi aussi, tu veux m'emmener Paris ?

Payés à la commission, les serveurs n'arrêtaient pas d'ajuster le niveau de Singha pour nous pousser à la consommation. L'alcool et la foule aidant, Toy se serra contre moi en se confiant comme à un grand frère. Elle avait déplié de sa poche une enveloppe.

— *You want read his letter ? John loves me too much… You love me too ?*

Elle posa la feuille froissée sur la table.

— Non, Toy. John ne serait pas content de savoir que tu montres ses mails.

J'aurais eu la sale impression d'être un voyeur. Mais Toy ne comprenait pas ma pudeur. Elle voyait dans mon refus du désintérêt.

— *John don't know, I do not tell him.*

Contrariée, elle me regarda droit dans les yeux avec un air boudeur. Elle voulait me prouver les sentiments qu'elle avait fait naître dans le cœur d'un homme, cette lettre d'amour était son trophée de fille de bar, la récompense de nuits sans fin passées assise derrière le comptoir à guetter le Farang qui ne viendra pas.

Là-bas, en Norvège, un homme l'aimait d'un amour invraisemblable, rêvait d'elle, lui écrivait et voulait lier sa vie à la sienne. C'était immense pour la petite Isaan sans mari qui vendait son corps à 13 dollars le short-time.

L'anglais était basique. Je pense, volontairement, pour faciliter la traduction en thaï

Chère Toy,

Tu me manques beaucoup et je pense constamment à toi. Ton sourire, ton visage me manquent et je voudrais tellement être près de toi.

Ici, la vie est triste en ce moment, le temps est très pluvieux, mais ce n'est pas grave car j'ai beaucoup de travail. Quand je travaille, je rêve à la Thaïlande et aux moments passés ensemble. Les filles de mon pays ne me plaisent plus depuis que je t'ai rencontrée. Je ne les regarde même plus dans la rue. Je ne pense qu'à toi et à la Thaïlande.

J'ai montré à mes amis les photos que j'ai faites de toi et ils t'ont trouvée très jolie. Ils souhaitent tous te rencontrer, je suis sûr que tu vas leur plaire comme tu vas plaire à mes parents.

J'essaie d'apprendre un peu le thaï avec des cassettes mais ce n'est pas facile et puis je n'ai pas beaucoup de temps avec mon travail. Pour l'argent, j'espère que le mois dernier, la Thai Farmer bank t'a

finalement versé les 10 000 bahts que je t'ai envoyés. Je les ai appelés au moins dix fois et ça m'a pris un temps fou. En tout cas, ma banque me dit que l'argent est en Thaïlande.

Je ne pourrai pas t'envoyer d'argent ce mois-ci car j'ai eu beaucoup de frais : la pension pour mon fils et puis aussi les impôts. Tu crois que je gagne beaucoup d'argent parce que tu vis en Thaïlande mais la vie est très chère en Norvège et puis je mets aussi de l'argent de côté pour retourner dès que possible te voir à Pattaya. Je compte les nuits qui me séparent de mon prochain voyage.

Il y a deux semaines, j'ai essayé de t'appeler dans ta chambre. Je suis tombé sur Nut. Elle m'a dit « Chérie travaille ». Travaille, tu parles, tu baises avec un Farang. Après, j'en ai été malade pendant une semaine.

Tu sais je comprends ton travail et je te trouve très courageuse de faire cela pour ta famille. Tu es quelqu'un de bien. Ton travail n'est pas un problème pour moi, c'est juste que je suis jaloux. Je sais que je ne t'envoie pas assez pour que tu arrêtes ce sale boulot mais surtout promets moi de ne pas aller avec des hommes « jai dam » et de toujours utiliser des préservatifs. Savoir que tu couches avec d'autres hommes me rend fou. J'ai aussi terriblement peur que tu attrapes le SIDA, que tu meurs. J'espère qu'un jour tout cela finira, que nous serons enfin réunis.

J'espère que ta famille va bien et que tu supportes cette vie difficile.

Encore une fois, ne sois pas fâchée à cause de l'argent, je fais ce que je peux, je sais que pour toi ce n'est pas facile

John

Gustin prit la lettre pour la lire avec un air rigolard.

— Un grand classique ! De retour dans leur vie ennuyeuse, les Farangs idéalisent les moments vécus ici.

— Tu te feras jamais piéger ?

— Je crois pas mais je les comprends. Ils s'inventent des amantes factices, des simulacres de passion, juste pour pas crever d'ennui en Europe. Ils essaient de trouver une réponse à la seule question qui agite l'humanité depuis toujours : comment vivre sans amour ? Ils sont pris d'une sorte d'inquiétude dès leur retour en Europe.

– Ils veulent croire à leur romance. Ça doit aider de penser que quelqu'un les aime quelque part.

Pauvres Farangs, victimes de cupides Cupidons, tout transis d'amour pour une petite putain qui gigote chaque soir dans un lit différent. Comment serai-je après mon départ ? Je préférais ne pas y penser. Un peu entamée par l'alcool et vexée par l'air hilare de Gustin, Toy lui arracha la lettre des mains :

- Him money too much, but him Cheap Charlie !

La sentence était définitive. Un *Cheap Charlie*, un radin. Toy, comme beaucoup de filles de bar, mesurait l'amour à l'argent envoyé. John avait de l'argent mais ne lui en donnait pas suffisamment pour qu'elle arrête. Il était donc radin et ne l'aimait pas suffisamment. Ça coulait de source dans l'esprit d'une Thaïe pour laquelle aimer et prendre soin n'étaient que les deux faces d'un même sentiment. Si l'on aimait une fille, il fallait l'entretenir. Lui refuser l'argent signifiait qu'il ne l'aimait pas. Une logique implacable.

Le regard perdu vers la scène, Toy oscillait sur le battement de Lady Marmelade.

Voulez-vous coucher avec moi ce soir ?

Voulez-vous coucher avec moi ?

Gitchie gitchie ya ya da da

Gitchie gitchie ya ya here

Mocca choca lata ya ya

Inutile d'essayer de lui expliquer que nous ne fonctionnions pas comme les filles du Siam.

15

Avec Toy, j'ai compris que la Bible avait tout faux. Depuis le début, les prophètes nous avaient menti. Tous nos malheurs venaient de là.

Au commencement était l'odeur. Odeur de bête, parfum de vulve confinée, musc de son sexe ouvert, fragrances mêlées de son cul en éruption, de son nid tiède et parfumé. Arômes fabuleux, poivrés de ses cheveux, fente puante ouverte vers l'infini. Formidable fumet de femelle en chaleur.

Narines pâmées sous les bouffées sauvages, je la reniflais comme une bête. Je suçais ses tétons à l'odeur de lait vanillé. Bouts bruns, doucement grenus. Senteurs folles de sa fourrure fendue, attentive, trop gloutonne. Odeur de muqueuses ruisselantes, de secrétions animales.

Quel con a affirmé que l'homme n'est pas une bête? Quelle merveille d'être une bête avec toi, Toy, quel bonheur de me saouler du remugle sauvage de ton corps, de tes vapeurs fauves. J'étais gris de parfum, ivre de découvrir un sens que je croyais n'avoir jamais eu. J'avais un nez, je sentais ta venaison, ton triangle odorant, ton parfum de chienne en chaleur. Ivresse fabuleuse juste parce que j'avais ma tête tout contre le tiède océan de ta nuque, dans une odeur chaude et sucrée, dans une senteur de vie puissante. Amour de ton aine. Ma fleur de printemps.

Avec toi, Toy, j'ai compris que la Bible avait doublement fait fausse route. Toujours cette volonté de vouloir nous faire croire que nous étions autre chose que des bêtes. Après l'odeur, après seulement, est venu le toucher.

Ton corps lisse, ta chair ferme, d'un superbe brun doré. Ma seule Évangile. Le soyeux de tes cheveux, de tes jambes fuselées. Pleurer de bonheur rien qu'à les caresser. Petit cul caramel tenant juste dans la paume de mes mains. Doigts glissés, doigts errants explorant tes interstices, tes cavités pleines d'odeurs. Peau contre peau, pression chaude des muscles, gouttes de sueur, épanchements de peaux brûlantes comme de la soie, lèvres rafraîchissantes comme de la lave.

Je contemplais, admiratif, ta tête inclinée, les yeux clos, avant de replonger vers tes béances humides. Salives mêlées, langues râpeuses, dents opalines. Je n'avais laissé que la petite lampe allumée.

Toy, ma Déesse à la croupe de marbre sombre. Comme une offrande païenne. J'instaure ton culte. J'explore ton cul. Je caressais tes seins généreux et tes fesses élastiques et charnues. Ma sale petite putain brune, dense comme de l'ébène, offerte en pâture à tous ceux qui pourront payer les 13 dollars. Tu suçais, je léchais ! Tu parcourais mon membre avec la pointe de ta langue avant de le reprendre en entier dans la chaleur moite de sa bouche.

Nous sommes restés longtemps ainsi ralentissant à chaque fois que le bonheur menaçait de se rompre. Enfin, j'ai plongé au fond de ton chaud, dans ce fourreau lisse et soyeux à la fois frais et brûlant.

Tu étais là à quatre pattes, toute luisante de transpiration, l'air mi-boudeuse mi-rieuse avec toujours cette petite flamme dans ton regard révulsé. Toy, essayant de me retenir avec ta vulve comme pour me garder au plus profond de ton cul, pour que je demeure incrusté à jamais dans la chair chaude et intime de ton ventre spacieux. Et puis la convulsion foudroyante, la petite mort.

Tu t'es affaissé sous moi, le souffle rauque, rapide, pendant que j'inondais ton sexe d'un plaisir indicible. Étrange impression de m'être liquéfié dans la chair ourlée de ta vulve, de m'être noyé dans l'ivresse de tes odeurs de femme.

Au commencement était le Verbe.

Le Verbe, tu parles, une connerie monumentale ! La première conjugaison annonce le début des emmerdes. Tous nos malheurs viennent de là. De vouloir être autres que ce que la Nature nous avait faits. D'avoir remplacé les Dieux païens au phallus sacré, les Déesses mères au ventre fécond par un Dieu sans odeur ni saveur.

Au commencement, c'était visqueux, ça puait, ça copulait dans des odeurs marines de varech. Accouplements de bête, procréations immondes, un magma de vie, bien fétide, bien dégueulasse.

C'est cela la vie ! Ça grouille, ça baise furieusement, ça crève dans la douleur. Tout sauf ce Dieu aseptisé et bavard créé par l'homme à son image pour justement croire que nous n'étions pas des bêtes mais des Divinités.

Tous nos malheurs viennent de ce mensonge fondateur, d'avoir voulu dénigrer la part animale qui vit en nous. Alors, on crée des machines pour remplacer les chevaux, on se désodorise, on met la barbaque sous plastique, on évite de se toucher, on théorise sur tout et n'importe quoi, on crée des idéologies pour remodeler la vie. Malheur à la Nature si elle s'oppose au désir d'inanimalité de l'Homme.

Au fond, c'est pour cela qu'on l'aime tellement le cul. Pas juste pour fourrer son machin dans un trou humide. Le cul nous ramène à notre condition animale, à notre vérité première. Il efface des siècles de lavage de cerveau, de lecture de l'Évangile, d'éducation bourgeoise, de totalitarisme conjugal. On peut toujours parler d'Amour absolu en robe blanche, de Prince charmant sur son cheval blanc. Le blanc encore le blanc, ce mythe insupportable de la pureté.

T'en connais beaucoup des animaux monogames Ducon ? Et pas plus malheureux pour autant.

Une bonne bourre, rien de tel pour vous remettre les idées en place, pour éradiquer toutes les conneries en isme, pour foutre en l'air l'institution nuptiale. Fourrer vaut tous les cours de philosophie. Fourrer décape l'esprit de millénaires d'aliénation, de vingt siècles de macération judéo-chrétienne.

Ose venir me dire après avoir tiré un bon coup que tu n'es pas une bête à testicule. Un pour cent d'ADN différent de celui des autres primates. L'épaisseur du trait. Nous sommes des babouins qui ne s'assument pas, avec les dominants, les dominés. Les femelles pour les uns, la branlette pour les autres. Le reste n'est que foutaise.

Au matin, lorsque les gouttes de lumière tapies derrière les rideaux ont commencé à perler, j'ai senti son corps qui, inconsciemment, se rapprochait du mien dans un demi-sommeil. Dans son rêve, elle cherchait le contact rassurant d'un corps chaud tout comme elle l'avait fait sept ans durant. Elle avait glissé une main sous l'oreiller et l'autre bras était replié : paume ouverte, sans défense.

Ne les regardez jamais dormir ! Il aurait pu me prévenir Gustin. Celui qui résiste à une femelle thaïe tendrement endormie, à son visage apaisé encore blotti dans ses rêves cotonneux est un pur salaud. Il ne mérite pas le nom d'Homme.

Le destin cabossé de Toy m'apparaissait dans toute sa dimension tragique. Un dixième de seconde de trop à un carrefour de Bangkok avait scellé son sort. Un chauffeur ivre, un crâne fracassé. Sa vie avait basculé. La belle endormie a ouvert les yeux en souriant :

— Bonjour Toy, *sabai dee mai* ?

— *Sabai dee* !

J'ai essayé de la faire parler de sa vie d'avant mais elle refusait obstinément, me disant le visage douloureux.

— *I don't like remember. Sorry Darling.*

Son passé n'appartenait qu'à elle. Je n'avais pas payé pour ça.

À vingt-six ans, Toy se trouvait déjà vieille. De nombreuses filles étaient déjà casées à cet âge-là mais elle avait commencé sa carrière sur le tard. Elle disait que les hommes jeunes n'étaient pas pour elle, que c'était les vieux qui la prenaient.

C'était vrai. Moi aussi, avec ma mise en quarantaine qui approchait, je n'étais plus très jeune. Les statistiques étaient irréfutables, quatre-vingts pour cent de chance d'avoir fait plus de la moitié du chemin, la meilleure moitié.

J'allais décliner irrémédiablement, j'étais déjà en train de glisser. Les bonnes années filaient derrière moi. Restait le temps des maladies, ces essayages de la mort qui vous tuent par morceau. Doucement. Une décrépitude rampante, insidieuse.

Au début sans m'en rendre compte, subrepticement. Un nom oublié, une paupière flapie, un texte écrit petit que l'on déchiffre mal. Et puis de plus en plus vite, avec des rémissions passagères suivies de grosses fatigues, de Il-en-a-pris-un-sacré-coup-de-vieux. Chaque matin, la misérable boursouflure de ma gueule dans la glace de la salle de bains. Terrible confrontation avec soi-même.

Quelques années encore, guetté par l'incontinence, et la prostate lâcherait. À me pisser dessus. J'avais beau vouloir virer de bord, je cinglais vers les cinquantièmes rugissants, la peur au ventre. J'avais moins de foi dans l'avenir qu'une mouette mazoutée.

À vingt-six ans, Toy se trouvait déjà vieille. Pour la rassurer, je lui disais :

– C'est moi qui suis vieux !

Elle, gentille, protestait alors avec la dernière énergie :

– Toi, pas vieux… toi, beau. Vieux c'est quand ils ont la peau des poulets !

Elle devait répéter la même chose à tous les autres. Je lui ai parlé de ma vie en France. Elle m'écoutait sans bouger, sans m'interrompre. Attentive. Ou bien elle pensait à autre chose, peut-être à sa fille. Je devais pas être le seul à m'épancher. Je lui ai montré la photo de mes enfants. Son visage s'est éclairé. Elle les trouvait beaux.

– *I like farang babies*, me confia-t-elle.

Nous avons encore fait l'amour tout doucement, en laissant le sommeil nous gagner. Le temps n'avait plus de consistance. J'étais bien, j'aurais voulu interrompre la course de la sphère terrestre, la figer sur son orbite. Immobiliser le temps pour l'éternité. Mais les heures coulent et dévorent nos plus beaux instants de bonheur. Imperturbablement, le temps continuait son œuvre morbide.

16

Le soleil laissait une longue traînée de lumière poudreuse dans la chambre. Il était plus de deux heures de l'après-midi. Nous étions repus de lassitude et de plaisir mais la faim a fini par nous déloger et nous obliger à sortir dans la moiteur de l'artère puante.

Le Kiss : Un débit de bouffe ouvert non-stop sur la Second Road. Une institution de South Pattaya où se succédait un étrange défilé de toutes les humanités qui hantaient la cité : couples qui « dînaient » à six heures du matin, en sortant du Marine Song ; solitaires prenant leur petit déjeuner sur le coup des dix heures ; touristes égarés mangeant thaï avec une grimace empourprée par le plat trop épicé qui leur poivrait la bouche ; familles venant déjeuner deux ou trois heures plus tard.

Vers quatorze heures, les couples mixtes débarquaient, affamés au sortir d'une nuit éreintante.

– Qu'est-ce que tu prends, Toy ?

– *khao pat kung*, riz frit crevettes. On prend trois plats. On prend *kaeng kiawan khai*. Curry vert de poulet et *tom yam kung*. Soupe de crevettes. OK ?

La cuisine thaïe dilatait une déflagration de saveurs subtiles, secrètes, ponctuées d'herbes aromatiques. Je découvrais avec étonnement un lupanar gustatif. Je me vautrais avec ravissement dans le coït cosmique d'une gastronomie étrange et raffinée.

Comment avais-je pu vivre si longtemps loin de cette Romanée de sensations ? Le moindre vendeur ambulant vous servait, pour trente bahts, des plats d'une finesse incomparable. Les légumes n'étaient pas trop cuits, comme en Europe, mais croquants, encore gorgés de leur saveur végétale.

Les grands prêtres de la nouvelle cuisine française s'étaient inspirés de cette cuisine traditionnelle : la cuisson rapide au wok, le graphisme coloré, l'importance des légumes, des épices et des herbes. J'allais vite oublier le graillon européen, les décennies de mauvaise graisse, de sauces épaisses, les après-déjeuners difficiles. Une anthologie bourgeoise de digestions lourdes, d'entrailles embarrassées, d'obésités irrémédiables.

Les filles thaïes émigrées en Europe subissaient notre cuisine roborative. En engraissant, elles prenaient le cul large des Teutonnes et — leur petite taille aidant — se mettaient à ressembler à ces pintades grasses qui se faisaient fourrer toutes les nuits par les Arabes de South Pattaya.

On se prélassait en terrasse en attendant que la chaleur décline. Gustin a débarqué au moment où nous allions nous lever. Il rayonnait comme Alexandre après la bataille de Gaugamèles :

– Yahou suce comme une déesse. Ses lèvres, putain, ses lèvres odorantes. Personne m'a jamais pipé comme ça.

– Un sans-faute ?

– Non, le sans-faute eut été qu'elle avale ! La salope recrache dans le lavabo ! Ma descendance du gosier au siphon, c'est un peu limite.

– Tu pousses un peu. La turlute c'est une chose pas naturelle pour les Thaïes. Regarde Toy par exemple. La tête, c'est sacré chez elles !

Gustin abusait. Mais, non, indigné, il restait intraitable sur le caractère sacré de sa précieuse semence. Même si, peu lui importait que son jus de glande finisse quotidiennement dans les poubelles des femmes de ménage lorsqu'elles ramassaient ses « maculées contraceptions » emballées dans le latex de la veille, Gustin n'en démordait pas, il restait sur son idée.

— Avaler c'est swallow en anglais, je lui ai expliqué mais elle fait mine de ne pas comprendre !

Toy n'était, à vrai dire, pas une bête de sexe aussi couinante que la Yahou décrite par Gustin. Elle restait discrète dans la manifestation de sa jouissance.

Lorsque je lui posais la question lui demandant si elle avait du plaisir, elle m'affirmait que si, mais que chez les femmes ce n'était pas pareil, pas si aigu, plus long mais aussi intense. Seuls ses yeux mi-clos, qui se retournaient pendant que je la pénétrais ne laissant apparaître qu'un mince sillon blanc, témoignaient de l'intensité de son plaisir.

Toy était plus une amoureuse qu'une jouisseuse. Elle avait sûrement dû être une bonne épouse.

17

Dès le lendemain, Toy s'est installée dans ma chambre pendant que Yahou prenait pension chez Gustin. Elle a marqué son territoire en laissant sa brosse à dents bien en évidence à côté de la mienne. Chaque matin, elle déposait l'empreinte de ses lèvres sur le miroir de la salle de bain.

J'avais des scrupules à l'enculer mais, dans le feu de la passion, je résistais difficilement à ce plaisir particulier. Précieux, parce que si rarement concédé. Avant, je la lubrifiais soigneusement avec le tube de K-Y qu'elle avait dans son sac à main, avec la boîte de capotes. Après, je me répandais en excuses et en remerciements en la couvrant de baisers et de caresses.

– Désolé, je t'ai fait mal ?

– Avec toi, j'aime bien, *I promess*.

Elle était gentille, Toy. Elle ne m'en voulait jamais. Son visage gardait la même lumière et le même sourire vague et affectueux.

Pour échapper à la torpeur ensommeillée de l'après-midi, à ces heures molles et creuses où le monde prend du flou, on a loué des motos pour aller se baigner à Jomtien. Toy proposa :

– Demain, on va Pattaya Park, j'aime bien Pattaya Park.

Pattaya Park, un grand complexe nautique situé avant Jomtien, surtout fréquenté par les touristes. Les filles thaïes n'aimaient pas trop la plage. Elles se baignaient rarement et se protégeaient avec le plus grand soin du moindre rayon de soleil.

Pour elles, garder le teint de faïence signifiait accéder à cette beauté urbaine inconnue des paysannes harassées, courbées sous le soleil lorsqu'il fallait replanter le riz. Le soleil, c'était l'ennemi, celui qui irradiait, qui brûlait les peaux, les tannait les replongeant vers cette glèbe paysanne dont elles avaient déjà tant de mal à s'extraire.

Elles ne comprenaient pas ces Farangs dont elles enviaient la pâleur et qui ne rêvaient que de peau mate et de teint hâlé. Au fond, nous nous ressemblions dans cette même obstination à vouloir, à tout prix, renier notre nature.

Nous étions à peine installés sur les pliants de location qu'un vendeur de journaux a déboulé. Il a demandé aux filles d'où nous venions :

– *Farangset* ! J'ai Figaro. Figaro *farangset* ! 120 bahts OK ?

Toy se mit à bavarder avec le vendeur.

– Il est de Buriram comme moi, me dit-elle en rayonnant comme Christophe Colomb venant de découvrir l'Amérique.

Je commençais à lui expliquer que venir de Buriram ne créait pas le droit de me vendre ses journaux lorsque j'aperçus le nom de ma boîte en caractères gras sur la première page.

Union des Banques Françaises : le nouvel actionnaire hollandais prévoit, dès l'an prochain, de dégager cinq cents millions d'euros par an de synergie.

L'UBF était le nom de la banque où je bossais depuis sept ans. C'est pas que j'y étais attaché. Loin de là. En tout cas, pas plus qu'un clebs à son collier mais le mot synergie faisait résonner un écho lugubre dans ma poitrine. En langage commun, cela signifiait réduction massive d'effectifs. Mon poste faisait peut-être partie de ces fameuses synergies.

J'ai pressenti de nouveaux emmerdements en glissant les 120 bahts au vendeur hilare. La lecture détaillée de l'article confirma mes craintes. Ça sentait le brûlé, le licenciement économique, la perte de pouvoir d'achat, la glissade sociale.

Le lendemain, profitant d'une absence de Toy, je décidai de m'offrir un short-time en début d'après-midi. Pourtant depuis que Toy s'était installée chez moi, les autres filles me tentaient moins. Monogame dans l'âme ? Peut-être. Mais surtout vidé par Toy, j'étais aussi exsangue que Napoléon III en fin de règne. Une leçon à méditer pour vous, Mesdames, baiser vos époux le plus souvent possible, rendez-les heureux et ils seront bien incapables de vous tromper.

Si toute la ville était plus ou moins dans le business de la prostitution, il existait des spécialisations géographiques.

Au Nord, les Soï 2 et 3 — face au centre commercial Big C — concentraient un gigantesque plaza avec une multitude de bars récents pleins de jeunes filles plutôt jolies. On y trouvait aussi les body massages, ainsi que la plupart des karaokés pour touristes asiatiques.

C'est en descendant vers le sud que je suis tombé sur le Soï 6 ou Soï Yodsak avec ses bars fermés aux vitres opaques.

Yodsak c'était le *soï* des short-time, l'univers des jouissances sourdes, animales. Le règne du *Fuck and Forget*.

Les filles se tenaient assises devant le bar et vêtues parfois d'un peignoir ou même d'un simple filet de pêcheur. Certaines mangeaient des brochettes, des soupes pendant que d'autres essayaient d'entraîner un client égaré dans leur bar. Près du King Kong, des chiens errants chassaient en haletant les rares flaques d'ombre.

D'autres êtres, tout aussi immondes mais bipèdes, cherchaient également à échapper à ces heures creuses et inoccupées du début d'après-midi où les murs deviennent brûlants, et où l'air moite colle à la peau.

- *Go upstairs take shower!* me lança une fille un peu grasse assise sur un tabouret.

Un rideau de velours rouge se souleva absorbant la silhouette qui me précédait. Les bars climatisés commençaient à se remplir.

À cette heure-là, à part la plage, il n'y avait rien à faire à Pattaya. C'était le moment où le soleil cuisait la vase grasse qui se concentrait à la bouche des égouts. Il exhalait de cette tambouille méphitique une puanteur de merde surchauffée qui soulevait le cœur.

Le Blue Nile était tenu par un Français qui avait épousé une ancienne pute du King Kong. Mes yeux mirent un certain temps à s'accoutumer à la pénombre bleutée. Sur les divans ça tripotait déjà ferme. Comme à l'intérieur on ne distinguait que dalle, le plus sûr était de choisir devant le bar une fille au physique jeune et clair.

— Comment tu t'appelles, Chéri ?

— D'où tu viens ?

— Français, j'adore les Français ! (t'es bien la seule)

— Tu paies *lady drink* pour moi ?

Après le deuxième verre, elle m'a emmené vers le divan. En face, un vieillard liquide, les abats à l'air, se faisait palucher la banane par une crevette qui devait avoir du sang nègre.

Sa tête vibrait sans cesse sur son cou de tortue comme s'il avait la maladie de Parkinson. Son corps ne semblait plus être qu'une bouillie protéique, une soupe de foutre. Il était aussi liquide qu'avant la fécondation lorsqu'il se débattait avec ses frères gamètes dans la grande course à l'ovule. Tu es liquide et tu retourneras au liquide, frère primate, ai-je pensé, en le regardant.

De mon côté, j'avais entrepris une exploration poussée de la masse pleine et fluide du corps de la fille, un tripotage vulgaire favorisé par sa tenue légère. Sur les autres divans, les pelotages individuels se prolongeaient. Parfois, des couples montaient à l'étage où des chambres borgnes, péniblement rafraîchies par une clim poussive, abritaient ces brèves étreintes d'après-midi : siestes crapuleuses à deux cent cinquante pour la chambre et cinq cents pour la bouche qui vous broutait la tige.

19

Elle nous narguait depuis le début. Immense, démesurée, elle dominait toute la baie. Le lendemain soir, nous avons décidé d'aller y dîner. Une dépense somptuaire pour nos petits budgets, mais nous craignions vaguement que l'ennui ne s'insinue dans nos journées. Nous voulions marquer le coup.

L'immense restaurant dominait toute la côte. Il n'y avait pas grand monde et nous avons facilement obtenu une table près de la baie vitrée. Une créature frêle au visage cérémonieux est venue prendre la commande.

Yahou voulait choisir une dorade à griller dans le vivier. Elle s'est levée. Elle a plissé les yeux d'un air glacial en observant les poissons qui, inconscients, tournaient tranquillement. Pour une fois, c'est elle qui choisissait. Elle a tendu le doigt vers la plus grosse bête. L'homme a plongé l'éprouvette pour coincer l'animal dans un coin et le hisser hors de l'eau. Mais le pauvre poisson se débattit si violemment qu'il réussit à sauter dans le vivier.

— Il s'est bien battu. Il a envie de vivre celui-là. Choisis en un autre, suggéra Gustin.

— No, dit Yahou d'une voix inflexible et elle désigna à nouveau à l'homme à l'éprouvette le vertébré terré au fond du vivier.

Gustin m'a lancé un regard et nous nous sommes assis pour commander toute une flopée de plats, tout ce qui nous passait par la tête en regardant la carte : du poulet cuit à l'étouffé dans des feuilles de bananiers, un kaeng de porc, des beignets de poisson frits. Le tout arrosé à volonté de

Chang pour les garçons et de wine cooler pour les filles.

—Tu vois Gustin, un truc qui me tracasse. Chaque fois que je discute avec les filles de bar, elles crachent sur les mecs thaïs : des vicieux, des pochards gorgés de Mekhong. Volages, paresseux, bons à rien, attirés par les drogues et, en plus, avec la fâcheuse habitude d'abandonner avant terme les femmes engrossées.

—Normal. Elles ont souvent connu des maris odieux qui passaient leur temps à se pochetronner. Il y a aussi les mia noi. Les maîtresses.

—Y a quand même pas que des ivrognes. Les coolies qui bossent en plein cagnard sur les chantiers valent bien la faune des fondus qui croupissent à Pattaya !

Nous laissions flotter notre regard vers la ville diabolique qui s'étalait à nos pieds dans une confusion désordonnée. La forêt de lumière du bord de mer frangeait la baie d'un scintillement immobile et féerique.

—Elles sortent à peine d'une désolation sans fin de paies écornées par le jeu et achevées par l'alcool. C'est pas pour replonger avec un coolie.

—En gros, entre un prolo thaï et un prolo Farang, elles choisissent le plus friqué ?

—Pas le choix. Si le Thaï fréquente les bordels, il n'épousera jamais une fille à la virginité imprécise. Alors des filles mères !

Gustin en était à sa troisième bière et il venait d'entrer en pleine phase vespérale. Celle où il élaborait ses théories les plus géniales… ou les plus fumeuses.

—Toujours la même histoire. On adore aller au boxon entre potes, on veut bien se dégorger le poireau dans un orifice femelle, raconter nos petits soucis de couple ou de boulot dans une psychanalyse à bon marché mais, grands Dieux, épouser une fille de rien, une même pas vierge ! Jamais ! Une honte éternelle s'abattrait sur la famille et les aïeux, un opprobre irrémédiable jusqu'à la septième génération ! Sur le marché de la nuptialité locale, avec un ou deux gosses d'un premier mari, une fille n'a plus cours.

— Reste que Pattaya ?

— Exactement. Son passage dans les beer bars ne fait qu'entériner sa sortie définitive de la catégorie « filles épousables ». Finalement, la fille perd rien en venant tapiner puisqu'elle était déjà hors circuit avant. La vie saccagée par la désertion du mâle, elles suivent alors un parcours déglingué et ballant.

Son regard avait glissé vers les lumières qui scintillaient dans les ténèbres. Depuis ces hauteurs, le monde paraissait minuscule et futile. Le mouvement insignifiant d'une myriade d'arthropodes désemparés qui naissaient, aimaient, copulaient, se nourrissaient, avant de mourir pour recommencer le grand cycle éternel. Pourtant, au milieu de cette promiscuité, chaque particule était persuadée d'être unique, essentielle. Chaque luciole qui scintillait au bord de la masse sombre de l'Océan trimballait un destin ébréché.

— Et les familles ?

— Elles préfèrent ignorer d'où vient le fric. Quant à Pattaya, c'est le ghetto.

— Qu'est ce que tu veux dire ?

— Ici, elles sont toutes plus ou moins putes. Peu importe l'opinion des autres. Il est bien plus facile de faire la morue à Pattaya que partout ailleurs sur cette planète. Ici, il n'y a qu'un slogan : hors du Farang point de salut.

— Dans un sens, c'est plutôt flatteur pour nous. À force d'entendre des horreurs dégueulasses sur le mâle occidental, sorte de monstre vicieux, petit blanc raciste, responsable de l'effet de serre, exterminateur d'espèces menacées, à l'origine de tous les maux de la planète, coupable désigné à la vindicte populaire.

— Il faut se rendre à l'évidence. On est l'axe du mâle. La

seule cible autorisée par le politiquement correct, affirma Gustin avec un ton fataliste.

Attablés devant un festin de parfums, enivrés par le mélange d'essences désordonnées qui montait de la table et l'odeur pénétrante qui s'exhalait de nos deux déesses obscures, nous nous prenions pour des dieux, las et splendides. Entités lumineuses dominant un tumultueux empire. Observateurs invisibles, tout étonnés de ce fabuleux grouillement de vers luisants qui vibrait en bas comme une masse informe. Putains mâles et femelles devenues indistinctes dans la nuit qui flambait. Lueurs palpitantes se confondant. Fusions fugaces se dissolvant dans un ballet nocturne, dans une chorégraphie désordonnée sans but ni finalité. Je me suis tourné vers Gustin qui fixait la vitre, immobile :

– Les Maries-Salopes qui n'arrêtent pas de dénoncer le comportement sexiste des mâles occidentaux devraient voyager un peu. Du Japon à l'Afrique, en passant par le Moyen-Orient, des milliards de femmes jalousent le sort de ces pétasses à la peau blanche. Les harpies féministes ont mené à bien une gigantesque castration mentale qui a réussi au-delà de toutes leurs espérances. Harcèlement sexuel ou procédures de divorce ruineuses ne nous laissent pas le choix. Tourner pédé ou se faire des putes.

– Ça sera bientôt ton tour. J'espère que t'as un bon avocat, lâcha Gustin sarcastique.

– Je ne serai ni le premier ni le dernier. Derrière chaque début d'histoire sentimentale, affleure toute une montagne d'emmerdements notoires avec courriers recommandés, pensions alimentaires, et tout ce qui s'ensuit. À force, ça refroidit les intensités amoureuses.

Couples en perdition, mères dénaturées, enfants déboussolés. Monstrueuse moisson de cet ultime avatar du marxisme qu'avait été le féminisme.

En Europe, le taux de divorce venait de dépasser le

taux de pénétration du téléphone mobile. Fonder un foyer vous attirait des regards pleins de compassion. Silence gêné devant tant d'inconscience. Le résultat était une natalité anémique qui aboutissait au premier suicide de masse de l'histoire de l'Humanité.

La civilisation occidentale ne serait bientôt plus qu'un lointain souvenir. La lutte des classes avait échoué, mais le succès de la lutte des sexes vidait les maternités et remplissait — chaque année un peu plus — les salles d'attente des avocats et les bars à putes de Pattaya.

Vers le nord, au-delà des lumières de la ville, la côte remontait vers la capitale. Nous percevions la faible luminescence du ciel qui annonçait les néons de l'immense conurbation.

À notre gauche, posées sur la masse sombre de la mer, quelques lumières éparses, immobiles pour la plupart, évoquaient une voûte céleste mal étoilée. C'était des bateaux de pêcheurs, des navires-restaurants qui nourrissaient leurs voyages organisés. Vues d'en haut, les pulsations de la ville nous parvenaient très faiblement, comme des palpitations désordonnées, comme une agitation vaine au fond d'un océan de ténèbres. La vacuité de nos existences était là, comme une évidence jetée sous nos regards saisis d'une atroce lucidité.

Le tendre babil des deux filles nous enveloppait dans une volute de douce musique orientale, un gazouillis sucré de petits enfants. Le monde n'était qu'une immense illusion s'efforçant d'apparaître à l'opposé de ce qu'il était. Cette Terre que j'observais de la tour ressemblait à une surface plate, solide et immobile alors que nous naviguions sur un océan sphérique de feu liquide projeté à une vitesse prodigieuse à travers le néant. Pas plus que la planète qui nous abritait, la ville mercenaire qui étalait son chaos à mes pieds n'était ce qu'elle paraissait être.

Derrière le Putanat de masse se cachait une intensité de sentiments qui n'apparaissait pas au premier regard. Dans le chaudron méphitique de Pattaya, le sublime côtoyait l'abject dans une étrange alchimie que j'essayais vainement de déchiffrer.

Ivres de vertige et d'alcool, la bière coulait dans nos veines pour obliger nos esprits, qui planaient quelque part dans l'espace obscur autour de la tour de télévision, à rester encore un peu hors du monde réel dans cette antichambre du ciel dressée entre la Terre et les ténèbres.

En partant, Gustin me montra l'assiette de Yahou. Le gros poisson mort gisait intact.

20

– Faut pas tu voies ça : le Saint des Saints de la putasserie. Il n'est encore que deux heures, on va faire un crochet par le Marine.

– Je suis crevé.

Toy acquiesça, ajoutant :

– Moi, je vais pas Marine. Marine *chicken farm* !

– C'est sur le chemin de l'hôtel, lâcha Gustin pour vaincre nos dernières hésitations.

Depuis la rue piétonne, nous percevions une rumeur sourde, confuse, faite d'innombrables vibrations dominées par ce bruit de forge démesurée qui ébranlait jusqu'aux passants. On pénétrait dans l'antre sacré par un escalator qui débouchait dans le vacarme de la techno.

La messe noire battait son plein dans un étourdissement de sons, de sensations, de vibrations qui vous remontaient jusqu'aux cuisses par le plancher. La boîte était ouverte depuis une heure mais elle était déjà bondée, remplie par la tribu des filles qui rôdaient dans la rue piétonne en début de soirée.

Ce déluge sonore évoquait plus un rythme de presse hydraulique que la musique de ma jeunesse. La foule appréciait, vibrant littéralement avec des gestes d'épileptiques, cohue synchronisée avec le pouls de cette énorme palpitation de vie.

Pattaya n'échappait pas aux règles du libéralisme. Il fallait un capital minimal pour accéder au Tony's alors qu'au Marine, les filles étaient dispensées de consommation.

Sur la piste, pas de timide Isaan fraîchement débarquée de sa province mais des hard-cores, des amazones bien aguerries, le corps bardé de tatouages, la cigarette coincée entre les lèvres peintes en noir. Une terre de grands fauves. Les putains venaient chaque soir avec leur bande. Elles chassaient en meute se déhanchant au rythme du DJ.

– Les filles qui ne leur plaisent pas, ou qui leur font une concurrence déloyale, risquent gros. Quand on a le sang turbulent et qu'on abuse de ya baa, un coup de cutter est vite arrivé ! m'expliqua Gustin.

La clientèle Farang qui fréquentait le Marine était du même tonneau. Jeune et fauchée. Le Marine faisait dans le hooligan de Liverpool en débardeur, la racaille de banlieue ou le routard faisant escale avant de repartir vers le Sud, vers les Full Moon Parties de Koh Pan Ngan.

– Il y a quelques stars mais en général, plus la nuit avance, plus les prix s'orientent à la baisse

– Les types paient combien ?

– Certains viennent pour baiser gratos. Mais même si la fille tope à trois cents bahts, il arrive soudain qu'au matin le type n'ait pas de quoi la payer.

Au Marine Disco, avec peu de tables, le problème numéro un des propriétaires, était de faire consommer les Farangs. Des serveurs patibulaires patrouillaient, lampe de poche en main, traquant les resquilleurs dans la pénombre. Mais le plus étrange c'était les chiottes.

Depuis le couloir d'accès des gogues tapissé de cartons de bières, nous pouvions apercevoir les toilettes des dames transformées en salon de beauté. Les archanges obscurs s'y remaquillaient dans une odeur saline avant de rejoindre la scène où leurs proies continuaient à vibrer comme des papillons de nuit prisonniers de la lumière des spots.

Gustin me hurla à l'oreille :

—Le must, c'est de repérer les plus jolies dès leur arrivée. En haut de l'escalator. Il y a plus d'éclairage pour jauger les filles et puis les rares mégatops risquent de se retrouver très vite en mains.

Le Marine véhiculait une réputation sulfureuse. Tout le monde le fréquentait mais il fallait cracher dessus. Finir au Marine signifiait pour la fille qu'elle était sans client et pour le type qu'il attendait les soldes.

Le Pattaya Mail évoquait régulièrement *l'infamous Marine* comme un symbole de la déchéance de Pattaya et du tragique de la condition des filles. Obligées de s'abrutir jusqu'à l'aube sur les pulsations brutales de la techno pour être embarquée par un loubard à moitié ivre dans une piaule minable puant le vieux foutre. Et tout ça contre une misère que le type fauché mégoterait à lâcher lorsque la fille le quitterait le lendemain après s'être fait ramoner toute la nuit.

Je comprenais à présent pourquoi Toy parlait de *Chicken farm* pour cet endroit « mythique ». Et pourtant, là aussi, les réprouvées ne pouvaient s'empêcher d'espérer que parmi les couillons couillus de cette foule synchronisée se cachait l'amant définitif, le Prince charmant ultime qui les sortirait de leurs destins envasés.

Toy, fatiguée, m'entraîna finalement vers le flot de la rue. Il était plus de deux heures. C'était aussi le moment où Pépère rentrait la génisse mafflue qu'il grimpe mensuellement. Après avoir fait rissoler ses varices en plein cagnard tout l'après-midi, Mémère aérait son fibrome. Mais, méfiante, la vieille rombière au cul large ne lâchait pas son homme d'une semelle. Et lui, tenu en laisse par son vieux trumeau, de lancer des regards désespérés vers le flot sensuel des femelles sous le regard courroucé de sa mégère peroxydée.

—Ces salauds qui profitent des gamines ! dit-elle finalement avec une sorte de dégoût, tu ne dis rien ? C'est dégueulasse, tu trouves pas ?

Dégueulasse certes, mais tellement tentant. Le voyage du comité d'entreprise se termine. L'extase est là. Un parfum d'Infini à portée de main. Et il tremble, comme il a toujours tremblé, terrorisé par une gorgone ventrue qui l'éloigne à pas rapides des brunes tentatrices.

Il ne reviendra jamais plus à Pattaya et il sait qu'il vient de passer à côté de l'ivresse de sa triste vie. Qu'il aurait dû s'échapper de son voyage organisé. Laisser son triste attelage, sortir acheter des cigarettes et disparaître avec une jeunesse de vingt ans.

Mais Mémère veille. Pas question de dételer. De quoi haïr le tas de barbaque à ses côtés. De quoi la buter en rentrant à l'hôtel. Juste pour pouvoir ressortir après. Une fois, rien qu'une fois.

21

—Toujours, tu veux baiser. Tu baises pas en France ?

—Avec ma femme, c'est fini. Fini. Plus d'amour. Tu comprends ?

—Je crois pas ça. *Tolay*. Conneries. En France, femmes jolies. Comme sur les magazines. Tu baises. Comme ici. Pourquoi pas pareil ?

J'étais avec Toy depuis près d'une semaine. Au début, sa seule présence musquée me provoquait des pulsions furieuses, un rut perpétuel que je fourrais en bouffées soudaines entre ses cuisses. Puis, une certaine routine s'est installée. Je commençais à me lasser d'elle et son intuition féminine le sentait. Elle était parfois triste, le regard ailleurs. Un matin, elle a murmuré :

—Tu veux faire papillon.

J'ai passé un bras autour de ses épaules lui jurant que je tenais à elle. Elle a esquissé un sourire mécanique et, abîmée dans ses pensées, Toy a détourné le regard.

Ce fut l'arrivée d'Arnaud qui déclencha tout. Il venait pour quelques jours. Il avait divorcé voilà trois ans dans de sales circonstances. Alors qu'il abattait sans débander ses treize heures par jour, Madame le cocufiait avec enthousiasme. Il aurait pu pardonner à sa femme de l'avoir trompé mais pas avec ce type qu'il méprisait. Son orgueil avait été profondément blessé par la médiocrité de l'amant que son épouse s'était choisie.

Depuis son divorce, il partageait ses week-ends entre la garde de sa gamine et Nathalie — une petite prof de français qu'il venait de dépuceler alors qu'elle allait sur ses vingt-neuf ans.

Hygiène oblige, il la voyait régulièrement. Tétanisée par son long pucelage, Nathalie était terrorisée à l'idée de finir vieille fille. Faut se méfier des femelles qui abordent la ligne droite de la trentaine ! Le compte à rebours a commencé. Ça urge ! Plus beaucoup de temps pour fonder un foyer (trouver un mari pour lui pondre deux moutards). C'est déjà plus des amantes… juste des reproductrices.

Les mantes religieuses c'était pas mon trip ! Arnaud — par goût ou par manque de choix — avait trébuché. Bien sûr, à peine déflorée, la belle avait exigé de se faire épouser. Une emmerdeuse grand format comme la social-démocratie néolibérale en produisait à la chaîne.

Le décapsulage de Nathalie avait déclenché les hostilités. Elle l'avait sommé de publier les bans et lui, échaudé par l'échec de son premier couple, s'était refermé comme une huître. Arnaud savait qu'il aurait été incapable de payer la pension alimentaire tout en entretenant une seconde famille.

Il a débarqué à l'hôtel en début d'après-midi. Nous partions déjeuner avec Toy. Lorsque j'ai fait les présentations, elle a été limite polie, faisant d'emblée la gueule à Arnaud.

Ses yeux étaient sombres comme deux étoiles noires. Elle était toute pleine d'une irritation jalouse. Je ne l'avais jamais vue si distante et désagréable — elle, d'habitude si souriante et charmante. L'instinct féminin ou bien l'expérience d'autres Farangs et d'autres copains arrivés d'Europe quelques semaines plus tôt.

Le pote qui débarque, c'est la fin du couple bien gentil, de l'égoïsme à deux, des repas en tête à tête. C'est le retour des virées à reluquer dans les bars celles que l'on va bien pouvoir fourrer. Toy prétexta une course à faire pour s'éclipser. En éteignant la salle de bains, je remarquai que pour la première fois, elle avait oublié de coller ses lèvres sur le miroir embué.

– Je tombe mal ? demanda Arnaud, inquiet.

– T'occupe, je vais la retrouver à son bar à dix heures. Et puis, elle parle pas un mot de français à part les mots cochons que je lui ai appris.

Arnaud avait l'hypophyse en rut. Du pur jus de glandes bien congestionnées par les « folles nuits parisiennes ». Sa prof avait multiplié les ultimatums et depuis le début du mois, elle faisait carrément la grève du cul — Nathalie, troisième semaine de grève, persuadée de le réduire en quelques semaines à l'état larvaire. Elle exigeait une reddition sans conditions.

Le voyage en Thaïlande, c'était pour Arnaud un acte de résistance, son appel du dix-huit juin, son ballon de Gambetta dans un siège organisé pour durer. Il avait pris le maquis. Pattaya était son pont aérien, son « ich bin ein pattayaer ».

Comme Gustin l'avait fait avec moi dès mon arrivée, j'ai pris mon rôle de guide au sérieux tout heureux de mon savoir tout neuf, ravi de lui révéler les plus fabuleux gisements de femelles.

– La première chose que tu dois savoir, c'est qu'il vaut mieux aller avec une fille moins jolie mais qui t'a à la bonne qu'avec une bombe qui n'est là que pour ton fric.

– Je vais quand même pas me taper des boudins ?

– Sans aller jusque là. Pense qu'elles ont les mêmes rêves que toutes les filles de leur âge, courtise-les, dis-leur qu'elles sont belles, offre-leur des fleurs et elles te rendront ta gentillesse au centuple.

– Tu veux que je les traite comme des petites amies ? Elles vont se foutre de ma gueule.

– Si tu les traites comme des tapins, elles te traiteront comme un client. À toi de voir.

Arnaud était aussi excité qu'un gosse la veille de Noël. Il m'écoutait l'air nerveux, surtout pressé d'entrer dans le vif du sujet, de s'assouvir. Visiblement plus intéressé par les travaux pratiques que par mon exposé de théoricien.

– Bon concrètement, on va où ?

– Vu l'heure, je vois que le Soï 6 pour un short-time, ou bien carrément le Sabai Dee.

– C'est quoi le Sabai Dee ?

– Le body massage le plus réputé de la ville, en face du centre commercial Big C.

Arnaud avait tellement fantasmé sur les body-body thaïlandais qu'il n'hésita pas un seul instant. Il était prévu que je l'accompagne sans consommer. Sortant tout juste d'un massage particulier de Toy, j'étais essoré.

22

Vitres teintées, façade néo-classique impeccable, portier en livrée, le Sabai Dee se donnait des airs de palace cannois. À l'intérieur, un froid polaire nous est tombé sur les épaules. Comme d'habitude, des salauds avaient poussé la clim à fond. Les Thaïs persistaient à croire qu'il fallait atteindre des températures boréales pour plaire aux Farangs.

Un bar avec quelques tables était disposé au centre du grand hall. Au fond, dans une immense vitrine éclairée comme un bloc chirurgical, une quarantaine de filles maquillées et coiffées, en robes de soirée aux couleurs chatoyantes, se tenaient sagement assises sur des sièges organisés en gradin. Des petites filles modèles assistant à une fête de patronage.

Un homme obséquieux, à la mise raffinée, s'approcha pour nous serrer la main avec l'empressement que l'on réserve habituellement à des amis d'enfance dont on a attendu la visite depuis trop longtemps.

Il nous conduisit à une des nombreuses tables libres :

– Je suis le manager, quel type de filles voulez-vous ?

À la table voisine, deux Arabes obèses débordaient de leurs chaises. Avec des expressions repues, ils discutaient manifestement les mérites respectifs des masseuses exposées à leur convoitise.

Le manager est revenu avec nos bières.

– On a de nouvelles filles, si vous voulez.

Mal à l'aise, j'avais du mal à diriger mon regard vers les Barbies tropicales flottant dans l'aquarium. Arnaud ressentait la même gêne. J'exécrais la vision de ces filles en vitrine, numérotées pour mieux être exposées à notre convoitise. De vulgaires marchandises disponibles qu'il suffisait de désigner au manager.

Dans les bars ou les gogos, les filles pouvaient refuser un client, mais ici la masseuse montait avec le client, quel que soit le dégoût que celui-ci pouvait lui inspirer. Ça me rappelait, en pire, un salon de recrutement de cadres débutants Porte de Champerret.

L'esprit trop agité pour réfléchir, nous buvions lentement nos bières en discutant pour faire dissiper notre malaise. De temps en temps, entre deux gorgées, nous jetions furtivement vers la vitrine des regards obliques pleins de concupiscence.

– Tu as remarqué, Arnaud ? Dès que t'en regardes une trop longtemps, elle te sourit pleine d'espoir.

Le manager venait de cracher des numéros dans un micro. Quatre filles se levèrent simultanément pour rejoindre la table des deux Arabes. Ils ont payé à la caisse avant de les emmener à leur hôtel. *Take away*. De la vente à emporter.

Petit à petit, nous nous sommes habitués à cette vitrine sinistre. Certaines filles étaient rivées sur le programme télé. D'autres, la figure triste et pensive, semblaient définitivement perdues dans leurs rêves d'ailleurs. Enfin, quelques-unes — plus motivées ou tout simplement à court de fric — souriaient en essayant de capter nos regards. Régulièrement, des masseuses entraient ou sortaient de la vitrine. Le manager s'impatientait :

– Si vous aimez une fille, vous notez numéro et vous pouvez appeler plus tard ! Sabai Dee vous la livre à votre hôtel.

Arnaud hésitait entre deux masseuses qui n'arrêtaient pas de nous sourire. Une petite gracieuse et une plutôt du genre beauté froide. Le choix semblait cornélien.

– Méfie-toi des beautés froides. Généralement âpres au gain et molles au plaisir. Prends plutôt la petite. Elle a l'air plus acidulée, plus enthousiaste, conseillai-je.

Il hésitait, pesant le pour, puis le contre, comme un gamin gourmand devant la vitrine d'un pâtissier, hésite entre un millefeuille et une tarte au citron. Choisir c'est renoncer. Tant que la décision n'est pas prise, l'imagination peut encore vagabonder entre les possibles. Millefeuille ou tarte au citron. Finalement, indécis, il se tourna vers moi :

– Et toi, tu prends laquelle ?

– Je te l'ai dit. Toy m'a rincé ! Ce serait gâcher !

– Allez, c'est ma première Thaïe ! Me laisse pas y aller seul ! Tu te feras juste faire le massage sans consommer. Je te l'offre ! Tu veux bien ?

– Arrête, s'il te plaît. Avec la pension de ta gosse, tu es dans la mouise au moins autant que moi. Je peux payer, c'est pas la question ! Simplement, Toy m'a essoré. Toi, t'es en manque, ça saute aux yeux ! Moi, ça fait plusieurs jours que je suis là.

Vexé, Antoine boudait, m'accusant, par son silence, de manque de camaraderie. Les vrais potes vont au boxon ensemble, comme des militaires en bordée. Les mâles en rut qui chassent en tribu pour se tenir chaud comme s'ils avaient peur des filles, j'avais toujours trouvé ça débile. C'était déplacé, ça faisait racaille de banlieue, néandertalien. Oui, c'est sûrement de cette époque que ça venait. Comme un instinct qui se manifestait à travers les âges, quand, à la faveur d'une razzia, une tribu embarquait les Sabines des pouilleux de la horde d'en face. Arnaud faisait toujours la gueule alors j'ai cédé, par faiblesse.

– Bon, je t'accompagne mais sans consommer la fille.

Par défaut, je me suis rabattu sur la beauté froide. Ça m'était bien égal puisque c'était pour un simple massage sans extra. J'ai fait signe au manager pour lui indiquer que nos atermoiements avaient pris fin. Trente secondes plus tard, les filles rejoignaient notre table avec un sourire poli.

La petite se nommait Ling et venait du Nord, de Chiang Rai près de la frontière birmane. La beauté froide était Isaan et se nommait Oy. J'aurais dû m'en douter. À Pattaya, je ne tombais que sur des Isaans.

Six cents bahts le massage, soit quinze dollars. Les extra étaient à négocier avec la fille, mais il fallait compter en gros mille bahts de plus — soit tout de même quarante dollars pour le service complet. Je comprenais mieux les portes opaques et le luxe du bâtiment. Les tarifs étaient nettement plus élevés que les treize dollars du short-time des filles de bar.

– Oy, tu es très belle mais je veux juste un massage, pas l'amour.

Son visage se ferma comme une guillotine. Apparemment, juste le body, ça l'intéressait moyen. Je voulais éviter de la vexer, insistant sur le fait qu'elle était *suay maak maak* et que j'aurais bien voulu mais que sortant d'un *boum thing*. Le manager nous guida vers la caisse puis vers un ascenseur qui conduisait aux chambres.

Arnaud commençait à péter les plombs. Il s'imaginait déjà à la renifler, à farfouiller dans ses chairs repliées, à s'offrir un grand moment de pur bonheur. Du coup, tout dans son élan, il avait opté pour le supplément avec jacuzzi. Je préférai m'en tenir strictement au programme minimum.

Oy mit le bain à couler et ressortit de la chambre pendant que je me déshabillais. La pièce était vaste avec un grand lit en bois sculpté et de nombreux miroirs au plafond et sur les murs.

Elle revint une minute plus tard avec un panier rempli

de savons et de produits de bains. Ses gestes économes et sans hésitation avaient la précision des artisans. Elle ôta et plia soigneusement sa belle robe de soie avant de me déshabiller.

Nous sommes entrés dans l'eau chaude et Oy a entrepris de me récurer sous tous les angles. Elle s'attardait en particulier sur ma verge essayant, sans en avoir l'air, de réveiller quelques pulsions. Têtue, elle gardait l'espoir de me vendre ses services. Je commençais à craindre que la chaleur du bain et l'adresse de ses mains n'attisent mon désir.

À mon gonflement progressif, son visage se décongela un peu. Au fur et à mesure de ses petites victoires, qui se mesuraient à la vigueur de mon érection, elle devenait plus souriante. Finalement, cela ne s'annonçait pas si mal pour les mille bahts.

Après une dizaine de minutes à ce petit jeu, elle décida enfin de me porter le coup de grâce en me faisant lentement basculer en arrière de manière à faire émerger mon sexe de l'eau savonneuse. Puis, elle approcha ses lèvres mouillées de désir et les posa délicatement sur mon gland.

Pendant qu'avec sa main droite elle me branlait, avec ses lèvres et sa langue, elle me suçait avec une grande sensualité. De sa main gauche, elle caressait mes couilles comme si elle eut un oisillon frileux à réchauffer. De temps en temps, elle s'arrêtait pour me jeter un coup d'œil amusé, pleine du sentiment victorieux de m'avoir mené là où je refusais d'aller. Puis, elle fermait les yeux et se remettait à pomper.

La plus longue turlute de ma vie ! Dès qu'elle sentait l'éjaculation venir, Oy ralentissait le mouvement de sa main et levait vers moi un regard mi-boudeur mi-rieur pour contempler le résultat de son art. La beauté froide s'était métamorphosée en une magicienne des sens.

Elle jouait de mon plaisir comme d'un instrument de musique, maîtrisant délicatement chacune de mes sensations, frôlant l'extase pour mieux me faire reculer lorsque le plaisir final menaçait de sourdre.

L'eau du bain tiédissait et elle me prit par la main pour me coucher sur le matelas pneumatique qu'elle avait pris soin d'asperger d'eau. J'avais les yeux tournés vers le plafond et son corps glissait sur la mince pellicule savonneuse dont elle avait pris soin de m'asperger.

Comme souvent chez moi, la montée du plaisir s'accompagnait d'une intense réflexion et il me venait des considérations merdouilleuses de philosophe de supermarché du genre « Un peuple qui met tant de soin et de raffinement à rechercher le plaisir des sens ne peut pas être mauvais ».

Je sentais qu'elle s'arquait afin de servir de son pubis comme d'une brosse naturelle. Son visage allait et venait, et nos regards se croisaient au rythme de ses oscillations. La scène était à la fois drôle et sensuelle. Un jeu de gosses impudiques.

Puis Oy me retourna sur le ventre recommençant le même mouvement contre mes cuisses et mes fesses. Enfin, passant du ludique au lubrique, elle positionna son entrecuisse contre le mien, glissant une de ses jambes magnifiquement déliées sous mon corps et l'autre au-dessus. Nous ressemblions à deux fers à cheval emboîtés et elle se mit à bouger le bassin en se pressant contre moi, réussissant à masser mon anus avec le sien. Du grand art !

Une seule fois, elle s'est levée pour m'asperger d'un peu d'eau chaude savonneuse. Puis, elle a repris sa position en fer à cheval prenant soin avec l'intérieur de sa cuisse de me branler latéralement.

J'étais en nage, elle me chauffait ainsi depuis une bonne heure et j'avais une hâte belliqueuse d'en finir avec elle. Nous nous sommes rincés puis la jeune créature m'a bouchonné à l'aide de deux épaisses serviettes de bain m'enveloppant d'une troisième quand elle me jugea sec.

Je lui rendis la politesse la séchant avec amour comme pour un petit enfant sortant du bain. Bien que je lui donne dans les vingt et un ans, son corps menu était presque celui d'une adolescente. Elle avait un petit cul bien cambré et un ventre sans traces de grossesse.

Une fois séchés, elle m'attira vers le grand lit qui trônait au milieu de la pièce et m'y fit coucher. Agenouillée, elle entreprit à nouveau de me pomper pour réveiller une érection que le séchage avait affectée.

Elle déroula, avec un sourire malicieux, le préservatif soigneusement posé sur la tablette du lit. Puis, elle monta à califourchon sur moi et, en position accroupie, elle se mit à me baiser en montant et descendant ses fesses. Sa chatte bien serrée semblait lui donner beaucoup de plaisir. Elle gémissait très faiblement.

Puis, sans que je me retire, elle m'écarta les cuisses et s'allongea sur moi. C'était elle qui me prenait en missionnaire serrant ses cuisses comme un étau pour augmenter encore l'impression d'étroitesse de son sexe. Elle s'était mise à couiner en ondulant. Je la sentais partir. Merde ! Je faisais jouir une pute. Elle, au septième ciel, les narines dilatées, les yeux larmoyants. Moi, couvert de sueur malgré la clim. À la fin, elle m'a embrassé.

Allongés, grelottants de plaisir, nous avions encore un peu de temps pour papoter avant que les quatre-vingt-dix minutes allouées ne soient complètement écoulées. Elle était là depuis trois mois.

– Tu arrives à faire des économies ?

– Je veux ouvrir salon beauté, j'ai vingt mille bahts Krung Thai Bank.

– Combien tu touches pour le massage ?

– Sur six cents bahts, cent bahts pour Oy.

Je comprenais mieux sa déception lorsque je lui avais dit que je m'en tiendrais au body massage. Nous avons pris une douche, elle a vidé la baignoire et rincé le matelas avant de se rhabiller. Quand je l'ai payée, elle a souri victorieuse.

– Moi voir toi ce soir ! Sabai dee fini à 2 heures. Après, je vais Stardice.

– Je peux pas Oy. J'ai une lady thaïe.

- Up to you. Toi aimer lady thaïe ?

– Oui, mais j'aime Oy aussi. Oy bon cœur. Très belle et tu baises bien.

– *Thank youuu !*

Dans le hall, Arnaud et Ling n'étaient toujours pas redescendus. Oy est repartie dans son aquarium. Un après-midi calme au Sabai Dee. J'ai attendu une dizaine de minutes, assis à une table. Les filles derrière la vitre ne me souriaient plus. Oy avait repris sa place et regardait la télé. Enfin, Arnaud daigna redescendre de son apothéose. Il avait le visage épanoui, fendu d'un large sourire béat. Je ne comprenais pas pourquoi ils restaient greffés ensemble.

– Je la réserve pour la nuit ! Je vais demander combien ça coûte !

– Tu déconnes n'est-ce pas ?

Ça craignait, vu les tarifs pratiqués, le bar fine et le long-time de la fille devaient coûter un max ! Arnaud s'était emballé un peu vite. Toujours le problème du premier jour. Une décharge à bout portant qui vous laisse groggy. D'abord, on ne se croit plus capable de cette capacité de bonheur, de joie si enfantine. Et puis la douceur siamoise, les culs princiers, les corps majestueux vous font déraper. Sans faire gaffe, on faisait le con, on claquait à la française. Ivre d'avoir si facilement accès à tout au jardin d'Eden.

Trois mille quatre cents bahts ! Je fis répéter la somme

deux fois. Non, le manager gominé ne s'était pas trompé. Certains, en faisant que les filles en free-lance tenaient une semaine avec cette somme. Arnaud commençait sur les chapeaux de roue !

Je n'aurais pas dû l'emmener au Sabai Dee, mais plutôt au Jasmine — un des bars les mieux équipés du Soï 6. Il s'en serait tiré avec deux cent cinquante de bar fine et mille pour une fille tout aussi jolie. Arnaud paya à la caissière et demanda à Ling de passer à notre hôtel vers dix heures.

L'essentiel était qu'Arnaud soit heureux ! Demain, il serait toujours temps de le raisonner. Heureusement qu'il ne restait pas longtemps.

23

Le soir, Arnaud et moi, nous avions décidé de faire la grande tournée des bars. Notre Live Singha Beer Tour. Pattaya faisait penser au marché de Rungis avec ses pavillons bien alignés par secteur. Une fois acquitté le péage du vol, nous accédions à un marché sexuel de gros. Prix imbattables garantis. Rungis ou Pattaya, bouffe ou cul, le monde noctambule suivait ses codes et ses règles. Fallait que je mette Arnaud au parfum.

Malgré ses exploits de l'après-midi, mon bizuth ne savait plus où donner de la tête et voulait s'arrêter dans chaque rade, persuadé d'avoir vu une fille extraordinaire. Nous avons fait un détour par le bar de Toy car une de ses amies m'avait demandé de lui «présenter» mon pote de Paris.

Deux vieux au torse d'insecte et au cou décharné de tortue finissante étaient tranquillement assis. Les filles papotaient dans un gazouillis joyeux. Toy nous a aperçu et elle s'est approchée avec sa sister Nut. Nut en rajoutait, faisait la femelle aguicheuse, prenait des poses en cambrant les reins.

– Comment tu la trouves, Nut ?

Et Arnaud, l'air de s'en foutre complètement. Pas emballé. Nut avait beau minauder, elle avait rien de particulier, une gentille fille un peu fade. Une fleur sans parfum.

– T'inquiète pas ! Moi non plus, je la trouve pas canon.

Mais tu comprends, c'est la meilleure amie de Toy. Elles partagent la même chambre.

Et voilà que l'autre me sort :

– Par contre, j'aime bien sa copine, je crois que je vais la prendre en short-time !

– Quelle copine ?

– Celle avec le pantalon blanc et les yeux à la chinoise.

J'étais médusé, essayant de lire derrière le sérieux de son visage la blague qu'il était en train de me faire. Mais Arnaud ne comprenait pas.

– Tu trouves pas qu'elle a un joli sourire ? Tu préfères la petite ?

Il avait l'air gêné par mon regard insistant ne comprenant rien à ce qui se passait.

– Arnaud, le pantalon blanc c'est Toy, la mienne ! Tu me charries ? J'y crois pas ! Tu ne la reconnais pas ? Tu serais pas du genre à voler les magazines des salles d'attente ? Danke Schön, l'amitié.

Arnaud avait l'air éberlué en dévisageant Toy :

– Merde. Je l'ai absolument pas reconnue. Cet après-midi, elle avait cette sorte de bob, sur la tête. Et puis, elle faisait la gueule. Chaleureuse comme une plaque d'égout en fonte. C'était pas la même fille. Tu sais, les Asiates, il m'arrive souvent de les confondre. Pour moi, elles ont toutes un peu la même gueule, les mêmes yeux ! Je finirais pas physionomiste de boîte de nuit locale.

– Si elles sont toutes pareilles, t'as qu'à prendre Nut !

Arnaud esquissa un sourire qui ressemblait à une grimace pendant que Toy me demandait ce qui se passait. Je lui ai expliqué qu'Arnaud voulait « Go with Toy ». Elles ont éclaté de rire pour se remettre à jacasser de plus belle. Arnaud plaisait bien à la petite déjà persuadée que, parce que c'était mon pote, il allait la prendre.

J'ai dû expliquer à Toy qu'Arnaud avait réservé une fille du Sabai dee. Nut avait pas trop l'air vexée, ça devait lui arriver souvent.

– *Ladies in Sabai dee. Very sexy,* affirma-t-elle pour se consoler.

Nos bières englouties, nous nous sommes levés non sans que je confirme à Toy que je passerai la prendre à dix heures.

Ce gigantesque plaza intriguait Arnaud. Cinquante bars bondés de filles à baiser. Rungis pavillon crevettes fraîches, il l'avait repéré en sortant du salon de massage et ne voulait aller nulle part ailleurs. Le bloc de bars se trouvait complètement au nord de la ville près du Soï 2.

J'ai arrêté un *songthaew* — un de ces pick-up découverts qui servaient de taxis collectifs. Dix bahts pour les Farangs. Cinq pour les locaux. La Beach Road et la Second Road étant à sens unique, nous devions descendre la Beach vers le sud avant de pouvoir revenir vers le Nord par la Second Road. Ces bateaux-mouches du bitume permettaient de passer quasiment devant tous les complexes de bar de la ville à l'exception de ceux de la Walking Street.

Arnaud était médusé par la multitude des bars et surtout par la masse sombre des filles qui grouillait sous les néons rouges. Il lançait des regards affamés vers la foule femelle, incrédule. Un sourire permanent flottait sur son visage. Parfois, il me regardait pour s'assurer qu'il ne rêvait pas, que tout était bien réel.

Quand le flot de taxis collectifs ralentissait, les filles des bars nous faisaient des signes.

- *I want to go with you.*

Un large sourire illuminait alors le visage d'Arnaud qui répondait par de grands gestes de la main. Il avait l'air aux anges, je ne l'avais jamais vu aussi détendu. Ça y est, il était Brad.

J'ai payé le chauffeur à l'entrée du complexe du Soï 2. Ces bars, plus récents que ceux de South Pattaya, étaient bondés de filles souvent plus jolies que les vieilles peaux qui hantaient la rue piétonne.

Arnaud devait s'habituer à être enlacé par les femelles qui essayaient toutes de nous fixer dans leur bar. Dès qu'il en voyait une de pas trop mal, il voulait prendre un verre et la réserver pour le lendemain. Un glouton cambriolant une pâtisserie. Je devais le raisonner afin de pouvoir avancer.

— Faut pas céder avant d'avoir fait tout le complexe.

— Pourquoi ne pas s'arrêter avant ? demanda Arnaud

— Tu fais une liste des trois ou quatre filles qui te plaisent le plus et, seulement après, tu prends un verre.

— Je n'ai pas encore la technique. Dès que j'en vois une qui me botte, j'ai envie de m'arrêter.

Au Cosy-bar, un bataillon de jolies filles se serrait contre le comptoir autour d'une beauté si somptueuse que sa seule vue redonnait la foi en Dieu.

La serveuse était sanglée d'un haut en skaï noir qui, à chacun de ses mouvements, menaçait de céder sous la pression d'une poitrine opulente. Les globes de chair, trop pesants pour le haut, suivaient avec retard le moindre de ses mouvements. À la vision de cette proue exceptionnelle pour une fille thaïe, il me venait des envies irrémissibles de palpations mammaires. Je me voyais déjà en train de caresser ses bouts bruns, d'embrasser le globe moite de ses seins.

— *What you drink ?*

On a commandé deux mousses quand je dus constater avec surprise qu'Arnaud ne s'intéressait pas au décolleté vertigineux comme je l'avais d'abord cru, mais à une autre serveuse, plus mince et plus élancée. La fille aux seins mafflus me souriait consciente de l'effet Doppler que ses scandaleuses rondeurs produisaient sur les Farangs.

– *What is your name ?*

– *My name Nong.*

– *How old are you ?*

– *Twenty-two. I am from Kanchanaburi. I come back today.*

Elle venait de débarquer. Aucun Farang ne l'avait encore repérée. Une fille aussi fabuleuse n'allait pas rester longtemps en vitrine.

Ce gros bonnet avait le physique de ces héroïnes sexy de bandes dessinées, elle en avait les formes pleines et de sa croupe à sa bouche luisante, toujours légèrement entrouverte, tout son corps, pétri par les Dieux, appelait tellement à l'amour qu'Arnaud s'est vite mis à la surnommer Barbarella.

Je bandais comme un vieil ours des Carpates. Cette divine créature travaillait depuis à peine deux mois à Pattaya mais se débrouillait plutôt pas mal en anglais.

– *I like you, Nong !*

– *You pay bar ? I go with you.*

Sans réfléchir, j'ai posé les deux cents bahts sur le comptoir en promettant que je repasserai vers onze heures. J'avais suivi ma première impulsion. Avant le réconfort, l'effort. Je devais à présent m'expliquer avec Toy.

24

Sur le front de mer, la foule flegmatique et empesée des « buffles » venus chopiner au soleil enflait. Le Scandinavia abritait déjà une dizaine de pochards.

De dos, vissés sur leurs tabourets, ils avaient tous l'air gras et massifs avec leurs culs trop larges. La transpiration perlant le long de leurs cous, leurs jambes courtes et poilues, tout me dégoûtait. J'imaginais qu'il suffisait à ces ivrognes vicieux de payer quelques dollars pour souiller des filles comme Toy. Mais, j'étais comme eux, pas vraiment différent. Qui s'assemble…

À quel titre pouvais-je prétendre être meilleur ? Mes intentions étaient-elles plus pures ? J'en doutais. Ces hommes à la nuque épaisse, le cou gras luisant de sueur, lapant leurs bières avec des claquements de langue me renvoyaient ma propre image. Pas très ragoûtante.

Toy ne m'avait pas vu. Je me tenais à distance. Pas très flambard. Elle discutait avec un gras-double dont le crâne, tout blanc et luisant, tranchait avec la face rubiconde filigranée de stries violettes. Elle souriait au chauve, habitée de la même lumière intérieure. L'air d'être heureuse derrière son comptoir. Avait-elle la même conscience que moi du tragique de la condition humaine en général et de son sort en particulier ? Mais alors d'où lui venait cette joie intérieure qui irradiait tout son être.

En sortant de la douche, par deux fois, je l'avais surprise agenouillée sur le lit en train de prier les mains jointes en waï. Je lui avais expliqué qu'elle pouvait prier en ma présence et que cela ne me gênait pas. Mais, je crois qu'elle avait besoin de son intimité pour parler un peu avec Siddharta.

Le Bouddha occidental plaisantait maintenant avec elle en lui pressant la main. Elle était encore plus belle que d'habitude et j'allais lui faire de la peine. J'étais paralysé, essayant de gagner quelques instants sur l'irrémédiable, de repousser le moment de cette lâche et douloureuse explication.

Enfin, elle m'aperçut. À la vue de mon visage triste et pensif, un voile a assombri son regard. Depuis deux ou trois jours, elle savait que ça devait arriver. Elle venait de plonger dans cette sale détresse des putes qui ont cru un instant au dernier client.

J'étais un pur salaud, j'allais la faire souffrir pour une paire de seins, pour les cabochons durs d'une fille un peu grasse. Je ne voulais pas m'expliquer devant les autres serveuses du bar. Je l'ai entraînée dans le petit restaurant, à une vingtaine de mètres derrière le complexe. À côté de l'arrière-cour où les ivrognes se dilataient le sphincter pour se purger les tripes dans la touffeur alcaline des gogues. Le coin était désert à cette heure.

Le gros homme obèse nous suivait comme un radar en poursuite de ses petits yeux inanimés, enchâssés dans la graisse du visage.

— Toy, je te paie les mille bahts et le bar. Tu peux rentrer dormir si tu veux.

— Je veux pas ton argent !

Elle secouait la tête avec orgueil. Ses magnifiques yeux en amande se troublaient d'un mélange de tristesse et de colère. Je me sentais salement morveux.

— Souvent les Farangs mentent. Pas première fois. *Mai pen rai* ! OK, tu pars mais après fini. Je reviens plus avec toi. Fini.

— Tu vas aller avec un autre homme ?

– Non, je peux pas. Je suis malade. Je vais rentrer voir famille. Je veux pas un homme, maintenant. *I feel sad !*

Quand elle reviendrait, je serai parti. Tous ses mots se voulaient définitifs. Elle vivait ma décision comme une trahison irréversible.

J'étais mal. Très mal. Mes mots maladroits sonnaient faux et le mauvais anglais que j'étais obligé d'employer pour espérer me faire comprendre accentuait encore mon malaise. Les choses auraient dû être simples, je m'étais lassé d'elle et je la quittais pour une autre fille. Les explications que je voulais mettre autour étaient indécentes et superflues. Tous les deux, nous le savions.

Je sentais les larmes lentement grossir dans mes yeux mais je me refusais à pleurer. Des épanchements lacrymaux m'auraient paru trop ridicules. Toujours ce putain d'orgueil !

– Prends l'argent, Toy

Je lui ai collé les billets dans la paume de la main et je me suis levé avant que les larmes, qui se pressaient dans mes yeux, ne perlent. Il y a des jours comme ça. On se voit faire une connerie mais on ne peut pas s'en empêcher. C'est plus fort que vous. Je venais de quitter la seule fille qui m'ait, depuis longtemps, donné autant de bonheur.

Putain de cul ! Combien de conneries ai-je faites en ton nom ?

Ses copines avaient compris le mélodrame qui se déroulait à côté des chiottes. Toutes l'avaient déjà vécu. Surtout au début. Endurcissant à chaque fois un peu plus leur cœur, devenant de vraies professionnelles insensibles à tous ces *paak-waan*, ces *seuwit-maou* comme elles appelaient les Farangs qui leur promettaient l'amour pour mieux les lâcher au moment où elles commençaient à y croire.

Elles me fixèrent avec hostilité lorsque je suis repassé devant le comptoir pour rejoindre la Beach Road.

L'ambiance était inhabituellement glaciale.

Aucune fille ne bavardait plus, aucun pépiement ne se faisait entendre derrière le comptoir. Elles avaient toutes le regard braqué sur moi ou sur Toy restée assise dans le petit restaurant.

Pour la première fois à Pattaya, je ressentais un rejet. J'aurais voulu être à cent pieds sous terre. Je fuyais lâchement dans la nuit quittant Toy maladroitement. Jamais je n'aurais pensé que cela me fut si douloureux. Après tout, elle n'était pour moi qu'une fille de hasard rencontrée au coin d'un bar à putes. Je m'en étais lassé et cela ne méritait pas plus.

Elle trouverait vite d'autres clients qui lui donneraient mille bahts pour simuler des orgasmes.

25

J'ai pris par le côté plage de la Beach Road préférant la pénombre aux lumières des bars d'en face. Une nuit pleine de murmures, de feulements, de souffles chauds tapis dans l'ombre des palmiers. De loin en loin, des formes trimballant leur chair prostituée, m'interpellaient dans l'obscurité... *La nature est un temple où de vivants piliers... Laissent parfois sortir de confuses paroles...* Dommage que Baudelaire n'ait pu connaître Pattaya. Voix furtives de filles ou de *kathoeys* chuchotant dans l'obscurité, corps maigres, usés, souillés, rôdant comme des chiens affamés à la recherche d'un mâle égaré pour entretenir, un jour de plus, leurs errances.

Mes yeux tout embués de larmes distinguaient mal ces ombres qui hantaient un monde trouble et marécageux. Je percevais juste des attentes affamées, tapies au creux de la nuit, des créatures rachitiques et sales au sexe incertain, terriblement humaines dans leur détresse.

Je marchais en essayant de ralentir le pas et de respirer profondément pour évacuer mon émotion. Mon pouls commençait à battre moins vite et mon esprit à s'éclaircir. Une brise paisible venue du large m'apporta un air doux, chargé de la fraîcheur vernissée des plantes.

Au milieu de cette odeur de jardin nocturne, j'ai soudain remarqué une silhouette craintive posée sur un banc. Elle avait l'air jolie. Une sensation de volupté et de mort, une promesse de nuit torride alourdissaient l'air. La forme avait saisi mon hésitation et m'interpella en bafouillant dans un mauvais anglais : *Where you go ?*

Je me suis arrêté pour échanger quelques mots. Le regard plein d'espoir, lascive comme un chat, elle voulait m'accompagner pour la nuit et ne me demandait que cinq cents bahts.

Elle s'est levée pour se rapprocher de moi. Je sentais l'odeur prégnante de son corps. Déjà, je percevais des caresses fugitives, la course sensuelle de ses doigts. Je lui dis qu'elle était très jolie mais que j'avais déjà une *lady* thaïe. Mais elle avait senti ma faiblesse et déjà elle m'entraînait vers l'obscurité de la plage, bien décidée à ne pas lâcher cette proie inespérée. Nous étions seuls à nous caresser sur cette plage, à quinze mètres à peine de l'animation de la Beach Road, au risque de nous faire surprendre par une patrouille de la police touristique.

Le long de la baie, les néons des bars brillaient comme un ruisseau lumineux ininterrompu. Des éclairs sombres passaient dans son regard. Portés par la brise, des rires, des éclats de voix montaient par intermittence de ces foyers d'incendie. Quelques bribes d'une musique exotique nous parvenaient chaque fois que le vent tournait.

Je sentais sous ma main droite l'exquise rondeur de ses épaules dénudées, sa chair veloutée, tendue de désir. Mes doigts glissaient vers la nervure de ses reins pendant que ma main gauche remontait sous sa jupe de coton. Je cherchais ses lèvres brunes, gonflées de sensualité, sa langue chaude et doucement râpeuse.

Elle dégageait une odeur animale, un goût de musc tenace. Doucement, ma bouche est descendue vers son mont de vénus frémissant, vers cette odeur de femelle béante, au pubis bien juteux, au cul luisant d'attente.

Lentement, ma langue glissait sur sa peau soyeuse, dépliant les lèvres délicates de sa vulve, caressant le clitoris dilaté puis glissant jusqu'au creux de son œillet mauve pour l'enculer d'une pointe dure. J'avais enfoncé deux doigts dans son cyclope fessier lui fouillant les entrailles. Elle, surprise, se cabrait, se cambrait les jambes écartées pour échapper à des doigts qui la prenaient bien mieux qu'une queue. Seule sa respiration courte et bruyante se mêlait au ressac de la mer.

Au bruit d'une conversation qui se rapprochait sur le front de mer, elle s'est immobilisée, inquiète. Sa peau satinée s'était couverte d'une mince pellicule de sueur. Heureusement, les voix déclinaient progressivement, s'éloignant vers la douce phosphorescence de la ville.

Rassurée, elle s'est agenouillée face à la mer. Une palpitation faible montait du rivage à travers la nuit. Après avoir fait glisser la fermeture éclair de mon pantalon, elle a libéré ma queue, l'a humée avant de la napper de ses lèvres charnues, m'enfournant avec une voracité inouïe, me happant avec avidité sur toute la longueur de la hampe, m'engloutissant jusqu'au fond de la gorge, à s'en embuer les yeux puis descendant pour me gober doucement la grappe des testicules avec une lenteur calculée. Je sentais la fine nervure de ses lèvres enserrer mon gland distendu. Le sang battait mes tempes, j'étais pris dans une glissade vertigineuse, dans un chaos de sensations.

Par moments, le regard vide, ne sachant plus où plaquer mes doigts, j'appuyais doucement sur sa nuque qui oscillait, lui indiquant le rythme, la profondeur.

La fille s'est immobilisée pour me regarder. Ses yeux illuminés brillaient d'une joie magique. D'un mouvement souple, elle s'est retournée à quatre pattes, le corps creusé, la croupe tendue en offrande, se cambrant pour m'offrir ses reins.

J'ai déroulé le petit film de latex et j'ai pénétré sans effort son sexe humide et palpitant pendant qu'elle s'abandonnait offerte, l'échine cambrée, s'ouvrant complètement, se dilatant pour se visser à ma queue, pour sentir mes couilles battre contre sa ventouse mouillée. Elle soupirait, haletait à chaque fois que je la fouillais jusqu'aux viscères, oubliant jusqu'à la prudence que nous imposait la promenade à quelques mètres de nous.

Son corps arqué était parcouru de secousses irradiantes, son ventre se contractait, me tendant le volume charnu de ses fesses pour mieux s'empaler, pour se faire baratter au plus profond de son ventre. Soudain, dans un cri étouffé, la fille a exulté par saccades longues d'une violence désordonnée pendant que je coulais à l'intérieur de sa fente de velours, me dissolvant dans la nuit océanique pour sentir les ondes mourantes de son corps.

Je n'avais jamais étreint un feu si intense, si violent. Depuis, je n'ai jamais plus connu un tel plaisir. Je suis resté là, sous le ciel étoilé, pris de vertige par cette chevauchée enivrante, couvrant sa nuque sombre de baisers de braise, caressant les pointes de ses seins durcis, tendus par la violence de l'orgasme pendant qu'elle se redressait avec maladresse comme arrimée pour l'éternité à mon bassin.

Mais déjà un groupe de jeunes gens bruyants se dirigeait vers nous. Nous eûmes tout juste le temps de nous rhabiller en toute hâte. Je lui ai glissé un billet de mille bahts voulant lui prendre la main. Déjà, elle s'enfuyait dans l'obscurité. J'ignore son nom et jusqu'à son visage confusément entraperçu. Jamais je n'avais vécu une telle débâcle des sens, un abandon aussi impudique.

Il me restait une bonne demi-heure pour rejoindre Nong à son bar. J'ai décidé de marcher paresseusement en espérant que la lenteur de mon corps calmerait l'agitation de mon esprit. Sous mon crâne, tout se télescopait dans une prodigieuse confusion : la séparation d'avec Toy, l'inconnue de la plage, cette vague de plaisir exaucé, mes soucis en France et cette plage d'inconnues à mon retour. J'étais las.

Je me promis de revoir Toy avant mon départ pour lui offrir un beau cadeau et, surtout, pour ne pas rester sur cette sale rupture.

Cette résolution m'apaisa un peu.

26

– You drink too much, after you *mau mau* !

La boule formée au niveau de mon plexus ne disparut complètement qu'à la quatrième Chang que me servit Nong. Arnaud, accompagné de Ling, venait de nous rejoindre et Gustin m'appela sur mon portable pour me dire qu'il était en route avec Yahou.

Nong était une gentille fille, très sexy, mais je m'aperçus vite que je n'avais pour elle qu'un puissant désir charnel alors que les sentiments que je nourrissais pour Toy étaient beaucoup plus profonds. Dans un sens, notre relation s'en trouvait simplifiée : une jolie fille pour passer la nuit, point barre.

L'histoire de Nong était banale : le moutard dépoté et le mari qui part avec une autre. Un homme marié, un Allemand de cinquante-deux ans, l'avait prise sous son aile en lui envoyant régulièrement de l'argent. Il voulait l'épouser mais il craignait que sa femme dépressive ne fasse une bêtise.

Elle me montra toute fière la photo d'un petit homme sans menton à la tête de belette. Encore un qui s'était mis dans un merdier pas possible en venant dans cette ville de lumière.

Une mélancolie subite voila le regard de Nong.

– Tu as l'air triste, tu préfères rentrer dormir ?

Je ne voulais pas qu'elle me suive à contrecœur.

– Non, je suis contente. Nous ensemble, OK pour moi. Toi, bon cœur !

— Pourquoi tu sembles triste ?

— Mon seul frère mort. Un mois déjà. Je l'aime beaucoup. Il me manque. Homme allemand très gentil. Il m'envoie trente mille bahts pour la cérémonie.

Je ne savais pas trop quoi dire.

Ling, la masseuse du Sabai Dee, était une fille très pétillante. Elle souriait sans arrêt et plaisantait constamment avec Arnaud. Ils ne se quittaient pas des yeux.

Gustin a déboulé sur le coup de minuit. Yahou était enchâssée dans une belle robe Bordeaux. Quand elle a regardé Nong avec satisfaction, un souffle d'air a replié la robe entre ses cuisses. Yahou n'avait jamais aimé Toy et semblait heureuse de ne plus la voir. Gustin nous demanda :

— Ça vous tente, le Stardice ? Il paraît que leur show est très réputé.

— Où ça se trouve ?

— Yahoo dit que c'est à Naklua. Une boîte assez classieuse avec surtout des Asiatiques.

Ling a confirmé que c'était très bien le Stardice. Beaucoup de filles du Sabai Dee y finissaient la nuit. Nous avons sauté dans un *songthaew* direction Naklua.

Sur la scène, un groupe de danseuses sautillait derrière une bombe en lamé qui faisait reprendre un refrain aux bridés du public. À part notre table, nous ne vîmes que des groupes de Chinois ou des Thaïs venus passer une soirée entre amis.

Gustin et Yahou s'ennuyaient ferme. Déjà un vieux ménage. Leur relation avait pris un tour conjugal qui n'annonçait rien de bon. Heureusement que la tonique Ling mettait de l'ambiance. Ce Champagne sur pattes était doté d'une énergie inépuisable dansant en permanence sur les tubes de variétés thaïes alignés par le DJ.

On éclusait comme des trous. Chacun avec de bonnes raisons : moi pour oublier le sale moment avec Toy ; Nong devait penser à son frère ; Arnaud et Ling étaient partis pour faire la fête ; et Gustin et Yahou parce qu'ils espéraient que l'alcool ranimerait une flamme moribonde. Défoncés comme des Scandinaves, nous avons décidé de rentrer à l'hôtel pendant que l'on tenait encore debout.

Ling était affamée et nous nous sommes attablés derrière le Stardice pour un riz frit. Arnaud roulait sans discontinuer des patins à sa chérie et ça gênait un peu les autres. La nourriture me dessaoula. J'avais retrouvé un peu de gaieté. À l'hôtel, il a fallu secouer le veilleur de nuit effondré derrière le comptoir dans une léthargie irrémissible.

— Lui, *mau mau*, me dit Nong en me montrant deux bouteilles vides posées par terre.

— Toi aussi, *mau mau.*

Le corps de Nong était à la hauteur de ses promesses.

Tout émerveillé, je ne me lassais pas de soupeser les globes repus de son buste affolant, de les enserrer entre mes doigts. J'en suçai la pointe. Ce qui les fit immédiatement se dresser et durcir. Je palpais les bulbes bruns de ses tétons, je les dégustais, je les mordillais pour mieux m'imprégner de leur saveur légèrement vanillée de crème fraîche. Puis je lovai un doigt dans le creux de son ventre descendant vers la fente médiane de son sexe écarquillé. Le sauvage renflement de sa vulve palpitait déjà d'attente, toute gonflée d'un désir intolérable.

Je demeurai là longtemps, fasciné, dans une sorte d'ivresse à la contempler avec ses seins lourds indiciblement beaux, ses chaudes fesses bombées, sa senteur épaisse de bois d'ébène. Elle avait non seulement un corps à la pâte onctueuse de marbre brun mais elle suçait en plus avec ardeur et acceptait de se faire enculer avec la même bonne volonté. La chaleur à l'intérieur de son ventre n'en finissait pas de me surprendre. Doux comme un foyer.

Assommé par l'alcool et la fatigue, je me suis endormi presque aussitôt, le bras enlacé autour de sa taille, le corps blotti contre ses formes pleines.

La lumière qui filtrait au travers le maigre tamis des rideaux de la chambre me réveilla vers onze heures. Pendant son sommeil, Nong avait repoussé le drap et gisait sur le dos. Je contemplais avec tendresse son corps parfait et généreux. Les lèvres étaient pulpeuses, la poitrine lourde 100 % bio avait la fermeté de ses vingt ans, refusant obstinément de s'affaisser malgré son poids.

Les bras potelés rejetés en arrière, Nong écartait légèrement les jambes offrant le somptueux renflement de sa vulve à mes regards impudiques. Ses fesses cambrées creusaient le matelas, elle respirait doucement et ses beaux cheveux dénoués, denses et lisses comme de l'ébène, couvraient une partie de son visage. Elle avait senti dans son demi-sommeil que je l'observais, elle ouvrit un œil puis l'autre avant de m'offrir un sourire gourmand de ses belles lèvres pleines.

Nong, combien de fois as-tu vécu ce moment d'intimité naissante où, le matin, les hommes admiratifs contemplent au réveil ta superbe nudité brune ? Cet instant entre la nuit et le jour où, tout émerveillés de ta présence et incomplètement rassasiés de t'avoir possédée la veille, ils se préparent avec convoitise à honorer à nouveau ce corps que Dieu, dans son immense mansuétude, avait créé pour l'amour.

Encore tout ensommeillée, pleine d'un bien-être somnolent, Nong ouvrit plus largement son entrecuisse pour que ma main puisse venir se loger au creux de son ventre. Je la caressais doucement sentant ses muscles chauds vibrer sous le velours épais de sa peau mordorée. Progressivement, elle émergeait de son lourd sommeil. Par instant, je m'arrêtais pour lover ma paume contre ce corps trop appétissant et, surtout, pour pouvoir réaliser l'enchantement de coucher avec une fille à la carnation aussi superbe.

Quand on n'est pas habitué aux bonnes choses de la vie, le bonheur vous grise facilement. Ces moments volés à la chiennerie de l'existence méritaient qu'on les savoure sans précipitation, avec une lenteur qui nous permette de croire à leur éternité. C'est toujours ça de pris sur l'adversité !

L'épiderme des Thaïlandaises possédait un grain d'opaline incroyablement plus fin que celui des Occidentales et il exhalait un parfum épicé, violent. Une odeur fauve de femme qui atteignait son paroxysme quand j'enfouissais mon visage dans leur chevelure enivrante.

Je pelotais son sexe touffu à pleine paume. Nong commençait à onduler au rythme de ma main et des gouttes de sueur perlaient sur son ventre. J'ai glissé un doigt dans la chaleur ardente de sa fente humide et elle s'est mise à accélérer. Je bandais avec une ferveur de grizzli.

Ma main chercha en tâtonnant le petit sachet du préservatif posé sur la table de nuit pendant que ma bouche rejoignait ses lèvres luisantes. Sa langue fine et pointue avait un goût sucré, elle se glissa entre mes dents et recommença le ballet rapide auquel je m'étais habitué dans la nuit. Je la fis basculer sur le côté et je m'introduisis entre les rives de son sexe doucement, les deux mains plaquées contre ses seins lourds et fermes.

Elle s'était cambrée au bon moment pour que je la pénètre plus profondément, je caressai la pointe de ses mamelons jusqu'à ce qu'ils durcissent sous l'afflux de sang. Dans un moment d'égarement, je glissai un doigt nerveux, enrobé de salive, dans son anus, Nong frissonna. Elle avait un cul glorieux, un cul de jouisseuse goulue qui promettait de prodigieux orgasmes dans l'or velouté de ses fesses. J'enduis son cul d'un peu de gel bien décidé à l'enculer de nouveau.

Au début, mon membre achoppa à cause de ma fébrilité maladroite venant de ma hâte à vouloir l'empaler. Puis je me suis enfoncé dans son intolérable béance jusqu'à ce que le capuchon de ma queue ait franchi l'anneau de chair distendu. Elle m'a englouti en émettant un son rauque.

Après quelques va-et-vient dans son cul lubrifié, m'enfonçant puis m'immobilisant pour mieux refluer en une marée obscène, j'ai déculé pour la prendre normalement avant de dévulver pour revenir dans son anus agité de spasmes frémissants.

Avec une joie goulue, j'alternais ces pénétrations successives goûtant tous les plaisirs intimes de sa possession. Nong était insatiable, fouillée à cœur, elle poussait de petits gémissements avortés de chien trop battu.

Il faisait chaud, j'aurais dû mettre la climatisation sur deux. Je me suis immobilisé dans son cul pour reprendre mes esprits, mais Nong avait pris le relais. Sa formidable croupe, bien juteuse, offerte, tanguait avec une vigueur surprenante, coulissant comme un anneau sur la tringle de ma trique. Je lui farcissais le rectum plongeant ma queue jusqu'au tréfonds de ses entrailles fumantes et ses fesses chaudes étaient toutes parcourues d'étonnantes vibrations qui me remontaient tout droit jusqu'au périnée.

Devant tant d'enthousiasme, je déchargeai une semence brûlante en râlant pendant qu'un spasme profond l'ébranlait jusqu'au plus profond de son être. Nong avait joui comme elle vivait, sans retenue, dans une belle luxuriance.

Essoré par ce corps chaud et vivant, je suis resté au plus profond de son cul, une bonne dizaine de minutes. Effondré, le visage enfoui dans la masse de sa lourde chevelure au musc poivré, incapable de reprendre mes esprits.

Ce ne fut qu'après avoir un peu récupéré que j'ai enfin pu me retirer en veillant soigneusement à tenir le préservatif entre le pouce et l'index. Constamment se méfier du tueur invisible. Tout rempli d'une plénitude intime, d'une ardente reconnaissance, j'ai embrassé son front moite pour la remercier de tout le plaisir qu'elle venait de me donner. Elle souriait pleine de générosité, simplement contente de mon bonheur.

27

J'avais une petite heure devant moi avant d'appeler Gustin pour organiser l'après-midi. Je voulais revoir Toy pour m'excuser, mais surtout pas à son bar.

Une fois que je l'avais raccompagnée, elle m'avait montré le bâtiment où elle partageait une chambre avec deux filles du Scandinavia. Je croyais pouvoir être capable de retrouver mon chemin au milieu des rues vilaines et pauvres où pullulaient les garnis de rapport.

Je me suis dirigé vers les quartiers thaïs derrière le Soï Buakhao. C'est là-bas que nichait le petit peuple qui faisait tourner le business à Farangs. J'ai quitté les grandes avenues pour pénétrer dans le dédale des *soï* où l'air manque à force d'être chauffé à blanc. La rue sentait le goudron chaud.

Dans ce lacis de façades aveugles, de murs lépreux, de petits groupes de vieillards en sarong, étaient accroupis à l'ombre comme des caillots de malheur coagulé. Ici, tout puait la misère, il régnait une odeur stagnante et tiède de crasse. De loin en loin, dans un air saturé de mouches gisaient quelques vagues ordures : trognons de légumes, sacs en plastique, bouteilles vides. À la prochaine pluie tropicale, tout serait balayé par le flot qui transformerait la rue en boyau de merde.

Enfin au détour d'une ruelle, j'ai reconnu la cour miteuse décorée d'un petit tas d'immondices, le trottoir déchaussé et surtout la gueule burinée de la taulière qui tuait le temps à chasser les mouches qui la cernaient derrière son comptoir. Les filles n'avaient pas le droit de recevoir dans leurs chambres :

– Je veux voir chambre 24. *Twenty-four.*

La vieille semblait énervée, elle a engagé un pénible soliloque en thaï jusqu'à ce que je pose un billet de 100 bahts sur le comptoir. Dans la petite cour pelée, une vieille femme malpropre à la face ravinée lavait du linge dans une bassine pendant que deux moutards barbouillés de morve, la tignasse hirsute, pataugeaient à poil dans une flaque d'eau savonneuse. Ça puait les enfants mal torchés et la vaisselle pas faite.

De la cage d'escalier montait une promesse de fraîcheur vite démentie à l'intérieur. C'était juste une fausse impression due à l'air confiné de l'escalier pisseux qui dégageait une odeur d'humidité chauffée. Au second, un néon faiblard éclairait un couloir étroit où s'alignaient une dizaine de portes numérotées. La vingt-quatre était au milieu. J'ai frappé.

J'ai insisté, ne déclenchant que le fracas des gogues qui venaient de déglutir avec des hoquets violents en faisant vibrer toute la carcasse déficitaire de l'immeuble. Peut-être dormait-elle encore ?

La poignée luisait vaguement dans la pénombre. J'ai avancé la main et, à ma surprise, la porte pivota en grinçant. Je pouvais distinguer une chambre basse et étouffante. Trois matelas mouchetés étaient jetés simplement sur le carreau, à côté d'une table cagneuse. Au plafond, un ventilateur fatigué brassait l'air moite agitant une lessive de culottes en train de sécher sur une ficelle tendue. L'unique fenêtre, trop étroite, donnait sur un puisard qui répandait une maigre lumière dans la piaule. Une lumière presque marine.

Un vague relent de moisi, entrelardé d'un relent d'odeur humaine flottait dans la chambre vide. Les filles devaient dormir contre des corps américains. En violant leur intimité, j'avais le sentiment de braver un interdit, de commettre un sacrilège. J'étais fixé sur les coulisses du Pattaya Show. Les loges étaient minables, le cachet maigre et les toilettes devaient grouiller de vermine.

Je n'osais pas entrer à l'intérieur du taudis surchauffé. Des photos étaient punaisées sur le mur. Je n'avais pas le droit d'être là, mais je fis quand même un pas à l'intérieur pour essayer de deviner les traits des enfants. C'était donc cela le quotidien de la belle Toy, cette chambre étouffante, le suintement des murs gorgés d'humidité, la puanteur suffocante des latrines. Une nausée me montait du ventre comme une marée de dégoût.

Soudain, un couinement obscène brisa le silence. Gras comme un chat, velu comme une chèvre, le rongeur venait de détaler devant une ombre trapue qui progressait dans le couloir. En m'apercevant, le visage s'est durci dans une tension cruelle. J'ai bafouillé dans un anglais basique quelques vagues explications. Un pli mauvais à la bouche, il me dévisageait plein de haine contenue.

– Pas de visites. Vous sortir.

Sa joue sombre portait la cicatrice d'un coup de rasoir. Peut-être vivait-il avec une fille ? Peut-être même avec Toy. Beaucoup de ces filles de bar, qui affirmaient haut et fort qu'elles n'aimaient que les Farangs, entretenaient, presque clandestinement, un compagnon thaï. Cet homme devait passer le plus clair de son temps à mendier quelques bahts à sa serveuse, à l'attendre.

Le type claqua la porte 24 violemment. Je voulais fuir ce lieu sordide, fermer les yeux, m'en aller loin d'ici, au plus vite, pour oublier les coulisses minables de mon « paradis » thaïlandais. J'avais l'impression d'avoir violé un interdit comme un spectateur qui découvre l'envers du décor.

28

J'ai appelé Gustin à l'hôtel pour qu'il se joigne à nous. Yahou venait de partir et il était en train de s'habiller.

– Il y a trop de monde à Pattaya. Appelle Arnaud pour voir s'il veut passer deux ou trois heures au calme.

Arnaud émergeait d'une nuit délicieuse. Il devait revoir Ling le soir. Finalement, nous recommencions à devenir fidèles puisqu'aucun de nous ne changerait de cavalière pour la soirée.

Arrivés à Jomtien, nous nous sommes installés tous les trois dans une gargote du bord de mer. Quand Arnaud a commencé à évoquer la promotion qu'il espérait. J'ai cru bon d'intervenir. Ce n'était pas dirigé contre lui, mais je pensais qu'il était resté un bon petit soldat, qu'il bossait dur sans trop se poser de questions. Comme moi avant que j'ouvre les yeux.

– Tu vois, Arnaud, quinze ans que je trime ! Et pas plus riche ! Juste fourbu, essoré par cette crise sans fin qui nous bouche l'horizon ! Chaos debout. La partie était truquée d'avance. Crasseuses combines et magouilles à tous les étages pour se partager les dépouilles d'un système condamné.

– Mais tu l'as supportée cette vie de merde, comme tu dis. Quinze ans, c'est pas une paille.

– J'étais jeune. J'ai encaissé. On allait voir ce qu'on allait voir. Tu parles, c'était tout vu.

— Quitte la partie. Personne n'en a rien à foutre ! Ils en trouveront de plus motivés, des Rastignac, version *new economy*, tout frais émoulus de leurs écoles, prêts à dévorer le monde pour des promesses de lendemains meilleurs !

— Pas sûr, après le naufrage des religions et des idéologies, notre génération a naïvement cru que le marché pouvait changer le monde. Avec le résultat que l'on sait, mais nos enfants ne seront pas dupes, ils feront semblant. Comme nous avons épuisé les bêtises de l'espérance.

— Quelles espérances ? Tu as vraiment cru que le libéralisme allait rendre le monde meilleur ?

— Ce n'est qu'après la fin du communisme que j'ai compris que le libéralisme n'était qu'une aliénation plus subtile.

Une odeur de poissons grillés montait en bouffées depuis le barbecue. La visite du gourbi de Toy m'avait remis en tête des idées sombres, bien poisseuses. Arnaud avait pris un air résigné.

— Ne te braque pas, je suis comme toi. Ma vie n'est qu'une longue suite d'espérances continuellement déçues mais je crois qu'il n'existe aucune alternative crédible.

— C'est ce que l'on nous explique tous les jours dans ma boîte. Nous ne sommes pas assez compétitifs mais c'est sans limites. Je sais une chose, une seule. Je suis devenu incapable de continuer cette comédie.

— Mais cette comédie, c'est la vie. Tout simplement.

— J'ai cru qu'en vieillissant, je m'habituerai à cette duperie. Qu'avec les rides, viendrait un peu de sagesse ou plutôt de résignation immonde mais c'est tout l'inverse !

— Pourquoi l'inverse ?

— La naissance de mes enfants. Je supporte pas l'idée de les voir un jour broyés par ce système où seule compte notre capacité de production, condamnés à l'impasse d'être exploités ou exploiteurs.

Arnaud avait l'air dubitatif. Je savais ce qu'il pensait. Tout ça, c'était du chiqué, de belles paroles de révolte venues sur le tard. Fallait croûter, payer le loyer. Depuis la nuit des temps, les dominants nous tiennent par les tripes, comme les femmes nous tiennent par les couilles. Devoir manger et baiser, ça en autorise des bassesses.

— Qu'est-ce que tu veux ? Passer le reste de ta vie à fréquenter les putes ?

— Pas les putes, plutôt une pute. Une que j'aurais choisie, que j'aimerais.

— Et repartir dans tes erreurs conjugales passées ? Le fossé culturel en plus.

— Tu veux me dire qu'il n'y a pas de solutions, qu'on est foutu d'avance ?

— Non, je sais bien que tous les destins se valent pas mais regarde les Thaïs. Eux ne rêvent que de notre vie occidentale pendant que nous rêvons de Thaïlande. Ça devrait nous faire réfléchir, tu crois pas ?

— Réfléchir ? Je fais que ça. Depuis que je suis un roseau pensant, je gamberge. Résultat, je suis de plus en plus triste parce que je me rends compte qu'on m'a bourré le crâne avec une morale qui nous bride.

— Me dis pas que tu crois à une justice immanente. La vie même est injuste. Dès la naissance. Son patrimoine génétique, sa famille, sa gueule ou son pays. On n'a rien choisi. On est là et c'est tout. On doit se démerder.

— Tu m'enlèveras pas de la tête que sans changer les règles, on est baisé d'avance.

La plage de Jomtien était plus large et plus propre que le mince ruban sablonneux de Pattaya. Il n'y avait pas grand monde. Gustin nous expliqua qu'à partir de novembre, il serait difficile de trouver une chaise longue de libre. J'avais du mal à le croire.

Un couple de gousses s'est installé à dix mètres de

nous. Un œuf dur, comme disait Gustin. Blanc et jaune avec du soufre entre les deux. La peau luisante, la blanche avait la plastique d'un quartier de barbaque véreuse abandonnée dans la cour d'un équarrisseur par des commis indélicats. La Thaïe serrait comme un trophée une main aux doigts boudinés comme des saucisses. Les cuisses crépies de cellulite ont tendu la toile du pliant, l'immonde truie s'était posée.

– La première fois que je vois une gousse se payer un tapin, murmura Arnaud.

– Un pays vraiment plein de surprises, ricana Gustin en les observant du coin de l'œil.

– Je me demande si la fille thaïe est vraiment gouine par choix ou si elle a choisi ce créneau par commodité. Les femmes doivent être des clientes moins violentes, plus faciles à satisfaire.

– Et puis, le risque de maladie est réduit, affirma Arnaud.

À peine calés dans nos chaises longues, le ballet des petits vendeurs a commencé. Glaces, brochettes, beignets de crevettes, calamars grillés, fruits, presse allemande.

La plage était presque déserte. Arnaud avait amené un journal récupéré dans l'avion. J'aurais dû me méfier : les nouvelles de France me mettaient le bourdon. Je n'arrivais plus à m'intéresser à ce pays qui avait été le mien. Je me sentais étranger, mal amarré à ce monde étriqué où j'étais né et où j'avais passé trente-huit années de ma vie.

Je ressentais un sentiment d'éloignement bizarre. La France, que j'avais en son temps aimée, symbolisait tout mon mal de vivre, toutes mes angoisses et mes frustrations. La rubrique vie politique évoquait pour moi le grouillement de ces crabes verdâtres entassés dans les paniers d'osier des marchands du marché de nuit.

– Je peux te l'emprunter ?

Non sans effort, je me suis imposé la lecture nauséeuse d'un article qui détaillait, par le menu, les multiples luttes intestines qui déchiraient le mouvement des écologistes et qui risquaient, aux prochaines Rencontres des Verts, de remettre en cause la Direction actuelle.

La politique française se résumait à une sinistre farce. Les Verts devaient représenter 6 % des suffrages exprimés, les suffrages exprimés, 55 % du corps électoral, le corps électoral une bonne moitié de la population française et la France se résumait, grosso modo, à 1 % de l'humanité. Je sortis perplexe de cette épreuve. Perplexe mais heureux d'être loin d'un pays qui voguait vers le déclin avec une telle détermination.

En feuilletant le canard, je suis tombé sur un nom que je connaissais. C'était dans la rubrique Réflexions. J'avais connu Antoine lorsque nous étions étudiants. Quinze années sans nouvelles de lui. Une éternité.

Je me souvenais d'un être solitaire, un peu hautain et portant beau. Cet être d'exception marinait dans ses travaux, complètement absorbé par sa thèse. Nos études terminées, malgré une sympathie réciproque, nos chemins avaient divergé.

Selon l'annuaire des anciens élèves, Antoine devait être prof de fac à Clermont-Ferrand. Il demeurait une des rares personnes de cette période étudiante dont je me souvenais avec une grande netteté.

Son article s'intitulait « Hannah Arendt nous manque ».

Dans quelques mois, nous fêterons le 25e anniversaire de la mort de Hannah Arendt. Elle laisse derrière elle une œuvre d'une rare clairvoyance qui a marqué le siècle qui s'achève et qui peut nous aider à comprendre le bouleversement du monde actuel. Hannah Arendt se range aux côtés des grands visionnaires politiques comme Tocqueville ou Marx. Son ouvrage majeur restera l'ensemble intitulé « Les origines du totalitarisme » et, en particulier, la troisième partie concernant « Le système totalitaire ».

Dans cet ouvrage, cette élève de Heidegger et de Jaspers établit un parallèle saisissant entre les régimes stalinien et nazi permettant de les confondre dans une même et unique catégorie qu'elle nomme totalitarisme. Aujourd'hui, nous savons qu'il faudrait y ajouter le régime maoïste de la Révolution culturelle.

Elle constate que le totalitarisme est fondamentalement un matérialisme. Il ne se préoccupe pas de divin ou de spirituel, mais de production industrielle, de plans quinquennaux mais ce système politique diffère profondément des nombreux régimes despotiques ou tyranniques qui ont jalonné l'histoire humaine. En ce sens, le totalitarisme est un phénomène moderne sans précédent qui fait irruption au XXe siècle. C'est un nouveau type de structure politique lié à la modernité, au progrès technique. Elle va, tout au long de son œuvre, s'employer à identifier ce qu'elle appelle « l'essence du totalitarisme ».

Tout d'abord, elle constate que le totalitarisme est lié à une atomisation du corps social. Ce régime segmente les hommes, il les coupe de leurs racines, de leurs traditions, les dépolitise pour les soumettre à un pouvoir total. Cette désintégration, cet anonymat indispensable expliquent, selon elle, que ce régime ne s'épanouisse qu'à l'intérieur de grandes communautés humaines (Russie, Allemagne, Chine). De petites structures humaines ne peuvent engendrer ce système. L'Italie de Mussolini y aurait, selon Arendt, échappé en raison de sa taille restreinte. Elle estime que l'effondrement des classes moyennes a joué un rôle majeur dans l'avènement du totalitarisme en créant à grande échelle ces hommes désemparés.

Cette atomisation va engendrer un homme sans âme soumis à un principe supérieur, à un but suprême : avènement du communisme, domination de la race aryenne. Elle parle d'unicité de but. Elle démontre également que pour asseoir sa domination sur les masses, le régime totalitaire doit être en guerre : déclarée, comme sous le nazisme, ou simplement froide, comme pour le stalinisme des années cinquante.

Cet état de guerre permanente et une paranoïa d'état savamment entretenue par un important système de propagande permettent d'assurer un étroit contrôle des populations. Ainsi le régime fait supporter aux individus, au nom de la lutte sacrée, des sacrifices inacceptables en temps de paix. Puisque l'on est en guerre, les tièdes ou les réfractaires ne sont plus des opposants mais des traîtres. L'usage de purges est massivement utilisé pour en débarrasser le pays. Les purges créent également un climat de peur qui consolide le pouvoir en place. Par ailleurs, les parasites sociaux (loi soviétique de 1957) ou ethniques sont pourchassés.

Le génie du totalitarisme est de mobiliser la volonté des sujets vers ce but unique. Cette contrainte est largement intériorisée par les individus. Au sommet du système, le régime totalitaire engendre la création d'une caste ou nomenklatura bénéficiant de privilèges d'autant plus exorbitants que la masse est soumise à d'importants sacrifices.

Arendt insiste également sur l'importance du mouvement, sur l'ivresse de l'action qui caractérise ces régimes. Toute stabilité est rejetée car dangereuse. Le monde totalitaire est édifié sur le principe d'un mouvement illimité, sans repos, tendant vers un Graal jamais atteint. Pour justifier cette course sans fin, le totalitarisme prétend s'appuyer sur des lois naturelles oubliées des hommes. Il prétend restaurer une légitimité mythique (race des seigneurs, communisme primitif) quitte à devoir déformer la réalité et la langue pour construire un monde fictif justifiant ses théories. Les chiffres comme les mots sont, à ce titre, manipulés pour créer des mensonges d'état à usage interne et externe (Plans quinquennaux atteints uniquement sur le papier, objectifs irréalisables). On démontre contre les évidences que l'on progresse vers le but fixé.

Le champ du totalitarisme ne s'arrête pas à l'espace public, il prétend également s'attaquer à l'espace privé. L'homme doit perdre ses repères, sa consistance interne, se rééduquer en permanence. On observe une dissolution de la personnalité. L'individu devient indifférent aux autres. Hannah Arendt parle de désolation, d'expérience absolue de non-appartenance au monde.

Mais son travail ne s'est pas limité pas au totalitarisme, il nous éclaire également sur la désintégration des États-nations que nous observons actuellement. Comment ne pas relier la montée des communautarismes, le concept de tribus urbaines et ce qu'elle appelait

« conscience tribale élargie » ?

*À la fin de sa vie, dans « La condition de l'homme moderne »,
elle s'est tournée vers la place de plus en plus proéminente que prenait
le travail dans nos sociétés. Elle y voyait un nouveau matérialisme. À
l'opposé des Grecs de l'antiquité qui considéraient le travail comme
une activité méprisable, l'homme moderne a inféodé l'ensemble des
activités humaines à la production économique. Éducation, recherche,
fiscalité, production artistique doivent se soumettre à l'économisme
ambiant. Le leitmotiv est rentabilité, profitabilité, rendement. Il faut
être compétitif dans la guerre économique sans merci qui se livre à
l'échelle planétaire.*

*Arendt était convaincue que cette domination économiste ne
pouvait que conduire à une crise profonde, non seulement de la société
capitaliste, mais plus généralement de la vie humaine. Je ne peux
m'empêcher de voir dans sa critique de la société du travail certains
parallèles avec « les origines du totalitarisme ».*

*Hannah Arendt n'a jamais considéré le totalitarisme comme
éradiqué. D'abord parce qu'elle n'a pas vécu l'effondrement du bloc
soviétique mais également parce qu'elle était consciente que le terreau
sur lequel est né le totalitarisme n'a pas disparu, que celui-ci reste un
projet vivant qui peut prendre des formes radicalement nouvelles.
Aujourd'hui, son œuvre nous interpelle.*

*N'y a-t-il pas chez nos contemporains déprimés sans goût pour la
vie de curieuses similitudes avec l'homme sans âme, coupé de ses
semblables, isolé du monde que décrit Hannah Arendt ?*

*Que penser de la frénésie de mouvement du monde moderne, du
changement permanent, de l'éloge du nomadisme, de la mobilité ?*

*N'y a-t-il pas aujourd'hui un conformisme planétaire extrême
coupant de plus en plus d'individus de leurs racines ?*

*Quel est le rôle des médias dans la diffusion d'une croyance dans
la prééminence « naturelle » du marché présenté comme seule voie
possible ?*

*Sur tous ces sujets, sa clairvoyance nous aurait aidés à
comprendre le maelstrom dans lequel l'homme occidental se débat.*

Elle nous lègue cette pensée en forme de testament :

« On aurait donc tort de croire que l'inconstance oublieuse des masses signifie qu'elles sont guéries de l'illusion totalitaire, que l'on identifie à l'occasion avec le culte de Hitler ou de Staline ; il se pourrait bien que le contraire fût vrai ».

Aujourd'hui, plus que jamais, Hannah Arendt nous manque.

J'ai noté l'adresse électronique qui figurait en bas de son article me promettant de reprendre contact pour le féliciter.

Le ressac couvrait le bourdonnement lointain d'un jet ski et je me suis assoupi en rêvant à la soirée qui s'annonçait.

29

– Réveille-toi, il va bientôt faire nuit.

Le soleil était bas sur l'horizon. Proche de la noyade. Toutes les chaises longues et les parasols avaient été pliés et rangés en tas. Le couple de plagistes n'attendait plus que notre départ pour remballer et rejoindre enfin la bicoque familiale. Gustin a payé les places et les boissons à la vieille femme aux cheveux sales.

Une douce lumière orange baignait le bord de mer et incendiait la succession de tours et de marinas qui bordaient la baie. Par endroit, la ville se rêvait Miami Beach. Dans un pépiement tranquille, les dernières familles attardées rejoignaient lentement leurs pick-up.

Aucun de nous trois ne parlait. Mon somme m'avait apaisé. J'étais envahi par un incroyable sentiment de sérénité à l'idée des noces crépusculaires qui m'attendaient. Le bonheur doit ressembler à ces instants limpides où le soleil couchant jette la chaleur de ses derniers feux et où la perspective des plaisirs de la nuit se profile. Le rougeoiement solaire évoquait un flux primitif de sang tiède qui irriguait mon corps, mon âme. Je me sentais plein d'une confiance immodérée dans l'avenir. Je vivais un de ces moments d'apesanteur où la vie semblait suspendue.

Nous aurions dû arrêter un taxi mais aucun de nous ne voulait interrompre la magie de ce moment. Entre jour et nuit, nous flottions dans une douce quiétude, le long de la baie inondée de la clarté orange du soleil couchant. L'esprit apaisé, le cœur léger, nous marchions de concert, tout engourdis d'un bonheur flou que nous n'aurions pas su exprimer avec des mots.

Les cuisines des restaurants embaumaient l'air d'une tiédeur parfumée et une petite brise paisible venue du large s'était levée. Sans nous en rendre compte, le rythme de nos pas s'était accordé au ressac qui nous parvenait au-delà de la ligne d'arbres de la plage. Les rayons solaires, maintenant horizontaux, ensanglantaient la baie. Le temps semblait figé dans cet incendie veiné de rouge. Nous étions hors du monde, hors du temps, quelque part entre le jour et la nuit. J'aurais presque pu croire que Dieu existait.

Gustin osa rompre le silence.

– Ça, c'est la vraie vie ! Loin de l'Europe dans ce morceau de paradis. Notre monde est laid, il est déjà mort mais il l'ignore encore. On a dû oublier les faire-part. Je ne pourrai jamais revenir en arrière ! Je veux mourir ici !

Avec Arnaud, nous sommes restés silencieux. Nous redoutions qu'il ait raison. Vivre libre, c'est vivre sans espoir et sans crainte. J'avais perdu tout espoir depuis longtemps mais il me restait encore trop de craintes.

La nuit s'était installée. Il me fallut une longue douche brûlante pour m'extirper de mon engourdissement. Mon stock de vêtements propres se réduisait à presque rien. J'ai descendu mon sac de linge sale dans la petite laverie qui béait sur le trottoir au coin de la rue. Une paire de motos taxis rigolards attendait en bas de l'hôtel.

– Taxi moto, Sir !

Dans l'échoppe pavoisée de linge en train de sécher, la famille avait déjà déplié des matelas pour dormir à même le sol. La boutique servait aussi de logement. Où pouvaient-ils bien vivre dans la journée ? Un homme en marcel et trois gniards étaient allongés sur le sol, comme hypnotisés par une série américaine sous-titrée en thaï. Une vieille tripotait du linge sale dans une lessiveuse. Une femme a saisi mon sac pour compter les pièces à laver et m'a tendu le double d'une fiche.

– *Tomorrow, OK ?*

J'avais une cinquantaine de minutes à foutre en l'air avant de rejoindre l'hôtel où j'avais donné rendez-vous à Gustin et Arnaud. J'avais horreur de traîner dans ma piaule surtout quand je sentais au-dehors le grouillement de la vie. La sale impression de louper quelque chose. Comme si l'Histoire avec un grand H s'écrivait sans moi.

Certains bars étaient bondés d'Amerloques. D'autres, tout aussi bien achalandés, restaient vides au grand désespoir des serveuses. Le troufion est un être grégaire qui préférait aller là où il y avait déjà du monde. Les bars déserts lui paraissaient louches. Il suffisait toutefois qu'un groupe de Marines un peu plus aventureux que la moyenne investisse, d'un air vainqueur, un des bars laissés pour compte pour qu'ils se remplissent immédiatement grâce à un curieux effet boule de neige.

Près du Soï 9, le complexe de bar avait installé une petite scène où des *kathoeys* donnaient tous les soirs un spectacle de « music-hall ». Ça changeait des combats de *Muay-Thaï* du Marine ou du Best Friend Plaza. Il était encore trop tôt pour le *ladyboy show* et je décidai de m'offrir une Singha dans un bar où j'avais repéré deux petites très sexy. Je dus, avant de pouvoir leur faire signe, me débarrasser d'un sac qui voulait me mettre le grappin dessus.

L'une s'appelait Nâm et l'autre Han, elles n'avaient pas de bébé et venaient, pour l'une de Khorat et pour l'autre de Chiang Mai. Nâm était la plus sensuelle des deux. Cette fille alerte venait de fêter ses vingt ans.

Elle me dit avec un petit air effronté :

– La semaine dernière, on a fêté mon anniversaire. C'est quoi ton cadeau ?

Elle parlait bien l'anglais avec des tournures correctes même si son vocabulaire restait un peu limité. Je la complimentais sur sa connaissance de l'anglais :

– Je travaille tous les jours ! J'aime bien parler anglais !

– Tu vas surtout avec trop d'hommes. Tu es *suay maak maak*.

Elle sourit puis se retourna l'air contrarié. Le sac qui avait voulu me prendre en mains venait de lui faire une réflexion. C'était une fille grande et sèche, voûtée par le poids des mauvais jours, avec un air à la fois triste et dur. Sa maigre tête de chèvre lui faisait un visage mauvais. En faisant semblant de plaisanter, elle bouscula Nâm. Je pris Nâm par le bras.

– Tu es gentille de laisser ma copine tranquille

La pouffiasse me fixa d'un regard dégoûté

– Qu'est-ce que tu veux boire, Nâm ?

Un Hollandais au crâne dégarni vint s'installer juste en face de nous. La grande chèvre se précipita pour prendre sa commande. Pas trop heureux d'avoir récupéré la chèvre, le Batave jetait de petits regards désespérés vers les autres filles plus jolies pour leur faire comprendre qu'elles lui plaisaient beaucoup plus. Mais les serveuses, prudentes, ne bronchaient pas, se gardant bien de venir concurrencer une chèvre aussi agressive. Nâm me chuchota :

– Elle s'appelle Lala. Elle vient de Yala. Elle est *muslim. Muslim Jai dam !*

Nam me battait régulièrement au Puissance 4. Rien d'étonnant, je passais plus de temps à la dévisager qu'à suivre le jeu. Elle avait des cheveux longs, un front légèrement bombé, une petite bouche gonflée en forme de cœur et des yeux rieurs brillants de vie. Elle ne transpirait pas cette tristesse indéfinissable de beaucoup de filles de bar, accablées par la médiocrité de leur condition et par les soucis matériels. Sa poitrine tendait l'étoffe de son petit chemisier de soie et un jeans brodé moulait ses fesses. Je suivais ses attitudes, les mouvements gracieux de ce corps glabre qui bougeait avec une souplesse serpentine.

— Tu n'as pas de bébé alors tu travailles pour papa mama.

Elle me rétorqua en riant, un brin provocatrice.

— Je travaille pour moi. Pas pour papa mama, pour argent, pour fun. Je veux un farang *big money*. Avant je travaille dans l'usine. Faire tee-shirt. Je travaille longtemps. Argent pffuiit ! c'est rien. Ils donnent rien. Après, je vais Pattaya. J'aime bien Pattaya. Je veux aller Californie ou Canada. Là bas très beau, très riche !

Ça changeait des dociles Isaan qui vendaient leurs culs pour nourrir la famille restée au pays. L'heure avançait et j'étais toujours là, frémissant de convoitise, incapable de m'en aller.

— Toi, achète-moi ! S'il te plaît pour la nuit ! Je t'aime toi ! tu sais ça ? OK

— Je ne peux pas, Nâm, mais je reviendrai !

— Toi trop papillon. Trop baiser. Trop *boum thing*.

— Pas trop *boum thing*, mais ce soir je suis pris.

— Tu m'aimes pas. Pourquoi tu m'aimes pas ?

— Non, je reviendrai pour long-time

— Si tu promets, Nâm attendre OK.

Elle m'a ramené la monnaie. J'ai laissé les 300 bahts. Nâm rayonnait.

— Pas problème. Nâm t'attendre !

Elle a levé un bras en souriant au moment où j'ai grimpé dans le taxi. J'étais admiratif devant ses attaches prometteuses de bonne jouisseuse.

Notre petite troupe a débarqué dans la rue piétonne sur le coup des neuf heures. J'arborais Nong à mon bras pendant que Gustin et Arnaud furetaient dans les bars. Le débarquement yankee avait transformé la rue. La foule était plus dense. De nombreuses bandes de filles aux cheveux de jais apostrophaient en riant la multitude de crânes rasés.

Pris d'assaut, les distributeurs des banques étaient déjà tous hors service. Une atmosphère insolente et légère montait de cette foule respirant une joie chaude à pleins poumons. Une pluie de dollars bénéfique était en train de submerger la ville. Un déluge de devises qui allait ruisseler dans les poches des filles, dans les caisses des patrons de gogos pour venir grossir en torrents les comptes de la Thaï Farmer. Une averse monétaire canalisée jusqu'aux coins les plus reculés du Royaume de Siam.

Dès demain, les mandats tant attendus allaient partir pour enfin irriguer jusqu'aux bleds les plus paumés des confins de la frontière cambodgienne.

Au Baby-a-Gogo, une sirène aux grands yeux vides me tournait autour depuis une semaine. Jaï était grande et fine avec des petits seins qui avaient juste la taille de ma main et un visage de princesse mandchoue. Quand j'accompagnais Gustin pour chercher Yahou, elle s'asseyait à mes côtés.

— Tu paies *lady drink* ?

Je hochais la tête à la serveuse en retrait. Jaï s'humectait le bout des lèvres dans le liquide coloré pendant que je la pelotais dans l'obscurité. Je ne comprenais pas pourquoi elle était toujours là. Elle était objectivement l'une des plus jolies danseuses mais les clients semblaient ne la choisir que rarement. Ce devait être ce voile de tristesse dans le regard et la résignation avec laquelle elle se trémoussait sur la piste.

Elle murmurait :

— Farang aime pas Jaï. Pourquoi ils m'aiment pas ?

Le client qui l'aurait baisée se serait senti un vrai salaud alors il préférait des filles plus positives, des créatures plus gaies qui portaient la promesse de nuits plus passionnées. Alors, Jai restait le plus souvent en rade à se dandiner les yeux vides sur la piste de danse, de huit heures du soir à deux heures du matin, en lançant des regards de plus en plus désespérés au fur et à mesure qu'elle voyait partir les copines au bras des clients.

Curieusement, il n'y avait pas encore grand monde. À la vue de Nong, Jai m'ignora. Arnaud avait l'air nerveux.

– Ling me coûte trop cher. Je vais laisser tomber et prendre une fille de bar. Ils me chargent trop au Sabai Dee.

– Je t'aurais bien proposé Jai.

– La grande Chinoise à côté ?

– Oui, mais je doute que ce soit un bon coup.

Jai esquissa un sourire triste. Arnaud était venu là pour fourrer, pas pour dépanner les filles sans client. J'avais mon idée et je lui réservais la surprise.

– On va aller tous les deux au Lucky Star. Je vais te présenter une copine.

Nous sommes ressortis dans la rue tiède. Au Lucky Star, un orchestre était en train de massacrer joyeusement Hotel California. Le boucan assommant nous obligeait à hurler pour dragouiller.

– Je vais leur donner un pourboire pour les faire taire, beugla Arnaud.

– Tu vas leur faire perdre la face.

Avec ses vingt-trois ans flamboyants, Pan détonnait au milieu de ses cinq collègues usées. Pourquoi avait-elle choisi ce bar ringard ? Si Pan dirigeait sa vie avec la même approximation qu'elle avait choisi son bar, je comprenais mieux pourquoi elle avait échoué à Pattaya.

Avec son mètre soixante-cinq, elle était grande pour une Thaïe. Il y a deux ans alors qu'elle était enceinte jusqu'aux dents, son mec, un restaurateur chinois, avait plaqué cette longue fille puissante et pâle. Une fois le lardon dépoté, Pan s'était résignée à rejoindre ce rade pourri :

– J'ai besoin de trois cent mille pour beauty salon.

Le beauty salon semblait être le Saint-Graal des ladybars. À raison de mille bahts le long-time, quand elle en avait, Pan n'était pas sortie de l'auberge. Avec ses longs yeux bruns un peu moqueurs, elle avait une manière bien à elle de jauger le client avec toujours un vague sourire commercial sur les lèvres.

Arnaud silencieux l'observait avec un vague respect mêlé d'une évidente perplexité. Jamais à Paris, il n'aurait imaginé prétendre jouer dans cette catégorie. Pan avait du tempérament ; ces choses, je les sentais. D'ailleurs, j'évitais avec le plus grand soin, les jeunes beautés froides. C'est sûrement à cause de cela que je n'ai jamais été plus loin que quelques pelotages poussés avec Jai, la danseuse du Baby. Pour ne rien gâter, Pan trouvait Arnaud à son goût, s'émerveillant sur ses longs cils de fille. J'avais le doux sentiment du devoir accompli.

– Elle me plaît bien cette fille. Elle sourit tout le temps !

– Crois-moi, on reconnaît la bonne jouisseuse !

Arnaud savourait à l'avance le remous de ses reins de jument et ses longues cuisses juvéniles. Il a payé le bar et le bras sur l'épaule de Pan, nous sommes retournés au Baby-a-Gogo où Gustin, Nong et Yahou devaient normalement nous attendre.

Jai vint me dire qu'ils avaient déjà filé au Tony's. En l'absence de Nong, Jai redevenait plus chaleureuse. Je considérais ses grands yeux liquides. J'étais plus si sûr de ne pas faire un essai avec elle. Simplement pour un short-time. Nous avons quitté Jai et le Soï Diamond pour retourner vers le Soï 16.

30

Tony's Entertainment Complex and Cool Spot.

La boîte était bondée. Une atmosphère d'orgie et de séduction vulgaire chargeait l'air moite. Heureusement que Gustin était là depuis une bonne demi-heure. Son infaillible instinct de nightclubber avait pressenti qu'avec tous ces Ricains, le Tony's serait inabordable après onze heures alors que d'habitude, il ne se remplissait qu'après minuit. Des troufions et des filles en free-lance. Tous bien échauffés. Une foule humaine, juste ponctuée par les chemisiers blancs luisants sous les UV, tanguait, roulait au rythme des pulsations de la sono.

À côté de nous, trois filles étaient en mains, elles dansaient au rythme du DJ, cul contre cul, dans un emboîtement lubrique de corps. Les mains des Marines glissaient dans les culottes des filles dans une orgie impudique. Presque à forniquer en public. De temps en temps, pleines d'une animalité vorace, les filles permutaient entre les trois types aux larges visages carrés. La plus grande des trois, les yeux injectés de foutre avait une gueule à jouer la mère maquerelle dans un film sur les tripots de Macao. La première fois que je la remarquais au Tony's. Sûrement, une fille de Bangkok en provenance directe du Nana Plaza ou de Soï Cow boy.

— Finalement, à notre table, on est beaucoup plus retenu, remarqua Arnaud qui pelotait gentiment Pan.

— T'as pas de mérite parce que tu viens pas d'arriver.

Imagine-les après vingt jours de mer, vingt jours à se charger les glandes et l'imagination en pensant à Pattaya au bout du voyage.

—Les filles vont te décongestionner tout ça, ricana Gustin.

Nong avait mis juste son petit haut de skaï noir qui lui faisait des seins en obus. Des soldats la fixaient. Elle assurait un max et je craignais, en allant pisser, de la retrouver collée par des Marines essayant de me la souffler. Vu le format maousse des bestiaux, je devais la jouer *piss and love*.

—Nong, *No butterfly ! OK ?*

Le show avait pris le relais du DJ. Je commençais à le connaître par cœur le spectacle. Colonnes de viande en nage, les silhouettes pataudes des Marines émergeaient de la foule gracile. Une impressionnante skyline militaire dominait les petites Thaïes aux paupières pures.

Les serveurs poussaient les tables pour caser encore un peu plus de viande humaine sous le regard impérieux de Tony. Amalgame des corps en sueur. La clim n'arrivait plus à évacuer la moiteur acide de la salle.

Des bataillons de nymphes callipyges essayaient de profiter de la grasse promiscuité pour capter l'attention des rares tables de Farangs encore libres. Mais, à cette heure, le marché se résumait à quelques vieux à la bouille fripée échoués là on ne savait pas trop comment. Reptiles sinistres, la bouche avachie bavant aux commissures en matant de leurs yeux pochés les corps luisants des filles. Bientôt, comme des lemmings nocturnes, les sans-clients allaient migrer au Marine pour tenter à nouveau leur chance.

Pan était une gentille fille. Elle me confia qu'en ce moment, elle supportait de plus en plus difficilement sa vie.

—Souvent, je pleure dans ma chambre.

Qu'est-ce que j'aurais pu lui dire. Que la copine d'Arnaud aussi pleurait parce qu'il ne voulait pas l'épouser. Que la Bible parlait d'une vallée de larmes et qu'elle était dedans et nous avec. Vers les deux heures, nous nous sommes enfin extraits de la moiteur du Tony's. Nous avions pas mal picolé. Fallait que je lève le pied, je n'avais plus vingt ans et les cuites me cassaient pendant trois jours. Pour garder un cap acceptable, Nong s'appuya sur mon épaule en marmonnant d'un ton légèrement égaré :

– Nong, *mau mau* !

Dans la douceur de la rue, c'était la foule des grands soirs. Un tourbillon humain de marchands ambulants, de motos taxis, de filles en vadrouille venues flairer l'odeur entêtante et chaude du dollar. Une voracité effrénée de fric et de sexe déferlait en marée dans la rue piétonne, dégueulait de tous les *soï* attenants, se répandait sur la Beach Road.

On flottait au milieu d'un océan bruissant de bas noirs, portés par une déferlante de nichons tendus, par une vague chaude de shorts à ras la moule et de cuissardes en skaï. Tous les artifices qui pouvaient gainer une chair, bomber les cuisses ou les seins étaient plaqués sur les corps sombres offerts en pâture à la US Navy. De la femelle de premier choix, bien odorante !

Dans cette voltige de fesses de marbre brun, toutes les nuances, toutes les carnations se mêlaient, étalaient leur magnificence. Depuis la confluence charnue des culs ivoire des filles de Chiang Mai jusqu'aux peaux cuivrées des princesses khmères de Surin en passant par les ocres des fessiers galbés venus des plateaux Isaan.

La Walking Street devenait un puissant creuset de toutes les ethnies du Royaume de Siam. Tous les reins souples, tous les corsages pleins, toutes les chairs ocre, tous les culs somptueux élevaient un hymne vivant à la jeunesse. Au cœur de la nuit montait une ode fabuleuse aux hasards de l'histoire et de la génétique qui avaient engendré une telle luxuriance de beauté.

Siam, fusion des peaux et alliage des races.

Terre bénie des divinités.

Siam de mes rêves voraces,

Tu étalais tes magnificences ambrées,

Tu arborais tes débauches hallucinées.

Saisis d'une boulimie de désir, les Occidentaux n'en croyaient pas leurs yeux, jetant des regards affolés vers les sombres beautés entr'aperçues que le flot humain engloutissait aussitôt. Une foule nocturne, frénétique, un trop-plein de vie avaient rempli la rue d'un grouillement de corps pleins de ferveur.

Dans cette cohue de sensualité décadente, dans le parfum violent et vulgaire des interdits de la nuit, il venait au plus blasé des hommes comme une hémorragie de désir. Pattaya fusionnait avec le Missouri dans un embrasement des sens.

La ville se préparait à une gigantesque nuit de noces que l'on pouvait ressentir dans les vibrations magnétiques des regards. De loin en loin, personne ne faisait même plus attention aux beuglements de Marines éméchés, engagés dans d'interminables querelles vantardes de soudards. Cela faisait à peine douze heures qu'ils avaient débarqué et j'avais l'impression que ces grands crétins gueulards avaient toujours été là.

À l'angle de la rue piétonne avec Soï Diamond, un attroupement s'était formé dans un concert de clameurs barbares. Des voix de pochards montaient plus fortes dans la nuit. Deux uniformes de la Military Police venaient de se ruer sur un géant qui faisait du grabuge. L'énergumène se tordait, aboyant des insanités, le menton en avant, tout plein d'une haine vineuse.

– Fucking bastards ! !

Il bavait, glapissant de colère, coincé par les deux colosses nègres qui déjà entraînaient leur proie imbibée d'alcool vers l'embarcadère. Miracle de l'efficacité de la US Navy, de sa capacité à canaliser quelques six cent tonnes de viande saoule, six cents tonnes de primate à sang chaud bourré de jus de testostérone, ce combat de brutes avinées fut l'unique incident auquel je pus assister.

Vers la Beach Road, quelques taxis faisaient de la retape auprès de Marines agités et braillards. Nous voulions flâner tranquillement en rejoignant la Second Road pour attraper un *songthaew*.

Gustin et Yahou transpiraient l'ennui des vieux couples. Devant nous, Arnaud ne quittait pas Pan de ses yeux brillants. J'avais les pieds en compote et Nong mourrait de faim. Au Kiss Food, la serveuse nous a reconnus. Déjà des habitués. La température était idéale, un pur moment de bonheur avec juste ce qu'il fallait d'alcool dans le sang.

À côté de nous, deux Américains étaient en train de dépiauter un grand poisson grillé. L'un des deux, admiratif, a levé le pouce en me montrant Nong.

– Superbe fille, d'où êtes-vous ?

– Français ! De Paris. Et vous ?

– D'Arkansas et Zach, du Tennessee. On est arrivé hier pour trois jours de perm.

– Vous aimez Pattaya ?

– Tu parles ! Les filles, l'alcool, la belle vie. Tout ce qui nous manque à bord.

– Pareil pour nous, sans faire escale de temps en temps c'est pas tenable.

– On s'amuse plus à Paris ?

– Dès que les gens ont des vacances, ils foutent le camp ailleurs.

Le visage de l'homme respirait la franchise. Un de ces profils volontaires de pionnier qui avaient bâti en à peine deux cents ans la civilisation la plus avancée depuis qu'un primate moins con que les autres s'était dressé au bord d'un oued nommé Omo, il y avait deux millions d'années.

– Ici, ils aiment les Américains.

– Ils aiment surtout votre pognon.

– Malgré nos dollars, souvent on ne nous aime pas.

Ça le démangeait. Il y avait dans son regard clair cette incompréhension que partageaient beaucoup de ses compatriotes. Nous voulons le bien. Nous avons toujours utilisé notre puissance pour la démocratie. Certains d'entre nous sont morts pour que vous soyez libres et vous nous êtes hostiles. De plus en plus hostiles. Il s'est lâché.

– Vous, par exemple, les Français, nous avons toujours combattu du même côté et pourtant, vous ne nous aimez pas.

– C'est compliqué. Votre pays nous fascine et nous fait peur parce qu'il est le miroir de notre futur. Vous êtes les plus développés, vous marchez les premiers vers le monde de demain. De là à croire que vous guidez le monde vers son avenir...

– Dans les années cinquante, il n'y avait pas cette haine de l'Amérique.

– Bonnes ou mauvaises, les innovations viennent de chez vous. À l'époque du rock ou du réfrigérateur, l'Amérique fascinait le monde. À celle du clonage, de l'effet de serre et des tueurs en série, elle effraie.

– Chez nous aussi, l'avenir fait peur.

– Oui, mais chez nous cette peur s'appelle Amérique.

Nong avait les traits tirés. J'ai serré la main des deux Américains.

– Profitez bien de votre perm !

Nong eut un peu de mal à se hisser au troisième étage de l'hôtel. Elle avançait d'un pas circonflexe en titubant. Je voulais, pour une fois, m'endormir sans lui faire l'amour. J'avais toute la matinée pour profiter de ses reins formidables.

Mais elle sortit le grand jeu. Nong aurait eu l'impression de ne pas faire son travail si je la désirais pas. Je la pris rapidement en missionnaire, dans une étreinte essoufflée, ma langue bien fourrée dans sa bouche humide. Et puis, lourd d'alcool, je m'assoupis en rêvant à Nâm, la tête pleine de promesses.

Nong m'aimait bien mais entre nous il n'y avait pas le même attachement qu'avec Toy. Vu sa plastique et le nombre de troufions en ville, je ne me faisais pas de souci pour elle. Peut-être pensa-t-elle à la même chose car, le lendemain, lorsque nous sommes séparés vers midi, ni elle ni moi, nous ne fixâmes de rendez-vous pour le soir.

31

J'ai passé l'après-midi dans une pizzeria de la Beach Road. Heures moutonnantes à siroter des expressos en contemplant le trafic du front de mer qui s'écoulait par secousses, la foule lente qui piétinait sur le trottoir. Plasma du monde en mouvement.

Des tapineuses en goguette me souriaient. Enchantements passagers. Vers l'Ouest, le prodigieux gonocoque doré entamait sa plongée vers les abysses océaniques. J'ai commandé une pizza à la serveuse étonnée de me voir immobile depuis si longtemps. Puis, j'ai appelé l'hôtel. Arnaud était sorti. Gustin devait me retrouver au bar de Nâm.

En arrivant, la belle Nâm était engagée dans une grande conversation avec Han et elle me fit un signe de la main. Elles avaient l'air agitées. Une rumeur effarée courait les bars. La rumeur courait que la nuit dernière une fille du Soï 7 qui avait suivi un soldat à son hôtel était tombée dans un traquenard. Dans la chambre, quatre hommes les avaient rejoints pour sodomiser la fille à tour de rôle. Nâm ajouta, révoltée :

– Après, ils jettent 500 bahts à la fille.

L'acte était révoltant mais la somme encore plus. La fille était restée prostrée dans la chambre, pantelante comme une chienne forcée puis avait trouvé la force de quitter l'hôtel. Effondrée de honte, elle avait tout balancé à sa Mamasan qui illico avait été trouver les flics. Les Marines identifiés avaient été rappelés à bord du USS Junot et mis aux arrêts.

En racontant à nouveau cette histoire qui avait déjà fait le tour de la ville, Nâm prenait conscience de la précarité de sa vie de money girl. Pattaya, avec tous les tarés et les vicieux qui y traînaient, pouvait être, contre toutes les apparences, une ville dangereuse pour les filles. Comme pour donner plus de poids à nos réflexions sur la faune de malades qui hantait la ville, un type vint s'asseoir.

C'était un de ces rôdeurs louches qui sortaient à la nuit tombée. Le type a commandé une mousse. Il fixa d'abord Nâm puis, constatant qu'elle était en mains, jeta son dévolu sur la pauvre Han. Les tempes argentées, il devait avoir passé la cinquantaine.

Derrière ses culs-de-bouteille de myope posés sur des narines poilues, je remarquais ses yeux d'insectes saillants et injectés. Deux globules fixés au-dessus de petites poches séreuses. Mais le plus étonnant, c'était la démesure de ses mains, des mains d'étrangleur, puissantes et pâles, des battoirs musculeux couverts de longs poils noirs. Un malaise se dégageait de toute sa personne.

Instinctivement, les filles s'étaient éloignées. Sur la dizaine de filles inoccupées, aucune ne s'approcha. La lippe pendante et dédaigneuse, il couvait Han de sa concupiscence oblique. Elle, inquiète, se serrait de notre côté pour éviter son regard.

Plusieurs fois, le gros cloporte lui fit un signe de la main qu'elle s'obstina à ne pas remarquer. De toute façon, les filles de bar étaient toujours libres de refuser un client. Soit elles disaient carrément non, soit elles racontaient qu'elles avaient un boyfriend, qu'elles ne travaillaient pas le soir parce qu'elles attendaient leur frangine ou plus simplement, elles pointaient leur index vers leur chatte en disant :

— I can not. Accident ! No plomplem ! You take lady no accident.

Les types qui tombaient systématiquement sur des filles

157

ayant leurs ours étaient pas dupes mais, bon, il finissaient toujours par en trouver une ayant un urgent besoin de fric. Il y avait toujours une mère malade à faire soigner, l'école du petit à payer ou bien les dettes de jeu du père à régler avant que les choses ne s'enveniment. De toute façon, on finissait toujours par trouver, dans le pire des cas, une putain sur le retour qui accepterait de se faire troncher. Même à contrecœur.

Quand Gustin nous rejoignit au bar, Han poussa un soupir de soulagement. Ils entamèrent un Puissance 4. Après quelques mois à Pattaya, Gustin assurait jouant avec une attention concentrée comme si sa vie en dépendait.

Lui aussi avait tout de suite remarqué le taré. L'autre débile n'était visiblement pas content que Han s'occupe de Gustin alors qu'il était là avant. Le maniaque devait se croire dans une file d'attente du Post Office. Je le fis remarquer à Gustin qui le toisa d'un air querelleur. Le type détourna son regard sournois et, avec une moue dégoûtée, se leva pour aller s'asseoir au bar voisin.

Le pestiféré avait repéré une proie de substitution. Une fille menue avec une coupe à la garçonne. Mais c'était son jour de poisse et il n'eut guère plus de succès. Une fois la bière servie, la serveuse s'éloigna avec sur le visage plus de dégoût que si le type s'était branlé en public.

La douzaine de filles inoccupées lui tournaient le dos avec ostentation. Pourtant les filles faisaient rarement les ragoûtées. Au début, j'avais même été choqué de voir un vieux paraplégique baveux, à la limite du gâtisme, avachi dans un fauteuil roulant que poussait une money girl ou bien un vieil aveugle à la figure honnête flâner au bras d'une fille.

Qu'est-ce que pouvait donc avoir le libidineux pour faire ainsi le vide autour de lui ? Pour un peu, j'aurais presque eu de la compassion pour lui. Forcément, un homme qui a du mal à baiser à Pattaya, ça force la pitié. C'est comme une malédiction poisseuse qui vous suit et dont on n'arrive pas à se débarrasser. Mais avec son regard sournois, le type transpirait le malaise.

– Avec sa tête de couteau sale, il pourrait jouer les tueurs en série dans un film gore, affirma Gustin

– Je n'arrive pas à lui donner une nationalité.

– Sûrement belge, affirma Gustin, la Belgique c'est le pays des violeurs de gosses. Y a un sacré paquet de tordus autour de Charleroi. Surtout des pédophiles qui peuvent pas si la petite a plus de onze ans.

– Je sais pas où t'as été trouver ça. Y en a pas plus qu'en France !

Mais l'aversion que ce type inspirait me remettait la tête dans les chiottes. Moi aussi, je payais les filles pour coucher, je leur faisais des choses dégueulasses. Étais-je si certain que Toy ou Nong n'étaient pas remplies de dégoût et de ressentiment lorsque, la tête enfouie dans l'oreiller, les dents plantées dans le tissu, les mains griffant les draps souillés, elles se laissaient enculer ? Quand l'anneau musculeux résiste encore avant d'ouvrir le passage vers le ventre lubrifié de KY, à quoi pensaient-elles ?

Vous en connaissez beaucoup vous des filles qui aiment *vraiment* se faire enculer ? Au mieux, c'est pour faire plaisir. Au pire, pour la thune. Même sucer était pas naturel pour les Thaïes. Elles le faisaient avec, au fond du cœur, une nausée abyssale, une rancœur indicible.

Je me souvenais des mots, à la radio, d'une professionnelle qui disait : Si les clients avaient une idée ne serait-ce que du dixième du mépris qu'ils nous inspirent, aucun ne pourrait plus bander en présence d'une pute. Je baisais plus que des putes. Valait mieux que j'évite de dépiauter leurs états d'âme !

Les Thaïes — par leur douceur et leur tendresse — nous faisaient oublier la vénalité de nos relations. On pouvait croire que l'argent n'était qu'un accessoire sans importance. Grossière erreur.

— S'il vous plaît, Toy, Nong, Oy, Jai, Yahou. Mes filles du feu. Une fois, une seule, dites-nous ce que vous avez au fond du cœur. Arrêtez de sourire, de masquer vos émotions. Jouez cartes sur table. Traitez-nous de putassiers, de vieux cochons, mais crachez la vérité qui s'agite au fond de vos cervelles molles. J'en peux plus de pas savoir ! De pas pouvoir démêler ce qui est tarifé de ce qui est sincère !

Mais non ! Toute une éducation tendue à la maîtrise de ses émotions. Ne pas laisser transparaître ses sentiments. Et puis, les déceptions, les chagrins, les ruptures définitives, l'envie de mourir pour un client auquel la fille s'est trop attachée et qui la lâche un soir pour une autre putain brune. Une vie mercenaire qui vous forge des cœurs en acier bien trempé dans le cynisme le plus tranchant.

Pattaya. Univers de la surface, monde du paraître. Tout comme une putain thaïe. Une peau soyeuse et parfumée, si fine, les ténèbres fluides de la chevelure. Une belle enveloppe avec dedans les organes internes : glandes visqueuses, entrailles fétides, organes sanguinolents, bren, urine, coliformes fécaux.

Pour l'âme des putes, c'est pareil. Tout en faux-semblant ! Un sourire heureux, le poli lumineux d'un visage lisse qui masque l'âme et la pensée d'une façon si habile que le stupide Farang, tout émerveillé de la gentillesse des filles, n'imagine pas un seul instant qu'elles puissent avoir dans leurs cœurs autre chose que ce sourire permanent.

Tout Pattaya se résumait dans ce billet crasseux glissé au matin dans la poche du pantalon encore soigneusement plié sur la chaise de l'hôtel. Un geste rapide, avant de sortir dans la fournaise, pour oublier que c'est à lui, et à lui seul, que tout cet amour avait été donné et que l'on n'avait été qu'un moyen entre elle et lui.

Terrible et merveilleux pouvoir de l'argent qui construit des villes, brise les vies, achète les plaisirs les plus intenses, corrompt les extases les plus sublimes. Toute une cité édifiée sur des fondations de papier monnaie.

Sans ce cadeau glissé dans la poche de la fille, tout l'édifice s'effondrerait : Bars désertés, hôtels à vendre, chiens errants, restaurants en faillite. Une ville fantôme balayée par le vent poussiéreux. Mais Pattaya vivait, chaque jour un peu plus, et le prix de mon esclavage abject en Europe me permettait d'acheter des corps et de croire que quelqu'un m'aimait, quelque part en Asie. La boucle de l'exploitation était bouclée.

Pour la première fois depuis mon arrivée, une subite bouffée de dégoût me submergeait. Une montée de mélancolie inondait mon système neuronal. Mes sens étaient affaiblis.

Le roucoulement des filles me paraissait très lointain. Tout m'écœurait, tout m'inspirait une répulsion profonde, insurmontable : les mamasan, les Farangs en bordée, les Thaïs qui vendaient leurs petites sœurs avec un sourire servile. Pattaya n'était qu'une écharde d'Occident plantée au cœur des entrailles du Royaume Éléphant.

Sur le trottoir, un trio de ces innombrables verrats qui sillonnent la ville le soir venu gesticulait. Le plus massif traînait comme un trophée une fille exténuée avec, sur le visage, cette expression douloureuse et soumise. De superbes représentants de la race blanche, de grands gueulards bien dégueulasses qui beuglaient en pleine rue leur bêtise et leur ivresse.

Ils rayonnaient, fiers de leur face rubiconde, de leur chemise béante sur un bide énorme, de leur short crasseux suspendu au-dessus de courtes pattes poilues. Plaisir gras, vulgaire, presque féroce. J'ai tourné le regard vers Gustin qui tripotait Han entre les cuisses.

— Comment peut-on supporter la pensée immonde que

ces goinfres repus rotant l'ordure...

– ... peuvent acheter le même bonheur à la fille qui t'a fait passer le moment le plus inoubliable de ta vie ? On y a tous pensé en regardant ces trognes bleues. Et pourtant c'est la magie de Pattaya. Tous égaux face aux comptoirs de chair fraîche.

À la seule idée que les langues lourdes d'alcool de ces fronts fuyants aux yeux méchants de poulets d'élevage fouillaient la même bouche sublime, la même vulve renflée, que leurs queues puantes empalaient la même fente, tout mon être se révoltait. Aujourd'hui encore, je m'étonne de ne pas être alors mort de dégoût.

Je me tournai vers Gustin.

– L'Occident a corrompu ce pays.

– Tu plaisantes j'espère ? Neuf tapins sur dix travaillent pour des clients thaïs. Crois-moi, elles sont mieux à Pattaya que dans un bordel pour soldats.

– Ça prouve quoi ?

– Les Blancs ont soumis la planète. Seule la Thaïlande s'est transformée en un gigantesque lupanar. Les Thaïs ont juste adapté un savoir-faire ancestral à un nouveau segment de clientèle.

Toutes ces bouffées de pensées sombres m'embuaient l'esprit. Je regardais placidement, avec tristesse et fatigue, le flot de pick-up qui engorgeait la Second Road. Je devais faire une drôle de grimace. J'étais si pâle que Nâm finit par me secouer, inquiète :

– Tu es malade, attraper maladie avec lady thaïe ? Trop boum thing ? Sexe kaput ?

– Sexe pas kaputt. Je t'assure Nâm, Tête kaputt.

J'aurais dû être terrassé par la honte. Nâm vendait son cul à des mecs crasseux avec le sourire et Monsieur faisait le délicat. Le micheton faisait dans l'état d'âme, le putassier avait les affres.

Mais ce dégoût était plus ancien, Pattaya n'était que la dernière cristallisation d'un long processus. Une minéralisation lente de sombres pensées qui avait commencé avant même les premières divisions cellulaires. Des millions de gamètes mâles, un seul ovule. Un bon résumé de ce qui m'attendait par la suite. Vae victis, malheur aux vaincus.

Petit à petit, découvrir les dégueulasseries du monde, la vie de couple, l'abjection du salariat, ma sale gueule dans la glace de la salle de bains tous les matins. Et les autres qui trouvaient tout ça normal ou bien qui faisaient semblant, se groupant pour chasser en meute. Moi, je pouvais pas. Un sentiment de solitude. J'étais pas fait pour ce monde-là. Une erreur de programmation dans le grand dessein qui nous avait placés là. Pour quoi faire, à quoi bon s'agiter ainsi en attendant la mort ?

Nam me regardait, inquiète. Pouvait-elle comprendre mon amertume ? Comment lui traduire ma pensée sans qu'elle en conclue que j'étais comme les autres Farangs, qu'au fond je méprisais ces money girls ?

— Je suis crevé ! Sois gentille, Nâm. Une autre Singha !

J'avais une envie morbide de traîner, de parler avec les filles les plus dépravées, celles qui étaient tombées le plus bas possible, au fond du ruisseau. Peut-être, celles qui étaient descendues tout en bas, détenaient-elles une part de vérité sur le pourquoi de tout cela. Nâm m'a fait promettre de repasser :

Tu n'oublies pas Nâm. Je t'attends. Fais pas le papillon.

Nous sommes partis en maraude Soï 7.

— J'en ai repéré une qui me plaît bien vers le haut du *soï.*

Gustin m'a présenté une ingénue à couettes qui se massait avec douceur le gras du bras.

— Elle s'appelle Bee. Dis, tu crois qu'elle a quel âge cette petite effrontée ? Elle prétend qu'elle a dix-neuf ans mais je lui en donne dix-sept à tout casser.

—Et encore, t'es généreux. Vérifie sa carte d'identité. J'ai pas envie de te voir rejouer Midnight Express dans une prison thaïe.

—Je suis pas fou, c'est juste qu'avec leur putain de calendrier bouddhique, j'ai du mal à me repérer.

Je dévisageais la serveuse âgée qui était en train d'aller chercher nos bières avec une démarche veule, fatiguée. Elle aussi avait rêvé de vie facile mais elle était restée trop longtemps à Pattaya. Tout son corps moulu trahissait une immense lassitude, un désespoir insondable.

—Vous voulez un lady drink ?

Elle était étonnée, persuadée qu'il ne s'agissait pas d'elle. Je pouvais mieux la contempler en trinquant avec elle. La lassitude, l'affaissement des chairs avait rendu vulgaire un visage qui avait dû connaître son heure de gloire. Paupières lourdes, chairs relâchées. Un masque las, sans ressort, avait recouvert ses illusions. Peut-être Toy dans quelques années.

Elle essayait en vain de masquer les ravages du temps en plâtrant sa chair faisandée d'un maquillage funèbre. Je n'avais en face de moi qu'une femme fatiguée. Un pantin apathique ne vivant plus que par habitude.

J'ai essayé d'engager une conversation avec elle. Mais, au début, elle ne me répondit que du bout des lèvres scrutant le niveau de ma bière, l'esprit ailleurs, une moue sur le visage.

—Pourquoi tu es triste ? C'est plein de Marines ! Good Business !

—J'aime pas. Toujours soûls, traitent mal les filles.

—Des enfants ?

—Deux garçons

—D'où tu viens ?

—D'Ubon, et toi ?

—De Paris

—Ah Français ! J'aime pas trop Français. La peau noire comme Arabes, pas comme Farang. Mais toi, tu fais comme Anglais, pas comme Français.

—Je suppose que c'est un compliment

—Je comprends pas.

—Pourquoi bosser ici, si tu n'aimes pas les Farangs ?

—Avant je suis marié avec homme thaï. Mais il boit trop, pas d'argent à la maison. Après je sais qu'il a une *mia noi*, une deuxième épouse. Alors, je le chasse. J'ai une amie, elle travaille Pattaya et elle a marié Farang. Homme australien. Très vieux mais bon cœur. Il prend soin d'elle et de toute sa famille.

—Tu veux trouver un homme comme ça ?

La femme alluma une cigarette et laissa tomber l'allumette encore incandescente dans le cendrier en plastique Heineken.

—Au début, oui. J'ai trouvé un homme Danemark. Christian. Bon cœur et puis *big money*. Il m'aime. Je crois, je l'aime. Il écrit toujours et envoie aussi de l'argent. Il revient trois fois à Pattaya pour me voir. Pas papillon. Il rencontre ma famille aussi. Ma mère l'aime bien. Elle me dit : homme poli. Bon cœur. Mais un jour, il m'écrit plus. Il envoie plus d'argent. Rien. Pas de mail. Je pense : il est mort.

—Il était vieux ?

—Quarante-trois ans. Deux ans après je rencontre ami de lui. Il m'explique. Christian pas mort, mais il rencontre une femme Farang. Il vient plus Thaïlande. Fini Thaïlande. Alors moi, broken heart. Cœur brisé.

La femme avait relevé la manche de son chemisier pour me montrer la cicatrice qui entaillait son poignet.

– Après, je pense mes enfants. Si je meurs, c'est pas bien pour eux. Maintenant, je suis plus amoureuse. Je veux pas être *broken heart*. Je travaille, c'est tout. Plus beaucoup, parce que je suis vieille.

– Tu es fatiguée. Tu veux rentrer chez toi ?

La femme a levé les paupières, étonnée de mon étrange question. Sans réfléchir, j'ai plongé la main dans mon portefeuille pour sortir mille bahts. La pauvre créature était immobile et muette, avec la rigidité d'une morte, les yeux écarquillés, ne comprenant pas ce que je voulais.

– Tu veux baiser cette nuit ?

– Non, moi aussi je suis fatigué ce soir.

Elle me dévisageait méfiante, incrédule. Et puis, voyant que je n'avais aucun désir pour elle, elle me regarda pour la première fois comme un être humain, pas comme un client. Son regard avait changé, je l'avais traitée comme une personne, pas comme une pute.

Aujourd'hui encore, je suis certain qu'elle n'a jamais oublié cet instant très singulier, qu'elle s'en souviendra, que quelque chose de moi, quelque chose de bien vit en elle pour toujours.

Elle a saisi son sac derrière le bar me lançant un dernier regard interrogateur, persuadée que j'allais changer d'avis et lui demander de me suivre. Je n'ai rien dit. Et puis, elle s'est éloignée en remontant le Soï 7. Sa démarche avait changé, j'avais l'impression qu'elle avait retrouvé quelque chose de digne, d'humain. Peut-être que ce petit geste gratuit lui avait redonné un peu d'espoir dans l'humanité.

La joie de ce geste m'avait rempli comme aucun sentiment ne l'avait fait auparavant. J'étais plein d'allégresse en pensant que, pour une fois, mon sale fric n'avait rien acheté, qu'aucune transaction commerciale n'avait été effectuée, que je m'étais, le temps d'un geste, libéré, affranchi de l'oppression du commerce et du profit.

Le maigre produit de mon esclavage quotidien avait juste créé une petite étincelle gratuite de bonheur et ce reflet que j'avais perçu dans les yeux de l'autre m'avait rempli d'une ivresse magique, d'une immense allégresse.

32

– Bonjouu ! Comment allez-vous ?

Perdu dans mes pensées, je fus tout surpris par les pauvres petits mots écorchés bredouillés par Bee en français. Elle repartit en gloussant vers un client pour revenir aussitôt en pouffant.

– Vous fait l'amouu avec moaa ?

Hilare, Bee vint s'asseoir en face de Gustin pendant que je saluai le type :

– Français ?

– Belge

Il échangea une plaisanterie en thaï avec Bee qui gloussa de plaisir.

– Vous êtes expat ?

– Oui et non. Je passe six mois par an en Thaïlande.

Gustin qui avait des projets d'installation définitive en Thaïlande semblait soudain intéressé. Il délaissa sa nymphette friponne.

– On peut vous offrir un verre ?

L'homme vint s'asseoir à côté de nous. Manifestement, cela lui faisait plaisir de parler français.

– Comment vous faites au niveau boulot pour faire cinquante-cinquante ?

– Je suis fonctionnaire. La convention collective belge de la fonction publique me permet de prendre un congé sabbatique de six mois chaque année.

– Putain ! En étant payé ? demanda Gustin.

– Absent, je touche un quart de mon salaire. Avec les impôts en moins et le coût de la vie en Thaïlande, je vis aussi bien qu'en bossant un an en Europe.

Je sentais que mon Gustin allait demander la nationalité belge quand le type ajouta :

– Je travaille de juin à novembre, ça comprend l'été qui n'est pas la période la plus chargée. Surtout dans la fonction publique. Faut juste tenir en octobre et novembre. Dès que l'hiver approche, je sais que je passerai bientôt six mois au soleil. Ça me donne le courage de tenir.

– Putain, ça doit être le top au niveau gonzesses ! s'exclama Gustin qui avait tout de suite orienté la discussion sur les femelles.

– Pas vraiment, je suis marié depuis cinq ans. Une fille de bar tombée enceinte.

Gustin venait de lever sa Kloster toute droite pour la vider d'un trait. En s'essuyant la bouche, il demanda :

– De vous ?

– Oui, enfin je crois. Au départ, ça m'a posé un problème. Elle me plaisait bien mais de là à fonder une famille. J'ai été pris de court.

– Faire un bébé avec un Farang, c'est presque le mariage assuré ! Vous n'êtes pas le premier, affirma Gustin.

– Elle a fait le pari que je ne la plaquerai pas et j'ai été ému par sa confiance.

– Sans regret ?

– Je voulais quitter la Belgique mais je n'avais pas le courage. Dans un sens, ce bébé m'a aidé à sauter le pas.

Le type ajouta en souriant :

– Ça n'empêche pas de faire un Soï 6 de temps en temps. Histoire de me rappeler le bon vieux temps. Avant d'intégrer la fonction publique, j'ai trimé cinq ans dans une grande multinationale à Bruxelles.

L'homme devait avoir une quarantaine d'années. Sa face osseuse et fine était étonnamment mobile, comme l'est parfois un visage de fille.

— Oui, je connais. Le soir à Paris, je suis tellement vidé que j'ai plus l'énergie de faire autre chose. Et tout ça pour être un jour viré.

— Je n'étais pas naïf, j'acceptais les règles du jeu mais quelque chose a changé progressivement. Un nouveau système, plus aliénant, s'est mis en place.

— On nous laisse choisir des hommes politiques qui n'ont plus beaucoup d'influence sur notre quotidien mais dans l'entreprise, nous ne sommes que des sujets.

— Quand j'ai quitté le privé, mon salaire a baissé mais cet esclavage me révulsait. Je plains sincèrement la génération qui nous suit et qui, plus encore que nous, va se trouver embrigadée dans ce système.

Mince, avec ses yeux très bleus, son front large et sa coupe à la tondeuse, on l'imaginait facilement en cadre ou en officier supérieur. Svelte et bien bâti, plutôt beau gosse, sans cet air négligé de la plupart des Farangs qui croupissent à Pattaya. On sentait qu'une petite femme attentionnée prenait soin de lui, de son linge. Je repris :

— Les jeunes sont moins bêtes qu'on le croit. Victimes, mais pas dupes de cette immense mascarade où les vainqueurs sont désignés d'avance.

— Je l'espère pour eux mais cette domination est redoutable car elle est sournoise, discrète. Une domination douce, qui suggère, influence, use de souplesse. Un despotisme éclairé qui prétend toujours se limiter au domaine privé.

— On dirait du Tocqueville.

— Il avait tout prévu. Finie la contrainte par corps, c'est

à l'intérieur des esprits que les fils des marionnettes ont été installés pour qu'elle se croie libre alors que le marionnettiste est simplement passé à l'âge de la télécommande, du clip publicitaire et du subliminal.

Trônant derrière la caisse, la mamasan suivait notre consommation de bière avec un regard maternel. Attentive aux demandes de la clientèle, elle observait le mouvement perpétuel des filles d'un air satisfait. Les fiches s'entassaient dans les cylindres en teck. La pute en chef empilait les liasses de bahts dans son tiroir et rendait la monnaie en souriant à celui qui venait de lâcher un pourboire. Quand un client regardait sa montre d'un air las, elle envoyait une petite lui tenir compagnie, veillant à la bonne marche de son petit commerce.

Le Belge avait repris sa démonstration :

— Les nouveaux Staline ont opté pour la tenue de camouflage. Ils ont troqué l'uniforme pour le costume trois-pièces, la Pravda pour le Financial Times, les lunettes noires pour de petites montures très chics. Les purges s'appellent désormais plans sociaux et la propagande, communication. Mais au fond, rien n'a changé.

Gustin avait repris du poil de la bête malgré les Kloster qu'il s'enfilait à la chaîne :

— Laisser voter la populace et à côté, tout se permettre, piller, manipuler les esprits. Quand les télévisions publiques recevaient des consignes ministérielles, tout le monde criait au loup. Mais qu'un propriétaire ou des annonceurs publicitaires dictent leur loi à une chaîne privée ne dérange plus personne.

— Les apparatchiks russes ont vite compris le capitalisme. Depuis la chute du mur, la main invisible du marché ne prend plus de gants pour piller le pays, remarqua le Belge.

Un gamin de cinq ans me tirait par la manche pour me vendre des chewing-gums me suppliant des yeux.

– Leur donner rien. Tant qu'ils rapportent à écumer les bars, leurs parents ne les enverront jamais à l'école, affirma le Belge. Allez, casse-toi !

– Moi je donne déjà à sa frangine, ricana Gustin

– J'espère qu'elles sont plus âgées, dit le Belge en souriant.

Il appela Bee pour des glaçons avant de reprendre.

– La vie au quotidien exige une forme d'inconscience. La seule vraie richesse des humbles, c'est d'ignorer la réalité du monde qui nous entoure. Heureux, les simples d'esprit. Être trop lucide ne mène à rien quand on ne peut rien changer.

La clairvoyance du Belge me replongeait dans mon spleen parisien. Une masse de nuages venait de voiler le ciel. Comment vivre dans un système qui vous répugne ? Le Belge avait raison. La vie aurait-elle été supportable pour *Homo Sovieticus* s'il avait eu conscience de l'enfer qu'il bâtissait ? Lui aussi croyait œuvrer pour ses enfants, agir dans le sens de l'histoire. Chez les humbles, le quotidien exige une forme d'inconscience. La luxidité ou le luxe dangereux d'un trop-plein de lucidité. Je remarquai :

– Finalement, en votant avec les pieds, vous avez inventé une nouvelle espèce de réfugié politique.

– Que faire d'autre ? On ne peut rien changer, juste s'abstenir. La doctrine de Coubertin inversée. L'important c'est de ne pas participer.

Pendant la plus grande partie de notre conversation, Gustin avait gardé le silence mais je savais ce qu'il pensait. Le Belge formalisait et théorisait ce que Gustin avait vaguement ressenti en fuyant la France. Il avait réagi instinctivement comme un animal qui sent le danger sans pouvoir en identifier l'origine exacte.

La névrose de la société occidentale n'était que le reflet de cette dictature du profit sur la vie. Les pulsions, les sentiments les plus nobles étaient systématiquement dévoyés. Le sexe faisait vendre, les antiques fêtes religieuses étaient devenues des orgies commerciales qui ravalaient les marchands du Temple au rang d'enfants de chœur et quand le calendrier avait un creux, on importait de nouvelles occasions de consommer.

Les enfants découvraient Halloween, les alcooliques la Saint Patrick, les petits-enfants apprenaient qu'il existait désormais une fête des grand-mères. En attendant les arrière-grands-mères puisque l'espérance de vie ne cessait de progresser malgré les canicules. Les secrétaires, les lépreux, les Chinois, les gays… Chaque minorité visible avait sa fête, sa journée, sa Gay pride, sa technoparade à elle. Même la pureté enfantine était mise en bouteilles d'eau minérale. On s'apitoyait devant le téléthon : les petits malades bien devant la caméra, s'il vous plaît !

La vie se résumait à une digestion économique. On jetait sur une vieille coque rouillée chargée à ras bord de pétrole un commandant ukrainien et une poignée de Philippins. On donnait des cadavres à manger à des bovins et pour que cela soit encore moins cher, on ne chauffait même plus les immondes farines. On transfusait les hémophiles avec du sang infecté et pour maximiser les profits, on ne soignait que les séropositifs solvables.

Le veau d'or avait gagné la bataille réduisant en esclavage une large part de l'Humanité. Le petit Spartacus est attendu caisse centrale. Exploiter l'autre était devenu une obsession. Les MBA se remplissaient. Peu importe le coût humain, les dommages écologiques ; les yeux rivés sur le compte d'exploitation, les décideurs ne s'occupaient que des profits du trimestre suivant. Alors que l'incroyable progrès technologique aurait dû libérer l'homme de l'asservissement du travail, de Shanghai à Sao Paulo, il engendrait des armées de zombies vidés par les vampires du rendement.

Beaucoup plus habile que le monde soviétique, le

néolibéralisme avait laissé aux peuples le hochet de la liberté politique en ayant bien pris soin de vider méthodiquement les États de toutes prérogatives, de tout réel pouvoir.

Les États étaient réduits au rôle d'éboueurs du néolibéralisme. Voiture-balai de ceux — de plus en plus nombreux — qui avaient lâché la course. Le contribuable payait les chômeurs, nettoyait des côtes polluées, abattait les vaches folles, dédommageait les transfusés. Avec, quand même, le sentiment croissant d'être victime d'une gigantesque arnaque où les profits étaient privatisés et les dégâts mutualisés.

Le Belge avait apporté une justification théorique à l'exil de Gustin. Je sentais qu'il lui en était profondément reconnaissant. Lui qui, loin de ses habitudes, se sentait parfois profondément désemparé face à son néant. Gustin s'était animé comme s'il lui fallait, à son tour, justifier son choix de vie.

– Mon modèle, c'est l'Antiquité grecque, assena-t-il.

Je sentais que ravi d'avoir un nouvel auditeur, il était reparti dans ses délires éthyliques.

– Grecque ? bredouilla le Belge interloqué.

– Ils ont tout inventé, tout prévu. Le travail était pour les esclaves, les citoyens préféraient se consacrer à la quête du sens de la vie. Ils ne comprendraient pas notre monde actuel, cette étrange folie du travail. Un esclavage d'autant plus abject qu'il est librement consenti.

– Mon frère est directeur financier à Anvers. Je me demande s'il a encore le temps de baiser sa femme.

– Il s'atrophie le destin et passe à côté de la vie simplement parce qu'il a confondu le moyen et la finalité.

– Cette morale d'esclaves ne date pas d'hier. Mon grand-père était mineur dans le Borinage. Il est mort à cinquante ans, les poumons silicosés et le foie caramélisé au genièvre.

– Fallait bien ça pour leur donner le courage d'ensemencer leurs gargouilles conjugales, lâcha Gustin en verve.

– Aujourd'hui, les cadres marchent aux antidépresseurs. Mon frère est sous Prozac depuis deux ans.

– Comme Diogène l'antique, je revendique le droit à la paresse. Je refuse la lente immolation de mon destin. Anarchie vaincra ! gueula Gustin.

Le Belge rigolait en levant sa bouteille vide de Kloster. Gustin avait trouvé son public. Il enchaîna :

– Jamais compris que l'on puisse s'infliger des vies aussi chiantes. Je suis un paillard incurable. Je ne vis que pour replonger dans le cul des filles, pour m'enfouir au plus profond de leur chair. Avec elles, j'oublie tout. Elles me guérissent de la laideur du monde, de toutes les peines. La vie est une maladie mortelle sexuellement transmissible. On est condamné à crever, autant vivre au jour le jour, baiser avec frénésie comme si on allait mourir demain.

Gustin, bien échauffé, avait désigné la bouteille vide.

– Vous en reprenez une autre ?

– Il faut vraiment que j'y aille ! Content de vous avoir rencontré. Vous laissez pas bouffer par le système. Soyez indigeste !

– On y veillera. *Delenda Carthago*, lâcha Gustin.

Avec Gus, il y avait peu de risques. Le Belge nous a serré la main puis s'est éloigné lentement en direction du Soï 6. J'ai alors réalisé que je ne connaissais même pas son prénom.

33

Je ne réussissais toujours pas à joindre Arnaud dans sa chambre. Je suis repassé prendre Nâm à son bar :

– Merci. Tu m'oublies pas. Tu paies bar. Deux cents bahts !

Gustin s'était engueulé avec Yahou au téléphone parce que son mobile était resté sur boîte vocale tout l'après-midi.

– Cette salope s'est fait un short-time ! Et après, tu crois que je vais avoir envie de tremper ma trique dans sa bouche.

On est allé, tous les trois, musarder dans la Walking Street au milieu de la file traînarde des badauds qui se déplaçaient en groupes hésitants. Gustin avait repris son attitude de prédateur. Au Freelancer, un bar de la Walking Street, un orchestre s'épuisait sur de la variété anglo-saxonne. Bourré de GI's, peu de filles. Nous avons payé nos verres pour continuer un peu plus loin.

Accompagnée de deux demoiselles d'honneur, la somptueuse créature était assise en terrasse, moulée dans une élégante robe couleur crème, très sexy. La capacité de Gustin à détecter dans une foule de filles la plus canon m'avait toujours impressionné tant elle tranchait avec sa nonchalance. Mais pour la première fois, son attention avait été prise en défaut, je l'avais vu le premier. Nous nous sommes invités à leur table :

- Comment tu t'appelles ? demanda Gustin à la robe couleur crème.

– Oy

– C'est fou le nombre de filles prénommées Oy qu'il y a à Pattaya, remarqua-t-il en se tournant vers nous. Quel âge tu as ?

– Dix-huit ans, bon pour toi ? Et toi, quel âge ? demanda-t-elle en pouffant

– Tu parles trop, je vais te bouffer la moule ! Oy, ça veut chatte, grommela Gustin en français.

– Je comprends pas ! Arrête de dire des saloperies !

Les deux copines étaient sans intérêt. Une petite au corps replet comme celui d'un porcelet et une maigrichonne à la figure constellée d'acné. J'ai oublié immédiatement leurs prénoms. Et puis Nâm ne me lâchait pas la main pour bien marquer sa propriété.

L'avantage à Pattaya c'est que l'on ne se perd pas en préliminaires, Gustin demanda :

– Tu veux venir danser avec nous ?

– Hollywood, je veux danser Hollywood ! Ses yeux brillaient, Oy était incapable de masquer son excitation.

La boîte la plus branchée de Pattaya, la plus chère aussi. Tony's mis à part. Concerts retransmis par la télévision, Thaïs de Bangkok blindés de thune en virée sur la côte, nous étions loin des boîtes à tapins de la Walking Street. Sortir au Hollywood permettait, le temps d'un soir, à la dernière des morues d'oublier son statut, de se la jouer jeunesse dorée de Bangkok. Au Hollywood, elle se rêvait une enfance de riche dans les quartiers chics de la capitale et un mariage à l'Oriental Hôtel. Les rizières boueuses du plateau Isaan étaient définitivement oubliées.

Jamais vu une bar girl refuser une nouba au Hollywood. Oy s'est fendue d'un sourire éblouissant alignant la quasi-totalité de sa dentition étincelante. Un bel étalage d'ivoire, crémeux comme sa robe, qui contrastait avec la grimace des deux copines. Pas question d'emmener les dauphines même pour faire plaisir à Miss Pattaya.

Le Hollywood donnait sur une cour perpendiculaire à South Pattaya Road, *Pattaya Tai*. La façade constellée de guirlandes lumineuses ressemblait à un curieux arbre de Noël. Une pléthore servile, les mains jointes en waï, nous salua pour bien marquer notre importance, celle du lieu que nous avions choisi et leur attachement à faire tout leur possible pour que nous passions une soirée agréable. La bouteille de whisky à mille bahts nous dispensait de payer les deux cents bahts par personne de l'entrée. Coagulée autour des bouteilles de Black Label, la jeunesse dorée de Bangkok se flinguait l'oreille interne en tortillant du cul. Gustin me glissa :

– Le must, ce sont les gogues. Des as pour faire craquer les vertèbres des clubbeurs agglomérés autour des pissotières. Tu sors de là le dos aussi soulagé que la vessie.

Rançon du succès, dès minuit passé, l'étau de chair devenait insupportable. Les serveurs déployaient des trésors d'imagination et de diplomatie pour entasser le maximum de clients dans l'espace le plus réduit possible. La foule toujours plus compacte essayait de danser autour des tables pendant que je profitais de la cohue pour serrer la belle Nâm qui rayonnait.

– *Hollywood number one !*

La virée au Hollywood ferait d'elle une personne enviée le lendemain quand elle raconterait sa soirée aux copines. Je contemplais la perfection de son visage lisse, ses yeux noirs chatoyants qui m'attiraient comme deux aimants.

Nam aimait rire, elle était toujours d'humeur joyeuse. Je ne me souviens pas de l'avoir jamais vue triste ou morose. Elle avait toujours au fond du cœur cette joie sensuelle des filles qui ont l'avenir devant elles. Peu importait sa condition, Nâm avait vingt ans et elle abordait chaque journée remplie d'espoir et d'optimisme. J'enviais la candeur de son regard sur le monde, sa foi dans la vie mais, vers quarante ans, l'exaltation s'affaisse. On ne croit plus en grand-chose.

– Le paradoxe à Pattaya c'est que, pour la première fois, je me sens libéré de la tyrannie du désir, affirma Gustin au troisième verre de whisky.

– Comment ça, libéré ?

– Ce voluptueux triangle des Bermudes qui nous taraude tous. Le mariage n'a pas d'autre fonction que nous attribuer une partenaire officielle, un abonnement pour copuler.

– La libération sexuelle par le mariage ? Pour moi, c'est plutôt raté !

Sur la scène, des danseuses thaïes gesticulaient autour d'une créature hermaphrodite coulée dans un fourreau de paillettes argentées. Le travesti enchaînait les derniers tubes repris par le public. Avec Gustin, nous baignions au milieu de l'odeur humaine, ravis d'être là à reprendre des paroles que nous ne comprenions pas !

– C'est le problème du mariage. Vite ennuyeux à en mourir.

– Comme toi avec Yahou ?

– Sauf qu'ici je peux changer. Du sexe en abondance sans la monotonie de la monogamie. Je retrouve une forme de quiétude. Le sexe n'est plus un problème alors on peut se consacrer à autre chose. Je ne m'épuise plus dans ces chasses perpétuelles au résultat si hasardeux.

– Pour la quiétude de l'âme et la paix des glandes, tu aurais pu faire moine.

– Tu plaisantes, j'espère ! Se priver de nourriture pour ne pas souffrir de la gourmandise. Ces types souffrent le martyre à cause du célibat imposé par un Concile de mes deux. L'homme n'est pas fait pour vivre la bite sous le bras. La meilleure façon de s'affranchir des désirs, c'est de les satisfaire pour enfin passer à autre chose.

Dans la lumière moirée de la scène, une nouvelle troupe de danseuses s'agitait sur une cadence électrique. Gustin me désigna la scène :

– Regarde celle tout à gauche, dans sa tenue en lamé. Encore un peu et elle se branle en public.

Une table de filles nous souriait. La foule tanguait dans la moiteur de cette fosse humaine.

– Gustin, je crois que tu es en train de devenir gnostique !

– Quoi ?

– Gnostique. Une École philosophique de l'Antiquité grecque qui affirmait, entre autres, que toute libération spirituelle et sociale doit libérer avant toute chose le sexe.

– Les grands Esprits se rencontrent ! Je savais bien que les Grecs avaient raison.

Pressée par les tables voisines, seins écrasés, Nâm dansait en se moulant à moi. Je bandais comme un vieux panda. Ne pensant plus qu'à la ramener à l'hôtel. À la seule idée de terminer la nuit au fond de son chaud accueillant, je souriais béatement. Oy s'était assise sur les genoux de Gustin qui la tripotait sous la robe. Nos regards se croisèrent. Nous avions eu la même idée, il est vrai qu'il était déjà trois heures du matin.

En sortant dans la rue, notre petite troupe a débouché dans le grésillement furieux des barbecues du marché de nuit. Il s'y vendait toutes sortes d'aliments difficilement identifiables et de boissons colorées étranges. Les cuisines roulantes, avec leur wok encastré au milieu, s'alignaient en répandant une fumée âcre pendant que des femmes impassibles touillaient un magma odorant de riz, de viandes et de pousses végétales en train de frire. La ville était prise d'une effervescence indicible, chaque soir recommencée. Nâm m'a murmuré en souriant de ses belles dents :

– Je peux plus dormir la nuit. Nâm comme chauve-souris. Dormir le jour, travailler la nuit.

Une grande partie de la ville avait adopté ce rythme inversé. Le grouillement de la faune nocturne n'en finissait pas de surprendre. Les mains des vendeuses plongeaient dans les tabliers pleins de monnaie. Les billets changeaient de mains. Les barquettes se remplissaient de mélanges odorants. À une table voisine, de troublantes créatures, à la suspecte pomme d'Adam, dînaient de brochettes de blattes. Faces de momie ricanant de leurs voix rauques. Plus loin, une vieille femme burinée traînait péniblement un chariot plein de peluches pour enfants.

Dans trois heures à peine, l'aube allait pointer vers l'Est et tout le monde était encore éveillé, le sang saturé de ya baa. Seuls les artifices de la pharmacologie arrivaient à inverser le rythme biologique de dizaines de milliers d'habitants. Non seulement aucune torpeur n'était encore perceptible sur les visages, mais au cœur de la nuit, l'atmosphère montait crescendo.

Toutes les nuits, une multitude de petits drames individuels se nouaient. Essaim nocturne de destins minuscules. Entre trois et six heures du matin, on tombait follement amoureux, on rompait pour aller faire le papillon. Des filles délaissées pleuraient le Farang perdu, d'autres se disputaient un client. On se rabibochait.

Au cœur de ce gigantesque accélérateur de destins, plaisir et souffrance se mêlaient intimement avec une intensité unique. Les particules humaines s'entrechoquaient, se désintégraient, fusionnaient en libérant une force vitale surprenante. En quelques semaines, on y vivait plus d'émotions qu'en une vie entière de droïde occidental.

Une immense vitalité, une formidable énergie se dégageaient des pulsations brutales de cette ville. Nâm dévorait une brochette de foie de poulet. Quel serait le destin de cette bouche vermillon ? Elle pouvait finir édentée dans un asile pour sidéens à ingurgiter la bouillie fadasse des bonzes ou embrasser un riche homme d'affaires de Palo Alto le jour de ses noces. Pattaya ressemblait à une gigantesque loterie de billets vivants. Celui-ci portait la mort rétrovirale, celui-là apporterait prospérité et bonheur. Le champ des possibles avait implosé. Le pire comme le meilleur.

Seule la prise d'amphétamines ou de Captagon permettait de tenir la cadence, de supporter l'indicible ivresse provoquée par cette dynamique des destins. En une soirée, on pouvait rompre, tromper sa copine, baiser un *kathoey* et retomber amoureux d'une danseuse de gogo. Tout n'était qu'accélération, vitesse et paroxysme des destins !

Vivre la nuit. Refuser de perdre une seule minute de cette énergie vitale. Plonger vers ce perpétuel étourdissement. Comme si la mort allait nous faucher à l'aube, comme s'il fallait profiter de chaque instant, de chaque souffle vital avant qu'il ne soit trop tard. Trop occupés à courir le Farang en profitant de la fraîcheur nocturne, les Thaïs avaient renoncé au sommeil. La nuit était plus propice à la grande moisson du baht.

Dès le crépuscule, cette ville extraterrestre se muait en une grande prêtresse avide, tout entière occupée à célébrer un culte nocturne dédié à un Démon de luxure. Un rite magique qui allait bouleverser de nouveaux fidèles. Une liturgie obscène qui allait ébranler jusqu'au tréfonds de leur personnalité.

Pas plus que les mâles, les filles non plus ne repartiraient indemnes. Elles s'étaient vautrées dans une souillure qu'elles n'imaginaient pas avant Pattaya. Comment aimer après avoir connu les escaliers pisseux, les piaules infectes, l'odeur âcre des alcooliques suant à grosses gouttes ? Comment continuer à vivre après ces relents de fermentation, ces draps poissés, ce remugle de vieux dont on n'arrive plus à se débarrasser après un certain âge ? Tout allait leur remonter à la gorge, le hideux contentement du mâle repu, la lumière crue du néon, les escaliers graisseux des short-times hôtels.

Même lorsque, au crépuscule de leur vie de peine, devenues de vieilles femmes respectées, elles se prépareront à rejoindre Bouddha et que, le dernier souffle sur les lèvres, elles passeront en revue leurs destins envasés, une odeur, une seule dominera toutes les autres : l'haleine fétide des short-times hôtels. Ce remugle de piaule, de vieux foutre qui épaissit l'air confiné et qui leur rappellera jusqu'au dernier instant de leurs vies meurtries, le lieu où leurs âmes avaient été amputées à jamais.

Cette senteur rancie, cette puanteur confuse laissée par tous les corps à louer qui s'étaient succédé était gravée pour toujours dans leurs méandres cervicaux. Pattaya était devenue une empreinte moléculaire intolérable, une part d'elles-mêmes qui ne s'effacerait qu'avec la mort.

Mais l'air vicié de cette ville métamorphosait aussi les mâles enivrés par cette fragrance. Combien s'en sont relevés ? Excédés par des nuits solitaires, ils avaient débarqué pour fourrer à bon marché surpris de découvrir un cocktail infernal : bonheur cruel, pureté obscène et abjection sublime.

Filles de terres brûlantes et malsaines, les anges femelles de Pattaya n'avaient jamais connu le ciel, nous rappelant que le démon n'est qu'un archange déchu et que la Géhenne côtoie le Paradis. La plus pure des princesses pouvait abriter la plus cruelle des louves. On tombait follement amoureux d'un visage limpide et l'on finissait ruiné par une petite vicieuse au sang saturé de *ya baa*.

Le flot de *songthaew*s n'avait pas faibli et les motos-taxis s'appliquaient à caboter, en virtuoses, de boîte en boîte en charriant leurs femelles musquées, sulfureuses tentatrices à la recherche du Farang providentiel avec lequel finir la nuit.

Comme une ogresse délicieuse, Pattaya déplaçait ses appâts vivants en une gigantesque partie d'échecs. La mère de toutes les putains alignait, perfide, ses poupées de chair fraîche en une partie mouvante, chaque nuit recommencée. Pattaya construisait un labyrinthe urbain de Minotaures femelles. Elle étalait ses simulacres de volupté. Elle bâtissait le plus venimeux des pièges. Échec et mat.

La mâchoire finissait inéluctablement par broyer quelques destins improbables. Trop d'espoirs, trop de déceptions s'y dénouaient dans un maelstrom initiatique. Personne ne ressortait indemne de ce festin impur. On y laissait souvent la raison, parfois la vie, toujours ses illusions.

Éros avait quitté l'Europe pour ce nouveau nombril du monde. Cet omphalos asiatique où il copulait avec Thanatos à chaque fois que la nuit enveloppait le rivage. L'horreur et la beauté de la vie accouplées dans une fornication monstrueuse, dans une fusion de ventres gluants, de culs enfilés.

Ici, toutes les valeurs apprises, tous les repères, tout ce que l'on nous avait inculqué ne servaient plus à rien. Quand on a rendez-vous avec son destin, plus question de tricher, de faire le malin. Il ne reste qu'à se débarrasser de ses bagages superflus pour affronter la vie, la vraie. Nu comme un asticot, comme Dieu nous a si piteusement créés. Les tripes tièdes guettées par les infections et le pourrissement, traqués par les tumeurs et les virus embusqués. Ahuris, fascinés, comme de grands crétins, les deux couilles pendantes dans cette pauvre poche de peau ridée mal arrimée. Pitoyables bêtes à testicules à la recherche permanente d'un coït cosmique.

Comment ne pas aimer ces hommes à la dérive fuyant des vies sépulcrales ? Évadés de leur vortex urbain, débarbouillés de leurs habitudes, ils s'étaient écartés de leur vie européenne pour cingler vers cette Cythère bridée, pour y poser leurs bagages entre ces deux néants où l'on essaie de construire un peu d'éphémère. Naître, peiner et finalement crever. Destin universel. Entre temps, juste tenter de mendier un peu de chaleur humaine pour être moins seul face à la mort.

Eux, c'était ici qu'ils l'avaient trouvé leur réconfort, à s'enfouir au plus profond de chairs femelles. Affamés d'Infini, saisis par la magie de cette ville, entraînés dans sa combustion permanente, happés par une dérive hallucinée, ils avaient choisi de vivre et de mourir dans cette fournaise paradisiaque.

À chacun son destin.

Mâles ou femelles étaient sonnés, ahuris de ce qui leur était arrivé, condamnés à essayer de comprendre cette oscillation permanente entre le bonheur le plus cristallin et la déprime la plus sombre. Pattaya nous rappelait à chaque instant que l'horreur et la beauté de la vie n'étaient que les deux faces d'une même réalité.

La jeune déesse exotique qui m'avait donné les ivresses les plus folles, les spasmes les plus fougueux. Celle qui tatouerait ma mémoire à jamais serait deux heures plus tard dans des draps maculés de crasse, vautrée dans la souillure, agenouillée devant un ventre flasque, en train de sucer un vieux vicieux à l'odeur aigre dont la seule vue m'aurait gâché la journée. Et alors la jeune déesse soumise fermerait les yeux pour ne pas voir la gueule de la momie se tordre de plaisir, la salive aux commissures. Pour oublier la tiédeur du foutre sexagénaire quand, dans un bouillonnement rythmique de geyser, le vieillard déchargerait, par petites giclées, sa semence glaireuse au fond de sa gorge sublime.

Dans ce lieu de perdition, dans ce marché impur de toutes les passions, nous étions des proscrits de l'amour pris de vertige entre les sommets de la félicité et les abîmes de l'angoisse. Un éblouissement de folie et de cruauté guettait chacun de ces paumés. Filles bourrées de dope, coincées entre leur famille et les mafias. Européens déjantés qui enfoutraient des putes dans des chambres à air conditionné. Chrysalides asiatiques rêvant de se métamorphoser en bourgeoises à la peau claire.

Toute une humanité en déroute, réunie pour le meilleur du pire, au bord d'un précipice de turpitudes à chercher le seul trésor qui valait la peine de vivre. Celui qui vous tord les tripes, celui qui vous révèle des splendeurs inouïes et vous fait supporter les pires privations, commettre les folies les plus ardentes pour le simple regard d'un être adoré. Toute une humanité, affamée d'amour, dansant au bord du précipice.

Les Écritures nous avaient pourtant prévenus : on ne ressortait jamais indemne de Gomorrhe !

On a enfin décidé de mettre le cap sur le Ice Inn. Le portier était effondré derrière son comptoir. La télé hurlait de la variété thaïe.

Nam a pris sa douche. *Money girl* ou pas, elles étaient toutes d'une incroyable pudeur. La même fille qui s'exhibait quasiment nue sur la scène d'un gogo une heure plus tôt ne circulait dans la chambre où elle allait se faire ramoner par tous les orifices que soigneusement enveloppée dans sa serviette. Elle portait à la cheville une petite chaîne dorée. Elle se planta devant une série thaïe, les yeux écarquillés.

J'aurais tellement voulu oublier qu'elle était là uniquement pour le billet de mille bahts que je glisserai au matin dans la poche de son jean. J'ai laissé la lampe de chevet allumée. Je la dévisageais avec curiosité admirant la fente oblique de ses yeux et ses lèvres pleines. Cet intérêt trop manifeste la gênait, je voulais simplement comprendre d'où venait le principe lumineux qui vivait en elle.

J'ai défait doucement la serviette pour démouler son corps marmoréen. Je me suis mis à la caresser lentement en silence effleurant le grain incroyablement fin de sa peau. Elle était chaude comme une fourrure. Immobile, elle a fermé les yeux sous mes caresses. Alors j'ai approché mes lèvres et, toujours sans bouger, Nâm m'a donné avec passion sa bouche. Un baiser long et profond.

Nam ne baisait pas, elle faisait l'amour. De toute son âme. J'avais l'impression d'être en présence d'une autre personne. Elle avait le corps plus plein que celui d'une fille de vingt ans, un vrai corps de femelle, un buste gras et chaud, pas ce corps d'adolescente qu'affectionnait Gustin. Nâm avait vécu. Cela se sentait dans ses caresses, dans ses poses, dans ses frissons. À Pattaya, les années comptent triples. Vingt années biologiques mais trente ans d'expérience. Un rêve éveillé.

34

Odeur de pommade dans la piaule, elle a étalé une crème grasse, écœurante, sur son beau visage caramel. Elle s'est massé le gras des joues avec application. Gustin et Oy ont frappé à la porte, ils voulaient aller à la piscine d'un des hôtels du Second Road. J'ai appelé Arnaud dans sa chambre pour qu'il nous rejoigne dans le hall de l'hôtel.

– J'ai passé la soirée avec Pan et avec une copine à elle qui s'appelle Wi.

– Où tu l'as trouvée ?

– C'est Pan qui me l'a présentée en me disant qu'elle acceptait de se faire enculer.

– T'es plutôt du genre direct !

– Je l'avais jamais fait. Ma femme refusait. Je voulais pas mourir sans avoir essayé l'oignon, au moins une fois.

J'ai payé les deux bar fines de Pan et Wi et nous sommes allés au Samsara — un bar de la Beach Road dans le genre classieux et branché, avec orchestre et filles haut de gamme à cinq cents bahts le bar fine.

– Je comptais me faire les deux ensemble.

– Ça fait beaucoup de fantasmes à la fois. Tu trouves pas ?

– C'est maintenant ou jamais. Mais Pan, ça lui disait pas trop surtout que Wi est une bonne copine.

– Et que ce genre de séance ça comprend toujours des gouiniasseries à n'en plus finir, ajoutai-je, hilare.

Pan avait mis dans le mille. Arnaud c'était précisément

ce qui le bottait les tripotages de gousses. Alors finalement, Pan les avait plantés au Samsara laissant Arnaud seul avec Wi.

– J'avais quand même payé son bar, souligna Arnaud avec un air déçu, mais j'ai quand même bien enculé Wi.

Wi, la reine de l'oignon. Comme nous avons chez nous, le roi de l'andouillette ou du pâté de tête. Forcément, on bouffe parce qu'on n'a rien d'autre à foutre.

Toutes ses copines étaient au courant. Dès qu'un Farang cherchait une bar girl à enfiler par derrière, elles appelaient Wi moyennant leur petite commission. Ça marchait bien son business de spécialité à Wi. Elle était souvent réservée et ne se séparait jamais de son tube de K-Y grand format. Arnaud avait eu un sacré bol de pouvoir se l'enfiler sans réservation.

Gustin marchait devant nous avec cette drôle de fille tout en contraste. Ses manières de panthère sortie du ruisseau juraient avec son physique angélique. Oy avançait d'une démarche saccadée en le criblant de coups de poing brusques et violents. Arrivé à la piscine, Gustin nous confia qu'Oy était la source de profonds épanchements.

– Quand elle est bien graissée et que je la ramone, elle braille des trucs en anglais du genre « *fuck me, suck me, it's good* » et tout le tremblement ! Avec sa voix un peu rauque. Vous pouvez pas savoir comme ça m'excite.

– À mon avis, si elle lâche des flots d'insanités, c'est qu'elle simule !

– T'es vraiment trop con !

Oy se trémoussait sur le bord de la piscine :

– C'est quoi ça ? demanda Gustin en caressant une vilaine cicatrice qui courait sur son bras.

– Salope yougoslave à Zurich !

Elle nous raconta que la longue estafilade venait d'une

bagarre à Zurich avec une pute du Kosovo. Un Suisse l'avait emmené deux fois à Zurich. Ça lui avait bien plu à Oy ; à part l'embrouille avec la Yougo !

Gustin a commandé des spaghettis sauce bolognaise et des cocas pour les filles. Dans un coin du bassin, un groupe d'Américains s'ébattait bruyamment avec trois bar girls qu'ils aspergeaient en poussant des couinements de phoques. Un chat était venu mendier quelques miettes de nourriture. Les Thaïs avaient un grand respect pour la vie en général et pour les animaux en particulier. Oy s'est agenouillée pour le caresser en lui parlant comme à un enfant.

— Elle est tarée, dit Gustin énervé par son cinéma. Comme tous les débiles, elle adore les bêtes. Ils compensent !

Un nuage a voilé le soleil. Dans deux jours, j'avais mon vol pour Paris. Gustin, lui, restait.

À vrai dire, je m'y attendais un peu :

— Elle fait chier, Oy ! Toujours à me larder de coups de poing dans les épaules ! C'est pas tenable, elle a grandi en se battant avec des clébards !

— Elle vient de la rue la petite. C'est pas la meilleure école du romantisme.

— Je cherche une amoureuse, pas une sauvageonne. Ce soir, je la débarque. Elle se fera mettre par la Navy, ça lui passera le goût de la boxe !

— Alors, on sort entre hommes !

— Et Nâm ?

— Je pars dans deux jours, je veux en profiter avant !

Nous avons débarqué au Tony's sur le coup de onze heures. Un enfer de femelles incandescentes. Gustin a tout de suite repéré une longue fille qui devait avoir dix-huit ou dix-neuf ans. Très vite, nous avons engagé la conversation.

Elle s'appelait Lat et était accompagnée d'une copine, Chaew : une incarnation magnifique de femelle, une époustouflance de beauté, qui me fixait de ses vastes yeux de gitane captive. Des pupilles immenses qui lui prenaient le visage.

Chaew annonçait un affolement charnel, une extase frémissante, un égarement des sens sortant tout droit des ateliers de création du Seigneur. Sa longue crinière de cheveux noirs d'un beau luisant qui déferlait jusqu'aux reins, sa cambrure de fesses parfaite, son corps fin et terriblement sensuel, la mince arête de son nez européen lui donnaient un air de chienne andalouse. Je reluquais cette incitation ambulante à la débauche avec une avidité indécente. Je n'apercevais que le renflement évocateur de la naissance de ses seins mais le soulèvement gras de la poitrine avait une forme parfaite, pleine de promesses.

Elle avait vécu deux ans avec un Québécois qui trafiquait entre Bangkok et Montréal.

– Je parle bien français !

– Qu'est-ce que tu sais dire ?

– Va te faire foutre, enculé de ta race ! cria-t-elle en riant.

Le contraste avec le contour altier de son visage était très drôle. Elle était nettement plus évoluée que beaucoup de petites paysannes isaans débarquées de la brousse. Chaew travaillait uniquement en free-lance.

– J'aime pas bar. Mamasan, vieille pute, et les filles sont stupides.

Je l'aurais mal vue enchaînée des douze heures par nuit à un beer bar. Vu sa toilette, elle devait rarement rentrer seule : le genre de fille qui aurait déclenché une émeute dans les rues de Paris. Elle m'avoua se faire dans les trente mille bahts par mois. Le salaire d'un cadre sup ! Elle claquait tout.

Son Québécois organisait des rave parties à travers le Canada. Il venait tous les mois en Thaïlande pour s'approvisionner en ecstasy. Chaew me raconta qu'elle avait essayé d'aller vivre là-bas. Seule le plus clair de la journée, recluse dans l'appartement à cause du vent glacial, elle avait passé son temps vautrée devant la télé. Neuf mois à zapper entre les pubs pour lessives et les sitcoms. Fallait plus lui parler de Montréal ou du Saint-Laurent. Il lui restait de cet échec un peu de français et un anglais suffisant pour avoir une vraie conversation.

Par moment, les belles pupilles de Chaew se fluidifiaient et ce n'était pas uniquement la faute de l'alcool ou du paquet de cigarettes qu'elle vidait avec frénésie.

– Je la soupçonne de marcher aux amphétamines ou de fumer de la ganja, lâcha Gustin.

– Tu dois avoir raison. Lat a l'air plus clean.

Chaew me raconta qu'elle avait débarqué à la gare routière à l'âge de vingt ans. L'intermède québécois mis à part, quatre ans qu'elle faisait plus ou moins le tapin en free-lance. Une vétérante. De temps en temps, elle envoyait un peu de fric à sa mère séparée de son père mais elle n'avait pas d'enfants. Elle vivait surtout pour elle.

– T'as du bol ! La mienne, elle pane que dalle !

Gustin peinait à essayer de communiquer avec Lat, l'anglais c'était pas le point fort de cette fille de Bangkok venue à Pattaya depuis seulement deux mois. Elle en était déjà à son deuxième bar. Lat fit signe à une fille à la peau sombre. Elle vint se présenter en souriant. Elles avaient travaillé dans le même bar. Bao était une Khmère, une *kamen*, originaire de Surin. Le serveur apporta un verre et elle s'installa avec nous. Une silhouette somptueuse mais, dès qu'elle souriait, ses dents mal plantées gâchaient un peu ses traits fins.

Trois filles pour deux Farangs. Une de trop. Chaew avait commencé à se frotter contre moi comme un chat qui marque son territoire. Je sentais sous la soie de son chemisier, comme une onde chaude, le frémissement de sa poitrine abandonnée. Bao a regardé sa montre et s'est tourné vers nous en s'excusant.

– Merci pour la bière. *Bye bye*. Prendre soin de Lat. Lat, bon cœur !

On est rentré à l'hôtel plus tôt que d'habitude, Chaew avait toujours la pêche. Décidément le *ya baa* qu'elle avait dû prendre était de bonne qualité. Elle me fit l'amour avec un grand professionnalisme. Elle suçait comme une déesse et la simple vue de la perfection de son corps me remplissait de bonheur. L'équilibre parfait. Je n'arrivais pas à croire que je partageais le lit d'un canon pareil. C'était sûr, j'allais me réveiller en sueur dans les draps poissés de mon F4 de banlieue.

Après l'amour, elle me souffla dans l'oreille en pouffant qu'elle était trop agitée, trop nerveuse pour dormir et qu'elle voulait parler. Une lueur un peu folle dansait dans ses yeux. On aurait dit qu'un phare doré se dilatait par intermittence dans ses prunelles sombres.

– Tu sais pendant un an, j'avais un appartement à Pattaya. Un Japonais, il paie l'appartement et puis vingt mille bahts tous les mois.

– Il t'aimait ?

– Il m'adore. Il a même acheté une moto pour moi.

Elle riait en repensant à son Japonais.

– Moi je m'en fous du mec. Quand il venait, je baisais pas beaucoup. Il dormait dans autre lit. Parlait très mal anglais. Au téléphone, je comprenais rien.

– Pourquoi il a arrêté de t'envoyer du fric ?

– Il disait je l'aimais pas. C'est vrai ! J'aimais juste son fric. Je l'ai jamais sucé. Un jour, il a arrêté d'envoyer le fric. Fini l'appartement. J'ai vendu la moto. Je m'en fous.

Chaew savait qu'elle plaisait aux mâles mais jamais elle ne se laissait aller aux sentiments. Une fille, attachante mais aussi beaucoup trop lucide sur sa condition et cynique avec les hommes. Elle éventra le paquet de cigarettes qu'elle m'avait demandé de lui acheter avant de rentrer.

– C'est pas bon pour toi !

– M'en fous. Le bonze dit Chaew vivre pas longtemps

– Personne connaît l'avenir

– Le bonze sait. Farang croit il sait tout, mais il sait rien.

Son corps était écartelé en travers du lit. Je contemplais la fumée qui montait au-dessus de son visage. Les volutes flottaient un instant au-dessus de ses seins en forme de poire et venaient caresser sa peau ambrée d'une texture incroyablement lisse. Je restais muet d'admiration devant le galbe magnifique de ses jambes si interminables qu'on les aurait dit faites au moule. Je lui dis que j'aimais sa peau chaude, crépitante. Elle fut secouée d'un fou rire :

– Peau des Farangs comme la grenouille !

C'était vrai que nous avions des pores de batracien beaucoup trop larges. La texture de notre épiderme distendu était grossière, rustique. Amphibienne. La femme blanche est une rente pour les firmes cosmétiques. Chaew avait les yeux presque révulsés :

– Chattes des femmes Farang trop grande, trop large ! Et leur chatte, elle pue aussi !!

Elle avait dû en connaître des partouzeurs de tout poil. Le genre à avoir accepté toutes les expériences sexuelles dès l'instant où ça payait cash. Les vieilles chattes trop larges, le dindon des femmes européennes, c'était du vécu, du réel. Le genre de choses qui ne s'invente pas.

À une heure trente-sept du matin, elle s'est mise à tourner en rond dans la chambre. Une tigresse en cage. À une heure quarante-trois, elle a vidé un reste de whisky glacé qui traînait au frigo. Du 100 Pipers, un whisky de grain bon marché parce que *made in Thailand*. Le cendrier plein de mégots répandait une odeur de cendres froides.

– Maintenant, je pars, donne-moi le fric ! Je dois voir ma copine !

– C'est quoi cette histoire ? T'as dit que tu restais en long-time !

– Ma copine, nouvelle à Pattaya. Elle a pas la clef ma chambre. Elle va Marine song.

– Tu la verras demain.

– Non, j'ai promis !

Je refusais qu'elle s'en aille, je voulais la garder jusqu'au matin. Les prunelles allumées, elle promit de revenir mais j'étais sûr que si elle trouvait un Farang elle partirait avec.

– Je t'accompagne !

– Toi t'as pas confiance, Chaew. OK, tu viens. Pas problème !

Dehors, l'air de la nuit était doux presque frais, les deux motos-taxis glissèrent dans les rues vides avant de longer la baie, en filant côte à côte vers South Pattaya. Sur le bord de mer, les ombres craintives étaient toujours là, immobiles dans la nuit à guetter les passants attardés qui rentraient seuls à leurs hôtels.

Travestis et filles perdues avaient investi ce long espace nocturne frangé de lumière. C'était les laissés pour compte de l'amour, le rebu de Pattaya, de simples formes à la dérive qui attendraient parfois jusqu'au milieu de la matinée que quelqu'un veuille bien, même pour deux cents bahts.

Plus loin, la rue piétonne était ouverte au trafic. Les pick-up, les charrettes à bras des vendeurs de rues s'agglutinaient dans un désordre hallucinant. La foule coagulée des piétons oscillait, refluait, débordait sur les trottoirs, allant et venant entre les différentes boîtes du quartier. XY et XX se cherchaient dans une inextricable cohue. Putes et putassiers se jaugeaient dans une ultime frénésie, un désir intransigeant exacerbé par l'heure tardive.

Au Marine Song, dans le rythme lancinant de la techno, les déhanchements se faisaient plus lents. Minées par une débauche de fatigue, les corps harassés, l'âme lourde, les filles ne répondaient plus que par intermittence aux sollicitations du ya baa fumé quelques heures plus tôt. L'épuisement masqué par les amphétamines et l'alcool refaisait surface portée par des vagues de neurotransmetteurs qui alourdissaient les muscles et ralentissaient les pensées.

Chaew avait disparu, se faufilant à travers la foule, pour rechercher cette amie si importante. Planté au bord de la piste, j'observais les danseurs, tout entier à leur vibration. Un type en débardeur venait d'interpeller une fille au regard brillant de lumière. Je flottais isolé au milieu de la masse en transe. Le désir transpirait de partout, les corps se défiaient, se frôlaient avant de faire plus ample connaissance dans la pénombre. Parfois, lui ou elle se refusait. Le partenaire ne plaisait pas, il voulait trouver mieux. Il n'était pas trop tard.

Brusquement, tête cruelle surgie de nulle part, un cerbère thaï me braqua sa lampe torche dans la gueule.

– *What you drink ?*

Le whisky glacé, ingurgité à l'hôtel avec Chaew, commençait à me pourrir la tête. Je lâchai un innocent « plus tard ». Mais le bouledogue s'énervait, montait sur ses grands chevaux. Il en avait visiblement marre de la clientèle de merde du Marine Song : que des Farangs fauchés qui venaient pour danser ou lever des filles mais sans consommer. Il éructait.

– *You not drink, you go toilets !*

Valait mieux ne pas le chercher. Après tout, l'entrée était gratuite. J'ai commandé une bière à 130 bahts à une serveuse aux yeux creux.

Portés par l'humus sonore, les corps bougeaient sur la piste. Comme ces jouets mécaniques agités de spasmes quand les piles s'épuisent. Sous le tissu, on pouvait deviner la chair des filles qui ondulaient se mouiller et se tendre de désir. Les croupes tremblaient, les culs minces, fendus, tout humectés de sueur oscillaient dans un effluve épicé de cuir délicat. À cette heure tardive, les cuisses se faisaient plus lourdes, plus denses, toutes excitées par la musique et la fatigue.

Une paire de fesses plus gloutonne que les autres s'est serrée contre moi.

– You have lady thaï ?

J'ai formé une mimique d'excuse en écartant les deux mains. La fille s'est éloignée. Elle marchait les jambes écartées comme une putain au matin. Cinq minutes plus tard, Chaew impériale a surgi de la foule. Même au milieu des beautés brunes du Marine Song, elle rayonnait de classe, Chaew. Les hommes la suivaient du regard. Je n'en revenais pas moi-même. Je lui ai pris la main. Mille bahts, mais j'étais fier comme si elle eut été ma femme.

Bien entendu, elle était seule. Sa copine était sans doute en train de sucer une bite quelque part entre Jomtien et Naklua. Nous sommes restés encore un peu, abrutis par le pouls brutal de la transe. Le temps de finir ma bière. Devant la discothèque, un attroupement était en train de se former.

– On prend par la Beach Road ! J'ai besoin d'air marin.

Chaew n'a rien dit. Ses yeux furtifs ont changé de trajectoire, se posant sur un visage dans la foule. Elle semblait ailleurs. Delirium tremens. Je l'ai entraîné en la prenant par la main. Dans les soi, les flots de musique de South Pattaya pénétraient en moi faisant vibrer mon sang à l'unisson de la nuit. Je ressentais avec une acuité prodigieuse le vertige de l'ivresse. Mes sens étaient comme sursaturés de sensations, de rythmes chaotiques. Aujourd'hui encore, j'ai du mal à trouver les mots pour décrire la complexité de mon état, la surexcitation de mes nerfs, la lucidité de ma pensée.

Nous allions d'un pas lent. Une fièvre, immense et bénie, consumait mon sang imprégné d'alcool. La gangue qui me séparait du monde venait d'éclater sous le flot des sensations, des émotions. Je sentais la chaude carnation de son corps tiède et palpitant. Silencieux, nous goûtions le calme de la baie.

Par moments, le roulement attardé d'une voiture lointaine nous parvenait assourdi. Quelques traînées lumineuses de phares lacéraient les ténèbres. Des taxis en maraude, qui erraient le long de la Beach Road éclairant d'un halo fugitif les ombres impassibles qui attendaient un client de plus en plus improbable.

La rivière des néons qui brillaient le long du bord de mer rendait l'obscurité marine presque lumineuse. Tout un orient de jeunesse se déployait en moi : j'avais vingt ans et toute la vie devant moi. La douce pression de la main de Chaew sur mes épaules me remplissait d'une suprême espérance. La Lune semait sur nous de larges gouttes laiteuses, la mer brillait, l'air était paisible et doux.

Une sérénité infinie régnait et il me venait des pensées diffuses, opalines, vaporeuses comme si tout l'intérieur de mon corps s'évidait pour s'annihiler, se dissoudre dans une communion primitive avec le Monde. La fraîcheur bienfaisante qui montait de la mer, par bouffées, pénétrait tous les pores de ma peau d'une ivresse merveilleuse.

Nous nous sommes arrêtés sous la voûte céleste plantée d'éblouissants clous de diamants. J'étais là au bord de l'océan dans une immobilité béate. Étrange impression que tout mon être se dissolvait, se vaporisait en une brume légère et futile, un brouillard de bonheur insouciant. Abolition du corps tout entier concentré dans l'instant, sans projet, ni passé, dans une immédiateté ultime. Ma personnalité s'annihilait doucement en s'abandonnant à l'enchantement éblouissant de cette nuit si étrange.

Chaew était toute contre moi, chaude, frémissante. Le cadran lunaire inondait son beau visage altier de lumière blanche. Je l'ai contemplée longuement, essayant de lire le reflet de la douce phosphorescence de la ville dans l'éclat doré de ses beaux yeux étirés. Puis, lentement je l'ai serrée contre moi en cherchant ses lèvres pleines. Je lui ai pris la bouche. Un goût de miel montait de ses lèvres tendres collées aux miennes, de sa langue si douce. Je sentais le délicat renflement de son ventre de femme contre mon ventre, la moiteur furtive de sa chair, son souffle tiède contre ma nuque.

— On est bien ensemble, a murmuré Chaew en français.

Puis, protégés par la gigantesque voûte nocturne, nous avons continué notre promenade dans une allégresse infinie, remplis d'une plénitude absolue. Au bord de la mer, un autel dédié au Bouddha était éclairé de petites ampoules de couleur, une senteur d'encens se répandait autour d'une statuette tranquille et satisfaite. Quelques offrandes, des fruits, un bouquet d'orchidées fraîches témoignaient de la piété des fidèles. Une fleur de lotus était posée, symbole de la beauté née dans la fange, symbole des instants sublimes que la boue de Pattaya me donnait. Les vagues remuaient à peine dans un léger clapotis qui faisait onduler le scintillement des astres.

J'aurais voulu m'agenouiller et remercier ce petit Dieu gras et paisible pour sa bienveillance. Un frisson de contentement, presque sacré, montait de ma poitrine. Un pays qui produisait des instants aussi somptueux avait quelque chose de magique, de surnaturel. Il n'y avait qu'ici où je puisse redevenir jeune et oublier que j'avais perdu le meilleur de mon optimisme.

La ville était à présent plus calme. Bientôt, l'aurore allait pointer vers l'Est dans un halo irréel. Alors seulement, les lumières étincelantes de la Beach Road pâliraient pour s'effacer devant une nouvelle journée. Il était cinq heures passées. Une douce aube rose voilait le ciel faiblement argenté vers l'intérieur des terres.

Une plénitude calme, une promesse de bienvenue montait de ce petit matin. Nous sommes rentrés à l'hôtel en *songthaew* pour nous endormir nus, délicieusement fatigués, encastrés l'un contre l'autre. Mon visage enfoui dans le flot odorant de sa chevelure. Nos âmes réunies dans un engloutissement mutuel qui me bouleversait jusqu'à m'effrayer. Chaew m'avait offert un moment de communion si irréel que son simple souvenir m'émeut encore aujourd'hui. Jusqu'aux larmes.

J'avais ignoré combien les poussées de bonheur précèdent souvent les mauvaises nouvelles.

35

J'avais voulu oublier le retour mais l'échéance m'avait rattrapé. Je ne pouvais pas repousser mon départ. Déjà deux semaines que j'étais là. Deux semaines plus intenses que toute une vie.

Une boule commençait à se cristalliser au niveau de mon plexus. Le moment du départ approchant, je ne voyais plus que la face de lumière de la ville. Pattaya et les bar girls allaient me manquer. Comment oublier ce monde aux sens déréglés ?

Le soir, j'avais prévu de passer au bar de Toy pour lui faire un cadeau avant mon départ. Je pensais de plus en plus souvent à elle. Aucune des autres filles n'avait pu me la faire oublier. La déchirure de la séparation avait dû cicatriser. Toy adorait l'or comme toutes les Thaïes. Elle serait sûrement contente du lourd bracelet acheté au poids. J'avais aussi joint ma carte de visite avec mon mail, on ne sait jamais. Et plus, si affinités. J'espérais qu'elle me pardonnerait, ou qu'au moins elle ne me haïrait pas.

J'ai acheté des préservatifs au 7 — Eleven ainsi qu'un tube de lubrifiant K-Y. Puis, je suis repassé à l'hôtel pour me changer. Je voulais flâner en solitaire avant la dernière veillée d'armes. Je retrouverais Chaew plus tard. Elle m'avait laissé son numéro de portable.

Gustin avait décidé de s'offrir une soirée tranquille avec Lat. Cinéma à dix heures au multiplexe du Big C et puis retour à l'hôtel sans le passage traditionnel par la case sortie en boîte. Il lui arrivait de plus en plus souvent d'avoir des pulsions de vie bien rangée. Son existence débridée lui pesait. À force de vivre à l'hôtel, d'être nomade, il rêvait du gentil couple au coin du feu. Il vieillissait. La trentaine approchant, des bouffées d'angoisse l'étreignaient parfois. Ces jours d'inquiétude, il allait nerveusement en ruminant ses rancœurs.

– La vie, c'est noir comme dans un cul.

– Tu es dans le plus bel endroit du monde pour un homme qui aime les femelles.

– Je me réveille souvent en sueur la nuit. Une sale impression de baigner dans de l'huile bouillante avec des tiraillements, des frissons. Et puis cette maudite boule au creux du ventre. Je reste allongé incapable de me rendormir.

Au fond, Gustin savait qu'il avait pris un chemin dérobé. Il connaissait la fragilité de sa vie de traverse. Petit rentier à la merci d'un locataire indélicat ou d'une bourse déprimée. Ses plans couple le rassuraient. Finalement, on n'est jamais content de ce que la vie vous donne. C'est toujours bien plus appétissant dans la gamelle du voisin.

Une existence conjugale monotone et bien rangée, Gustin en rêvait de temps à autre. Le joug quotidien du salarié et l'assiette de soupe à la fin du mois, ça limite les horizons mais ça rassure aussi. Parfois, sa liberté de bateau ivre, sa situation de passager clandestin lui faisaient peur. Le quotidien aide à éloigner les accidents de la vie. Nous croyons que le malheur n'osera pas déranger les habitudes bien ennuyeuses tissées au cours des ans. On se prend à espérer que la maladie et la mort nous oublieront dans la trame de nos journées répétées à l'infini. Comme si la Mort n'oserait pas rompre une routine aussi ancienne, comme si le refus de la vie pouvait éloigner la faucheuse.

C'est une certitude nauséeuse, inéluctable. Notre avenir est souterrain. Une caisse en bois, humide et froide. Putréfaction absurde de chairs liquéfiées. Tous ces corps magnifiques, ces êtres chauds et vivants qui paradent

Walking Street, se trémoussent sur les derniers tubes. Tous en sursis d'une décomposition obscène.

C'est donc à cela que devait nous mener notre enfance magique ? On essaie de se consoler psalmodiant « il n'a pas souffert » mais qui est dupe ? Qui connaît la détresse de ces dernières secondes où le cerveau, terriblement conscient, agonise, essayant en vain de pomper un peu d'oxygène dans un sang désormais immobile, pour l'éternité ? Qui connaît la souffrance indicible de celui qui sent ses neurones s'asphyxier dans une agonie interminable ? Qui est revenu nous relater l'effroi ultime ? C'est à cela que Dieu sert. À rien d'autre. Exorciser nos derniers instants, croire que l'on va gagner au loto du grand carnage. Il n'a pas souffert, tu parles ! Quand je pense à tout cela, je deviens fou.

Une épouse, des enfants, le repas qui attend au chaud le retour du bureau, ça lui rappelait son enfance à Gustin. Cet âge d'or où l'on arrive encore à nous cacher la cruauté du monde, le cynisme des gens, l'immense solitude des hommes. Toute cette dégueulasserie que l'on découvre un beau jour à l'école lorsque, à la récréation, une petite brute vous roue de coups.

Premier round. Le combat vient de commencer. Le début du désenchantement, on le sent vaguement. La férocité des hommes est sans limites. On devine que la vie n'est qu'une immense cour de récréation où les armes ne sont plus en plastique. Ensuite, ça va empirer. La nuit est bien là qui se referme sur nous. Pleine de saloperies qui attendent, tapies dans l'obscurité. Dégueulasseries inimaginables que l'on découvre au hasard des faits divers.

On croit qu'en faisant le chemin à deux, côte à côte, il sera moins dur. On voudrait pouvoir oublier la meute des salauds autour. Mais on est seul. Terriblement seul. Jusqu'à la fin, jusqu'au dernier moment où l'on s'en ira avec l'espoir que c'est pas pire après. Alors, les jours calmes de l'enfance nous apparaissent comme un paradis perdu, seul âge vraiment heureux de l'existence avec ses odeurs de cuisine, ses baisers de maman et ses contes pour rêver aux pays des fées lorsque l'on s'endort blotti au creux de l'édredon. Dans la douce tiédeur enfantine, la vie est un espoir. Rien n'est encore définitivement perdu.

Le bracelet soigneusement enveloppé dans ma poche, j'ai mis le cap sur la Beach Road. Égoïstement, je voulais faire ma bonne action avant toute chose pour profiter, la conscience en paix, de mon ultime soirée.

Dans les bars, c'était l'heure des préparatifs. Toy comptait les cartons de bière avec la mamasan. J'ai craint un instant qu'elle refuse de me parler mais elle est venue se planter en face de moi. Belle muette me toisant de ses beaux yeux échancrés. Des yeux qui annihilaient le monde, encore pleins de colère. Peut-être aussi un peu d'espoir ; que je sois là peut-être pour la reprendre.

– Je pars demain Toy. J'ai été heureux avec toi.

– Alors pourquoi toi papillon ?

– *Sorry*. Les hommes sont stupides. J'avais envie d'une autre fille.

– Toy beaucoup pleurer.

– J'ai pensé à toi chaque jour. Tu me crois ?

Elle ne répondait pas persistant à me fouiller du regard comme si ce n'était pas cela qu'elle attendait de ma part. Je sentais l'émotion me submerger. Les quelques filles qui se faisaient les ongles ou qui traînaient derrière le comptoir jetaient en douce des regards en coin vers nous avec un air ironique et amusé qui signifiait :

– Le revoilà donc ce Farang qui a planté notre copine, il revient la mine contrite et la queue basse faire ses excuses et recommencer à faire le sweet mouth.

Je refusais de chialer, j'étais pas venu pour cela. Peut-être que Toy attendait mes larmes comme le juste prix des sanglots qu'elle avait versés. Je lui aurais bien offert mon chagrin mais devant ses copines, c'était trop dégradant. J'ai glissé simplement le petit paquet en disant :

— Pour toi.

Et je me suis levé précipitamment. Ça commençait à devenir une habitude avec cette fille. J'étais déjà sur la Beach Road lorsqu'elle m'a rejoint en courant.

— Pourquoi ?

— Parce que tu me manques !

— Je veux pas !

Elle m'avait remis le paquet dans la main. Le visage durci, comme prêt au combat. Elle m'en voulait vraiment. Ça tournait en eau de boudin.

— Tu le veux pas ? Alors, je le jette !

Je mimais le geste de jeter le paquet par terre. La foule ahurie des passants devait se demander pourquoi cette pute se disputait avec son client au milieu du trottoir.

— Donne-le à ta mère ! OK ?

D'un geste de la main, j'avais refermé ses doigts sur le paquet. Elle semblait ne plus refuser ce cadeau dès l'instant où c'était pour sa vieille mère. En Thaïlande, la famille est sacrée, j'avais eu le bon réflexe.

Je l'ai laissée là au beau milieu du trottoir, fuyant une fois de plus. Cette fille n'était pas comme les autres. Je m'étais trop attaché à elle. Cela m'effrayait.

Ma dernière nuit avec Chaew. Un mélange de nostalgie et de tristesse. Pour la dernière fois, je goûtai avec une frénésie désespérée à cette femelle étonnante, suave comme une mangue, à son corps élastique et nerveux. Une nuit terrible d'attentes intolérables. Un feu d'artifice à jouir. Encochés l'un dans l'autre, à ne plus savoir si j'étais en elle ou bien elle en moi. Corps ligotés. Une Atlantide de cuisses en bataille, de toisons mêlées, de membres démantelés. Doigts s'insinuant partout. Fouillis mouillé.

Chairs moites et dépliées. Jambes ruisselantes. Ongles plantés dans les chairs. Sexe en bouche. Cheveux collés de sueur. Lit qui tangue. Draps saccagés. Bouquet final.

Au matin, quand j'ai émergé de ce délire des sens, son corps somptueux gisait pantelant, désarticulé au milieu du grand lit. Inerte, Chaew cuvait ses orgasmes. Diên Biên Phu après la défaite. Elle m'a donné son mail, j'ai promis de lui écrire dès que je serai à Paris. Je pourrai toujours jeter une bouteille à la mer les jours de blues.

La fin de la matinée s'est passée à préparer mes bagages, à vider mon coffre à la réception et à régler l'hôtel. Le minibus de l'Airport Service devait venir me prendre à six heures. Une ultime poignée d'heures creuses devant moi.

Exceptionnellement, Gustin s'était levé plus tôt. Sa manière à lui de manifester son émotion à l'idée de mon départ. Je savais combien ça lui en coûtait et je lui en étais reconnaissant. Il avait les boules de devoir rester seul. Pourtant j'aurais bien échangé avec lui. Arnaud avait toujours pas mis le nez dehors, décidément Wi devait être un sacré bon coup. Lui aussi repartait dès le lendemain vers notre monde asexué, il mettait les bouchées doubles. De toute façon, je le verrai à son retour. Des adieux auraient été déplacés.

Pour Gustin, rester tout seul c'était pas pareil.

— Qu'est-ce que tu vas faire ?

— On va aller à Kanchanaburi avec Lat. Le pont de la rivière Kwai.

— Ça me rappelle ces éternelles rediffusions du dimanche soir.

Trois jours à Kanchanaburi, pour prendre du champ avec Pattaya-la-maléfique. En nous voyant partir, Gustin angoissait à l'idée de rester seul. Pour éviter les accès de blues, je ne voyais qu'un seul remède : le Soï 6. La ville tremblait dans la fournaise. Au Jasmine, Gustin avait repéré tout un nouvel arrivage de la gare routière.

– Autant griller les heures qu'il te reste de la manière la moins désagréable possible.

Derrière le rideau de velours rouge, trois Hollandais grisonnants, effondrés sur des canapés, profitaient de la pénombre pour peloter des formes gloussantes. Le cercle des poètes disparus option plaisanteries épaisses et gestes inconvenants.

Plus près de moi, accoudé au bar, un être furtif matait une serveuse sanglée de skaï noir. Moustache limoneuse. Gueule béante. Tout larmoyant de luxure, tout dégoulinant de concupiscence ordurière. Un mammifère gris et voûté, hypnotisé par un cobra.

– Deux Heineken avec de la glace !

Gustin était déjà en train de lutiner une nymphette qui lui avait mis la main au panier d'un air mutin. La polissonne prétendait avoir dix-huit ans, j'avais de sérieux doutes. Elle était en train de se battre avec la fermeture éclair de Gustin quand une fille vêtue d'un simple filet a pénétré dans le bar. Le corps encore chaud de la touffeur du soi.

Elle m'a fixé de ses yeux de phoque assouvi. Invite claire à la fornication. Avant longtemps je n'aurais pas sous la main ce genre de petit bijou. La fille avait de l'aplomb et n'y allait pas par quatre chemins. L'école des short times bars du Soï 6 était la plus directe. *No time to loose.*

Les putes collaient leurs croupes pour vous branler à travers le futal. D'autres n'hésitaient pas à faire glisser la fermeture éclair de la braguette d'un petit coup sec pour dégager la queue et mieux vous caresser la grappe des couilles. La pénombre autorisait toutes les audaces et la petite était pleine de hardiesse. Exactement le genre de fille dont j'avais besoin avant mon départ : une bonne salope qui me fasse oublier les tracas du retour.

Côté poètes bataves, ça fricotait sérieux : suçons,

pelotages de nichons et de fesses, branlettes en douce. La moustache vermicelle s'est aussi installée sur un canapé pour trousser une fille un peu grasse.

– Tu montes ?

J'ai payé le bar et nous sommes montés dans une chambre à la lumière chafouine. Un ventilateur vrombissait avec un bruit de mouche agonisante. Nous avons pris la douche ensemble, cela semblait l'amuser beaucoup. Je la savonnais avec beaucoup de soin. Ma main s'attardait sur ses seins qui bandaient ou sur le capuchon de sa vulve. Elle voulait me défendre sa poitrine prétextant en riant qu'elle avait les mamelons sensibles n'en finissant pas de me rouler des pelles. Les paillettes dorées qui parsemaient l'ovale parfait de son visage accentuaient son aspect extra-terrestre.

Après nous être mutuellement séchés, elle me fit allonger sur le lit et se mit à me branler en me suçant le gland pendant que je caressais son échancrure palpitante. Quand elle me jugea assez raide, elle déroula le préservatif puis grimpa sur moi pour que je la pénètre. Une chatte très étroite. En contractant les muscles tendres et puissants de ses fesses, elle augmentait encore la sensation de confinement de son ventre.

Heureusement, elle mouillait suffisamment. Elle bougeait lentement pour profiter du moment. Elle avait raison. Ne pas finir trop tôt. Je détestais ces derniers instants juste avant un départ. Ils sentaient le superflu et le temps gâché. Mon sac était fait, j'avais encore une bonne heure devant moi, une heure à baiser comme si j'allais mourir demain. Paris m'attendait. Nécropolis. Comment un Mammifère mâle normalement constitué peut-il rester des mois, des années, sans femelle ? Que celui qui connaît la solution m'explique. Histoire de rigoler un peu.

De désespoir à l'idée de l'abstinence qui me guettait en Europe, je pris la petite putain dans toutes les positions.

Un florilège putassier comme pour récapituler avec elle, tous les instants célestes offerts par Pattaya. Elle finit en regrimpant sur moi, pour me faire décharger sans remord mes dernières gouttes. Ultime offrande liquide à la cité corsaire.

En redescendant, Gustin m'attendait au bar en regardant sa montre avec fébrilité :

– J'allais monter te chercher.

Le genre à arriver deux heures à l'avance pour pas louper le bus. La première fois, ça m'avait surpris ce décalage avec son look de branleur se foutant de tout. Au fond, Gustin était un inquiet, un angoissé de la vie.

De peur que je rate le minibus, Nabokov avait expédié Lolita depuis un bon moment. L'air satisfait de son choix, il se promettait de revenir voir sa nymphette dès son retour de Kanchanaburi. J'ai glissé un pourboire à ma martienne qui avait remis son filet de pêcheur. Elle me dit s'appeler Yupha et venir de Khon Kaen.

En émergeant de la semi-obscurité du bar, nous fûmes aveuglés par l'éclaboussement métallique du jour. Une lumière crue, blanche, presque liquide coulait à la verticale. Une sensation laiteuse m'a envahi qui sentait le crève-cœur du retour. J'allais rejoindre un monde minéral.

36

Le minibus était plein comme un œuf. Les bagages s'entassaient sur le toit, au fur et à mesure que, d'hôtel en pension, le chauffeur collectait de nouveaux passagers. Dehors, la nuit était tombée et les néons clignotaient. Un essaim de motos transportait déjà les jeunes femelles.

Ambiance morose. Que des mâles calcinés que le vie tirait en arrière. Retour vers la désolation. Ils étaient venus tracassés par un désir de vie, par une ruée de testostérone et ils laissaient derrière eux un grand morceau de bonheur tout rempli d'étreintes inoubliables et d'à-peu-près de tendresse. Devant, les attendaient, pêle-mêle, l'ennui de leur travail, l'étang morne et bourbeux de journées sans but, de soirées inexorables, la soupe de bobonne, les problèmes des gosses, le petit chef teigneux et les hivers sans fin. Pas de quoi sauter de joie à l'idée d'embarquer porte 23 sur le vol direct de la Lufthansa.

Il restait deux places de libres à l'arrière. Le chauffeur s'est arrêté devant un dernier hôtel. Deux femmes sont montées. Suédoises, je crois, la cinquantaine bien tapée peut-être venues pour s'envoyer des gogo-boys.

Pour moi, ce n'était guère brillant. Revoir le gris du ciel parisien me donnait des palpitations. Il s'en fallait de peu pour que je demande au chauffeur de m'arrêter là, au bord de la route avant qu'il ne s'engage sur l'autoroute de

Bangkok. Mais j'ai toujours été trop raisonnable, c'est comme cela qu'ils me tiennent, la folie ne fait pas partie de mon horizon. Elle m'effraie. Je lui préfère la certitude de l'esclavage quotidien, le confort des habitudes médiocres.

Le minibus s'est enfin extrait de la ville. Trop tard pour tout arrêter. Je me suis tassé dans mon siège en fermant les yeux, un peu honteux d'accepter si facilement d'être chassé du Paradis terrestre. J'ai essayé de repenser à ces deux semaines, de me rappeler mes bienfaitrices. Certains visages s'effaçaient déjà, des noms commençaient à se dissoudre.

La lumière du visage de Toy estompait les autres souvenirs, je n'arrivais pas à la chasser de ma mémoire, à l'oublier. Elle n'était ni la plus belle ni celle qui faisait le mieux l'amour mais elle avait touché mon âme. Peut-être, était-ce son sort tragique et poignant qui résumait toute la misère de Pattaya ou bien cette lumière intérieure si puissante qui émanait d'elle. Toy brillait comme une étoile radieuse dans les ténèbres de Pattaya. Rien ne pourrait jamais la souiller ni l'éteindre, elle était la pureté incarnée dans la chair épaisse et chaude d'une fille de joie.

En pensant à Toy, je compris pour la première fois que le Christ avait aimé Marie Madeleine-la-putain parce qu'elle était la seule amante digne du Fils de Dieu. Il y avait quelque chose de biblique dans le sort de ces filles publiques tombées au dernier degré de l'échelle sociale. Il émanait de ces êtres qui n'avaient que leur corps à vendre, une dignité presque sacrée. Elles incarnaient la condition humaine dans toute sa précarité, sa faiblesse, mais elles représentaient aussi la force, la persévérance et l'instinct de survie. Elles donnaient de l'amour pour nourrir leurs enfants, leurs familles. Filles de rien pleines d'une générosité presque mystique, presque christique.

Les lumières de Bangkok perçaient la voûte céleste. Le chauffeur roulait à tombeau ouvert sur l'autoroute surélevée presque déserte. Nous sommes arrivés en avance à Don Muang. Deux heures à traîner dans l'aérogare. Deux heures à perdre parmi ces êtres, aussi peu aériens que des lanceurs de marteaux bulgares shootés au Témestat. Une foule définitive qui commençait à me rappeler Paris.

– Mais il comprend rien. Je veux deux eaux minérales.

Un groupe en voyage organisé s'énervait après le type du snack-bar qui ne comprenait pas le français d'un boudin trapu à face de gargouille. Mon peuple ne cessait de s'étonner en découvrant notre déclin. Nous ne représentions plus grand-chose à l'échelle du monde. Un passé si glorieux, un futur si ténu. Nous avions vécu des décennies durant en rentiers paresseux de notre gloire passée. Le déclin était venu en douce, comme un voleur. Une lente asphyxie économique. Quelques tranquillisants achetés à crédit. Une dégringolade si indolore que nous n'avions rien senti. Jusqu'au réveil… brutal.

Les femelles au cul lourd voulaient être les premières. Elles se sont agglomérées en troupeau près de la porte d'embarquement. Venues faire frémir leurs varices au soleil des tropiques, elles semblaient taraudées par la crainte de ne pas pouvoir rembarquer. Un Thaï en uniforme essayait en vain de leur expliquer qu'il n'y avait que des places assises.

Je me suis pelotonné sur le siège au creux du monstre métallique qui me ramenait en enfer. J'ai avalé deux Lexomill pour dormir pendant le vol. Je désirais un abrutissement total pour ne plus remuer les sales idées qui me trottaient dans la tête. J'ai vissé le casque sur mes oreilles. Léo Ferré chantait les vers d'Aragon :

Tout est affaire de décor

Changer de lit changer de corps

À quoi bon puisque c'est encore

Moi qui moi-même me trahis

PATTAYA BEACH

Moi qui me traîne et m'éparpille
Et mon ombre se déshabille
Dans les bras semblables des filles
Où j'ai cru trouver un pays

Cœur léger cœur changeant cœur lourd
Le temps de rêver est bien court
Que faut-il faire de mes jours
Que faut-il faire de mes nuits
Je n'avais amour ni demeure
Nulle part où je vive ou meure
Je passais comme la rumeur
Je m'endormais comme le bruit

Seconde partie

1

Quand j'ai émergé d'un sommeil pâteux, Paris se précipitait vers moi à 953 km/heure. Nous survolions l'univers glacé des steppes kazakhs à 9 756 mètres d'altitude. J'aurais dû prendre un troisième cachet. Pour avoir découvert Pattaya, j'avais remis mon destin en branle. Maintenant, l'abîme du sommeil était mon ultime refuge.

Il bruinait. L'heure où les salariés pâles et transis, le teint plombé, les doigts gourds s'infiltraient tout ensommeillés dans la lueur triste du lundi matin. Je considérais, effrayé, à travers mon hublot, la ville surpeuplée sous la lumière sale.

Il paraît que c'était là une des plus belles villes jamais édifiées par l'Humanité. Ce grand creux lugubre avec tous ces hommes, tous ces destins rétifs entassés au fond dans un linceul d'humidité froide. J'allais bientôt me retrouver seul au milieu de cette nécropole gigantesque. Seul pour affronter mon triste présent. Le Boeing a posé en douceur son gros cul sur la piste.

À la descente de l'avion, un haut-parleur a crachoté en signe de bienvenue.

– À la suite d'un mouvement social des manutentionnaires d'ADP, les bagages seront transférés avec trente minutes de retard. La Direction d'Aéroport de Paris vous prie de bien vouloir l'excuser pour les

214

désagréments occasionnés par ce retard indépendant de sa volonté.

Les vastes baies vitrées de l'immense sarcophage de béton jetaient une lumière louche sur nos mines fatiguées. Sur les murs, des photos de walkyries anorexiques, l'air dédaigneux et blasé, dévisageaient d'un air méprisant la lourde foule bipède des droïdes en mouvement. Je sentais la ville, tapie autour de moi, avide, guettant mon retour. Sous ces latitudes grises et froides, un délire paranoïaque, un lent dérèglement des nerfs, tamisé d'amertume, commençait à me reprendre. Je guettais le vertige de ma béance.

Pendant que trois douaniers, confortablement assis, palabraient dans leur bureau, un jeune, une sorte de stagiaire, contrôlait seul les passeports. Après douze heures de vol, nous n'avions pas mérité ça. La file d'attente gonflait. Des bébés pleuraient importunant les trois douaniers qui sirotaient leur café chaud en se racontant leur week-end. Finalement, dans la foule confinée, un type plus courageux que les autres s'est mis à gueuler.

– Vous nous traitez comme un troupeau. Ouvrez d'autres guichets ! Nom de Dieu !

Comme d'habitude, la masse a suivi. Un brouhaha de remarques acerbes contre ces teignasses de douaniers a commencé à se cristalliser. L'émeute menaçait et un Antillais a fini par poser à contrecœur son gobelet pour venir, en traînant les pieds d'un air dégoûté, ouvrir une nouvelle file.

La bruine s'était muée en une averse glacée qui se déversait en fines lanières sur la ville. Le chauffeur de taxi, un Arabe arrogant, m'imposa un long programme de folklore oriental sans doute parce que je ne pouvais payer que par carte de crédit.

La voiture avançait au pas. Une heure et demie pour rejoindre le 45 Cité La Fouilleuse. Une heure et demie passée à traverser des banlieues pisseuses et sans verdure. L'appartement était vide. Il ne restait que cette odeur écœurante de café au lait. Juste le temps de prendre une douche et de passer des vêtements propres.

Sur le quai de ma gare de banlieue, des êtres somnolaient coagulés en paquets dociles. Dans le wagon, un clochard débraillé portant une barbe poissée et une chemise sale et débraillée s'est assis en face de moi. Une grosse rousse blafarde a changé de place en grommelant, ne laissant derrière elle qu'une trace de buée fade sur la vitre. La bedaine poilue du vieux dépassait. Il tenait à la main, sceptre dérisoire, son litron presque vide. De l'autre main, voûté, les yeux braqués vers le sol il se caressait la panse avec beaucoup de soin. L'air émerveillé par le soyeux de sa toison.

Il puait la vieille pisse et j'aurais dû suivre l'exemple de la rousse pour m'asseoir plus loin mais je suis resté là, assis, à contempler sa figure barbouillée de vinasse, ses dents gâtées, son gros tarin rouge, mal mouché, qui répandait sa morve. Deux longues coulées verdâtres se frayant avec difficulté un lit dans une barbe sans âge. La vue de cette épave humaine m'aidait à replonger plus vite dans la merde parisienne.

L'homme était concentré sur son ventre, tout occupé à ses manipulations dégueulasses. L'espace d'un instant, son regard vitreux a croisé le mien. Il a arrêté de se toucher, étonné que je le regarde. Il était déjà très loin de ce monde, immergé dans une vie bien fétide. L'homme est descendu à Sartrouville en marmonnant des anathèmes confus. Abandonnant, comme un trophée inutile, sa bouteille de Boulaouane vide. À chaque arrêt, elle allait taper contre la paroi du wagon avec un bruit cristallin répandant quelques gouttes de pinard sur le sol. Après le vieux clodo, personne ne voulait toucher au litron et il a continué ses oscillations jusqu'à La Défense.

Sous le ciel gonflé, comme noyé d'eau, j'ai retrouvé le

pavé gluant des matins mouillés. Les hideux quartiers généraux du nouvel Ordre mondial tout hérissés de verre, d'acier et de pierre sombre. Que votre volonté soit faite, que votre règne vienne. Les nouveaux corps constitués commandaient à des armées de droïdes. Ils dressaient leurs quartiers généraux en grappes pathétiques à l'arrogance new-yorkaise comme un défi lancé au ciel d'étain. Toute couleur en était bannie pour ne laisser libre cours qu'à une gamme monochrome de gris, de noir et de graphite. Une grisaille déclinée à l'infini. Ultime hommage aux myriades d'insectes cravatés qui y avaient élu domicile.

La sombre masse minérale de l'immeuble m'attendait. Imperturbable. La cage hydraulique m'a gobé dans un bruit pneumatique pour m'éjaculer avec la même fréquence sonore dix-sept étages plus haut. Symbole de mon abominable sujétion, la pointeuse était toujours là. Immuable chiourme électronique comptabilisant ces heures qui s'égrenaient si lentement. Comptable de ma déchéance, la machine ne m'avait pas oublié et afficha mon nom avec insolence. Ça faisait plaisir d'être reconnu après une si longue absence.

J'ai poussé la porte du placard à balais qui me servait de bureau, dégoûté par l'indifférence des lieux, une odeur de renfermé trop familière montait de la moquette grise. J'avais pourtant demandé plusieurs fois au ménage de nettoyer ce nid à acariens. La familiarité de mes gestes répétés tant de fois aurait dû me rassurer mais elle ne déclenchait en moi qu'un écho lugubre. Ainsi je n'avais été que cet automate durant toutes ces années.

L'unité centrale a émis un bourdonnement familier. Mon écran s'est éclairé d'une lumière fantomatique. Au cours de ces années, mon disque dur de 30 giga-octets avait été mon meilleur ami et pourtant j'avais perdu deux dioptries à m'user les yeux sur cet écran seize pouces, des dix à douze heures par jour confiné dans ce bureau, à perdre mes cheveux en synthétisant un mélange létal de triglycérides et de cholestérol qui commençait déjà à colmater mes artères. Les plus belles années de ma vie s'étaient écoulées entre quatre murs à enrichir des actionnaires que je n'avais jamais rencontrés.

Il fallait que quelque chose change pour que tout puisse rester comme avant. Où avais-je entendu cette phrase ? Je m'étonnais d'avoir pu rester là des années à tripatouiller ce clavier en plastique.

2

La porte du bureau voisin a claqué. J'ai regardé ma montre. Les pauvres sont exacts. Abdel a passé la tête :

– Retour des vacanciers. Il s'en est passé des choses pendant ton absence.

Nous étions conscrits. Il avait marié une petite paysanne lorraine efflanquée. Une tête sans grâce de mérou dépressif. Elle lui menait la vie dure, mais lui avait donné deux beaux enfants. La seule curiosité que je lui connaissais à Abdel, c'était le cul des filles. Et ceci, d'autant plus, qu'il en était le plus souvent privé.

Vues les secrétaires faisandées du service qui surveillaient leurs descentes d'organes, on n'était pas aidé. Sauf à fantasmer sur les ligaturées de la trompe de Salope ou sur les vieilles filles que la chasteté avait rendues acariâtres, il fallait beaucoup d'imagination pour avoir la trique au bureau.

Nadine, une des secrétaires du pool, était la seule qui avait dû être jolie. Hélas, les bourrelets mal jugulés par les derniers régimes en couverture de Marie-Claire avaient abîmé un corps feuilleté de cellulite. Le reste n'était que de la vieille salope en cale sèche. De la mal ménopausée, menacée de masculinisation au rythme du lent déclin de leur taux d'œstrogène. On aurait dit que les ressources humaines se spécialisaient dans le recrutement de vieilles peaux grumeleuses, confites d'amertume et guettées par le dessèchement de l'âge.

Au dix-septième étage de la tour de l'Union des Banques Françaises, les mystères de la biochimie hormonale nous préparaient déjà des cohortes de femmes à barbe.

Je m'entendais bien avec Abdel. Miracle unificateur de la télévision, notre génération avait été nourrie au sein des mêmes séries américaines. Une sympathie était née de ce passé télévisuel commun et d'un goût partagé pour les plaisanteries salaces. La mondialisation avait balayé nos rêves d'ascension sociale. Une lutte économique de plus en plus féroce se mettait en place entre les nations. La Chine, demain l'Inde rendait notre pays de moins en moins compétitif.

Françaises ou immigrées, les classes moyennes basculaient progressivement dans la précarité et le chômage de masse. Accrochés au pouvoir depuis les années Mitterrand, les baby-boomers avaient renoncé à réformer un système socio-économique dont ils profitaient largement. Contaminée par la nécessité de vivre, la jeunesse ne rêvait plus que de fonction publique. Histoire d'échapper au dérèglement du monde. Dans ce grand chambard, notre génération portait sur le monde le même regard empreint de doute et de défiance.

– Un jus de chaussette ça te dit Abdel ?

La pièce de la machine à café était, avec les toilettes, le seul endroit de la tour où notre humanité, faite de boyaux merdeux, de liqueurs nauséabondes, de chair vérolée était acceptée. Les seuls endroits qui puaient vraiment l'être vivant au sein de la termitière de béton armé. Le liquide noirâtre qui jutait de la machine était immonde mais il réconfortait car chaud et sucré. Le personnel pouvait boire, fumer en échappant un peu à l'oppression des bureaux. Pour dissuader les traînards, la nouvelle direction avait fait enlever les sièges. La station verticale prolongée était censée limiter nos séjours dans ce lieu de débauche qui était uniquement toléré.

Abdel était un des rares à connaître ma véritable destination de vacances. Il m'enviait un peu d'avoir pu, comme cela, fausser compagnie à bobonne, et partir loin d'ici me faire vraiment plaisir pendant deux semaines.

– Alors, elles étaient bonnes, les Thaïes ?

– Je ne parlerai qu'en présence de mon avocat !

Abdel avait débarqué voilà trois ans. Dès les premières phrases, il s'était présenté comme Kabyle, persuadé que c'était un état supérieur à celui de simple Maghrébin. Avec sa chevelure laineuse et crépue, l'ensemble osseux, presque crochu de son visage anguleux, je voyais pas trop la différence, mais Abdel y tenait : il était Kabyle, pas Arabe. C'était définitif !

– Fais pas chier ! Alors bonnes ?

– Bonnes ? Le mot est faible. Fabuleuses ! Chaque fois que je plonge dans leurs culs, je me rapproche de l'Infini, j'oublie tout. Toutes les saloperies de la vie, le boulot, la vieillesse, la mort aussi.

On s'est installé les pieds sur son bureau avec nos gobelets à la main et je lui ai détaillé par le menu mes tribulations, la beauté des filles, leur peau soyeuse et odorante, leur sensualité, les spécialités sexuelles qu'elles acceptaient. Bien sûr, j'accentuais le trait, j'en rajoutais une bonne couche pour le faire baver.

Abdel fasciné me fixait de ses petits yeux vifs de gerboise ; il buvait mes paroles, ne m'interrompant que pour glaner quelques précisions que j'avais omises. Sûr, ça le changeait de sa Lorraine hâve.

– Et avec deux en même temps, t'as essayé ?

Jean Renaud a débarqué. Surnommé JR par dérision, référence à son univers pitoyable. C'était un être poussif et grisonnant au regard monotone qui se déplaçait par petits pas rapides comme ces marsupiaux des antipodes. Il partageait le bureau d'Abdel depuis que le programme « Plus d'efficacité dans moins d'espace » avait été lancé en janvier.

De nombreuses années de servitude de bureau l'avaient rendu étranger au monde. Ses opinions avaient longtemps été simples. JR avait cru au progrès, à l'honnêteté des politiciens, au rayonnement de la France dans le monde et à toutes sortes de sottises du même tonneau.

Il avait connu son heure de gloire en 1989. Une veille de quinze août. Faute de Chef de service pour cause de pont estival, le secrétariat du Président lui demanda de pondre en urgence une note de synthèse sur les provisions à fin juin. Cette glorieuse note, qui devait le tirer du médiocre anonymat où il végétait depuis six ans, lui valut les pires représailles de son supérieur de l'époque. Le regretté Chapuis.

Non seulement, JR réintégra rapidement une obscurité qu'il n'avait quittée que grâce au hasard du calendrier mais Chapuis, convaincu que le petit enculé essayait de se faire mousser pendant que le susdit Chapuis prenait les eaux à La Bourboule, lui réserva d'indélébiles humiliations. Il lui tailla un costard qui aurait brisé de plus brillantes carrières.

La vie de JR ne fut plus alors qu'une longue renonciation d'une poignante monotonie. En solitaire, il renonça aux apparences, aux tentatives inconsistantes pour trouver le bonheur qui avaient vaguement agité ses jeunes années. Le sentiment en jachère, la bite esseulée, il menait une vie oscillante entre son studio dans le douzième et l'ambiance fibreuse de la Tour UBF.

De temps en temps, le soir venu, JR devait se masturber sans grand enthousiasme avec, après, un sentiment douloureux de vide et de tristesse. Pourtant, au crépuscule, même les blattes de sa cuisine s'enfilaient et s'offraient des extases que la vie s'obstinait à lui refuser.

Malgré tout, longtemps, la tranquillité de sa vie l'avait dédommagé de la monotonie médiocre de cette existence terne et furtive. Une existence tout juste ponctuée de pollutions nocturnes et de congés payés passés chez sa vieille mère près de Nantes. Une femme pour qui l'univers se réduisait aux proportions d'un deux-pièces astiqué du soir au matin. Mais la fusion était en train de chambouler profondément le morne ordonnancement de son destin.

Sa vie d'huître, banale au-delà de toute expression, avait été bouleversée. Un pacte secret entre lui et la compagnie avait été rompu. JR avait progressivement ressenti le sentiment confus, mais croissant, de s'être fait niqué jusqu'au trognon avec cette fusion. Je crois bien que dans un sens, il avait découvert la haine. Il justifiait régulièrement sa démotivation en rabâchant que « la maison ne fait plus crédit ».

– Ils veulent notre peau à tous pour réduire les postes en doublons, affirmait Abdel.

JR hochait la tête en serrant les dents. Au contact du séditieux Abdel, il était venu à cet être méticuleux des bouffées vindicatives qui nous avaient tous surpris. Le meilleur chien peut devenir enragé. Comme une colère trop longtemps enfouie.

Sur le tard, JR avait enfin compris que sa vie n'était qu'une longue agonie arrivée simplement avant l'heure. Cette révélation l'avait profondément bouleversé et, de jour en jour, se dégoûtant de la routine écœurante de sa vie, il devenait de plus en plus inquiet. La dernière goutte de café avalée, j'ai rejoint ma tanière.

L'après-midi, Abdel m'annonça qu'il avait « touché » son stagiaire. Lui qui opposait le cynisme et l'ahurissement à toute tentative pour le faire travailler allait enfin pouvoir refiler son boulot à un esclave. Enfin un avantage acquis, peut-être bien le début de la réussite ?

– J'aurais préféré une stagiaire. Il semblait très excité et jouait à déplier un trombone.

– T'es un toxico du cul, Abdel. Le droit de cuissage a été aboli.

Le petit jeune l'avait quémandé son stage. Que c'était

un honneur de travailler pour l'UBF. À l'écouter, depuis tout gosse, il ne rêvait que de travailler à l'UBF… Avec Abdel ? Réfléchis bien avant de répondre. Un lundi matin, il a débarqué avec des yeux de phoque tout mouillés d'émotion. On le sentait humide de reconnaissance tremblante. Encore un à qui ses parents avaient inculqué une panique viscérale du chômage.

Pourquoi ceux qui nous aiment font de nous des trouillards ? Ils doivent penser que l'on évitera ainsi les dangers de la vie alors qu'ils nous dressent à n'être que des victimes. Je me revois sortant de l'École Primaire. Fiérot. Zéro faute, zéro faute à la dictée et puis premier en composition de calcul. Je faisais mes devoirs, j'apprenais mes leçons avec un sérieux confiant. J'allais entrer dans le monde des adultes et il ne me faisait pas peur.

Ma mère bouffie d'orgueil, s'esbaudissant devant les talents de sa progéniture, persuadée d'avoir enfanté un pur génie. Si j'avais su que le dressage avait commencé. Si j'avais su où cela me mènerait.

– Qu'est-ce que tu vas lui faire faire à ton stagiaire ?

– Je sais pas trop. Les trucs chiants, les tableaux de reporting, les photocopies, le liassage des résultats mensuels. J'espère qu'il va pas me saloper le boulot. Il a peut-être aussi une frangine à me présenter.

– Tu sais qu'un stagiaire est là aussi pour apprendre ! C'est d'ailleurs le but.

– Faire des trucs chiants, j'appelle justement ça apprendre ! Un bon résumé de la vie qui l'attend plus tard. Avant pour les conneries, y avait le service militaire. Maintenant, reste plus que les stages.

Abdel a ricané. Le stagiaire réalise l'idéal du libéralisme. Il est la bénédiction du troisième millénaire, une des plus belles conquêtes de l'Humanité. Arrivé le premier, parti après tout le monde. Pas de gosses à qui il va manquer ou de femelle qui l'attend frémissante. Pas assez de fric pour sortir faire la fête. Il a rien d'autre à foutre que bosser. Il commence, c'est normal. Le turbin lui paraît exotique, dépaysant. Alors il abat deux fois le boulot d'un titulaire pour une indemnité qui lui permettra tout juste de pas crever de faim. Et poli avec ça. On a plus besoin de le licencier puisqu'il fait même pas partie du personnel. Coûte pas cher. Consomme pas de CE. Jeune, il y croit encore. Pas le choix, s'il était conscient des quarante années d'esclavage qui l'attendent, ce serait la corde. À vingt ans, il est des mensonges salvateurs.

Le stagiaire est la démonstration vivante que l'on peut travailler plus pour gagner moins. Les patrons adorent. Alors les titulaires se méfient de ce casseur de convention collective. Ses illusions fatiguent. On le méprise, plein du sentiment de supériorité de notre statut et étonné, presque flatté, que notre servitude forcée puisse faire envie. Quelqu'un qui accepte de trimer pour si peu, forcément c'est un peu suspect. Alors certains soupçonnent le stagiaire d'être un jaune, un félon envoyé par la direction pour espionner le service. Ou bien pire, un fils à papa promis à un destin impérial, juste là pour la forme, pour décorer son CV.

– Tiens, voilà les Jacob et Delafon du crédit

Tous les mardis matin, la réunion hebdomadaire de service avait lieu. Une véritable épreuve qui se tenait à l'étage de la Direction dans un univers où tout n'était que luxe, calme et volupté : moquette profonde, rideaux épais, lourdes portes en bois exotique, robinetterie helvétique, secrétaires baisables. Atmosphère tiède de ceux qui sont en haut et le font sentir.

Nous vous rappelons que la réunion commence à dix heures précises. Désormais, tout retard sera consigné dans le compte rendu et fera l'objet d'un rappel à l'ordre.

Les deux grandes choses molles et quinquagénaires, qui se targuaient de diriger le service d'une main de fer, avaient la jovialité de tænias au formol flottant en suspension dans un bocal de pharmacie. Jamais trop compris pourquoi ils étaient deux pour ce poste. Peut-être bien que tant de médiocrité, c'eut été trop pour un seul homme.

Après avoir joui de nos frileuses révérences, les duettistes se lancèrent dans de grandes explications pontifiantes sur la stratégie du groupe pour mieux souligner l'insuffisance de nos résultats et fustiger notre manque d'allant.

— Le service n'a manifestement pas compris les objectifs de rentabilité fixés par la nouvelle direction à l'occasion du projet « un challenge pour le vingt et unième siècle ».

Un silence à couper au couteau régnait lors de ces réunions du lundi. Abdel les appelait réunions Mikado :

— Le premier qui bouge est mort.

Les cloportes rentraient la tête dans les épaules se sentant tous visés par les accusations générales, et autres joyeusetés, lancées à la volée. Depuis l'arrivée des nouveaux boss — des charognes concentrées bien perfides — je me croyais revenu sur les bancs de la Communale quand l'instit cherchait une victime expiatoire pour la tourmenter au tableau, quand toute la classe traquée fixait sa table, se tassant obstinément sur sa chaise pour donner moins de prise à l'adversité en espérant lâchement que la foudre frapperait le voisin. Nous étions nus dans notre sale détresse, pleins d'une inquiétude scolaire, désarmés par cette fusion que nous n'avions ni voulue ni souhaitée

— Vous avez trois semaines. Vous entendez bien ? Trois semaines pour résorber les retards accumulés par votre service.

Ce matin-là, la foudre frappa le back-office. Au lâche soulagement de tous. Toutes remplies d'une ivresse méchante, les deux grosses larves jouissaient sur toute la surface de leurs sales gueules de leur pouvoir. Nous n'étions que des vulnérables.

Tous les regards étaient tournés vers Bernadette, une jeune femme à la tête d'écureuil. Avec sa voix douce, presque plaintive, elle dirigeait une poignée de clampins en charge du back. Ce service avait toujours été le parent pauvre du département. Les recrutements n'avaient été autorisés avec parcimonie que lorsque les retards eurent atteint un niveau alarmant. Les galériens qui y souquaient étaient payés au lance-pierre. Tous haïssaient ce travail et ne rêvaient que d'ailleurs.

Taper sur le back était lâche, car peu risqué. Bernadette était blême. Elle ne se défendait pas, prenant les coups de trique avec fatalité. Ce n'était pas étonnant, il s'était développé en elle, comme en chacun de nous, une espèce de résignation, de petite mort. On se surprenait chaque matin, sans s'en rendre vraiment compte, à se défendre un peu moins que la veille. Bernadette faisait ce que ses maigres moyens lui permettaient. Mais, elle avait beau faire de son mieux, la croissance des volumes, la complexité de certaines opérations la condamnait au retard et à la vindicte des deux mégathériums.

Résignée, la tête courbée, elle prit une avoinée comminatoire.

–Je vous ferai remarquer que dans le contexte de fusion, vous avez tout intérêt à résoudre les retards en cours. Je ne vous cacherai pas que des projets de transfert de l'activité back en Chine existent. Notre actionnaire hollandais vient d'ailleurs d'annoncer le transfert de ses activités back-office sur le site de Shenzhen.

Delafon esquissa un sourire sinistre qui lui remonta la moustache avant de lever la réunion, non sans nous rappeler, plein d'une prétentieuse médiocrité, qu'il nous voulait sujets d'élite, tout vibrants, tout rayonnants d'un enthousiasme insondable. Éperdue de dévotion, une assistante opina d'un battement de paupières plein de servilité.

Nous, devant cette immense roublardise, il existait mille

raisons de demeurer dans notre humeur maussade tout empreinte de cette méfiance, de ce formidable découragement qui s'était abattu sur nous. À part leur bêtise aux deux tænias, je ne voyais pas grand-chose d'insondable dans la médiocre routine de nos existences. Vivement vendredi.

Abdel me murmura en sortant :

– Tu as remarqué comme ils l'ont clouée au pilori ?

– Quoi ? Se faire engueuler, on est là pour ça non ?

– Ces punaises lui ont passé une branlée comme on tire un coup. Ça a commencé doucement et puis ils sont montés crescendo en alternant accélérations et phases plus lentes. Comme s'ils la fourraient. Des sadiques, je te dis. Jusqu'à l'extase finale.

– Tu dois avoir raison, j'y avais jamais pensé !

– Tu as vu leurs gueules tordues de joie mauvaise quand elle était au bord des larmes ?

– Que le chancre leur bouffe la bite !

Pour oublier ce désastre et me remettre un peu dans le bain des vacances, j'ai envoyé un mail à Gustin. Je m'en voulais ne pas avoir pris le mail de Toy, car c'était surtout à elle que j'avais envie d'écrire. Derrière la fenêtre, la pluie s'est arrêtée et l'ennui morne des journées de bureau a repris son cours.

3

J'avais oublié la Bérézina du lit conjugal. On perd vite l'habitude de dormir les bras vides, d'être un homme sans femme. Une sorte d'eunuque, d'*Untermenschen* à qui on dénie une dimension essentielle de son être.

Au fond, je sentais de la gêne à me retrouver là, couché auprès d'elle. La respiration de la femme étendue à mes côtés me paraissait absolument étrangère. Le mieux aurait été de faire chambre à part comme dans les romans pour bourgeois.

Oui mais voilà, dans notre trois-pièces au 25 cité de la Fouilleuse, nous n'avions pas de chambre à part.

De : Toy Toy234Thai_girl@hotmail.com

Chéri,

Merci pour l'or. Pourquoi tu achètes l'or ? Parce que tu m'aimes ? Alors pourquoi tu es parti faire le papillon ? J'aime pas papillon. J'ai beaucoup pleuré quand tu m'as quitté mais tu es revenu. Moi aussi je pense à toi. Je suis contente. Je touche le bracelet et je pense à toi.

Beaucoup de baisers.

À la maison, ma femme était encore plus distante qu'avant. Accueil tempéré, pour le moins. Quelques questions sur la météo en Angleterre. Je l'avais appelé trois ou quatre fois en lui disant que le cours se passait bien. Piètre menteur, j'évitais de parler de ce séjour.

Le dimanche suivant, mes parents, sur Paris, sont passés déjeuner. À la fin du repas, elle glissa une allusion ironique :

— Les cours d'anglais lui ont fait beaucoup de bien !

Je ne relevai pas mais mon visage s'était figé comme du ciment en plein soleil. Elle savait. J'ignorais comment mais elle savait. Mes parents ne pigeaient pas ce qui se passait mais ils étaient habitués à son côté querelleur. Ils en avaient plusieurs fois fait les frais et ma mère ne tenait de rester en bonne relation avec sa belle fille qu'à l'extrême douceur de son caractère.

Plus soupe au lait, mon père écrasait à cause de ses petits-enfants, les adorant trop pour prendre le risque d'une querelle. Ça n'empêchait. Certains de ses regards sombres semblaient me dire « t'as vraiment pas tiré le gros lot, fiston, si c'est pas malheureux de tomber sur une grognasse comme ça ».

Le dessert fut vite expédié. Mes parents partis, les enfants couchés pour la sieste du dimanche après-midi, l'orage a éclaté.

— Ne te fous pas de moi avec ton cours d'anglais !

— Qu'est-ce que tu veux dire ?

— Je t'ai appelé !

— Et alors ?

— Je sais reconnaître de l'anglais d'une jolie voix de Chinoise !

Le portable ! J'avais dû oublier de le déconnecter. Il avait suffi d'une fois, une seule. Ma femme avait été renvoyée sur la jolie voix féminine de l'opérateur thaï. Dans quelle mesure, n'avais-je pas commis inconsciemment cette erreur grossière ? Acte manqué pour clarifier la situation.

– Où tu étais ?

Une formidable envie de me déboutonner, de tout déballer m'est venue. Oui j'étais en Thaïlande parce que je ne supportais plus l'abstinence à laquelle elle m'avait condamné. Qui est le vrai responsable ? Celui qui vole de la nourriture ou l'affameur ? J'avais rencontré une fille, elle m'aimait et je l'aimais. Je souhaitais divorcer et la faire venir à Paris, je n'en pouvais plus de cette vie conjugale sordide ! Avant, je ne l'avais jamais trompée. Pas une seule fois. Je voulais qu'elle le sache. Cette fois-ci c'était sûr, on avait touché le fond.

Au mot divorce, elle avait blêmi. Incapable de se débrouiller seule pour la moindre chose pratique. Tout reposait sur moi, des courses à la voiture en passant par la gestion des maigres finances de la famille ou même la cuisine du dimanche. Elle s'occupait uniquement des enfants, c'était à la fois beaucoup et insuffisant. Mais surtout, elle ne pouvait vivre avec son seul salaire. Enfin elle aimait sincèrement nos enfants et savait ce qu'un divorce aurait signifié pour eux.

Je n'avais pas dit ça sérieusement, mais plutôt pour qu'elle prenne conscience de la gravité de la situation. Je n'avais pas commis une petite infidélité. Seul un profond désespoir m'avait poussé aussi loin. L'avantage avait donc changé de camp, je coupai alors court en lui demandant de réfléchir à ma proposition de divorce. Je sortis pour aller me promener. J'ai toujours haï les heures creuses du dimanche après-midi, elles respirent l'ennui et sentent déjà la semaine à venir. Celles-ci furent juste un peu plus tristes que d'habitude.

Depuis mon aveu, elle avait adopté un profil bas qui

n'était vraiment pas dans sa nature. Elle essayait d'être sympa et de faire celle qui voulait discuter. Touchante sollicitude. Au moins, m'épargnait-elle le douloureux visage du martyr conjugal. Ce revirement sous la pression m'écœura. C'était indigne de la voir s'agiter ainsi pour sauver ce qu'elle avait systématiquement saccagé. C'était trop tard.

Au fond, il y avait longtemps qu'on n'avait plus rien à se dire. Les enfants couchés, je restais le plus souvent vautré devant la télé. Assommé par ma journée de labeur, je peaufinais mon abrutissement avec des programmes stupides qui me faisaient oublier le poids du quotidien. Quand la culpabilité de me livrer à une activité aussi médiocre m'asphyxiait, je me couchais avec un bon livre.

Ma femme passait des heures à se prélasser dans son bain. Sa manière à elle de gommer la fatigue de la journée. Quand l'eau tiédissait, elle ouvrait le robinet d'eau chaude. Nous vivions à côté l'un de l'autre, échangeant le minimum d'information indispensable pour organiser la vie matérielle commune : les courses, les activités des enfants, les devoirs scolaires.

Ma tendre moitié avait réussi à faire le vide autour de moi. Un véritable trou noir. Les copains de jeunesse, les collègues de travail qui m'étaient sympathiques, je les avais invités au début pour des dîners ou des déjeuners mais les scènes qu'elle me faisait pendant ou après avaient fini par lasser nos invités et par me fatiguer.

Toutes les relations que je pouvais nouer étaient marquées d'un sceau d'infamie qui les condamnait à l'échec. J'avais perdu de vue mes anciens amis et renoncé à inviter des collègues à dîner, tant l'hostilité de ma femme à mes amitiés était définitive et sans appel. Paraît que c'est fréquent ! Désormais, ma vie sociale était réduite à la portion congrue.

Je ne décrochais même plus un téléphone qui ne sonnait plus que pour elle, laissant ses amies en prise directe avec le répondeur. Je maintenais un reliquat de vie sociale depuis le bureau profitant de la semaine pour voir d'anciens potes. Le soir ou le week-end, je vivais pour mes enfants, je me reposais ou bien je rêvassais en m'ennuyant, maudissant le jour où ma route avait croisé la sienne.

Dix-huit années de vie commune selon la formule consacrée. Elle avait toujours été querelleuse mais en vieillissant cette facette de son caractère s'était accentuée. Éclats moins supportables lorsque la passion avait tiédi. Je supportais mal ses longues bouderies. Je voulais arranger les choses. À chaque accrochage sérieux, j'étais le premier à tendre la main. Mais, la lassitude avait progressivement fait son œuvre, une grande fatigue s'était emparée de moi. À quoi bon ? Inéluctablement, d'autres disputes suivaient. Je ne trouvais plus les ressources pour repartir, pour y croire à nouveau.

Au début, j'ai cru naïvement que le temps polirait nos caractères, que l'on se ferait l'un à l'autre, qu'on s'engueulerait moins en se connaissant mieux. Mais il avait bien fallu se rendre à l'évidence, c'était exactement le contraire. La phase de lune de miel s'estompant, l'incompatibilité de nos caractères était apparue dans toute sa nudité. J'aurais dû couper court plus tôt mais le vague espoir d'une amélioration, l'habitude, la peur de la solitude et une certaine passivité m'avait fait reculer.

Puis nos enfants étaient nés. La fille puis le garçon à trois ans d'intervalle. Alors la question ne s'était plus posée. Le ciment, qu'auraient dû constituer les enfants, avait accéléré le processus de désintégration de notre couple. Comme si leur présence ne rendait plus nécessaire de cultiver le faire-semblant d'avant leur naissance. Ils devaient être l'assurance de la pérennité de notre union, en fait la paternité n'a fait que me mettre devant cette banale évidence, ce désastre douloureux : nous ne nous aimions plus.

J'avais repris le fil ténu des habitudes. Les jours se

succédaient. Comme avant. Je m'abandonnais à nouveau au rythme oscillant de ma vie de légume suburbain. Métro-boulot-dodo, une récurrence perpétuelle. Un rituel inexorable d'honnête salarié.

Chaque matin, à 7 heures 42 précises, je rejoignais la foule hébétée qui s'acheminait besogneusement au travail. Je côtoyais les mêmes voyageurs mal réveillés, les mêmes grosses banlieusardes essoufflées, les mêmes visages éteints par un labeur qui profitait à d'autres.

Des voyageurs somnolaient, trempés de sommeil, la gueule ouverte, essayant de glaner quelques instants de repos entre la nuit et le jour. Partout, ce n'était que les mêmes mines sombres. Faces grises et paupières blêmes. Viandes assoupies tirées à contrecœur d'un lit douillet pour être jetées dans un relent de métro vers une nouvelle journée de souci et de tracas. C'était donc cela la vie passionnante dont nous avions rêvé ? Comme en était-on arrivés là ?

Parfois, un SDF s'insinuait dans notre RER matinal, s'emmêlant dans une harangue maladroite. N'en finissant pas de nous déranger en s'excusant de le faire. Nous racontant, vaguement menaçants :

– Il n'y a pas si longtemps, Messieurs Dames. J'étais à votre place mais je préfère mendier que voler.

On sentait sa politesse excessive, contrainte, lourde de menaces voilées. Poli par intérêt parce que les pauvres ça doit être plein de respect, ça demande poliment l'aumône. Je sentais qu'il se retenait, qu'il rêvait de cracher à la gueule de tous ces cadres cravatés aux pattes coupées qui plongeaient dans leur journal dès que la voix éraillée s'élevait dans la rame... Et pour rester propre...

Chez certains de ces mendiants de l'aube, on pouvait déceler un éclair de haine dans leurs regards sombres quand, bredouilles, ils lâchaient un « merci quand même ! » lourd de reproches.

À huit heures trente et un précises, la rame me déposait, dans un bruit d'essieu métallique, sur le quai souterrain avant de disparaître avec un air tristement penché. Sur les affiches du sous-sol, des vertébrés supérieurs éternellement bronzés étalaient des corps superbes cimentés de jeunesse.

Que faire pour avoir des abdos en béton ? Comment faire craquer les nanas ? Les fantasmes des filles sur les mecs. Êtes-vous un « bon coup » ? Découvrez les zones érogènes de votre partenaire. Les plages les plus torrides de l'été.

Qui pouvait bien acheter ces revues sur papier glacé ? J'ai passé mon chemin. Dégoûté. Quelqu'un avait griffonné sur une affiche d'un trait rageur « Sois pas branque, braque ta banque ».

Sur la dalle, les entrailles fumantes de la gare de RER n'en finissaient pas de vomir une foule métisse, ahurie de sommeil. Je levais le premier regard de la journée vers les tours maléfiques.

La Défense, un quartier dévasté par un urbanisme inhumain qui consistait à empiler le maximum de monde sur le minimum de surface. De l'élevage en batterie de cadres aux yeux de poisson, ronds et froids, qui avait fait la fortune de promoteurs voraces. Une architecture monumentale, à vous donner la chair de poule. Elle incarnait la puissance occulte des entreprises et l'insignifiance des structures biologiques.

La Défense, un défi vertical lancé à la face de la vieille ville haussmannienne. Un défi qui annonçait un Monde nouveau. La Défense, en majesté, célébrait l'avènement des grandes entreprises. Un monde d'insectes qui commençait après les eaux marronnasses de la Seine. Ce fleuve urbain aux berges fuyantes, cet écoulement de grisaille liquide, qui charrie les innombrables sécrétions de la ville obèse. Les termitières gigantesques se dressaient comme des forteresses démoniaques célébrant un Nouveau Règne. Un quatrième Reich où les structures biologiques ne seront jugées qu'à l'aune du profit généré.

Vus du bureau présidentiel, grasse reine des termites cravatés, nous n'étions que des légions de cafards noirs. Colonnes matinales, abruties de servilité, cheminant sur le parvis pour rejoindre les monolithes sombres plantés au milieu de la plaine venteuse. Miradors dressés pour célébrer le nouvel esclavage.

Le grand hall de marbre noir, les batteries d'ascenseurs, les paliers solennels, un monde silencieux et feutré nous écrasait de sa puissance. Un univers où l'Homme était un odieux centre de coût toléré au sein de l'imposante termitière métallique uniquement parce que personne n'avait encore trouvé le moyen de remplacer complètement nos coûteuses carcasses.

4

Au bureau, le triomphe de la bêtise était incontestable et incontesté. On essayait bien d'en rire mais le cœur n'y était pas. Pas facile de distancier, quand on doit bouffer tous les jours et payer le loyer tous les mois. La tristesse plombait jusqu'aux caractères les plus joyeux.

Les plus positifs devenaient méconnaissables. Ils s'enfermaient dans une névrose obsessionnelle parlant sans arrêt des nouveaux patrons. Idéalisant le passé, ne croyant plus au lendemain, les gens paraissaient éteints. Malmenés, traqués sans merci, hagards, sans l'espoir d'en sortir, ils avaient perdu toute confiance en eux, toute audace. L'entreprise les avait étiquetés médiocres et ils l'étaient devenus.

Abdel m'affirma un soir avant de quitter le bureau :

– Tout ce que je souhaite, c'est que rien ne change.

– Mais c'est intenable.

– Merde ! T'es devenu aveugle ? Chaque annonce rend les choses pires. Crois-moi, garder ce que l'on a, c'est ce qui peut nous arriver de mieux !

J'étais obligé de constater qu'Abdel avait raison. Le mouvement était devenu synonyme de régression. Le flux du progrès s'était inversé. Comme la marée gigantesque qui avait porté l'Occident vers le haut, un mouvement tout aussi puissant nous entraînait vers le fond. Aujourd'hui pire qu'hier et meilleur que demain.

Comme dans un couple, on se raccrochait comme on pouvait à des chiures d'avenir. Mais fallait gagner sa croûte,

237

nous étions tous tiraillés entre nos sentiments négatifs et la nécessité de faire semblant, de faire le cadre motivé, le moine soldat comme ces cadres pressés à la gueule butée que l'on croisait dans notre hall marmoréen : menton en avant, front plissé, regard en pointe, mâchoire carnassière. Tristes cons, prêts à dévorer la Terre entière en commençant par les plus proches. Bouffer ou être bouffé. On n'en sortirait donc jamais.

Le fils de Marie était mort pour rien. Ce dilemme engendrait en chacun de nous une tension immense, une schizophrénie collective qui ébranlait les plus solides. Pour couronner le tout, chacun était persuadé que des traîtres étaient chargés de dénoncer les éléments tièdes à la nouvelle direction. Cette paranoïa collective acheva de pourrir l'ambiance.

Un jour à midi, JR m'a attrapé par la manche. Méconnaissable, le visage livide, ses lèvres articulaient mais je n'entendais rien dans le brouhaha de la cantine. Qu'avaient-ils donc tous à se dire ? Il n'arrivait plus rien dans nos tristes vies répétées en boucle. J'ai tiré JR à part. Sa voix tremblait. Il semblait mortifié.

– Des listes circulent, ils préparent un plan social, bégaya-t-il avec des yeux de chouette folle.

Il imaginait la rubrique nécrologique en devenir. Puissance occulte tranchant nos destins. La grosse veine de sa tempe avait pris une vilaine couleur violacée. Elle palpitait comme la paranoïa qui s'était glissée en nous, minant tout reliquat de bonne ambiance. Je remarquai également que depuis quelque temps, sa peau s'étoilait de boutons.

Abdel me confirma que JR devenait les mines de Golconde de son dermato. Il enchaînait acné, mycoses tenaces et début de conjonctive avec un talent qui lui aurait valu, dans d'autres circonstances, la une des revues médicales. Abdel plein de lucidité émit un diagnostic imparable.

– À mon avis, c'est psychosomatique.

La vérité c'est qu'au fond, chacun de nous se dégoûtait lui-même de cette perte de dignité, maudissant ses géniteurs de l'avoir fait naître salarié, injuriant le ciel de devoir, jour après jour, supporter cet esclavage dégradant. Au moins, quelques-uns retrouvaient en famille un havre de paix où se ressourcer, où reprendre des forces pour affronter une nouvelle journée. Comme moi, entre le bureau et la maison, JR était soumis à un régime sévère. Mais au moins, j'avais mes deux lutins. Et Pattaya.

Surtout ne pas craquer, ça n'aurait rien arrangé, bien au contraire. Bien sûr, quelques antidépresseurs auraient aidé mais je préférais garder l'arsenal pharmacologique comme un ultime recours. Si je passais maintenant aux petites pilules, la phase suivante, c'était le centre de repos ou la maison de fous. Après tout, il y avait des causes objectives à mon état mental, à mon passage à vide et supprimer les conséquences sans traiter les causes n'aurait pas servi à grand-chose.

Le soir venu, la foule exténuée s'écoulait sur la dalle. Saignées à blanc, les tours se vidaient de grises et tristes sécrétions.

Jeudi. Mon soir de corvée hebdomadaire dans mon hyper de banlieue. Une sainte horreur les courses alors je préfère m'en débarrasser une bonne fois pour toutes. Odeur de bouffe, écœurante, musique insipide, caddie à pousser entre les rayons. La vulgarité tragique de ces temples de la consommation me soulève le cœur.

Mais ce soir là, entre le rayon des sauces italiennes et celui de la bouffe kasher, elle m'est apparue comme la Vierge à Bernadette Soubirous. À me rendre la foi. À tomber à genoux. À en oublier la diarrhée musicale qui engluait la surface commerciale.

Miracle de la téléportation. Une frimousse dorée toute pareille à celles des petits tapins de Pattaya. J'ai d'abord cru à une de ces Chinoises du XIIIe arrondissement. Le genre miniature de porcelaine époque Ming. Mais non impossible. Cette peau couleur de miel, ces longs cheveux sensuels. Un morceau de pur soleil jeté en plein milieu des ZUP.

Mal à l'aise dans ce lieu blafard, elle essayait de déchiffrer l'étiquette des bouteilles de sauce au soja en fronçant le front. Elle avait un air soucieux qui la rendait encore plus charmante. Je contemplais ses prunelles fendues faisant mine de m'intéresser aux produits kasher juste à côté. Elle avait ce corps de liane, cette sensualité animale des filles de là-bas. Sûrement une fente fabuleuse, elle devait être Isaan et s'appeler Oy. Que faisait-elle ici ?

En tournant la tête, la fille a croisé mon regard. Elle m'a souri d'un air engageant. Sûrement ses réflexes de fille de bar. Alors j'ai compris qu'elle venait d'arriver. Avant un mois, elle apprendrait à faire la gueule comme les autres.

Soudain, une voix mâle l'a apostrophée dans un mauvais anglais.

– *Have you found what you're looking for, Nok ?*

Il vient de débouler et je le hais déjà. Une tête sévère d'informaticien bilieux, la cinquantaine grisonnante, l'air propre sur lui, des lunettes métalliques et une coupe en brosse. Caricature de cette génération égoïste de baby-boomers qui avait ruiné le pays. Elle s'appelait Nok. Cela voulait dire oiseau, et il avait mis le bel oiseau en cage pour en profiter à demeure en petit rentier de la jouissance.

Je le regarde faire. Il repose ce qu'elle avait choisi en rayon avec un air réprobateur sur le visage. Il va la saloper. Je suis un peu déçu. J'aurais tellement voulu l'aider à déchiffrer l'étiquette, sympathiser, lui demander d'où elle venait.

Combien de temps tiendra-t-elle en France ? Comme un zombie perdu dans un songe hypnotique, je les suis pendant un moment vers les rayons des pâtes. La fille a cet accent typique des Thaïes quand elles baragouinent en anglais.

J'admire le type d'avoir osé. Je pense à ces milliers d'épouses exportées. Bataillons de Thaïes, Cubaines, Brésiliennes ou Philippines. Chattes exotiques en solde au rayon produits frais tropicaux. La femelle de couleur est l'avenir de l'homme blanc. Épouser Toy, la ramener en France. Le début du rêve exogame ou plus sûrement du cauchemar.

Je les ai laissés vers le rayon des alcools. La fille me lance un regard morganatique pendant que Monsieur choisit son pur malt. Mon caddy est presque vide. La vie continue et il ne me reste plus beaucoup de temps avant la fermeture.

Un terrible cafard m'a englué. Petit à petit, je me suis replié à broyer du noir, en m'isolant de plus en plus avec une impression d'immense vacuité. J'avais le sentiment d'être au bout de tout ce qui pouvait m'arriver : une sorte de médiocre accomplissement en somme.

Frappé d'un alourdissement absolu de l'esprit, je dormais beaucoup, me couchant de plus en plus tôt. Malgré cela, j'étais toujours épuisé. Certaines nuits, je ne parvenais pas à fermer l'œil, ressassant des pensées noires jusqu'à ce que le jour filtre à travers les volets. Un matin, Abdel a fini par me faire remarquer :

– T'as l'air d'un véritable zombie au travail. Avec « le challenge pour le vingt et unième siècle », c'est pas recommandé de dormir debout.

Au bureau, les gens étaient plus mesquins, plus haineux. La haine est la colère des faibles. À force de malheur, on devient méchant, on en veut à la Terre entière, comptable de nos destins en solde.

Je croyais naïvement qu'en ne prenant pas de médicaments, j'étais pas vraiment malade. De plus en plus souvent, mes insomnies s'inversaient et un sommeil lourd, presque végétal, me terrassait dès le crépuscule. Je sombrais alors dans un anéantissement total. Pendant ces semaines où je glissais irrémédiablement vers le bas, j'essayais de me réfugier dans le mensonge analgésique de mes rêves.

Les songes les plus dangereux sont ceux que l'on s'obstine à poursuivre. Les miens avaient la couleur de là-bas. Poussée par une attirance maléfique, ma pensée était comme aimantée. Un tropisme de nourriture épicée, de chevelures lourdes. J'idéalisais, chaque jour un peu plus, les rencontres délicieuses de mes vacances. Très peu de présence, rien de tel en amour.

N'attendant plus rien du monde réel, je me suis réfugié dans un univers virtuel. Pour la première fois de ma vie, les rêves ne furent plus subis mais je me mis à essayer de les diriger, à vouloir en contrôler le contenu. Jusqu'alors, je les avais laissés envahir mon esprit, je les avais subis sans tenter de les infléchir, de les diriger vers un sujet plutôt qu'un autre.

Désormais, je me forçais à mettre en place chaque élément du décor jusqu'aux plus insignifiants. Certains détails qui avaient échappé à mon être conscient me revenaient à l'esprit. Je percevais pour la première fois un détail dans une devanture de magasins, dans un soi, un tatouage sur le corps d'une fille.

À chaque tentative, les odeurs étaient plus précises, plus entêtantes. Le contrôle que j'avais perdu sur une réalité dont j'avais été dépossédé, je l'exerçais dorénavant sur ma vie onirique et ceci avec la plus extrême rigueur, avec le souci absolu du détail le plus infime. Je mettais en place progressivement un monde virtuel, un Pattaya bis avec une précision et un soin dont je ne me serai jamais senti capable. Grâce à des influences secrètes, je raisonnais alors avec une netteté, une profondeur, une puissance qui me surprenait. Comment l'esprit si minuscule d'un homme peut-il comprendre un univers entier ?

Cette invasion onirique correspondait à un nouvel affaissement de mon quotidien, je me désagrégeais lentement. Ma pensée devenait intermittente. Dans ma vie réelle, je fonctionnais en pilote automatique, m'appuyant sur d'anciennes habitudes, assurant le quotidien sans m'y impliquer le moins du monde si ce n'est superficiellement.

L'illusion abusait la plupart de mes proches. Seule ma mère s'était rendu compte de mon détachement des réalités. On ne peut rien cacher à celle qui vous a fabriqué. Elle connaissait mon mode d'emploi. Me trouvait absent, taciturne. Elle me disait que je souffrais d'un épuisement nerveux. Je m'arrangeais pour écourter nos conversations téléphoniques avant qu'elles ne s'enlisent essayant de cacher une débâcle irréfutable.

Je réduisais mon existence sociale, déjà étique, au strict nécessaire. Et encore ce minimum m'était très éprouvant. Ma vie onirique avait connu une croissance diamétralement opposée comme si toute la sève vitale était détournée par le monde mental que je m'étais bâti. Le songe enveloppait mon être, emplissant chacun de mes temps libres. Un mardi soir, alors qu'il pleuvait des cordes, je me suis retrouvé à plusieurs stations de ma banlieue. Éblouissement passager ou marasme onirique, je n'avais pas réagi lorsque le train s'était arrêté dans ma gare. Je me sentais las, accablé, incapable de travailler ou même de lire. Comme si le monde s'était éteint.

Signe manifeste que la folie exfoliante affleurait, ma perception temporelle s'était profondément modifiée. Un temps étrange, à la fois fluide et vitreux. Un espace-temps distordu à l'infini où des instants me paraissaient des éternités mais où je pouvais rester l'esprit vide des heures entières à laisser les secondes s'égoutter en ne pensant à rien. Je remettais à plus tard le maximum de tâches.

Vers cette époque, ma mémoire a commencé à présenter des signes de porosité. Plusieurs messages téléphoniques laissés pour ma femme furent engloutis dans les abîmes de mon cerveau. J'étais en train de me servir un grand verre de Cognac quand Florence est entrée en trombe dans la cuisine :

– Colette a appelé hier soir et tu ne m'as pas laissé son message !

J'aurais juré ne jamais avoir parlé avec cette Colette dont le prénom ne me disait rien. Je pense que mon univers virtuel devait déjà à ce moment-là consommer une capacité mentale telle que le monde réel se réduisait au minimum vital. La réalité prenait une texture gluante, irréelle. J'aurais voulu pouvoir retrouver le sens commun, trouver normal ce qui ne l'était pas mais il n'y avait pas de retour possible. Ma femme a regardé la bouteille avec un air de dégoût :

– Et puis, arrête de boire. C'est la quatrième que tu achètes depuis le début du mois.

Je n'ai rien dit mais je m'en suis resservi un deuxième. Le lendemain matin, je me suis réveillé de mauvaise humeur. La langue pâteuse et la gorge sèche.

5

L'automne approchant, les jours de labeur s'égrappaient encore plus péniblement que d'habitude. Un désir impérieux de quitter l'Europe m'agitait un peu plus chaque jour. Mon monde, ma vie m'étaient apparus tels qu'en eux-mêmes : insignifiants. Les seuls éléments du monde réel qui m'importaient étaient les mails échangés avec Gustin ou Toy et les mimiques attendrissantes de mes enfants qui, avec leur instinct infaillible de petites bêtes, sentaient que j'étais en train de lâcher prise.

Depuis le bureau, j'appelais aussi, de temps en temps, Gustin. Il était toujours amoureux de la belle Lat. Nos conversations téléphoniques me permettaient de remettre à jour mon monde virtuel, de l'actualiser. Un jour, un seul, c'est Gustin qui m'a appelé, la voix comme endeuillée. J'ai cru qu'il était arrivé un malheur lorsqu'il m'a demandé de le rappeler d'une voix sépulcrale :

– Qu'est-ce qui se passe, Gustin ?

– Devine ce qui m'arrive ?

– Accouche !

– Je suppure de la bite, j'ai choppé la chtouille !

– T'as encore baisé une grosse dégueulasse.

– Je mets toujours des capotes.

– Un soir que t'étais caramélisé, t'as dû oublier. Te reste plus qu'à aller au Pattaya International Hospital. La chtouille, ils doivent connaître.

– Putain, j'ai aucune confiance. Y vont me charcuter !

– Ils vont juste te sonder et puis te filer des antibiotiques. Ça passera.

– Je ne peux même plus uriner. J'ai l'impression de pisser des lames de rasoir. Et puis j'ai les couilles en feu.

Gustin est resté dix jours sous traitement. Étonnamment, c'était sa première chtouille.

Avec Toy, nos échanges de mail restaient basiques. En général, nous faisions dans le *I miss you, I love you, I was very happy with you, I think always to you, I am jalous, Take care of yourself and say hello to your family.*

Comment lui avouer qu'elle dormait dans ma mémoire ? Que je ne rêvais que de replonger en elle pour toujours. Je savais que les traductions coûtaient cher et j'essayais de ne pas faire trop long, de rester simple et basique. Elle m'avait donné le numéro de téléphone de sa nouvelle résidence où elle partageait une chambre avec Nut et deux autres sisters.

Ce lundi-là le temps était encore plus triste que d'habitude. Un ciel toxique comme un lac de métaux lourds flottait au-dessus des termitières d'acier. Pensait-elle à moi comme je pensais à elle ? Elle avait changé de chambre, j'ai composé le numéro qu'elle m'avait envoyé. Une voix ensommeillée a répondu en thaï :

– *Hallo !*

– *I want talk to Toy.*

– *Toy go outside.*

– *Where is she ?*

– *Toy go long-time.*

– *She will be back tomorrow ?*

– *Not tomorrow, Toy go Phuket. Ten days, you call her.*

Le soir, je n'ai pas réussi à recréer son visage. Elle s'estompait.

À peu près à la même époque, j'ai pris l'habitude de me coucher avant mes enfants. Ma femme s'en est d'abord réjouie. Elle s'était longtemps plainte que je monopolisais le living avec ma télé allumée. En fait, elle aurait surtout voulu que j'écoute ses histoires mais il y avait longtemps que ce qu'elle avait à me dire ne m'intéressait plus. Passées les premières soirées, elle s'est vite inquiétée de ma fatigue chronique, de mon hébétude engourdie.

Je me couchais vers vingt et une heures. À l'heure où les femmes sont dans leur vaisselle pendant que leurs maris s'abîment dans les flatulences cérébrales du prime time. Cela ne m'était jamais arrivé. La tranquillité du soir permettait à mon véritable univers de prendre son essor. Sous ma couette, je ne dormais pas.

Assiégé par les souvenirs thaïs, mon cerveau connaissait au contraire l'activité la plus intense de la journée. Tous mes neurones travaillaient à charger le monde virtuel gigantesque que je m'étais construit. Méticuleuse, ma mémoire restituait des données que j'ignorais avoir jamais emmagasinées. Odeur particulière d'une ruelle, parfum d'une peau.

Chaque soir, je remarquais de nouveaux détails qui m'avaient échappé jusqu'alors. Ces séances de rêve éveillé duraient rarement plus de deux heures mais j'en sortais mentalement épuisé. Pourtant malgré les efforts considérables, et chaque jour plus importants, j'émergeais affaibli mais immensément heureux de ces instants de réalité transfigurée qui me transportaient à neuf milles kilomètres dans un Outre Monde où les filles étaient douces et accueillantes.

En général, épuisé par l'épreuve, je plongeais aussitôt après dans un coma profond. Ma capacité onirique entièrement consumée, dans ce curieux avant sommeil, je crois bien que je ne rêvais plus de tout le reste de la nuit.

Curieusement, dans ce théâtre nocturne, la composante sexuelle n'était pas dominante. Généralement, une fille était simplement à mes côtés. Ni tout à fait la même, ni tout à fait une autre. Nous allions à la plage, au restaurant, ou bien nous sortions danser. Je comprenais le thaï et elle me comprenait sans aucune difficulté. Nous avions des conversations d'une très grande profondeur sur le sens de la vie, sur Dieu et Bouddha, sur ce qui nous unissait, sur notre vision du monde.

De ces entités féminines qui m'avaient envoûté, Toy était la plus présente. Son souvenir aimé me possédait, son image rayonnante me hantait. Douloureuse comme une terrible obsession. La patine du temps embellissait les instants passés avec elle. Une existence entière à chercher la femme de ma vie mais cette fois, j'y étais. La quête prenait fin. Toy m'était destinée.

Nous avions décidé de louer une maison avec piscine à Jomtien. Toy avait arrêté de travailler dans son bar scandinave pour s'installer définitivement avec moi.

De temps à autre, nous repassions dans son beer bar pour prendre un verre. Après tout, c'est là que nous nous étions rencontrés. Elle bavardait avec les anciennes copines, tout heureuse d'en être sortie. Nous menions une vie calme pleine d'un bonheur tranquille.

Derrière la petite paysanne Isaan, j'avais découvert une personnalité extrêmement riche et intéressante. Loin des habituelles cruches du métier. Toy avait une grande générosité et une vision du monde empreinte d'une grande sagesse. Peut-être ce bouddhisme, dont l'Isaan était un des centres les plus actifs, en était-il la cause.

Une fois, Toy s'est absentée une semaine entière pour aller chercher sa fille Khan chez ses parents. Elle est revenue avec une ravissante petite fille de quatre ans. Elle se révélait en tout une mère et une épouse parfaite. Elle était très attentionnée, je n'avais jamais eu l'habitude d'être aussi choyé et je lui en étais profondément reconnaissant.

Toy était une excellente cuisinière, sa cuisine lao était

délicieuse et je lui disais souvent *aloy maak maak* pour la complimenter sur ses plats à la fraîcheur brûlante. Je m'étais aussi attaché à Khan qui commençait à m'appeler Papa.

Dans aucun de mes mails à Toy, je n'évoquais l'univers onirique, dans lequel je me réfugiais à l'aube de la nuit, autrement qu'en lui disant que je rêvais souvent à elle. Elle n'aurait pas compris ce que je voulais dire et m'aurait pris pour un fondu. Pas forcément à tort.

Mon état n'était finalement que le stade précédent la folie. Un monde virtuel bâtit en ultime rempart face aux difficultés de la vie, un barrage mental destiné à m'éviter de sombrer dans une irrémissible décomposition de l'âme. Et puis pour Toy, les Farangs étaient déjà d'étranges bipèdes à sang chaud. Pas la peine d'en rajouter.

Dans le monde réel, je me sentais incapable de la moindre pensée, incapable d'une seule résolution. Je me laissais juste porter par le flot des événements. Peut-être avais-je franchi un cap ! Le début de la vieillesse perçu dans l'image de mes enfants qui grandissaient, du corps de mon épouse moins désirable, du visage bouffi de ce chanteur, hier encore adolescent, sur le même écran de télé.

La quarantaine me guettait. La vieille salope cannibale. Mauvaise avec ça, une carnassière claquant des mandibules. Bientôt, vieux. Le bide en avant, la trogne fripée, les yeux creusés, la vue qui baisse. Le crâne s'éclaircit, encore quelques années, et je serai couronné d'un superbe cul de singe. Plus près de la fin que du début. Quarante berges, presque trop tard pour recommencer. Recommencer quoi au juste ? Le même chemin, les mêmes erreurs ? Le meilleur du chemin est derrière et j'ai la sale impression d'avoir fait fausse route. Non seulement moi, mais tout le monde qui m'entoure. L'étrange sentiment d'une gigantesque erreur. J'attendais qu'un metteur en scène surgisse de nulle part pour interrompre ce mauvais tournage. Jeter les rush, réécrire le scénario et tout recommencer. Mais le film continuait irrémédiablement. Pas de deuxième prise. Du Truman show. Du direct.

Alors devant cette erreur de casting, je me détachais du monde, les êtres avec lesquels j'avais vécu me devenaient étrangers. Je ne les comprenais plus. Leurs joies, leurs peines, tout ce qu'ils faisaient me paraissait dénué de sens. J'avais le sentiment d'être au-delà de cette vie insolite. J'aurais voulu me libérer, me réveiller mais ma volonté n'avait plus de pouvoir sur moi. J'étais pris dans une chute vertigineuse où la peur de la mort se mêlait à une ivresse voluptueuse. Je ne pouvais plus reculer, revenir en arrière. J'avais tiré un trait sur mon passé. Je n'attendais plus que l'oubli de la chute avec au bout le dénouement tant attendu. Si redoutable, si apaisant.

Entre les interstices de ce rêve éveillé où mes pensées s'égouttaient, il me venait par moment, d'étonnants sursauts de lucidité. Je réalisais que tout cela c'était du bourre mou. J'étais un sale jouisseur, une queue, une paire de glandes. Je faisais le romantique, j'habillais mes escapades putassières d'absolu, d'amour éternel, je ne voulais pas voir la vérité en face. Toy n'était qu'une morue et moi un micheton. Le reste, c'était du chiqué.

Des trucs me revenaient. Elle m'avait demandé si toutes les blanches aimaient se faire prendre par deux hommes à la fois. Elle avait dû en voir de ces DVD porno que les clients faisaient visionner aux filles pour les exciter. Toy, romantique ? Une maquerelle, je vous dis ! Alors, j'enrageais, je la haïssais en l'imaginant se tordre sous la queue d'un retraité de la Poste norvégienne.

Dans ces rares instants de lucidité, j'essayais d'échapper à ma dangereuse léthargie, de me désintoxiquer des promiscuités érotiques de Pattaya. Bref de m'intéresser à ce qui se passait dans le monde ! Au fond, j'aurais voulu être conforme, comme les autres. Me passionner pour mon boulot. M'enthousiasmer pour les exploits de Zidane, pour la finale de l'open de tennis de Roland-Garros, le Salon de l'Auto ou les marchés aux puces. Acheter le pavillon Kaufman & Broad avec les fenêtres mansardées, le monospace ou la bohème, la fermette normande pour le ouiquende.

Toutes ces preuves indiscutables que l'on a réussi dans la vie. Retenir six mois à l'avance les vacances à Méribel, partir l'été à la plage. Être comme les autres... Comme les autres... Seulement voilà, dans ma tête c'est le foutoir. Tout m'emmerde, profondément, irrémédiablement. Je sollicite votre généreuse absolution. C'est pas un jugement de valeur. Juste un constat.

J'aurais voulu communier avec les autres. Comme pour le football par exemple. Ça avait l'air sympathique le football. Une sorte de grande communion populaire autour d'une équipe, d'un drapeau. En supportant une équipe, on se sentait clairement faire partie d'un groupe, appartenir à une communauté. J'ai essayé de regarder des matches et de tenir jusqu'à la fin de la deuxième mi-temps.

Je ne voyais que vingt-deux vertébrés supérieurs qui s'ébattaient comme de jeunes chiens courant après la balle. Et pourtant, je pouvais observer dans les tribunes populaires une véritable fascination, une réelle ferveur. J'appris que les jeunes gens, qui couraient après ce ballon, touchaient des rémunérations plusieurs fois supérieures au salaire d'un grand chirurgien ou d'un chercheur scientifique renommé.

Tout cela était chez moi la source d'une profonde perplexité. Décidément, je ne comprenais plus le monde où je vivais. Mauvaise nature. Sûrement un gène qui foire.

C'était un mardi soir. Vautré mollement sur le canapé, la télécommande à la main, je surfais devant la lucarne blafarde pour essayer de retomber dans mon abyssale médiocrité télévisuelle, de renouer avec ma vieille accoutumance.

Rien n'avait changé. Seul le beau s'altère, s'abîme. Le

moche, c'est du béton, de l'inaltérable, du définitif.

Sur un plateau coloré et sympa, entouré d'une horde de parvenus, un couturier célèbre, baptisé par la presse artiste le plus doué de sa génération, affirmait, miracle de la métempsychose, être la réincarnation d'une pute de la Haute-Égypte. Merde, un tunnel de pub au moment où il allait aborder ses rapports intimes avec Ramsès II. Je reste sur la deux ou je zappe sur la trois ?

Je déboule dans une émission politique de France 2 où un politicien véreux en appelle aux mânes du Général de Gaulle et agite sa tête de fouine tout empreinte de gravité :

– Je veux réaffirmer ma confiance inébranlable en la justice de mon pays !

Cela semble être une tradition nationale, un rituel sacré avant l'inculpation d'un ripoux. Un peu comme le Souverain Pontife lance un appel à la paix avant le déclenchement des guerres.

Ça s'agite sur les plateaux télévisés. La production fait dans le talk-show. Pas cher à produire et fédérateur le talk-show. La version télévisuelle de la discussion du café du commerce. Tellement simple et évident que l'on se demande comment ils n'y avaient pas pensé plus tôt.

Impeccablement nimbé de lumière, un intellectuel crapoteux dont le brushing grisonnant ondule sous les sunlights élève un éloge vibrant, et enthousiaste, à un pignouf dont personne n'a plus rien à foutre mais au sujet duquel il vient de commettre un livre.

Sur une autre fréquence, une vieille actrice ravalée, autoproclamée, selon l'émission, et indistinctement, « Ambassadrice de l'Elégance Française » ou « Reine de la nuit », se pavane sans vergogne dans un journal télévisé. Elle est tout émoustillée d'être là. Pas encore lyophilisée puisqu'on l'invite encore pour des interviews compassées. Alors la vieille morue pérore, nous imposant le chevrotement précomateux de sa pensée sénile. Jeune, elle avait déjà rien à dire. L'âge n'a manifestement rien arrangé.

Après deux heures de ce régime, une douleur insoutenable me vrillait les neurones. Je naviguais entre jeunes désespoirs de la chanson française et journalistes perdus en conjectures. Je croisais dans un océan de médiocrité numérique, de j'aime-beaucoup-ce-que-vous-faites. Une mascarade sans fin d'acteurs en promo, un chœur de pleureuses où les bouffons du Chobize nous abreuvaient de leur légitime indignation. De grands connards dégoulinants de mièvrerie s'élevaient avec une vigueur extrême, et indistincte, contre le SIDA, la faim dans le monde, la malbouffe, l'effet de serre ou la mort « injuste » de Laididi.

Les nouveaux bigots de l'humanitaire envahissaient les écrans nous garantissant des épanchements lacrymaux bien poisseux entre les tunnels de pub. De compétentes autorités s'établissaient en un clergé cathodique qu'il eut été imprudent de démentir. L'écran blafard n'en pouvait plus de suinter un mélange nauséeux. À gerber.

Grâce au Net et à la télé, le prêt-à-penser pouvait enfin irriguer l'univers à la vitesse de la lumière. Miracle de la fibre optique et du haut débit, plus personne n'était à l'abri.

Tant de virtuosité technique au service d'une telle crasse mentale, d'une pensée aussi indigente donnait le vertige. Rahan celui qui marche debout, le fils de Crao, aux commandes d'un vaisseau intergalactique. Je sortis de cette épreuve, exténué. Exténué mais rassuré. Je pouvais glisser vers l'autisme irrémédiablement et sans regret.

Sic transit gloria mundi.

6

Combien ont appris leur inéluctable condamnation à mort entre ces murs jaunes pisseux ?

Boulevard Saint-Jacques, au numéro 25.

Une infirmière à la bouche niaise m'a donné un numéro. J'étais là à attendre en me tordant les mains. C'est peu probable. J'avais pris des précautions. Oui mais voilà...

– Les fellations sans capote. Quel est le risque ?

– Faible mais pas nul, répondit le médecin.

Pas nul, tout était là. Qu'est-ce que ça voulait dire pas nul ? La probabilité de me faire renverser par un bus en traversant le Boulevard Saint-Jacques en sortant du Centre Alfred Fournier existe mais je prends le risque.

– Quel est le pourcentage de transmission ?

– On ne le connaît pas précisément.

Vingt siècles de médecine pour en arriver là. 2 %, je passe mon tour, 2 pour un million, je tente le coup. C'est ma question, la seule. Mais personne ne peut me répondre.

Autour de moi, les autres aussi ont l'air inquiets. Un gros brun aux traits de boxeur. Une beurette en jean graisseux, vingt-cinq ans et les yeux déjà cernés. Un cadre cravaté tripatouillant son Palm-pilot — preuve indiscutable de sa réussite professionnelle.

Et puis surtout une jeune étudiante frêle aux yeux fiévreux. Le port noble, le front large et bombé, le teint diaphane comme les princesses de mon enfance. Je ne pouvais m'empêcher de fixer le visage sérieux au regard triste qui me faisait face, je fus soudain terrassé par la honte en imaginant les pires turpitudes derrière son front soucieux.

Le Centre de dépistage anonyme, j'ai connu mieux dans le genre grande rigolade. Chronique d'une mort annoncée. Certaines de ces créatures blafardes, marinant dans leur inquiétude, doivent savoir qu'avec toutes leurs conneries, à baiser sans capote, elles sont sûrement plombées. Une forme de suicide lent. Lent et douloureux.

– Numéro 45 !

Je me suis levé, angoissé. Mon attachement à la vie me surprenait. C'est sûrement cela que l'on appelait l'instinct de conservation. Au fond, je crois que l'on s'obstine à survivre moins par désir de la vie que par peur de la mort et de la souffrance qui vient juste avant. On reste par lâcheté. J'ai donné mon papier avec le code-barre.

– Vous avez trente-huit ans, hétérosexuel ?

– Oui c'est exact !

– Négatif pour l'hépatite C et le HIV.

Imaginez le médecin lorsqu'il doit prononcer le mot positif et que l'autre, en face, se décompose en apprenant que sa vie bascule. Pétrifié, le regard chaviré de désespoir. Un putain de boulot, sûrement beaucoup moins bien payé que footballeur.

Ce jour-là, boulevard Saint-Jacques, il faisait beau.

J'aurais presque trouvé la vie magnifique dans la rue.

Au travail, chaque jour la nasse se resserrait un peu plus. Un lundi des consultants ont pris rendez-vous avec moi. Ils étaient deux : un chauve replet et un petit cul. Le premier, un pingouin imbu aux gros yeux ronds, obséquieux à force d'onctuosité, a avancé vers moi ses phalanges grassouillettes et moites avec des gestes d'évêque. Il avait des doigts boudinés avec des ongles bien taillés au raz. Des mains de juge ecclésiastique qui n'avaient jamais vraiment travaillé, avec ces ongles d'une blancheur laiteuse, presque suspecte.

L'homme utilisait un langage oblique et glissant, s'adressant à moi avec cette condescendance, cette mine compassée que les prélats réservent aux condamnés à mort et aux débiles mentaux. Enfin à tous ceux qui ne sont déjà plus de ce monde.

La bouche en croupion de volaille, la figure molle, le pingouin prit un air doucereux :

— Laissez-moi vous expliquer le mandat, la MISSION que vos supérieurs m'ont confié.

— Si vous devez établir un diagnostic, c'est que l'on estime qu'il y a pathologie. Dites-moi si je me trompe.

Une présomption de maladie de mauvais augure. Je décelais de sombres intentions. Il apparaissait clairement que l'on essayait de prouver mon incompétence, voire pire, mon inutilité. Il prit un ton dégagé :

— Maladie n'est pas le terme adéquat. Nous sommes là pour faire un audit de l'existant.

Il m'appelait l'« existant ». Son rôle était de voir à quoi je servais vraiment. Ce type faisait un audit de l'existant, il était venu m'ausculter. Je craignais que cet existentialiste ne fût pas un humaniste.

Il me venait comme une envie de massacre collectif, de rétablissement de la peine de mort, de tirer sans sommation, de leur révéler qu'après s'être tué à la tâche des années durant, l'« existant » était devenu de plus en plus « inexistant ».

Le jeune pisse-froid, à la calvitie précoce, qui l'accompagnait n'avait rien dit. Son masque livide, exsangue, de Pierrot sinistre exaltait la joie de vivre. Il appartenait à cette catégorie de l'humanité qui avance le menton relevé comme pour respirer un air plus pur que le commun des mortels.

J'observais le jeune jean-foutre du coin de l'œil. Le crâne endeuillé par plaques improbables de mèches grasses. Un pervers au regard fixe, embusqué derrière ses lunettes métalliques à fine monture. Un reptile excité par les hallalis.

Au moins, un qui n'avait pas choisi sa carrière par hasard. Ce taiseux jouissait de sa capacité de nuisance. Il s'en délectait, tout émoustillé de détenir un pouvoir aussi exorbitant, deux ans seulement après sa sortie d'école. Il faisait penser à ces chats vicieux, économes de leurs efforts, qui n'étendent la patte que pour frapper une proie qui s'est égarée à leur portée. Il devait s'éclater en rédigeant ses petits rapports venimeux en format A4, suintant de violence contenue.

Assassin en cravate Hermès et chemise rayée. Tueur en série grassement payé pour disloquer des vies.

J'ai filé chez Abdel pour répandre la bonne nouvelle. Abdel a compati :

– Ils auraient pu te prévenir les deux faces de croupions. Faut que t'en parles au délégué syndical.

– Cela ne sert à rien. Ils ont le droit d'auditer qui ils veulent. En tout cas, on dirait que ma cote baisse en bourse.

– Pourvu que tu n'ailles pas jusqu'au retrait de la cote.

7

Ce jour-là à midi, nous avions décidé de déjeuner dans un restau thaï avec Arnaud et David, un ancien de l'UBF. Quand la hiérarchie l'a envoyé en urgence boucher un trou dans les effectifs de l'UBF Francfort, David a cru son heure de gloire arrivée. Résonnées trompettes pour célébrer le triomphe antique de ce fils prodigue. L'expatriation, le rêve de tout les cadres. Colliers de fleurs qui enivrent, filles à la peau sucrée, salaires mirifiques et résidence avec jardin tropical. Encore que Francfort....

Il a bien fait d'en profiter, ça n'a pas duré. David a rapidement déchanté lorsque le retour sur Paris s'est profilé. Rapatrié sanitaire comme on disait, dans un placard, taille XXL, qui accueillait tous ceux que la banque voulait pousser à la démission. Un service surnommé, avec la poésie des financiers, la « fosse commune ».

– Flingué pour flingué, je vais les attaquer aux prud'hommes.

Son baveux était confiant. David espérait avoir assez avec son indemnité de licenciement et son allocation chômage.

– Deux ou trois ans, c'est le temps qu'il me faut pour monter un site Internet dédié aux seniors.

– Un site pour les vieux ? T'as des associés ?

– Des potes de mon école d'ingénieurs. Mais ne dis pas vieux !

Il m'expliqua avec un air de légère réprobation qu'il ne fallait pas dire vieux mais senior sinon c'était pas correct, un manque de respect. Je compris qu'un senior, c'était un vieux qui se croyait jeune et qui avait de l'oseille. Un peu comme le bobo, mais en plus liquide. Toujours ce souci de l'emballage.

— Les seniors sont pétés de thunes et ont rien à foutre de la journée. Alors plutôt que s'emmerder ferme en jouant au bingo ou à la belote au club du troisième âge, plutôt que se comprimer les hémorroïdes en visitant l'île d'Oléron en bus, ils préféreront sûrement surfer sur le net.

Une moue dubitative m'avait échappé, j'étais loin d'être persuadé. L'euro arrivait et mes vieux n'étaient pas encore passés au nouveau franc alors le web ! Je les voyais mal surfer sur le Net. Internet évoquait plus pour ma mère le nom d'un pressing que le World Wide Web mais bon ! David, lui, il se voyait déjà milliardaire avec stock options, introduction en bourse, rachat par un grand groupe et tout le toutim. Dans un sens, c'était tentant tout ce fric à portée de mains, sans trop rien faire.

Il lui manquait un nom accrocheur pour son site. Une marque qui frappe les imaginations.

— Qu'est-ce que tu penses de grabataire.com ?

Son visage s'est rembruni :

— Tu deviens vraiment con.

Les nuits blanches consacrées à son site avaient entamé son sens de l'humour. Mais je le comprenais, nous avions tous besoin de croire un minimum à l'utilité de ce que nous faisions. Après tout, nous étions, avec Arnaud, dans un des meilleurs restaurants thaïs de la capitale. David a commandé une bouteille de Bordeaux.

Arnaud et moi évoquions la Thaïlande sur le ton de la nostalgie. Nous avions le mal du pays. Tout nous semblait plus magique, plus beau, plus fort là bas. Notre vie européenne en clair-obscur paraissait, par contraste, médiocre. Arnaud nous avoua avoir envoyé deux chaînettes en or à Pan et à Wi. David l'écoutait avec un sourire amusé :

—Vous parlez mer, parfums capiteux, plages immaculées, cuisine parfumée. Vous êtes quand même de sacrés fumiers. La seule chose qui vous manque vraiment, c'est le cul des tapins.

—Bingo David ! Bien sûr qu'il me manque. Aussi loin que je me souvienne, avant même que je sache que les putes existaient, il m'a toujours manqué. À huit ans, je matais déjà sous les jupes de la meilleure amie de maman.

—Déjà porté sur la chose ?

—Cette béance rose, cette anfractuosité humide, scandaleuse qu'elles camouflent au fond de leurs culottes, c'est mon Saint Graal à moi. Le seul dont je ne me sois jamais lassé.

La serveuse nous a apporté la carte. Elle parlait avec un accent pointu de Parisienne. Son piercing dans les lèvres lui donnait un style grunge qui détonnait avec le genre plutôt classique de l'établissement. David murmura alors qu'elle était en train de s'éloigner :

—J'ai du mal à vous comprendre. Je ne pourrais pas payer pour baiser.

—Mais on casque en permanence, David. Appelle cela passe, invitation à dîner, sortie en boîte ou cadeau d'anniversaire. On ne fait que ça depuis le jour où un type vêtu de peaux d'auroch a ramené un chevreuil mort à une femelle en espérant que le ventre plein, la femme de Néandertal serait plus compréhensive.

—C'est quand même pas pareil !

—Au fond, l'homme ne vit que pour le cul. Le pouvoir, l'argent, la carrière après lesquels nous courrons tous, c'est qu'un moyen pour être un mâle dominant et avoir accès aux jeunes femelles.

Arnaud, silencieux, observait la serveuse avec un air

absent. Ses traits, son petit nez épaté, ses yeux en amande qui brillaient comme des escarboucles me rappelaient d'autres visages qui, quelque part vers l'Orient, venaient d'entrer dans la sarabande d'une nouvelle nuit. Nos regards se sont croisés. Il a souri. David avait l'air échauffé.

– On peut quand même pas se comparer aux primates.

– Relis la classification des espèces ! Ou plutôt, va dans les clubs branchés, et tu verras de vieux producteurs à gourmettes en or emballer des top models suédois. C'était déjà dans les contes de fées, le Prince se saute la bergère, jamais le berger la Princesse.

– ... Et laisse le berger se consoler avec la chèvre, ajouta Arnaud, rigolard,

– Si c'est pas de la prostitution, ça y ressemble vachement.

– Elles peuvent leur trouver du charme.

– Attention, tu commences à parler comme les retraités de Pattaya. C'est marrant comme ceux qui sont dégoûtés par un routier à la retraite qui se saute une Thaïlandaise de vingt piges estiment normal de voir un vieux beau organiser des partouzes dans sa villa de Saint-Tropez.

La jolie Thaïe est venue prendre les commandes. Nous avons choisi tout un assortiment d'entrées : poulet cuit dans des feuilles de bananiers, crevettes au curry et des riz frits agrémentés de crevettes royales. Je me suis tourné vers David.

– Ce qui dérange le plus les mâles dominants avec le tourisme sexuel, c'est que les dominés fassent la même chose qu'eux.

– À t'écouter, on dirait presque que c'est révolutionnaire de baiser des putes en Asie. La subversion en fourrant à Pattaya. Tu vas créer des vocations.

– Si l'accès aux femelles est, comme je le pense, le véritable moteur de toute ambition, la vraie mesure de la réussite sociale, le tourisme sexuel remet tout en cause. Pourquoi se casser le cul à gravir l'échelle sociale si même les réprouvés, les mal-payés peuvent s'en payer une bonne tranche ?

Les plats ont envahi notre table. Une marée sublime, exquise. Ma madeleine à moi. Les parfums subtils, les saveurs délicates, la succulence des odeurs flattaient le palais et l'odorat. Des plats juste équilibrés entre le doux et l'acide, un jeu harmonieux de contrastes où chaque goût sortait renforcé par la présence d'une autre saveur en arrière-plan. Je me suis tourné vers David.

– Le ventre des femmes a toujours été pour moi une curiosité d'enfant jamais assouvie, une terra incognita que je ne finis pas d'explorer sans jamais en venir à bout. Le reste c'est de la daube. Nous sommes l'un des rares mammifères dont la femelle est féconde tout au long de l'année. C'est bien le signe que l'Homme est né pour baiser.

– Tu ramènes tout à la biologie, mais pourquoi aller en Asie ?

– Pourquoi n'aurions-nous que les inconvénients de la mondialisation ? L'ouvrier français est en concurrence avec ces salauds de chinetoque. Les informaticiens français sont en train de se faire bouffer par les Indiens de Bangalore. Si les culs thaïs sont plus jolis et moins chers, pourquoi rester le seul à consommer national en se farcissant le cul de la vieille ?

– Et la vieille, qu'est-ce qu'elle devient ?

– Elle fait pareil, et puis qui se soucie du sort de l'ouvrier français qui s'est fait piquer son job. Darwin s'intéresse aux gagnants, pas aux losers.

David a haussé les épaules pendant qu'Arnaud grimaçait de bonheur. C'était une explosion de saveurs en dégradé qui, à chaque bouchée, s'épanouissaient à tour de rôle dans la bouche, chacune venant effacer la précédente dans une dynamique subtile. Pour atteindre un tel degré de perfection, cet art culinaire avait dû nécessiter des siècles de perfectionnement dans les cuisines du Roi de Siam. Même la cuisine française faisait pâle figure face à une telle débauche créative.

C'était vendredi et j'avais décidé de me laisser un peu aller, de pas moisir tard au bureau. J'ai commandé une deuxième bouteille de Médoc. Histoire aussi de donner du matériel aux auditeurs de l'existant qui bourdonnaient dans mes parages depuis deux semaines à la recherche du corps du délit.

Le Bordeaux avait sorti Arnaud de sa méchante humeur. C'est encore sa petite prof de banlieue qui le mettait dans cet état. Il subissait une pression maximum pour convoler. En plus, Nathalie enseignait désormais le français dans une Zone d'Éducation Prioritaire où la langue dominante était un dialecte de banlieue à base de verlan, d'arabe et d'anglais issu du rap new-yorkais.

Au CES Pablo Neruda, le français aurait dû être classé en langue étrangère. L'influence du catholicisme dans l'œuvre de Paul Claudel, les petits caïds de la Citée Fleurie qui enserrait le CES n'en avaient rien à battre. La cour de récréation, c'était la Cour des Miracles en plein jour et les lascars faisaient la loi jusqu'en plein cours de mathématiques.

Des gosses de onze ans débarquaient du primaire dans une jungle où même des adultes avaient du mal à survivre. Forcément, le jour de la rentrée, les petits sixièmes passaient un sale quart d'heure à la récré. C'était à gerber d'irresponsabilité criminelle. Beaucoup de sixièmes demandaient à sortir avant la fin des cours pour ne pas se faire racketter devant le bahut.

À Pablo Neruda, la prérentrée des profs était moins pédagogique que sécuritaire. Ne jamais tourner le dos à la classe, marcher en crabe, laisser la porte entrouverte pour appeler à l'aide en cas de problème. Et puis, surtout,

surtout, ne jamais se garer sur le parking situé entre le CES et les entrepôts de la ZAC.

Le parking Schubert… Un nid à caillera où la grosse prof de musique s'était fait traiter de « truie de Schubert ». Toutes les rues du quartier qui avait englouti les milliards des plans successifs de rénovation urbaine portaient le nom de musiciens classiques. C'est consensuel le musicien classique mais ça rend pas les clapiers à bougnoules plus harmonieux pour autant.

Schubert était la piste de rodéo favorite des « jeunes » de la Cité Fleurie. Même en plein jour, les caisses se faisaient tirer par des bandes de voyous en mal de sensation. Pas de bol, Nathalie, elle l'avait loupée la prérentrée à cause d'un problème de mailing au niveau du rectorat. Elle avait eu du mal à reconnaître son AX lorsque les flics avaient emmené cette fille à la mine d'enfant éberlué près du canal contempler une carcasse calcinée. Arnaud nous précisa entre deux bouchées épicées :

– Au moins, on peut difficilement mettre ça sur des vexations subies par les élèves puisque c'était son premier jour à Nathalie.

C'est sûr, dans un sens c'était déjà une satisfaction. Le reste avait été pire : insultes des élèves, crachats en cours, menaces des grands frères venus rétablir une justice bafouée, inscriptions salaces au tableau, élèves se branlant en cours.

Il y avait bien une majorité silencieuse qui voulait travailler et apprendre. Ceux-là savaient au fond que c'était leur seule chance, même faible, de s'en sortir mais la peur d'être traité de bouffons, la terreur que faisait régner une minorité de voyous avait eu raison de leur volonté.

Nathalie découvrait, effarée, que le « jeune » — traduisez délinquant en bon français — bénéficiait sous nos latitudes tempérées d'une dévotion frileuse qui confinait à la soumission béate. Le proviseur, un pleutre qui se terrait lâchement dans son bureau en attendant la retraite, accusait les profs de ne plus avoir d'autorité.

– De mon temps, excusez-moi mais les enseignants savaient se faire respecter.

De son temps, au gros con, il était rare qu'un gosse de treize ans plonge pour viol aggravé en réunion dans les toilettes du bahut. Le monde avait changé, les cons étaient toujours là. Au premier rang.

Forcément, toute cette tension, c'est sur Arnaud que Nathalie l'évacuait. Sur qui d'autre ? Sa famille vivait en province, elle n'avait pas de chien. Arnaud en avait sa claque, il voulait rompre. Oui mais voilà, nous avoua-t-il en deux bouchées de crevettes :

– Vu le délabrement de la petite à peine un mois après la rentrée, c'est pas le moment.

Il craignait qu'elle ne fasse une connerie. En fait, c'est jamais le moment. Piégé. Fait comme un rat. Quoi qu'il fasse, ça aurait tourné au désastre. Une séparation n'aurait fait qu'ajouter au marasme de Nathalie.

– Hier matin, à la seule pensée de devoir rejoindre son collège, elle a été prise d'une crise de sanglots.

– Pourquoi elle se fait pas mettre en arrêt-maladie ? Il paraît qu'il y a des tas de profs arrêtés parce qu'ils ne peuvent plus supporter le face à face pédagogique, suggéra David.

Nathalie était toute pleine d'une terreur confuse qui la laissait profondément désemparée.

David tirait de temps en temps sa crampe. Sa spécialité, c'était les restes des potes, les bêtes blessées, bonnes pour l'équarrissage. Il repêchait les copines larguées. Un as du recyclage. Un ferrailleur des cœurs brisés. Au début, il consolait, faisait l'ami fidèle, indigné par l'odieuse attitude de celui qui avait osé se débarrasser d'une telle perle et puis, il plaçait son estocade.

Souvent, ça marchait, surtout au début quand la fille était affaiblie. Mais ces relations bâties sur un malentendu étaient passagères. Dès que la fille reprenait ses esprits, elle s'apercevait vite qu'elle s'était fourvoyée dans un moment de faiblesse. En vieillissant, les potes de David se casaient tous et le cheptel des copines en perdition devenait étique. Désormais, David faisait souvent ceinture.

Je le soupçonnais de guetter la débâcle de Nathalie mais cela puait trop l'emmerdeuse grand format. Alors David devait plus ses yeux rougis à ses soirées passées à développer son site pour vieux surfeurs qu'aux nuits de folie passées à fourrer des minettes.

Notre petite table en terrasse était finalement à l'image de notre monde occidental : une aisance matérielle toute relative mais une immense détresse morale et affective. Nous avons sauté la case dessert — le grand point faible des cuisines asiatiques — pour terminer sur des expressos en évoquant le week-end.

Le soleil qui éclairait maintenant l'avenue de Taillebourg n'apportait qu'une maigre chaleur. L'automne approchait. Bientôt, le vent mauvais obligerait le thaï à fermer sa terrasse. J'avais vécu les vingt premières années de ma vie dans le fond glacé de sombres vallées alpines à endurer des hivers atroces et je supportais de plus en plus mal la venue des mauvais jours.

– C'est comme si j'avais, en vingt ans, épuisé la capacité d'une vie entière à supporter les rigueurs de la saison froide.

Encore un signe que tu as été truandé par le destin, victime d'une navrante méprise. Les cigognes se sont plantées de cheminée. Sûrement bourrées, ce jour-là, rigola David.

Il avait raison. J'étais pas destiné à cette vie-là. Fils des neiges par erreur. Une sale bavure pendant la livraison. Fallait faire avec. Ou en tout cas essayer. La blondeur automnale de l'avenue, le vent qui faisait bruisser la cime des arbres, les feuilles mortes. La nature se repliait annonçant les jours mauvais. Arnaud ferma les yeux en murmurant :

– Bientôt, nous plongerons dans les froides ténèbres. Adieu vive clarté de nos étés trop courts.

– C'est de toi ? Là, tu m'impressionnes. David avait l'air ébahi.

– Malheureusement non. C'est de Baudelaire.

Nous nous sommes arrêtés de parler, obnubilés par nos problèmes. Arnaud grattait le magma sucré au fond de sa tasse. En presque quarante années de vie, j'avais épuisé toute mon énergie vitale. Je roulais sur la réserve. Pourtant, j'avais pas ménagé mes efforts. J'en avais brouté de la science dans la grande course des études. Et puis le turbin : faire ses preuves, être productif, à la hauteur.

Tout ce temps, toute cette énergie pour qui, pour quoi ? J'avais le sentiment d'avoir été abusé, de m'être épuisé au profit d'autres. Le monde avait changé, la vieille morale terrienne inculquée par mes parents ne marchait plus.

– On nous a fait croire qu'il suffisait d'être honnête et travailleur pour être récompensé. Une imposture ! La vie de mes parents prouve exactement le contraire. Je bosse une journée pour me payer une heure de mon travail. Travailler n'a jamais enrichi personne, mais là, on est vraiment en train de toucher le fond. Notre génération n'a même pas eu de révoltes de jeunesse. Bien dressés à traverser sur les passages cloutés mais même notre servilité stupide n'a pas été récompensée.

Arnaud hocha la tête, pensif. Victime comme des millions d'autres hommes d'une morale construite pour justifier son esclavage. Autour de nous, les êtres sans morale, les individus les moins scrupuleux s'emparaient des leviers du pouvoir par la manipulation et la ruse. Le travail de vies entières était payé en monnaie de singe pendant que, sur une seule affaire, des parasites s'enrichissaient jusqu'à l'écœurement.

Gustin avait suivi son instinct, en fuyant la fatigue et l'effort vains. Floué par le système, le moindre effort me dégoûtait car je voyais bien que c'est à moi qu'il profiterait en dernier. Je ne voulais plus verser la moindre goutte de sueur pour perpétuer ce système.

J'étais dans une impasse et les couleurs moirées de l'avenue ne me donnaient aucune réponse. Partir, tout lâcher ou me laisser lentement glisser vers le néant. Tout valait mieux, plutôt qu'un jour de plus dans ce mouroir.

David a jeté un coup d'œil à sa montre, il devait y aller. Toujours son foutu Viok.com. Nous avons laissé un bon pourboire à la fille avant de nous laisser rouler jusqu'au bas de l'avenue. Poussés par la lumière dorée.

8

Soirée chez Arnaud. C'est Nathalie qui m'a ouvert la porte. Sa manière de s'approprier les lieux, de faire la maîtresse de maison bien qu'elle et Arnaud vivent séparément.

Arnaud prétextait la présence hebdomadaire de sa fille pour repousser toute velléité de vie commune. En réalité, il n'avait aucune envie de la voir envahir son espace vital, avec ses problèmes et ses névroses. Bien sûr, un loyer en moins, c'était quelque chose. Beaucoup de couples ne tiennent qu'à ce genre de petits arrangements. Après tout, ils étaient aussi fauchés l'un que l'autre. Mais Arnaud résistait avec la dernière énergie à ses assauts réguliers.

J'avais croisé une ou deux fois son visage émacié et pâle : la trentaine douloureuse avec le pressentiment inquiet d'avoir fait fausse route. En idéaliste, elle avait naturellement choisi d'enseigner pour transmettre, comme elle disait, son amour-de-la-littérature.

Ce choix l'arrangeait à plus d'un titre. Elle n'avait connu que les bancs de l'école et l'entreprise lui faisait peur. Ce qu'elle en connaissait, à travers la presse de gauche qu'elle consommait avec avidité, n'avait rien fait pour la rassurer.

À force de vivre dans un monde tétanisé par la peur du chômage, une génération de craintifs avait éclos. La peur refroidit les enthousiasmes et dans un élan unanime de pusillanimité, la jeunesse française s'était ruée vers la fonction publique. Le moindre concours de facteur attirait des légions de docteurs d'Université faméliques.

Nathalie s'était faite belle, mais la pâleur douloureuse de son visage, ses yeux cernés et son aspect grave démentaient l'ambiance de fête qu'elle voulait donner avec sa « tenue de soirée » et sa coiffure à la lionne. Ses yeux bleus comme des agates étaient doux mais un peu tristes. Elle s'employait à afficher une gaieté forcée, presque inconvenante mais ses mains fines se cramponnaient nerveusement au montant de la porte d'entrée comme si, effrayée, indécise, elle cherchait déjà du secours.

Philippe était là, assis devant un grand verre de Scotch.

– Ça fait une paie ! Qu'est-ce que tu deviens ? me demanda-t-il en se levant pour me prendre par l'épaule.

Je lui ai trituré le bras en signe d'amitié. Il avait grossi. Je lui trouvais l'air noué. Le visage un peu boursouflé, les yeux bouffis, il avait cet air maladif des alcooliques chroniques. Sa femme, une pétulante Zurichoise qui s'était fait engrosser voilà six ans pour se faire baguer, n'était pas venue. Philippe bredouilla une explication vaseuse :

– Notre baby-sitter, elle nous a fait faux bond au dernier moment !

J'avais été deux ou trois fois chez Philippe et puis j'avais renoncé. Je supportais mal de voir ce grand gaillard d'un mètre quatre-vingt-dix se faire crier dessus par un Obersturmführer domestique. La caserne conjugale résonnait en permanence des ordres comminatoires du dragon alémanique qu'il appelait Chérie.

La fille d'Arnaud, qu'il gardait le week-end s'était installé par terre dans le salon. La gosse était déjà occupée à gâter le livre d'images que je venais de lui offrir ignorant ostensiblement Nathalie qui s'ingéniait à la séduire. De dépit, celle-ci m'a servi un kir au crémant en échangeant quelques banalités diplomatiques. Et puis, Arnaud a fini par émerger de la cuisine avec son tablier de cuisine « le seigneur des fourneaux » :

– La salade de chèvre chaud est prête ! On va pouvoir

passer à table.

Il y avait chez Philippe lorsqu'il se préparait à manger quelque chose d'impérial, de conquérant. Le manche de la fourchette bien calé au creux de la paume, on sentait qu'il n'était pas là pour rigoler, que la nourriture était une affaire sérieuse.

Philippe tirait sur le vin, sans retenue. Un Corbières en promotion de chez Auchan à 2,99 euros. Quand il buvait trop, il avait l'air hagard, le geste fiévreux. Dans un accès de franchise, encouragé par l'alcool, il s'était mis à déballer franchement ses problèmes de couple. Les joues creuses, les lèvres minces et pâles, Nathalie écoutait, manifestement très intéressée. Je regardais ses ongles rongés jusqu'au sang, son visage fin, un peu maladif. Philippe parlait du divorce inéluctable :

– Maintenant, nous faisons chambre à part. Enfin, c'est surtout elle qui veut ! Il te reste du vin Arnaud ?

Toujours la même histoire. Si tu es gentil et docile, je baise. Sinon ceinture. De nous trois, Philippe était celui qui gagnait le mieux sa vie mais sa Gretchen avait des goûts de luxe, en tout cas des goûts bien au-dessus de ses moyens. Il n'avait pu éviter la maison en location près de Saint-Cloud, les deux chiens, le monospace et les vacances de ski en Suisse.

Il bossait pourtant dur et ne comptait pas ses heures au bureau mais c'était sans compter sur l'imagination dépensière de sa tendre épouse helvétique. Il jonglait avec des difficultés de trésorerie permanentes essayant de boucler des budgets inexorables. En cas de divorce, il pouvait carrément déposer le bilan.

Tout en chipotant son fromage fondu, Nathalie nous raconta avec un sourire souffreteux que pas mal de ses collègues étaient ce qu'elle appelait des « célibataires géographiques ».

– Le prof en région parisienne et le conjoint dans le

Sud. Ceux-là sautent dans leur TGV dès le vendredi soir et ne vivent que pour le regroupement familial.

– Le quoi ?

– Le regroupement. La séparation d'avec le conjoint ou les enfants leur fait gagner pas mal de points de mutation. Ils veulent tous quitter la Seine-Saint-Denis.

– Comme toi !

– En tant que célibataire, je n'ai rigoureusement aucune chance, dit-elle en lançant un regard appuyé à Arnaud.

Elle avait beau le tourner dans tous les sens, elle trébuchait sur le problème : comment fuir Pablo Neruda ? Nathalie s'apitoyait sur son sort avec un peu trop de complaisance.

Chaque matin, au sortir d'aubes spongieuses et grises, en arrivant devant la bâtisse en fibrociment baptisée du nom ensoleillé de ce poète engagé, elle se disait qu'elle avait dû en commettre bien des fautes pour expier de la sorte dans des préfabriqués amiantés. La vérité était plus simple. Les banlieues existaient. Fallait que quelqu'un s'y colle. Pas de chance, c'était tombé sur Nathalie.

Un tremblement nerveux au coin des lèvres, elle nous racontait ses angoisses, sa peur physique chaque fois qu'elle se retrouvait face à ces adolescents crépus qui la dépassaient d'une bonne tête. Son incompréhension de ce langage préhominien des cités, ce jargon aux antipodes de la littérature qu'elle aurait voulu leur faire aimer.

Elle vivait au paléolithique. La meute était la forme sociale la plus aboutie. Chacun combattait pour faire partie des dominants. Bande contre bande, race contre race. À Pablo Neruda, la femelle, surtout si elle faisait partie de la tribu d'en face, n'était qu'un trou à niquer. De gré ou de force. De préférence à plusieurs.

La Grèce et Rome ne viendraient que bien après Pablo Neruda. Alors, Paul Valéry et le surréalisme, ils s'en tamponnaient les burnes, les élèves de Pablo Neruda. Dans un sens, Nathalie était en avance sur son temps, un anachronisme au pays du rap et de la meuf. Jetée en pâture par son ministère au milieu d'une humanité grossière et crapuleuse, elle s'épuisait à parler beauté et littérature quand ses élèves lui répondaient thune, came. On « traitait » sa mère, on voulait niquer les meufs et crever les keufs. Une formidable incompréhension régnait entre elle et ses élèves.

Le visage enflé par la boisson, Philippe était monté en température. Il bouillonnait :

– La mode est à la racaille. À ceux qui arrachent le sac des vieilles. Bouffie de remords colonialistes, la Gauche a troqué la défense de l'ouvrier pour celle de l'immigré. Attention, pas celui qui bosse sur les chantiers à se péter la colonne pour cinq milles balles par mois. L'objet de toutes les compassions médiatiques, c'est le délinquant, intronisé révolté, victime de la société de consommation, objet de toutes les attentions, de tous les épanchements.

Habituellement, à ce stade avancé d'imprégnation alcoolique, Philippe nous prédisait que des légions islamiques conduites par des imams fanatisés allaient venir battre les murs de nos cités. En lugubre prophète, il pronostiquait l'invasion désormais imminente de la *Doulce France* mais ce soir, c'est après les intellos qu'il en avait.

– Nos intellos sont fascinés par tout ce qui ressemble de près ou de loin à de la merde. C'est pas nouveau. Regardez Sartre et Beauvoir ! Deux belles salopes qui ont stérilisé la vie intellectuelle pendant vingt ans. Ils se sont partagé le boulot les deux bourges. Le cloporte bigleux pour la lutte des classes, la gouine inassumée pour celle des sexes.

– Tu peux pas comparer le féminisme au marxisme, bredouilla Nathalie.

– Le même combat et le même échec. On élabore des

concepts pour que le monde s'y conforme mais le monde refuse qu'on l'émascule alors ça marche pas.

- Elle est où la Corée du Nord du féminisme ? demanda Nathalie.

– Coincé, l'homme vote avec les pieds. Quand les Ricains vont épouser des Philippines, ils font rien d'autre que fuir le modèle féministe américain comme tes Nord-Coréens fuient la famine. Et puis il suffit de regarder les taux de divorce.

– Et pour les femmes battues ? Tu as des statistiques ?

Pour couiner sa détresse, Nathalie s'animait, se transfigurait. La voix étranglée, elle devenait éloquente. Pour un peu, j'aurais trouvé du charme à cet être apeuré et neurasthénique qui assistait à la désagrégation de sa vie avec un mélange d'étonnement et d'incrédulité. J'ai posé la main sur son épaule :

– Philippe n'a pas tout à fait tort. C'est pas un hasard si dans toutes les sociétés humaines, le partage des tâches entre homme et femme a toujours été rigoureusement le même.

– Qu'est-ce que ça prouve ?

– Que le féminisme a détruit un équilibre naturel.

– La nature a bon dos. Si je vous suis, il ne faudrait rien changer sous prétexte que la nature a bien fait les choses. À vous écouter, l'Homme vivrait encore à l'époque des cavernes.

– Tu crois que face à tes petites frappes, tu es plus heureuse qu'une femme qui élève ses enfants et cherche à rendre son mari heureux. Toi aussi tu es exploitée à ta façon. Je ne crois pas que le féminisme ait épanoui les femmes des pays développés. Elles sont de plus en plus seules. Comme avec le marxisme, le féminisme est une sale affaire où personne n'a été gagnant.

Nous aurions bien voulu l'aider, la comprendre mais

nous nous débattions déjà dans des problèmes insolubles. Différents mais tout aussi foireux. Alors, avec d'infinies prudences, chacun essayait de montrer un peu de compassion douloureuse pour Nathalie et pour tous ceux que l'on avait jetés au milieu des barres gris sale des cités de banlieue, au nom de cet enseignement républicain, laïc et obligatoire. Je me désolais sincèrement pour ces gladiateurs modernes jetés dans des arènes multiraciales où même un flic n'aurait pas tenu le temps d'une simple récréation. Lorsque la vie chancelle et bascule, que peut-on faire d'autre ?

Chacun d'entre nous essayait de bricoler ses solutions cherchant dans les intensités sentimentales une réponse au malaise existentiel qui avait saisi un Occident en pleine débandade. C'est pour cela que les couples cassaient. La vie leur en demandait trop.

J'aurais voulu lui dire à Nathalie que si elle continuait à dépérir de la sorte, elle se préparait une vieillesse osseuse, usée avant l'âge. Les inquiètes, ça vieillit mal ! J'aurais voulu lui dire que ça servait à rien de s'accrocher à Arnaud comme un naufragé à une bouée de sauvetage. Arnaud, tout comme nous, ne flottait déjà plus. Nous étions tous trop lourds de nos destins en panne, de la déroute d'exister pour sauver qui que ce soit. Notre avenir, déjà nébuleux et confus, s'était débiné devant nous au fur et à mesure que l'on s'en était approché. À la vitesse de l'âge du départ en retraite.

Moi je n'y croyais plus à la rémission de cette réalité. À quoi bon batailler, s'imaginer que l'on va changer le monde. C'est le monde qui nous change.

J'avais baissé les bras, jeté l'éponge. J'étais bien au-delà de cette vie médiocre. Le chuintement du temps qui passe m'était devenu insupportable, je ne croyais plus qu'au monde nocturne que je m'étais construit. Dès que mes obligations professionnelles et physiologiques étaient remplies, je fuyais dans mon au-delà. J'étais un pas-d'ici, un horla, un drogué virtuel qui faisait l'économie de substances chimiques. Mes molécules du bonheur, mes enképhalines, je les produisais moi-même au cœur de mes neurones. C'était plus économique pour la sécu et pas encore réprimé par la loi.

La fille d'Arnaud avait fini de saloper son cadeau. Elle était accroupie et refusait d'aller au lit en ronchonnant qu'elle voulait rester avec les grands. Après quelques criailleries suivies de menaces de punitions, la gosse a capitulé en grognant. Nathalie a mouché la gamine barbouillée de morve claire.

Tassé devant son Cognac vide, Philippe s'était tu brusquement. Immobile, il ne bougeait pas plus qu'un cadavre : les bajoues blêmes, saisi de catalepsie par la puissance de l'alcool, le cerveau éteint comme un bœuf effondré dans le sang fumant de l'abattoir. Quel était le putain de flingue pneumatique qui avait transformé toute notre génération en bétail à abattre ?

– Nous sommes nés dix ans trop tard, avait remarqué Arnaud, les places étaient déjà prises.

Je considérais Philippe en l'imaginant la trempe trouée gisant sur un carrelage froid au milieu d'une mare d'hémoglobine. Nathalie marchait au Prozac ; Philippe, au Scotch ; et moi à l'onirisme. Ce soir, Arnaud avait régalé une belle humanité bien saine qui abordait en triomphatrice le nouveau millénaire.

9

Jacob & Delafon en rêvaient. Ils ont fini par l'organiser leur grand-messe, leur plénum du Parti, leur Nuremberg de la rentabilité. Personnellement, je voyais pas vraiment l'intérêt de ce genre de happening mais certains ont dû penser que la revue interne de la boîte était une trop médiocre tribune pour la radieuse pensée présidentielle. Peut-être voulaient-ils simplement fêter par une mégapartouze le prochain dézingage d'un quart des effectifs de l'UBF.

Comme beaucoup d'apparatchiks, le Président avait toujours été fasciné par les médias et les passages à la télé. Sûrement une vocation d'artiste contrariée. La complainte du businessman. Il avait même commis un livre de réflexions sur la nouvelle économie qui lui avait valu, avec le support du budget pub de l'UBF, deux ou trois invitations, tard le soir, sur des plateaux télévisés. Le personnel était toujours prévenu des apparitions télévisées du Lider maximo par l'intranet du groupe. Bien sûr, personne regardait.

Pour le Président, c'était le grand jour. Un Palais des Congrès bondé, avec grand écran, le tout animé par un journaliste-qui-passe-à-la-télé, accompagné d'une salope à la bouche siliconée. Le journaliste, un faire-valoir à la tête de garçon coiffeur, qui pose pile-poil la bonne question. Dix patates la journée.

Assis à ma droite, Abdel s'émerveillait :

– Avec tout ce fric foutu en l'air, je pourrais rembourser tous les emprunts que j'ai sur le dos.

– Je crains que tu ne sois loin du compte.

– Quand je pense que mon salaire n'a pas bougé depuis que je suis rentré dans cette putain de boîte.

Il parcourait la salle du regard :

– Jamais pensé que l'on soit si nombreux à l'UBF

– Et encore, il y a que les cadres, mais avec les fièvres hémorragiques qui se préparent, il y aura moins de monde l'an prochain.

– Me dis pas que je suis cadre avec le salaire que j'ai ? ricana Abdel.

– Rassure-toi, Abdel, même le Directeur adjoint de l'agence de Sainte Couille-la-Velue est venu écouter la Sainte Parole.

– Mate un peu la salope sur la droite, deux rangées plus bas.

L'écran géant s'est animé.

– Et maintenant le discours d'introduction du président Chassieux-Lambert.

– Je pense donc tu suis, a lâché Abdel d'un ton sarcastique.

Son Excellence Chassieux-Lambert fils fut conçue le 24 août 1944. La veille, alors que les troupes mécanisées américaines étaient en train de libérer les faubourgs de Versailles du joug nazi. Chassieux père, commerçant en gros, adhéra, dans un sentiment d'urgence, aux Francs Tireurs et Partisans sous le viril nom de guerre de « Colonel Vaillant ». Dans la foulée de ce tardif élan patriotique, il passa la soirée à faire repeindre la Traction familiale aux couleurs des FTP.

Ce fait d'armes éclatant, la tonte de quelques femmes de mauvaise vie et surtout son entregent naturel, lui permirent dans la confusion certaine qui prévalait à la Libération de se faire introniser Officier de l'Armée de l'Ombre, Compagnon de la Libération et fidèle du Général. Un glorieux fait de guerre qui lui permit surtout de faire oublier sa fortune considérable amassée sous l'Occupation en vendant de la nourriture avariée aux crevards de l'Est parisien. Quelques mois plus tard, Chassieux père se faisait élire à la Chambre.

Le 24 août 1944, donc, pour fêter son coup de génie de la veille, Chassieux Père émit un long grognement et arrosa de son Saint Foutre le cul tremblotant de Madeleine Lambert, fille d'Honoré Lambert et de Paulette Chevassu, négociants en grains à Montrouge. Ainsi fut fondée la glorieuse dynastie des Chassieux-Lambert dont le plus illustre rejeton allait, après s'être hissé au sommet de la finance française, nous faire partager ses séniles pensées.

La vieille grenouille goitreuse s'est approchée solennellement du micro. Saint Louis en majesté portant le manteau du sacre. Sa démarche austère nous révélait à l'évidence, l'admirable sens de l'abnégation et du sacrifice qu'il mettait à poursuivre parallèlement l'âpre combat contre la concurrence et la consolidation de la fortune familiale. La première fois que je le voyais en chair et en os. Il n'avait été pour moi, jusqu'à présent, qu'une icône boursouflée dans le canard interne de la boîte.

Son visage batracien s'est formé sur le grand écran. Nimbé de lumière sous les sunlights, il prend un air pénétré. Regarde l'écran. Puis la masse. Il attend immobile un long moment pour qu'un silence total se fasse. Le Grand Timonier ne peut souffrir de s'exprimer dans un léger brouhaha. Pour que sa puissante pensée puisse nous pénétrer, nous irradier, il lui faut le silence océanique.

Il fronce les sourcils avec un air douloureux. L'œil sévère, l'air préoccupé. Souffrant. Toucher un package de dix millions d'euros par an plus de juteuses stock options et, en plus, s'amuser en bossant serait incongru. Il se prépare visiblement quelque chose de considérable, *Ladies and Gentlemen.*

Un silence de fin du monde s'est installé. Que retentissent les sept trompettes de la prophétie, la liturgie va commencer ! Nous sentions que le Lider maximo allait nous révéler de l'Essentiel, du Considérable. Et pas plus tard que tout de suite. Voilà, il se lance. Il est lancé. Sa voix de têtard s'élève sous la coupole, glapissement presque ridicule sous la grande voûte en béton. Le grand bonze nous inculque.

Je ne me demande pas longtemps où il veut en venir. Il fait dans le tragique. Du sang et des larmes. Le genre Troisième Guerre mondiale, *struggle for life*. De Gaulle en juin 40. On n'est pas gaulliste pour rien chez les Chassieux-Lambert. La reconnaissance du ventre. Il nous révèle que le monde est dur, saturé de malfaisants (sans vouloir me vanter, j'avais déjà remarqué). Les concurrents sont sur le sentier de la guerre. Des vicelards déloyaux qui ne pensent qu'à nous faire la peau à Chassieux-Lambert et à ses gens.

Il tempère. Rien n'est perdu, mais va falloir se bouger le cul. On respire. Seulement voilà, le pire ennemi est à l'intérieur. Cinquième colonne, saboteurs, gibier de potence. Au moment où la bataille fait rage, où il faut serrer les rangs, faire front, des factieux syndicalisés minent le moral des troupes en répandant des rumeurs alarmistes. La vérité c'est que l'OPA est amicale, qu'il n'y aura pas de suppressions d'emplois...... Si l'UBF atteint les objectifs qui lui sont fixés par son nouvel actionnaire batave.

Et quels sont-ils ces objectifs lyriques ? Doubler le résultat net en deux ans. Silence dans les travées. Flottement dans l'assistance. On n'est pas des fiottes à l'UBF qu'il nous dit Chassieux-Lambert en s'adressant à notre bas ventre, on va relever le défi ! Et comment !

On touche au grandiose, au prêt à en découdre. Le Président lève les deux bras, fait le geste auguste du tribun, galvanise les masses populaires. Napoléon avant Iéna. Le Directeur d'agence adore. *Nach Berlin !* Enfoncés tous ces salauds de la concurrence.

En bas à gauche, Sainte Couille-la-Velue au grand complet en frissonne de joie. On dirait pas qu'ils ont pris le bus à six heures ce matin. Bande de marsupiaux trisomiques ! Pour un peu, on se sentirait des ramollos de la bite, des Munichois en puissance.

Après le souffle épique de l'homélie inaugurale, il faut faire débat, interactif, le genre moderne et branché. Paraît que ça fédère les énergies. Alors ça tourne au talk-show télévisé, les hôtesses quadrillent la salle se précipitant vers les questions consensuelles des fayots le micro HF à la main.

Sur scène, tout le gang de Chassieux-Lambert est réuni en corps constitué. Les Tontons flingueurs au grand complet. La même devise : « Passe devant, je te couvre ». En regardant cette bande de salopards s'agiter sur scène, la complainte de l'Opéra de Quat'sous me revient, lancinante… *Erst kommt das Fressen und dann kommt die Moral* … D'abord la bouffe après la morale. Brecht et Weil auraient apprécié notre époque.

Maintenant, des gommeux interviennent, frétillent sur scène en parlant des valeurs de l'UBF. On sent que ça été vachement pensé. De coûteux coryphées psalmodient la gloire de Chassieux-Lambert. Des témoins témoignent. Ils sont confiants dans notre avenir. Le journaliste-qui-passe-à-la-télé pose ses questions téléphonées avec juste le soupçon d'impertinence pour faire indépendant :

– Président, ce sont des objectifs extrêmement ambitieux pour l'UBF mais, franchement, comment allez-vous les décliner ?

Très utile, décliner. À dix briques la journée pour un type qui passe jamais avant vingt-trois heures, c'est plutôt pas mal décliné. Chassieux-Lambert, impérial, prononce les mots tant attendus :

– Et bien cher Bernard…

Et voilà qu'il lui donne du cher Bernard. Encore un

peu et Chassieux-Lambert va lui rouler une pelle. Dingue, le pouvoir de la télé.

– ... grâce au projet d'entreprise « Un challenge pour le vingt et unième siècle ».

Léger brouhaha dans les travées. Serions-nous moins cons que je ne le craignais ? Même la crevette neurasthénique à ma gauche semble s'être réveillée à l'évocation de ce nom magique. Et puis non, faux espoir, c'est reparti dans la pensée crasseuse, on décline. Organisation matricielle, noces de Cana du manager de mes burnes. Multiplication des petits chefs. En verve, Abdel marmonne en serrant les dents :

– Chassieux, j'irai compisser ta tombe d'une urine abondante.

Il a l'air drôlement énervé. Les grand-messes, Abdel a pas l'habitude. Il fixe à présent le journaliste-qui-passe-à-la-télé avec un regard haineux.

– Tu crois qu'il la saute ?

– Qui ?

– Le journaliste. Tu crois qu'il la saute la fille à la bouche en zodiac ?

– Vu ses insondables qualités professionnelles, ça fait guère de doute. Et pas plus tard que ce matin. Avec sa grande bouche humide, elle doit faire une partouzeuse fabuleuse.

Abdel imagine que la salope siliconée qui gesticule sur scène en secouant son incompétence, qu'elle se caresse le soir en pensant à lui. On est reparti sur les dégueulasses de la concurrence. Terrible obsession. Chassieux-Lambert sonne le tocsin. Je m'efforce de rester impassible aux assauts des pires conneries mais je sais déjà que le temps joue contre moi. J'ai mal au crâne, mal au cul, je m'emmerde à crever dans cet amphithéâtre surchauffé. Je m'emmerde avec une intensité inconnue sur l'échelle de

Richter. Le collectif m'a toujours gonflé. Cela devient une souffrance aiguë, insoutenable qui me vrille les tripes. J'en peux plus. Je me lève dans un sentiment d'urgence. Officiellement, parti pisser, mais longue la pause pipi.

Dehors, il fait beau. Les rues ruissellent de soleil. Je pense à tous ceux qui vivent comme s'ils étaient déjà morts. De profundis. Le tombeau familial avec les piles de linge dans l'armoire, entre Madame qui déprime et les gosses qui s'emmerdent. Je marche un peu pour me décontracter. Le sang circule sous la peau, mon âme se réchauffe.

Midi vingt-cinq, je suis de retour. Le Dalaï-Lama pontifie à outrance. *Ad nauseam.* Ineffable, Chassieux-Lambert promène toujours ses vieux testicules sur la scène du Palais des Congrès. Normalement, la pause déjeuner est dans cinq minutes mais ces cons-là n'en peuvent plus de s'écouter parler. Il commence à me courir cette enflure. Au moins une demi-heure de retard. Ils en ont de la connerie inépuisable et bien éprouvante à débiter. Un auditoire de deux mille personnes à infliger, c'est pas tous les jours. On patauge toujours dans le poncif creux. Même le journaliste-qui-passe-à-la-télé a l'air presque gêné de poser ses questions à la con.

– Quelle place pour Internet dans la stratégie de l'UBF ?

Tiens bon, Bernard, je sais bien que t'en as rien à foutre mais pense au chèque de ce soir ! Dis-toi que certains à Sainte Couille bossent un an pour se faire dix patates.

Enfin le signal de la dispersion vers les assiettes en plastique, débordant de cacahuètes trop grasses, et vers le crémant qui tiédit depuis déjà quarante minutes dans les gobelets jetables. La salle se vide par écoulement, en chiasse paludéenne, en secousses saccadées. Abdel essaie de retrouver la fille sur la droite, deux rangées plus bas. Peine perdue, nous sommes deux mille. Faut bouffer, et vite, pour rattraper le retard. Abdel mate les serveuses, le cul moulé dans leur petit uniforme bordeaux.

— Je m'en serais bien serré une !

— Il t'a toujours pas présenté sa sœur ton stagiaire ? Le pinard est comment ?

— Il se laisse boire mais le traiteur a l'air moyen

Dommage. Seul le déjeuner aurait pu faire oublier cette débâcle. Du coup, Abdel a la pépie. Moi aussi, je picole. À m'en ravager la tuyauterie. Vin à volonté, c'est déjà ça. Je me clapote les neurones à m'en faire péter une durite. Je m'imbibe le cortex de polyphénols pour avoir le courage d'y retourner.

Le programme de l'après-midi s'annonce léthargique. Finalement, c'est bien une grand-messe et nous communions enfin dans le rouge qui tâche. Nous ne sommes pas les seuls à nous gorger de vinasse. Abdel me montre des commerciaux d'agence en train de se finir à la bière :

— Ils sont déjà blindés. Ça va démâter sec cet après-midi.

L'orateur du début d'après-midi va avoir du mal à intéresser Sainte Couille.

Troisième Partie

1

Ce matin, JR nous a révélé qu'il commençait une psychanalyse avec un sodomiseur de mouches lacaniennes du Quartier latin qui lui ponctionnait cent cinquante euros la séance. Pour en arriver à ces extrémités au terme d'une vie désespérément économe, JR devait vraiment être mal.

Mercredi dernier, lui, d'habitude si impassible, s'est emporté parce que le mode de calcul des primes avait été modifié. Il suffoquait, hors de lui. Une de ces colères de grand calme qui vous terrifie parce qu'elles sont d'une intensité atroce. Il était frémissant de haine, un limon de bave aux commissures. Je crois bien qu'il aurait pu tuer.

J'aurais envie de lui conseiller de se payer un billet pour Bangkok plutôt que d'engraisser un escroc. Se confier à un psy c'est comme parler à un mur avec la terrible impression de ne pas être écouté. C'était d'une femelle lourde, d'une femme chaude et douce dont il avait besoin. Pas d'enrichir un charlatan qui allait complètement le sécher pour payer le deux cents cinquante mètres carrés qu'il venait de s'offrir rue Gay Lussac.

J'aurais préféré que ce soient les petites Isaan qui profitent de sa thune. Mais JR ne pouvait pas entendre le chant balsamique des jeunes putes en fleurs. Il aurait confondu avec celles que nous appelons prostituées en France.

Le besoin de déguerpir a été le plus fort. Je suis devenu

un récidiviste. Le long bloc d'attente va prendre fin. Une irrémissible envie d'exode, de tout oublier : la hausse des vols avec violence, la gueule de ma femme, la dissipation des brumes matinales, les fluctuations de l'euro, le tiers provisionnel, les bombes thermonucléaires, le déficit budgétaire, les motocrottes et la vie sexuelle des Grimaldi.

À l'UBF, un carnage hallucinant se préparait, une hécatombe pour célébrer les mânes du Dieu Rentabilité. Les rumeurs couraient, le commercial partirait à Londres et les back-offices en Chine. Abdel insistait me disant que ce n'était pas le moment de partir en vacances mais je savais que mon sort était scellé.

J'attendais d'une semaine à l'autre, la confirmation fulgurante de ma déchéance. Rester à Paris n'aurait rien changé. À part me retrouver seul face à moi-même. J'étais devenu dépendant de ce vortex tropical. Je me barrais dans une semaine au pays des putes bien juteuses.

J'avais serré mon passeport et mon billet d'avion au fond de mon sac avec la ferveur d'un Moïse embrassant la Terre sainte de Canaan. Et même plus besoin de mentir à Madame. Ça m'a soulagé. Malheureusement, Gustin avait dû retourner en Hongrie pour solder définitivement son passé.

Je suis revenu en octobre. La saison des pluies n'en finissait pas. Un ciel bas et lourd comme à Paris mais en plus chaud.

J'ai débarqué au Ice Inn vers 9 heures. Une impression agréable de déjà-vu. J'avais le sentiment de rentrer à la maison. Ma chambre était occupée jusqu'à treize heures. La bouteille de vin que j'ai offerte au portier n'a rien changé. À Pattaya, les Farangs se levaient rarement à l'aube.

Quatre heures à perdre, à me promener dans une ville devenue familière. Il était beaucoup trop tôt pour appeler Toy. À cette heure, elle dormait encore et de toute façon, nous n'avions pas de chambre pour nous ébattre.

Alors je me suis promené dans les artères vides des débuts de matinée en m'éloignant de la baie. C'était la partie que je connaissais la moins bien et aussi la plus authentiquement thaïe. Dans la mesure où cela voulait dire quelque chose dans cette ville.

Je suis finalement tombé sur un grand marché. Certains étals étaient encore en cours de montage, mais il y avait déjà pas mal de monde, uniquement des locaux. Les prix étaient dérisoires et je décidai d'en profiter pour acheter quelques cadeaux. J'adorais en particulier les articles de maroquinerie en cuir d'éléphant. Introuvables en Europe. Sur le coup des onze heures, je me suis dirigé vers la Beach Road.

Au Scandinavia, deux femmes que je ne connaissais pas surveillaient le bar. J'ai décidé alors appeler Toy de mon portable, c'était trop bête d'avoir fait onze heures d'avion pour être là à poireauter. Je risquais de la louper si elle se levait plus tôt que d'habitude.

Je l'avais prévenue par mail de mon arrivée et elle m'avait dit qu'elle devrait s'absenter quelques jours pour le mariage de son frère. Je ne pouvais pas déplacer mes congés et j'avais confirmé mes dates.

Au téléphone, c'était une autre fille, je me mis à maudire le gardien de sa résidence qui m'avait mal orienté. Je demandai si c'était bien la chambre de Toy. La voix me répondit que oui. Je pensai que Toy avait dû quitter Pattaya plus tôt que prévu pour le mariage de son frère. J'étais furieux. J'ai interrogé la fille :

– *Where is Toy ?*

Elle me répondit :

– *I am Toy !*

Une voix rauque de fumeuse. Je n'y comprenais plus rien. J'ai donné rendez-vous à la voix au Kiss et je m'y suis dirigé lentement. La fille avait encore sa douche à prendre et à entendre sa voix, elle ne s'était pas couchée tôt la nuit dernière.

Au Kiss, pas grand-chose de neuf, quelques nouvelles serveuses, la même carte plastifiée, les mêmes toiles cirées constellées de mouches. Je croyais même reconnaître quelques visages parmi la clientèle.

La vie est curieuse, je ne connaissais pratiquement aucun des restaurants de la banlieue où je marinais depuis sept ans et j'étais presque un habitué dans cette ville perdue au bout du monde. Mon existence française était entièrement dévorée par le travail. Le soir, je n'avais pas l'énergie de sortir, épuisé par mes longues journées de labeur.

J'ai renoué, avec un bonheur indicible, avec les arômes de la cuisine thaïe. Ces plats d'une véhémence qui vous emplissait le ventre. Ces rafales parfumées qui m'étourdissaient. Odeurs, couleurs, jets d'épices. Senteurs de citronnelle, de coriandre, de basilic. Matières rousses, colorées, parfumées au gingembre thaï. Viandes rissolées au wok, enrobées d'un parfum de curcuma, de coriandre et de curry. Quintessence des sauces crémeuses relevées au jus de citron vert, à la crème de coco et au sucre de canne. Légumes saisis au vif.

Toute une déferlante de parfums et de saveurs, un mélange de sucré-salé, d'herbes incohérentes venues des hauts plateaux du Laos, de végétaux inconnus au goût étrange. Devant ce festin, cette profusion de fragrances exotiques, il me venait de monstrueux appétits de bête gourmande. Assiégé de désirs inassouvis, je me ruais sur la nourriture comme je me ruais sur les succulents culs thaïs. En affamé. À m'éblouir les sens.

Les narines dilatées, les lèvres grasses, luisantes, je me goinfrais de l'ivresse des épices, de cette quintessence de parfums. Un formidable instinct de nutrition. Hier encore j'étouffais en France et j'étais soudain propulsé dans ce sublime appétit de bonheur qui m'avait saisi dès mon premier voyage. Tout remontait à ma mémoire, Paris n'avait été qu'un intermède saumâtre entre deux morceaux de vraie vie.

Au contact de ces sucs, je retrouvais cette splendide trivialité populeuse. Je pouvais enfin oublier cette pénible atmosphère de nécropole moderne, cette chape de convoitise froide qui pesait sur mon existence française.

2

J'ai levé la tête de mon assiette qui débordait de saveurs. C'est alors que je l'ai aperçue. Je tressaillais de bonheur. Silhouette adorée avançant dans la rue lumineuse en hésitant, en scrutant les tables. Toy ! Enfin ! Tu ne le sais pas mais je ne t'ai jamais quittée. Toutes les nuits, j'ai vécu à tes côtés. Presque un vieux couple ! Le temps m'a semblé si long.

Je lui ai fait un geste de la main et elle m'a enfin aperçu. Nos yeux se sont rencontrés, brillants, souriants, pleins d'amour. Son visage dans mes mains. Nos lèvres qui se frôlent.

Elle a eu vers moi un mouvement enthousiaste pour venir m'offrir la pulpe de ses lèvres bombées. Je lui ai pris la bouche. Sa langue mouillée s'est enroulée dans la mienne comme un petit serpent. Je retrouvai son goût délicieux, cette saveur si particulière, un peu épicée.

Elle était superbe, je finis de l'embrasser. Les hommes la regardaient. Une impression de gravité flottait dans ses yeux. Elle s'est assise à ma table. Elle avait minci.

– Toy malade. Saison des pluies. J'ai perdu trois kilos.

– Tu es magnifique, qu'est-ce que tu prends ?

– Coca, je veux coca

On n'était pas pressé. La chambre ne serait pas prête avant une bonne heure. J'ai pris des nouvelles de sa famille et surtout d'elle. Elle me répondit que sa mère allait bien mais que sa fille avait été très malade à cause des pluies qui, cette année, avaient été exceptionnellement abondantes.

Une vraie malédiction.

— Tu as eu beaucoup d'hommes ?

— J'étais longtemps avec homme finlandais. Trois semaines. Mais quand il part au Cambodge, je reste à Pattaya. J'ai pas passeport. Après, il revient avec moi. Il a bon cœur. *Good money !*

— Et les *short-times* ?

Elle a gardé le silence l'air gêné. Je l'admirais sans un mot.

— Tu ne dis rien ?

— J'ai besoin l'argent pour ma famille. *I have no money !*

Cela sonnait comme un reproche. Je lui trouvais un je-ne-sais-quoi de changé dans le visage. Peut-être ses kilos en moins avaient-ils durci ses traits. Mais, ce qui me frappait le plus, c'était qu'elle souriait plus rarement qu'avant. Elle aussi devait avoir ses soucis.

Je suis allé récupérer mes bagages à la réception. Docile et silencieuse, Toy me suivait, juchée sur ses chaussures à semelles démesurées.

— Pourquoi tu as chambre 308 ? 309 comme avant, c'est mieux. 9 bon chiffre. *Good luck !*

La fenêtre donnait sur le patio intérieur. Peu de lumière, mais la chambre était fraîche et surtout, nous n'étions pas réveillés par la lumière matinale. Le Ice Inn avait mégoté sur l'épaisseur des rideaux.

J'ai basculé Toy sur le lit pour pouvoir enfin la prendre dans mes bras et l'embrasser à pleine bouche. J'étais fasciné par l'ivoire de ses dents nacrées. Une blancheur de publicité pour Ultra-brite, toutes parfaitement alignées, elles étaient prêtes à dévorer les hommes qui s'en approcheraient de trop près. Aujourd'hui, c'était mon tour.

J'ai plongé mon museau vers son cou sombre, vers cet effluve musqué si enivrant. Je l'ai blottie contre moi, la caressant sous son chemisier, puis j'ai déboutonné son jean serré pour pouvoir descendre vers ses fesses rebondies. J'entrepris de la culbuter lorsqu'elle murmura :

– Please, go shower !

Elle avait raison. Après onze heures de vol et la ballade poussiéreuse, je devais pas sentir la rose. J'ai pris une douche méticuleuse me récurant sous tous les angles, puis je me suis rasé, je me suis brossé les dents, avant de me frictionner à l'after-shave. Les filles thaïes avaient l'odorat délicat et je ne voulais surtout pas qu'un relent douteux vienne gâcher la fête des retrouvailles. J'avais si longtemps rêvé de ce moment. Il devait être parfait. J'avais apporté quelques cadeaux pour elle : un parfum français, une bouteille de vieux rhum de la Guadeloupe pour son père et des pralines belges. Toy avait l'air contente de tout cela et elle ouvrit avec gourmandise les chocolats.

– Chocolats *aloy maak maak*. Cinq pour Toy, les autres pour sœurs mon bar ! Pas problème ?

Elle s'est enveloppée dans la serviette moelleuse et je me suis mis à explorer ce corps onctueux avec une tendresse familière, sans précipitation. Nous avions tout le temps devant nous, inutile de se presser. Je la cajolais, je la prenais dans mes bras.

J'ai défait la serviette pour embrassant son flanc qui se creusait. Elle avait tatoué un dragon bleu en haut de sa cuisse. Puis, je suis descendu lentement vers son sexe ébouriffé, sa motte avait un goût musqué, plus fort que dans mon souvenir peut-être parce qu'elle avait pris sa douche depuis déjà deux heures et qu'il faisait chaud. Je me suis mis à la lécher avec gourmandise, en essayant de lui donner du plaisir.

Elle n'aimait pas sucer mais j'espérais la faire changer d'avis. Je lui rappelai sa promesse. Si je revenais la voir, elle avait écrit dans un mail qu'elle accepterait de « smoking ». Elle sourit et je sentis la course voluptueuse de ses doigts, puis elle prit mon sexe dans le palais de son palais. Après cinq minutes, je compris que décidément le cœur n'y était pas. Promesse ou pas, la fellation la révulsait. Je lui ai relevé la tête pour l'embrasser. Trop bête de tout gâcher pour les volutes d'une pipe.

J'ai déroulé un préservatif avant de la prendre en missionnaire. Elle était là, ouverte pour l'amour, et avait enroulé ses jambes autour de mon cou. J'étais fou, j'en tremblais de bonheur.

– Toy, cinq mois que je n'ai pas fait l'amour

– Lady farang *ting tong*. Crazy

Cinq mois à la désirer, à rêver de sa peau parfumée. Ses yeux ont chaviré quand je l'ai pénétrée à tâtons, lui arrachant une petite plainte mélodieuse. Elle avait toujours une façon bien à elle d'exprimer son bonheur, sa jouissance, ne laissant qu'une mince fente blanche, incisée dans l'amande de son regard révulsé.

Très vite, j'ai déchargé en elle. Une convulsion brutale et maladroite. J'avais joui sans retenue mais, comme d'habitude, je ne savais pas si elle avait atteint l'orgasme. Je crois que non. J'aurais dû pleurer d'émotion et de trouble pour la remercier de ce plaisir trop intense qu'elle m'avait offert.

Nous sommes restés blottis, enfouis sous les couvertures à discuter de nous. Rien ne pressait. Dehors, un air poisseux pesait sur la ville au fur et à mesure que les rues s'assombrissaient. Depuis le matin, de grandes nuées noires roulaient dans le ciel. Elles s'étaient accumulées toutes gorgées d'eau au-dessus de la baie et venaient de crever dans un déluge tropical.

Les premières gouttes s'écrasaient sur les toits en tôle, grosses comme des grains de muscat que l'on écrabouille. Puis, la pluie s'est mise à rouler en trombes violentes. Un rideau d'eau tiède balayait la poussière des *soï* surchauffés, lessivait les façades criardes des gogos. Toy s'est adossée au montant du lit pour arranger ses cheveux d'un mouvement. Rassasié, je pouvais enfin la contempler avec des yeux plus sincères que ceux du désir.

Je cherchais sa façon de se pencher, sa manière de baisser les paupières, de poser sa main sur son genou. Tout ce qui fait qu'elle était unique. J'aurais voulu retrouver son beau visage irradiant de clarté intérieure, sa bouche charnue si sensuelle, ses yeux espiègles étirés en fente. Je ne trouvais en elle qu'un mélange de colère et de souffrance refoulée. Ses traits m'apparaissaient plus durs, plus tranchants. Elle avait perdu cette limpidité lumineuse qui m'avait tellement séduit. Son sourire était écartelé. Un mouvement crispé qui semblait sur commande. L'air absorbé, elle fuyait mon regard. Tout paraissait l'irriter. Elle a allumé une cigarette d'un geste nerveux :

– Tu fumes maintenant ?

Il y avait dans ses traits une tension, une tristesse prégnante que la lumière qui brûlait en elle n'arrivait plus à masquer.

– C'est pour ça que je maigris.

– Ce n'est pas bon pour toi. Tu ne devrais pas.

Elle m'a lancé un regard dur. À force de côtoyer une humanité grasse et bestiale, je craignais qu'elle ne devienne une de ces prédatrices qui pullulaient au Marine Disco. Femelles avides ne relevant leurs paupières peintes que pour épier les Farangs d'un regard acéré. Pattaya grouillait de ces grands fauves à la beauté féroce. Bêtes carnivores dormant tout le jour pour ne sortir chasser qu'à la fraîcheur du soir.

– Tu es contente de me voir ?

– Oui. Pourquoi tu demandes ?

Je me demandais si Toy était vraiment heureuse de me voir ou bien si j'étais simplement son dernier client avant le mariage de son frère, le dernier à qui soutirer quelques bahts pour contribuer aux lourdes dépenses d'un mariage traditionnel. Dans ce visage aminci, je n'arrivais pas à retrouver la princesse que j'avais quittée, elle avait un air triste, absent.

C'était peut-être leur manière de supporter la prostitution aux *money girls*. Quand la saleté de leur vie devenait trop prégnante, leur répugnait trop, leur âme quittait leur corps le temps d'un short-time. Comme cela, elles n'en ressortaient pas trop salies.

Ces tristes retrouvailles me laissaient un sentiment d'inachevé. Je ne pouvais objectivement rien lui reprocher mais elle avait changé. L'impression d'être avec une autre fille. Je finis par lui en parler. Elle ne comprit pas ce que je voulais dire et me demanda d'un air courroucé :

– Tu penses moi vieille femme ?

C'était un peu vrai, elle avait perdu de sa fraîcheur. Un air légèrement exténué que je mettais sur le compte de l'anniversaire bien arrosé qu'elle me disait avoir fêté la nuit précédente. Non, l'intérieur surtout avait changé. Comme si un vague à l'âme s'était insinué en elle. Où était la fraîche jeune femme que j'avais rencontrée quelques mois plus tôt ? J'étais stupide : pourquoi aurait-elle échappé à cette alchimie qui transmutait l'innocence en billets de mille bahts ?

Dehors, une pluie venimeuse cinglait les soi, aucune fille ne pouvait durablement passer entre les gouttes de poison. Comme les autres, le destin de Toy s'était trempé à cette eau noire. Pourquoi aurait-elle fait exception à la règle ? Je lui ai refait l'amour en fermant les yeux pour imaginer le visage d'avant. Nous avons entrecroisé nos doigts dans une douce communion des paumes.

Comme avant, elle a murmuré à mon oreille :

– J'ai faim, allons manger !

3

Nous sommes restés un moment assis à déguster une barquette de mangues tranchées. Près de nous, une petite chienne galeuse se roulait sur le dos, les pattes en l'air. C'était un de ces *soï dogs* au pelage jaune pisseux qui n'appartenait à personne. La bête errante devait avoir une maladie de peau, elle avait perdu ses poils et était couverte de croûtes sanguinolentes. Les tétines toutes gonflées, elle venait probablement de mettre bas.

Soudain, alertée, la bête s'immobilisa, s'arc-bouta, prête à bondir. Avec un drôle d'air voûté, elle grognait, les dents menaçantes. Elle aperçut quelque chose en face et se jeta en aboyant dans le flot des pick-up. Le choc fut très violent et le glapissement horrible. La chienne s'est traînée en couinant jusqu'au bord de l'avenue avec des soubresauts, des hoquets.

La bête gémissait, salement amochée, le flanc ouvert. Elle se vidait de son sang au bord de Second Road, côté Mike Shopping. Personne ne savait trop quoi faire. Il aurait fallu l'empêcher de souffrir, l'achever. Avec quoi ? Tout le monde se taisait, embarrassé, nous voulions être ailleurs. La souffrance d'un animal, forcément ça nous touche, ça nous rappelle la nôtre, celle à venir. La chienne geignait, incapable de comprendre ce qui lui était arrivé. Un liquide noir et épais s'écoulait de son ventre pantelant pour confluer en flaques molles. Une écume de salive compacte lui pendait aux babines. Puis, les gémissements faiblirent. Les yeux ont pris une sale teinte vitreuse. La bête agonisait. Déjà, de grosses mouches à l'éclat luisant, au bleu presque métallique, s'étaient posées sur le corps tiède. La bête, promise au grouillement de la vermine, n'était déjà plus qu'un festin d'insectes, une promesse de vestiges morveux. Une vie s'éteignait.

L'humeur de Toy s'était encore assombrie. Sûrement, la fin horrible de son mari.

Après le repas, nous avons rejoint son bar. Les filles, qui à cette heure se pavanaient derrière le comptoir, prirent en gloussant la boîte de chocolat, et Nut sa *young sister*, sa meilleure amie, est venue se faire offrir à boire.

– Toi payer lady drink moi, OK ?

Un Viking énorme à la trogne de chanoine lubrique pelotait une fille très sexy. Toy a repéré mon regard nomade.

– Elle s'appelle Bôn, elle danse Malibu.

Le Malibu : un café spectacle du Soï Post Office qui proposait des imitations bon marché d'Elvis ou de Tina Turner. Le bar était presque désert et les serveuses s'ennuyaient ferme en lorgnant vers la télé. Le chanoine a sonné la cloche pour offrir une tournée générale et nous régaler d'une petite liqueur sucrée au goût d'œuf. En le remerciant, j'appris qu'il était norvégien. De Bergen.

– Saison pluie, pas beaucoup Farang a remarqué Toy d'un air désolé.

Toy jouait avec son pendentif de Bouddha, l'air absent. La mamasan a poussé la sono et une fille menue est montée sur le bar pour à se trémousser en se déhanchant pour attirer le chaland. Une des serveuses m'a souri. Elle s'était fait sculpter un nez à l'européenne et avait perdu dans cette opération une grande partie de son charme exotique.

Cette fascination du physique Farang était une malédiction. Pourvu que Toy n'y succombe jamais. J'aimais trop sa beauté typée aux lignes pures. J'avais l'impression de coucher avec une de ces jeunes héroïnes du Parti des affiches de la Révolution culturelle chinoise. Il ne lui manquait que les nattes au lit.

On est allé flâner dans la Walking Street. Il y avait moins de monde que la dernière fois. Toy s'est installée devant une soupe dans une gargote Isaan pendant que j'allais faire un saut au bar de Wi et Pan, les ex de Arnaud. Elles étaient toutes les deux assises derrière le comptoir désert du Lucky Star. Aucune ne portait les pendentifs envoyés par Arnaud. Pan m'affirma :

– *I loose it.*

Elles avaient dû les revendre. J'ai alors remarqué que Toy non plus ne portait pas mon bracelet.

– *You forget me*, se plaignit Pan, *I have no farang for one month, low season… Niap ! Quiet.*

Un mois sans client, j'avais du mal à la croire. Elle essayait de m'apitoyer pour que je la prenne en long-time. La devise de Pattaya, c'était *No honey, no money*. Pas de chéri, pas de fric. Pour les Farangs, il suffisait d'inverser. Wi devinait que j'étais insensible à son charme vulgaire et elle me demanda simplement quand Arnaud reviendrait. J'ai dit que je ne savais pas. Elle avait l'air de s'en cogner.

Je suis repassé prendre Toy. Je voulais initialement aller au Tony's mais il ne devait pas y avoir grand monde. À onze heures, il était bien trop tôt. Tous les deux, nous nous sommes mis à bâiller en même temps. La fatigue du voyage et des retrouvailles était venue d'un seul coup. Toy aussi avait l'air épuisée. Nous aurions tout le temps demain de sortir au Tony's ou ailleurs.

Rentrés à l'hôtel, nous nous sommes endormis aussitôt, sans faire l'amour, blottis l'un contre l'autre. Elle avait glissé une jambe entre les miennes et j'avais enfoui mon visage dans le santal de ses cheveux. Le lendemain, nous avons émergé en début d'après-midi d'un sommeil réparateur. Je voulais enfiler Toy par-derrière et retrouver ce bonheur si particulier mais elle refusa, affirmant que je lui faisais mal. Décidément, j'allais de surprise en surprise. De dépit, je l'ai renvoyée à son bar en lui donnant rendez-vous à dix heures.

J'avais décidé d'aller traîner vers le complexe du Soï 9 pour revoir Mi, une fille que j'avais prise en short-time la fois précédente.

– Je cherche Mi ! Elle travaille ici. Tu la connais ?

– Non. Ici pas Mi.

Aucune des serveuses de son bar ne se souvenait d'elle. Décidément, ça tournait de plus en plus vite. Coup de sonde dans les bars. Rien d'époustouflant. J'ai filé plus loin, vers l'épileptique Soï 8, je n'ai pas non plus retrouvé les filles repérées cinq mois avant. Une malédiction, tout mon travail exploratoire était à refaire. La connaissance des money girls est une science éphémère surtout à Pattaya, ce monde mouvant, ce chaudron infernal où rien, ni personne, ne restait très longtemps à la même place.

En remontant le Soï 7, la pluie se mit à tomber en une violente averse. Une fille avec un parapluie se précipita vers moi pour m'entraîner vers son bar. Elle avait 25 ans et donnait l'impression d'être à Pattaya depuis longtemps. Il émanait d'elle une sensualité animale, un peu vulgaire.

Je m'appelle Kai. Ca veut dire poulet ! dit-elle en battant des bras.

Curieusement, Kai n'avoua que trois mois de présence alors que son assurance et son look en affichaient trente. Son cul rebondi était serti dans un jean moulant. Une coupe au carré encadrait un joli minois qui laissait juste transparaître par endroit les soucis des années. Sa bouche large aux contours sensuels et ses narines tendues, frémissantes, lui donnaient un petit air cochon. Elle avait de petites mains prestes et baladeuses qui promettaient beaucoup. J'en salivais d'avance.

À côté de nous, un rougeaud trapu discutait le coup

avec une grande bringue longue et sèche, toute dégingandée. Il avait le cou épais. Tout son corps dégageait une impression massive. J'avais rendez-vous à dix heures au bar de Toy. Juste assez de temps pour une passe.

– Tu viens pour un short-time ?

Elle a hoché la tête et s'est fendue d'un large sourire en courant chercher la note. La pluie s'était calmée aussi vite qu'elle était venue. Nous avons pris deux motos-taxis pour rejoindre mon hôtel.

Le tintement métallique heurtait la faïence, j'écoutais en fraude son bruit liquide de petite femelle fendue. Elle avait laissé ouverte la porte de la salle de bains et me regardait d'un air vicelard.

Il me fallait reconnaître le terrain, prendre mes repères. En embrassant sa bouche, un goût de tabac blond me grimpa au cortex. Kai fumait trop. Très vite, elle fit glisser sa bouche vers mon sexe pour me sucer avec avidité. Elle se mit en position de levrette en caressant son anus du doigt comme pour m'inviter à passer par cette voie. J'ai enduit son orifice d'une noix de K-Y mais elle devait avoir une blessure car elle se mit à hurler de douleur quand je me mis à la pénétrer.

Je me suis immédiatement retiré pour la laisser finir de me sucer. Kai a tout pris dans la bouche, aspirant goulûment, dans un bruit de succion gourmande, jusqu'à la dernière goutte de semence. Et puis, elle est allée cracher son bain de bouche au lavabo et s'est longuement gargarisé après. Un reste de bière éventée traînait au frigo. Elle a vidé la bouteille. Rincette à la Singha.

On n'avait pas trop dérangé la chambre. Toy ne verrait rien. Inutile de lui faire de la peine pour un simple short-time. J'avais juste le temps de me doucher et de filer au Scandinavia. Pattaya.

4

Toy m'y attendait du côté clientèle du comptoir pour signifier qu'elle était déjà réservée. Je ne l'avais jamais vue aussi mal fagotée. Comme si elle l'avait fait exprès. Je ne comprenais pas pourquoi elle avait mis des vêtements aussi ringards. Je le lui fis remarquer mais elle prit aussitôt la mouche. Valait mieux laisser tomber.

Fallait pas trop traîner pour avoir une bonne table au Tony's. J'observais la foule qui glissait dans la rue piétonne : les filles en maraude, les Farangs aux yeux de veaux venus parader, une beauté au bras, le troupeau lourd et bovin des groupes de touristes à cuisses velues.

Soudain, au milieu de cette foule incohérente, je reconnus une silhouette familière. Pas de doute possible, ce corps longiligne, c'était Lat, la copine de Gustin, au bras d'un gros type blond à l'air timide.

Normalement, elle était censée être à Bangkok à attendre son retour. Gustin lui avait laissé assez d'argent pour tenir sans tapiner. Toutes des salopes. Lorsqu'elle m'aperçut, Lat s'immobilisa comme frappée de catalepsie, elle devait croire que sa mémoire lui jouait des tours. Elle devait être à cent lieues d'imaginer me rencontrer ici à onze heures d'avion de Paris. J'étais le seul ami de Gustin qui la connaissait. La sale poisse.

Dire qu'elle était la jalousie incarnée et que Gustin était suivi de très près dans tous ses déplacements à Pattaya. Lui, dadais comme le sont les Farangs, il croyait avoir trouvé l'amour avec cette fille capricieuse au regard impérieux et jaloux. J'avais envié Gustin de savoir Lat chez ses parents à Bangkok. Au moins, n'avait-il pas à se morfondre en imaginant sa belle se faire enfiler par des gros porcs. Je n'avais pas eu cette chance mais il est vrai que je ne raquais pas pour Toy.

Lat vint essayer de m'expliquer quelque chose dans un mauvais mélange de thaï et d'anglais. Moi, je trouvais qu'il n'y avait pas grand-chose à expliquer. Ma voix me semblait flasque et désabusée.

— Tu travailles dans un bar ?

— Non, je vais juste disco.

— Tu parles mieux anglais qu'avant.

Elle a rougi. Au moins, elle n'essayait pas de m'embobiner avec des histoires vaseuses. Mais après tout, elle était majeure et je trouvais presque déplacées ses explications. Elle ne m'en devait aucune. Je ne disais rien. Lat essayait d'apprivoiser mon silence.

Le gros blond était resté à bonne distance, l'air vaguement inquiet de voir Lat aussi bouleversée. Elle avait dû lui parler de son Français et il devait penser que j'étais son régulier. Peut-être, craignait-il que le « mari trompé » cherche la bagarre. Moi, j'étais juste profondément déçu pour Gustin.

J'hésitais à la balancer. Entre potes, on se devait la franchise. Je m'en cognais de Lat. Malgré l'adoration qu'il lui portait, Gustin s'était fait pigeonner. Nous ne pouvions rien bâtir sur le sable de Pattaya. Gustin avait commis la même erreur que tous les autres en oubliant le proverbe qui disait qu'un client pouvait sortir la fille du bar mais jamais le bar de la fille.

Toy et Lat n'échangèrent pas un mot. Toy avait compris la situation. Elle lisait la déception dans mes yeux. Avec la trahison de Lat, je réalisais brutalement que ce monde était bâti sur le mensonge. La franchise, la sincérité et l'amour n'avaient pas leur place dans cette ville dionysiaque. Je ne me sentais ni le courage ni le droit de piétiner les illusions de Gustin. Je me souviens encore de ses mots, un soir où il s'était démoli à la bière. « Pattaya est une expérience intérieure ». Intérieure, tu parles ! Il aurait dû se souvenir qu'Ève et Pandore étaient la cause de tous nos malheurs. Lat me souriait craintive.

– Tu dis rien à Gus ! Tu promets ?

– Je te promets, Lat. Bonne chance !

J'ai gardé son secret uniquement pour ne pas faire souffrir Gustin. Il aurait assez de temps pour se forger sa propre opinion. Et puis, qui sait ? Lat deviendrait peut-être une girl friend amoureuse et fidèle dès l'instant où ils vivraient sous le même toit.

J'ai fixé Lat une dernière fois. Son regard qui flottait, incrédule, ne disait qu'une seule chose : tu vas me trahir, n'est-ce pas ? C'est la dernière image que je garde d'elle, son air désespéré la rendait encore plus belle que d'habitude. Sa robe blanche tranchait avec sa peau dorée. Avec sa coupe au carré et ses grands yeux maquillés, elle était somptueuse drapée dans son angoisse. Le Farang aux yeux lavasses pouvait être fier de lui.

Au Tony's, tout était immuable. Même patron vissé derrière son synthé, même spectacle, même exubérance fébrile, et puis partout les petites putains brunes au regard brillant de tucuses. Prunelles métalliques faisant des appels de phare aux touristes qui croyaient être venus en prédateurs alors qu'ils n'étaient que des proies.

Ce soir, il y avait de la belle poule, élevée au grain. Un grand cru en perspective. Que du bonheur aurait dit Gustin. Il me manquait. Les filles arrivaient par bouffées, s'installant aux tables en vérifiant d'un regard circulaire la qualité du gibier. Félines, elles s'exhibaient, toutes chaudes de plaisir, les bouches humides, gonflées de promesse, la pulpe opalescente des lèvres tendues, les yeux brillants comme des escarboucles. Des tentatrices aux chevilles fluettes, aux bras minces et déliés, des succubes toutes ruisselantes de fébrilité charnelle, de voracité animale.

Tassée sur son tabouret, toute grise, Toy faisait la gueule. Je l'entraînais danser au milieu du sabbat démoniaque des beautés thaïes. Notre première soirée après des mois d'absence. Tout cela aurait dû la rendre joyeuse mais rien ne semblait la dérider.

— C'est toi la plus jolie. *Toy sexy maak-maak !*

Elle me regardait avec cet air boudeur d'irritation jalouse qui me rappelait ma tendre épouse. Je sentais dans son regard impérieux son envie de me maltraiter, de m'injurier, de se répandre en insultes. L'orage couvait et je ne pouvais rien faire.

En sortant de la discothèque, je voulus l'embrasser mais elle me mordit violemment avant de me repousser. Le regard obstiné, elle éclata alors en une avalanche de griefs.

— Toi, papillon. Comme avant ! Toi, *paak-waan*, bouche sucrée, *seuwit-maou* mais *butterfly*.

Elle me reprochait de mater les tables voisines, de la faire passer pour une cruche aux yeux des autres filles. Toujours ce culte du paraître des Thaïes. Jamais auparavant, Toy ne m'avait cherché ce genre de mauvaises querelles. Elle se vengeait du passif que j'avais contracté depuis ma trahison. Je comprenais qu'elle ne m'avait jamais pardonné, que dès le moment où je l'avais laissée, ses sentiments pour moi s'étaient éteints, qu'elle ne m'aimait plus si tant est que cela ait signifié pour elle quelque chose. Cette scène injuste devenait insupportable :

— Toy avant tu avais bon cœur. Pourquoi maintenant tu as le cœur noir ?

— J'ai pas le cœur noir. C'est toi qui fais papillon.

— Tu veux t'en aller, rentrer chez toi ? Prends cet argent !

Orgueilleuse, elle a refusé l'argent et d'un pas mal

assuré, espérant peut-être que j'allais courir après elle, elle a pris la direction de son bar. Je ne voulais pas retrouver une querelleuse à Pattaya alors que j'en avais quitté une à Paris. Le bar de Bao, la copine de Lat, appartenait au Best Friend Plaza juste à côté du Royal Garden. Une fille pas compliquée. Une des serveuses était en train de sniffer un bâton contre le rhume. J'ai demandé Bao.

– *Bao come tomorrow ! Next time OK, No plomplem To night, I go with you. Krang nà… next time, you take Bao !*

– *What time, she comes tomorrow ?*

– *OK. tomorrow, Bao. No plomplem.*

Décidément, la chance n'était pas de mon côté. La nuit avançait, ma pensée revenait à Toy. J'étais venu pour elle et j'étais en train de la perdre pour une stupide question d'amour propre.

J'ai continué à longer la baie pour rejoindre son bar. À tout hasard. Elle était assise au fond, côté cour, l'air complètement absent. Le bar était noir de monde et elle restait là à tordre ses mains menues. Je me suis glissé derrière elle pour saisir ses bras.

– Tu viens ?

Elle a esquissé un sourire triste. Elle avait l'air soulagée que je sois revenu la chercher, contente surtout vis-à-vis de ses copines. Elle n'avait pas perdu la face.

En rentrant à l'hôtel, Toy m'annonça en bafouillant dans son anglais de bar qu'elle avait avancé son départ pour l'Isaan à demain. Je compris qu'elle venait de réserver sa place dans un minibus et qu'elle devrait se rendre ensuite quelques jours à Chiang Mai aider son frère.

Cela signifiait que c'était notre dernière nuit ensemble. Je ne savais pas quoi dire. Sur le coup, j'ai mis sa crise sur le compte de la tension du départ. Je ne comprenais pas trop pourquoi mais ce voyage avait l'air important. Je voulais croire que cette tension entre moi d'un côté et ses obligations familiales, de l'autre, expliquaient sa tristesse depuis mon arrivée.

Ce fut notre dernière nuit, seul son corps était là, offert, sans résistance, écartant les cuisses machinalement. Une nuit pleine d'une froideur polie, tout enveloppée d'égards. Le lendemain, les yeux rougis par les larmes silencieuses qui roulaient sur mes joues, le front moite, je lui ai donné un dernier baiser. Ses lèvres brunes me semblèrent glacées. Un poisson mort.

Pourtant j'ai fait durer ce baiser de morte, terrifié par ce qui allait se passer après. Sans un mot, le regard dur, déjà lointain, elle a franchi la porte de la chambre sans se retourner.

Elle fuyait. Le teint blême, je n'avais pas le courage de l'accompagner jusqu'à la rue.

Nous avions passé trois jours et deux nuits ensemble. C'était le jour de mon anniversaire, j'allais avoir trente-neuf ans. Je me retrouvais complètement seul à plus de neuf mille kilomètres de Paris et la vie me paraissait triste et désolée.

5

Le soir, je suis repassé au bar de Bao. Elle était assise sur un tabouret, dans une robe en lamé. Bao, une chic fille, originaire de Surin. Sa peau d'un brun chaud et la langueur animale de son regard trahissaient ses origines khmères. Son corps de rêve semblait avoir été taillé dans un bloc de serpentine.

Bao était une fille douce et attentionnée comme j'en ai rarement rencontré dans mon existence. Avec la mémoire exceptionnelle des filles de bar, elle se souvenait m'avoir rencontré au Tony's cinq mois plus tôt. Nous parlâmes un peu de Lat et de Gustin comme deux vieux amis qui se revoient. Elle m'annonça qu'elle allait épouser un Hollandais d'origine moluquoise de cinquante-deux ans.

– Tu l'aimes ?

– Je pense pouvoir prendre soin de lui. Avant, j'ai aimé garçon suédois, mais lui m'aimait pas. Je reste deux ans à Pattaya. Trop long ! Je veux marier Farang ! Pattaya, je veux plus ! Tu comprends ?

Elle en avait assez. Assez de vendre son cul à des épaves qui sentaient la bière et la sueur. Assez de poireauter des plombes, assise sur ce maudit tabouret en espérant qu'un vieux la remarquerait. Elle, plutôt qu'une des deux cents autres filles à fourrer du plaza. Franky — le Moluquois s'appelait Franky — n'était pas très beau mais il avait bon cœur et il l'aimait. Ça lui suffisait à Bao pour s'engager pour la vie, dans un pays inconnu.

Elle me demanda même si l'on parlait anglais en Hollande. Tout ce qui lui importait à Bao c'est que c'était loin d'ici et qu'ici elle pouvait plus. Je lui ai raconté que ma *girlfriend* était rentrée pour l'Isaan et qu'elle ne reviendrait que pour Noël. Ça lui a paru bizarre. Bao avait une longue expérience des filles de bar. Elle m'affirma ne pas croire à cette histoire. À son avis, ma copine était partie avec un Farang.

— Je te crois pas Bao. Toy est rentrée en Isaan.

— Filles à Pattaya mentir beaucoup. Elle dire faire ceci, mais faire autre chose. Tu sais fille travailler bar, toujours mentir !

Le départ de Toy avait ébranlé mes nerfs et les doutes instillés par Bao n'arrangeaient rien. Après une longue promenade dans la Walking Street, nous avons mis tranquillement le cap vers l'hôtel. Ni moi ni elle n'avions envie de sortir. Bao m'a très bien fait l'amour, sa peau cuivrée aux tons chauds était soyeuse et exhalait un léger parfum de santal. Bao était une reine de la turlute. Ça me changeait des réticences orales de Toy. Après, j'aurais dû m'écrouler d'épuisement mais je n'ai pas réussi à fermer l'œil.

Plein d'incohérences dans les explications de Toy me revenaient et troublaient mon sommeil. Elle m'avait dit que son frère l'appellerait quand elle devait rentrer préparer le mariage. Plutôt bizarre pour un événement du genre prévisible. Puis elle m'avait affirmé qu'elle passerait d'abord à Bangkok faire contrôler ses yeux. Il paraît que le docteur y était moins cher. Pourtant, tout était plus cher dans la capitale.

Quand je lui avais proposé de l'accompagner, elle m'a répondu que le minibus ne ferait que traverser la périphérie de l'immense conurbation. Sur le coup, j'ai mis tous ces éléments sur la désorganisation et l'improvisation qui caractérisaient les Thaïs en général et les filles de bar en particulier mais, maintenant, la vérité transparaissait dans toute sa crudité. Elle devait m'avoir quitté pour un Farang qui venait de lui annoncer son arrivée d'où son « départ précipité » pour l'Isaan.

Ces pensées cafardeuses tournaient dans ma tête m'empêchant de trouver le sommeil. Par moments, je croyais dur comme fer qu'elle était retournée chez elle. À d'autres, sa duplicité ne faisait plus aucun doute pour moi. Mon esprit oscillait entre ces deux pôles au gré des décharges luminescentes de neurotransmetteurs qui irritaient mes neurones épuisés.

Je comprenais qu'elle puisse avoir des sentiments plus forts pour un autre. J'avais jamais été un séducteur en Europe, je ne croyais pas l'être devenu simplement en changeant de fuseau horaire et de taux de change. Je lui en voulais de ses mensonges. Voulait-elle m'éviter de souffrir ou bien tout simplement conserver un fer au feu de plus ?

Quand la trentaine se profilait ou quand, comme Bao, elles ne supportaient plus la routine éprouvante de la vie de bars, les tapins cherchaient frénétiquement à se caser. Bien sûr, certaines pouvaient tomber amoureuses, mais c'était surtout au début. À la longue, les chagrins qui suivaient les départs, les trahisons blindaient les cœurs les plus sensibles. Toy pouvait-elle encore aimer ? J'en doutais.

Après la trahison de Lat, celle probable de Toy venait de me révéler toute la duplicité de cette ville vénale qui pouvait devenir un véritable piège pour âmes trop sensibles. On ne comptait plus ceux que l'amour des filles thaïes, trop sexy et trop rusées, avait transformés en épaves.

Au milieu de la nuit, tendu par mon insomnie à ruminer ma rancœur, j'ai réveillé Bao sans égard pour la baiser avec un mélange de rage et de désespoir sans toutefois réussir à trouver le sommeil. Tout au long de cette nuit blanche, Bao, que j'empêchais de dormir en me retournant sans cesse, ne fut que gentillesse et compréhension. Elle caressait mes cheveux comme ceux d'un enfant. Elle avait deviné la raison de mon insomnie. Cette nuit là, grâce à elle, j'ai évité de vouer aux gémonies toutes les putains de Pattaya.

Le lendemain en milieu d'après-midi, j'ai laissé Bao sans lui fixer de rendez-vous précis. J'ai acheté une bouteille d'eau Minéré au 7-Eleven et j'ai filé sur Jomtien me prélasser sur la plage, armé d'un bon bouquin.

Depuis mon arrivée, je n'avais pas encore eu l'occasion de lézarder. J'aimais rester au bord de l'eau, vaguement assoupi de chaleur en sirotant des boissons. J'ai enfin pu retrouver un certain calme. Je suis revenu vers le soir à Pattaya. J'avais décidé de passer au bar de Nâm qui appartenait au même complexe que celui de Bao. Sa copine Han m'a immédiatement reconnu :

— Nam, pas ici. Nâm, aller long long-time avec américain !

— Sabai dee maï ? Tu vas bien ?

— No have Farang, se lamentait Han. Toi payer verre ! OK ?

Han, que je trouvais moins jolie que la dernière fois, me faisait un peu la tête car elle sentait qu'elle ne m'intéressait pas vraiment. Elle en avait visiblement marre, les Farangs ne venaient que pour Nâm, la fraîcheur même. J'ai pris une Chang.

— Tu achètes Han, ce soir ?

— J'étais juste dire bonjour à Nâm !

— Va te faire foutre !

— J'y vais. Le temps de terminer ma bière.

Au centre du complexe de bar, le ring commençait à s'animer. La musique lancinante des trompettes chinoises s'est mise à monter dans l'air du soir et deux boxeurs assez jeunes, presque des adolescents, se sont assis sur un banc. Encore deux évadés qui s'étaient jetés dans la boxe pour échapper à la rizière ou à l'usine.

Mais alors que j'attendais que les adolescents montent sur le ring éclairé de néons, deux gnomes ont déboulé de nulle part, deux nains vêtus de leur tenue de boxe thaïe. Aussi laids l'un que l'autre. Ils se sont hissés sur la plateforme, aussitôt suivis par un troisième type habillé en blanc et qui devait être l'arbitre. Après les rituelles prières à Bouddha, les deux boxeurs, difformes et trapus, se sont toisés avant de se saluer, les gestes un peu raides.

Le plus grand avait une tête énorme et dépassait de dix bons centimètres son adversaire, un être sans cou, vieilli avant l'âge, et dont la tête paraissait avoir été soudée de biais au torse.

La cloche a sonné et les nains ont commencé à s'agresser. Au début, le public farang considéra avec un vague amusement ces deux marionnettes de chair, vite trempées de sueur. Puis, ne comprenant rien aux règles de cet art, leur attention est revenue au cul des filles. Sur le ring, les coups gagnaient en violence, coups de pieds et de poings, mais aussi coups de genoux et coups de coude.

Les deux boxeurs ne simulaient plus, ils frappaient pour faire mal. Leurs yeux se croisaient avec une surprenante fixité. Alors qu'au début, ils n'avaient rien l'un contre l'autre, ils commençaient à se détester.

Ils devaient chaque soir venir prendre des gnons pour distraire les touristes qui s'en cognaient. Mais là, ils pouvaient enfin se défouler sur le Thaï d'en face. Les pauvres, les infirmes se vengent toujours de leur désarroi sur des gens de leur condition. À chaque coup porté, le public thaï amusé poussait un cri d'encouragement.

L'attention captivée par le babil des filles, la pensée obsédante du cul des serveuses et le va-et-vient de la rue, la plupart des buveurs de bière ne regardaient plus le désolant spectacle organisé en leur honneur. Pourtant, c'était maintenant une lutte terrible. Un combat de gladiateurs.

Les membres raides, la face livide, les pupilles dilatées, les deux nains ruisselaient.

Le petit vieux, était en train de recevoir une sacrée dégelée, il saignait du nez et avait l'œil droit fermé et gonflé. Ses grosses lèvres étaient retroussées dans un rictus de souffrance. Pourtant même la couleur du sang n'arrivait pas à intéresser la clientèle amorphe.

Soudain, le petit s'est découvert un très bref instant et celui d'en face a immédiatement vu l'ouverture, en profitant pour enchaîner toute une série de coups, très violents, avec les poings et les coudes.

Dérouillé, le petit a oscillé un moment, le nez en bas, le corps mou, les bras ballants. Impitoyablement châtié, il vacillait. Ses jambes trop courtes en coton, les membres en gelée, la respiration courte et bruyante, il titubait comme un ivrogne.

L'arbitre avait arrêté le massacre déclarant l'autre vainqueur. La face du petit vieux complètement tuméfiée avait pris une vilaine couleur vinasse. Il ne comprenait pas que son calvaire était fini. Il restait en plan, l'œil en perdition, au milieu du ring, déglingué et ballant, battant toujours l'air de ses bras arides. Pas encore décidé à s'effondrer, à perdre la face.

Le vainqueur en nage était déjà en train de passer parmi les buveurs de bière spongieux pour mendier la récompense de sa victoire, prenant soin de mettre au-dessus de son butin les billets les plus gros pour donner l'exemple. Sur le ring, deux hommes venaient d'évacuer le nain qui avait perdu connaissance. Les trompettes chinoises montaient à nouveau dans la nuit, annonçant le prochain combat entre les deux adolescents.

6

À ma droite, un cou frais de biche se dressa et accrocha mon regard. Deux yeux bridés se levèrent vers moi d'un mouvement d'animal rapide. Assise de biais derrière le comptoir, une fille silencieuse aux cheveux courts m'observait avec un air rêveur. Un petit écureuil gracieux avec un corps tendu de santé, une poitrine saillante offerte comme une tentation, un visage harmonieux et des yeux délicieusement pimentés. Elle me lança un regard rieur. Sympathie malicieuse, pleine de promesses. Elle se pencha vers moi, frôleuse.

Mon expérience putassière m'avait appris que le plus important était de laisser les filles vous choisir. Il n'y avait pas de mystère, si vous plaisiez à votre partenaire, alors la relation pouvait vraiment devenir exceptionnelle. Le seul problème, qui expliquait, à mon avis, que le petit canon soit encore en magasin, c'était qu'elle ne décrochait pas un mot d'anglais. Vu mon niveau en thaï, ça promettait d'être acrobatique. Je compris au bout de cinq minutes qu'elle se prénommait Tchaa.

J'ai hésité un moment avant de payer le bar. Voyant mes hésitations, elle assura, pour vaincre mes réticences, avec une telle conviction m'aimer beaucoup que j'ai finalement cédé. Après mes tristes retrouvailles avec Toy, un peu d'amour ne me ferait pas de mal.

Remarquant les gouttes de sueur sur mon front, Tchaa fit claquer le petit sachet qui enserrait une serviette fraîche et, délicieusement attentionnée, elle m'a épongé soigneusement le front. Quel bonheur de se laisser bouchonner par une fille pleine de douceur (prenez-en de la graine, femelles orgueilleuses d'Occident, vous qui croyez déchoir quand vous soignez vos hommes). Quand j'ai demandé à Tchaa si elle aimait danser, ses yeux se sont éclairés comme ceux d'un petit enfant à qui l'on parle du père Noël. Ce soir, c'était soirée Halloween au Tony's. Ambiance garantie.

On avait du temps avant de sortir et j'avais envie d'elle. Je me suis arrêté acheter des capotes et de l'eau au FamilyMart. À peine arrivés à l'hôtel, Tchaa, en petit singe curieux, a commencé une inspection en règle des livres, des boîtes, bref de tout ce qui traînait dans ma chambre. Elle ouvrait tout pour voir à l'intérieur.

J'ai fini par comprendre qu'elle avait vingt ans et était mère d'une petite de trois ans. Sa famille habitait Laem Chabang : un port situé à une trentaine de kilomètres en direction de Bangkok. Quand elle m'avoua qu'elle ne travaillait à Pattaya que depuis une semaine, j'ai regretté mon choix. Elle était manifestement trop jeune et inexpérimentée. Je m'embarquais dans un trip à la Gustin alors que j'aimais les filles plus mûres, plus expérimentées en amour.

Pourtant, dès que j'ai commencé à caresser son jeune corps couché dans la fraîcheur des draps propres, je dus bien vite réviser mon opinion. Tchaa ne connaissait pas la ville, elle n'avait manifestement jamais mis les pieds au Tony's mais elle avait beaucoup d'expérience en amour.

Plein d'attention, je commençai par plonger ma main vers l'abri tiède de son ventre, pour caresser le petit triangle de savane odorante puis ma langue se mit à fureter dans la petite fente rose et fraîche blottie au centre de sa délicate toison. Sans hésiter un seul instant, elle me prit dans sa bouche gonflée de petite fille, me suçant avec application, avec une lenteur calculée. Puis la langue de Tchaa descendit lentement vers mes testicules qu'elle se mit à lécher comme un jeune chiot, les prenant avec douceur dans sa bouche pour jouer avec.

Elle était à la fois délicieusement experte et très tendre.

Je n'en revenais pas d'avoir, une fois de plus, tiré le gros lot. Mon doigt humide me mit à titiller son anus puis à la fouiller plus franchement, plus violemment, en une investigation vorace. Non seulement elle ne protestait pas mais son cul, ouvert comme un fruit somptueux, se mit à onduler en cadence. C'était sûr Tchaa accepterait de se laisser enculer. Soirée portes ouvertes. Pour l'instant, je bandais encore trop mou et je lui ai écarté délicatement les fesses la ceinturant par les reins pour la fendre délicatement en levrette. Je malaxais ses cuisses, sentant le plaisir sourdre en elle. Elle haletait en se cambrant au maximum pour se faire prendre au plus profond.

Après une dizaine de minutes à grimper en danseuse dans son col, je l'ai retournée pour attaquer la face nord, j'avais graissé son cul avec une noix de gel puis, toujours de face, j'ai pénétré d'un mouvement lent mais puissant dans l'épanouissement obscène de ses reins. Je continuais à pétrir ses cuisses, tout en lui ravageant sans merci les reins.

Maintenant, les spasmes violents de son anus, remontaient vers tout son corps en ondes qui couraient sous le satin de sa peau électrique. Arrimée de ses deux mains menues au matelas, le souffle court, elle gigotait sous mes coups de rein en haletant d'un souffle alarmant. Soudain, sans prévenir, nos sexes s'inondèrent de plaisir dans une fulgurance de corps enchevêtrés. Fléchi comme une accouchée au milieu du lit, elle gisait, désemparée, pantin désarticulé, la peau en feu.

Une demi-heure plus tard, calmes et détendus, nous avons rejoint le Tony's pour la soirée Halloween. Nous avons eu la chance d'arriver juste avant la cohue, bien placés face à la scène et au bord de la piste de danse. Nous nous sommes jetés dans la masse sombre des femelles d'où émergeaient, comme des miradors vivants balayant les alentours de leurs projecteurs, les lourds mâles blancs.

La timide bar girl bougeait sur un rythme endiablé me dévorant des yeux. Son charmant minois, le casque sombre de ses cheveux me faisaient penser à ces adolescentes japonaises, mi-femme mi-enfant, qui peuplaient les fantasmes des salarymen nippons. Toutes les dix secondes, Tchaa me roulait des pelles. Ailleurs qu'au Tony's cela aurait été gênant mais ce club jouissait, en matière de mœurs, d'un véritable statut d'extraterritorialité : Tout ce qui offensait le code social thaï y était permis, et même encouragé.

Tout près de nous, des moyen-orientaux se faisaient draguer de manière éhontée par un groupe de copines. Les types, courts sur pattes, étaient gras et répugnants. Leurs visages aux oreilles poilues dégoulinaient de mépris pour les Thaïes qui s'agitaient en leur lançant des œillades depuis la petite piste de danse. Leur table débordait d'alcools, ils étaient manifestement plus « chair et rasade » que mille et une nuits. Un barbu obèse de huit mois, le ventre en avant, les tripes engluées, retenait avec peine les envois d'une digestion difficile. Stoïques et pas dégoûtées, les morues gardaient le même sourire enjôleur. Tony, un métis qui officiait au synthétiseur, l'avait annoncé à plusieurs reprises :

– Quinze mille bahts au meilleur déguisement.

Quatre mois de salaire moyen. Certains avaient beaucoup investi pour remporter le gros lot. Petit à petit, des créatures cauchemardesques, qui témoignaient de la créativité locale en matière de gore, apparurent dans la boîte. Tony fêtait également son anniversaire et l'ambiance était survoltée. Au milieu de la houle des danseurs, les serveurs avaient de plus en plus de mal à se frayer un chemin jusqu'aux tables. Le Tony's n'était plus qu'une cohue de viandes surchauffées, une foule assoiffée qui débitait des volumes impressionnants de boissons. Les Arabes avaient fini par emmener leurs putes libérant une table très convoitée. Nous partagions la nôtre avec un groupe de trois créatures, le genre superbe et sophistiqué. À peine installées, le velours noir de leurs yeux d'antilope s'est mis à scruter la pénombre chaude.

Tchaa était complètement caramélisée et, surtout, semblait très heureuse de sa première soirée au Tony's. La foule tanguait de plus en plus violemment. Tous ces êtres accouplés, Thaïes et Farangs, Farangs et Thaïes, grisés par les mêmes sensations, le même alcool, voulaient croire aux mêmes promesses, aux mêmes espoirs. Tous frémissant, vibrant dans l'attente de la nuit qui les prendrait.

Portée par le délire général, totalement absorbée par les pulsations de la dance, Tchaa avait grimpé sur la scène pour palpiter des hanches. Elle venait d'avoir vingt ans et, pleine d'une gratitude émue, elle me fit comprendre d'un long regard, formidablement comblée, que c'était l'une des plus belles soirées de sa vie.

Une fois dans la chambre, pour me remercier, elle me suça avec application et, à ma grande surprise, prit tout dans sa bouche vermeille. Au lieu de se lever pour courir au lavabo, elle resta à me regarder avec un air gourmand. Elle venait d'avaler ma semence tiède. Elle m'assura juste après, avec un sourire fripon, lui trouver une saveur adorable, un goût onctueux et délicat. Son corps était une source de joie goulue qui n'en finissait pas. Elle m'affirma que j'étais le premier homme qu'elle suçait. Là, fallait pas pousser mais, sans conteste, elle était plutôt douée. Je sentais déjà que l'on allait passer plus d'une nuit ensemble.

Vers quatre heures du matin, Tchaa me secoua violemment pour me réveiller. Le blanc de ces yeux brillait comme du phosphore. Elle tremblait à cause d'un bruit sourd dans la salle de bains. Comme toutes les Thaïes, elle croyait aux revenants.

– Tu crois que la douche est hantée par les fantômes de toutes les putes qui s'y sont succédé ?

Je dus aller dans la salle de bains pour lui prouver qu'il n'y avait rien à part le robinet du lavabo qui gouttait. Enfin rassurée, elle se rendormit encastrée sous mon bras.

7

Le lendemain matin, insatiable, elle me réveilla avec une pipe. Elle avala à nouveau mon plaisir avec une satisfaction goulue. Puis, en souriant, elle approcha son mufle humide, me gratifiant d'un baiser long et profond pour que je vérifie qu'elle n'avait rien gardé en bouche.

Il était onze heures et en se dépêchant, il était encore possible d'attraper le bateau de midi pour l'Île de Koh Laan.

Nous avons sauté dans un *songthaew* pour l'embarcadère. Un vieux bateau ventru de passagers patientait à quai. Tout le monde avait l'air de somnoler : couples mixtes, familles thaïes vautrées dans des transats, îliens retournant à leur village, chargés de cabas. Au bout d'un quart d'heure, le navire s'est ébranlé au rythme du diesel poussif et a pivoté pour s'éloigner du ponton. Nous avons laissé derrière nous le long ruban courbe de la plage pour piquer vers le large. À une dizaine de kilomètres vers le Sud-Ouest, la forme montagneuse d'une île se profilait. C'était Koh Laan.

Une jeune femme est passée collecter les vingt bahts du trajet puis je me suis laissé bercer par le ronronnement du moteur. Une brise légère rafraîchissait les corps rendant la traversée presque agréable. Après vingt minutes de croisière, le navire a laissé un îlet sur la droite avant de plonger vers un petit port baigné par un ressac d'ordures.

Une meute adolescente rigolarde accueillait le chaland. Nous avons pris deux taxis-motos pour traverser l'île jusqu'à Taweng — la plage principale qui se trouvait à

318

l'opposé du petit port. Les chauffeurs, en blouson rouge numéroté, ont slalomé dans le village entre les nids de poule et les chiens errants avant de s'échapper vers une pente qui escaladait le relief central de l'île.

Plus légère que la nôtre, la moto de Tchaa nous distança progressivement et je voyais s'éloigner sa fine silhouette arrimée à l'adolescent. Ils avaient l'air d'un couple de collégiens amoureux en ballade. Je me sentais dégueulasse, je lui volais ses amours de jeunesse, les instants de bonheur qu'elle aurait dû passer avec des gamins de son âge.

On a débouché sur une corniche qui dominait un croissant de sable blanc écrasé de soleil. L'étoffe limpide de la mer ballottait toute une volée de petites embarcations. La moto a plongé vers l'odeur marine pour me déposer à l'entrée de la plage juste à côté d'une gargote. Tchaa me fit comprendre qu'elle mourrait de faim.

On s'est installé dans un restaurant de plein air pour déjeuner d'un curry vert arrosé d'une grande bière glacée. Le soleil cruel tapait presque à l'aplomb. La plage vibrait sous la chaleur et la faible brise, chauffée par le halo aveuglant de la mer, n'apportait qu'un maigre rafraîchissement. Des groupes de touristes chinois finissaient de déjeuner dans des hangars construits à la va-vite en bord de plage. Après le déjeuner, nous sommes installés à l'ombre de parasols et Tchaa m'a serré contre elle. J'ai senti ses cils battre dans mon cou.

On a passé l'après-midi sur la plage en se bécotant et en lisant des journaux. Elle avait choisi une bande dessinée pour enfants. Malgré ses vingt ans et sa fillette âgée de trois, ça me faisait par moment l'effet d'être un vieux pervers. C'était pourtant plutôt elle qui m'avait mis le grappin dessus. Elle avait pour moi cette tendresse sauvage, presque désespérée, qu'éprouvent souvent les enfants pour les petits animaux et j'eus droit à nouveau aux *I love you* et *I am happy, happy, happy.*

Tchaa ronronnait comme une jeune mariée. Tant d'amour avide me faisait peur pour elle. Je ne le méritais pas. Même si nous restions ensemble jusqu'à mon départ, dans quelques jours, je monterais dans mon vol pour Paris et Tchaa reprendrait la besogneuse routine du bar. Je ne serai pas son Sauveur et, au fond, elle devait le savoir. Mais à vingt ans, les passions sont entières, dévorantes, irrésistibles. Toutes taillées d'un seul bloc. Les premiers chagrins d'amour sont les plus violents.

J'ai regardé les yeux étirés de Tchaa. Le cuir de son cœur n'avait pas encore eu le temps de se tanner. Dans quelques mois, il allait devenir dur comme une cuirasse, imperméable aux peines comme aux bonheurs simples. Tchaa s'est collée contre moi et je me suis assoupi une main glissée dans le sable chaud, engourdi par les chaleurs mêlées de son corps et du soleil.

Lentement, l'après-midi déclinait apportant enfin un peu de fraîcheur. Une légère gaze blanche embuait le ciel. Des motos sillonnaient la plage en quête de clients. Il était temps de rentrer pour ne pas louper le dernier bateau.

Sur le chemin du retour, malgré la douce présence de Tchaa, je me suis senti terriblement seul, comme on ne peut l'être qu'au milieu d'une fête perpétuelle, de gens qui prennent du bon temps. La ville mercenaire approchait progressivement et le fardeau de la vie devenait insupportable.

J'avais décidé de faire un saut au bar de Toy dans le secret espoir qu'elle ne soit pas partie. J'avais besoin de la revoir, certain que seule sa lumière pourrait peut-être soigner le malaise qui me glaçait les veines.

8

Toy n'était pas là comme j'aurais dû m'y attendre. Je me suis tassé sur le tabouret. La fille qui m'apporta ma bière m'avait reconnu. Elle nous avait vus ensemble deux ou trois fois.

– Toi venir pour Toy ? Elle aller maison voir papa mama !

Elle était peut-être dans son village à cette heure ou bien sur les mauvaises routes du Nord-Est. Il lui fallait une longue journée de bus pour rejoindre son village. Mais quand était-elle vraiment partie ? La petite qui m'avait annoncé son départ était presque joyeuse. Cette inversion du rapport de force entre filles et Farangs n'était pas si fréquente. Combien de nuits passées à attendre un client qui ne viendrait pas ou à espérer le retour improbable de celui qui avait lâché pour se débarrasser d'une serveuse trop collante : *I go back* ?

Pendant les heures interminables à poireauter au bar en caqueter entre elles, les Farangs occupaient la plus grande part de discussions obsessionnelles. Celui-ci était jai dee, celui-là jai dam. Le *big money* ou bien le pingre, les *Cheap Charlies* comme elles disaient. Les Farangs kinok, littéralement merdes d'oiseaux. Elles soupesaient le pour et le contre. Elles évoquaient en riant les vices de certains. Celui qui ne pouvait éjaculer sans un doigt dans le cul, celui qui criait comme un goret avant de crachoter ses gamètes. Chacune évoquait avec fierté sa collection d'amoureux, ses mails et surtout, seule réelle preuve d'amour pour une fille de bar, les virements réguliers qu'elle recevait de l'étranger.

Les filles classaient les nationalités dans une coupe du monde du micheton. Les Anglais arrivaient en tête. Les filles les jugeaient généreux, bien élevés, portés sur la boisson mais pas sur les fantaisies sexuelles. Allemands, Hollandais et Français avaient la réputation d'être *kiniaou* — c'est à dire radins.

Français et Ritals n'avaient qu'un statut de semi-Farangs. Peu de blonds aux yeux bleus et surtout, la même sale habitude que les melons de vouloir enculer les filles. Les Scandinaves, eux, étaient de vrais Farangs, généreux mais, par contre, ils traînaient une sale image de pochards. Comme les Russes, mais ceux-là étaient en plus suspectés d'appartenir à la mafia et d'être violents.

Suisses, Norvégiens et Américains étaient les plus généreux... pour la catégorie Farang. Les Japonais et autres chinois de la diaspora les surpassaient mais ils évoluaient dans un circuit parallèle. Celui des karaokés et des bars spécialisés. Les Japonais ne mégotaient pas sur les pourboires mais trimballaient une sale réputation de pervers sexuels, incapables de bander si la fille n'était pas déguisée en collégienne ou ligotée comme un saucisson. De tout cela, j'avais retenu que les Français étaient des demi-melons fauchés et portés sur la sodomie. C'était somme toute un assez bon résumé. Ma bière était tiède et j'ai demandé de la glace.

Toutes les sisters de Toy devaient savoir le mal que je lui avais fait. Je n'étais qu'un salaud à leurs yeux. Je ne pouvais pas en vouloir à la petite de chercher à lire sur mon visage les traces de la douleur et du manque. Ce n'était que le juste prix à payer pour ce que j'avais fait à sa sister. Avait-elle pleuré à cause de moi ? Jamais, Toy ne me l'aurait avoué. Toujours cette sacrée trouille de perdre la face, plutôt crever que d'avouer sa douleur. Toy était comme toutes les autres : trop fière pour confesser sa peine. Tout juste, m'avait-elle écrit par mail qu'après notre séparation, elle avait été *very sick* et qu'elle était rentrée quelques jours en Isaan pour voir sa fille et faire le point. Mais à cet instant, dans les yeux de sa sister guettant ma souffrance, je réalisais ce qu'elle ne m'avait jamais avoué.

J'avais dû accuser le coup en apprenant que Toy était bien partie. Immobile, l'air complètement absent, je cherchais dans l'amertume glacée de mon verre un peu de réconfort. La longue gorgée de liquide, le froid intense qui se propageait jusqu'à mon cerveau me faisait lentement reprendre mes esprits. Après tout, j'étais en congés, en bonne santé physique (pour le mental, j'avais de sérieuses réserves) dans une ville consacrée au Dieu Priape et où les filles se disputaient chaque soir la possibilité de me consoler. Et puis, j'avais ce que je voulais : une relation amoureuse sans le devoir de fidélité. J'avais quatre jours devant moi, quatre jours à courir la money girl sans me culpabiliser en pensant à Toy qui restait à son bar en espérant que je passerai la prendre.

L'alcool aidant, mon moral repartit à la hausse. Le retour d'une meilleure humeur devait se lire sur mon visage. Une des serveuses me dévisageait d'un regard lourd et buté. Une râblée à la tête fripée de petit singe : le nez épaté, la bouche trop large.

J'ai baissé les yeux vers l'extrémité de ses bras. Des mains de paysanne brèves et dures. Une combattante. Solidaire des souffrances de Toy, elle trouvait indécente la rapidité de ma convalescence. Je n'avais pas souffert le dixième de ce qu'elle espérait au fond de son cœur de bar girl. C'est alors qu'elle me porta l'estocade.

– Toy pas aller maison !

J'ai levé des yeux interrogateurs vers la petite guenon. Je ne comprenais plus rien à ce cirque.

– Toy pas aller maison ! Toi, papillon ! Toy faire papillon comme toi ! OK !

J'avais froncé les sourcils faisant mine de ne pas avoir

compris pour qu'elle m'en dise plus. Pourtant, j'accusai le coup. Si la petite dinde ne mentait pas, cela signifiait que Toy avait préparé son coup, qu'elle avait prétexté un voyage pour passer quelques jours avec un client. Sûrement un habitué qui l'avait prévenue à l'avance.

La serveuse qui m'avait servi la bière s'était retournée pour fusiller du regard la sister qui avait lâché le morceau. Toy avait dû laisser des consignes mais la petite grosse, emportée par son rôle de justicière ou pour régler un vieux compte à Toy, avait vendu la mèche. Conclave de putes. Elles baragouinèrent en thaï jusqu'à ce que le petit boudin tancé par l'autre se rétracte maladroitement.

– Toy pouvoir faire papillon comme toi. Toy maison mais pouvoir faire papillon comme toi !

Manifestement, les filles me prenaient pour un con. Je pris à part la petite râblée en la fixant au fond des yeux.

– Où est Toy ?

La radasse lança un regard oblique à sa copine qui ne la quittait plus des yeux. Elle prit son souffle, hésita et enfin affirma, formelle :

– Toy aller maison !

Toutes les autres serveuses qui avaient interrompu leurs occupations nous observaient en hochant la tête pour confirmer que Toy était bien rentrée en Isaan.

Une belle unanimité de façade, une mobilisation générale qui puait l'embrouille à plein nez. Je ne savais plus trop quoi penser. Un sale sentiment de suspicion s'insinuait à nouveau en moi. Ou bien la petite grosse avait voulu me mettre la rage et me rendre jaloux, ou Toy, derrière son visage lumineux, m'avait planté en beauté. Je voulais croire à la première version mais le malaise des filles me chiffonnait. Quelque chose clochait.

Brusquement, le bar fut pris d'une panique soudaine. Comme un poulailler où le renard venait de pénétrer, les filles piaillaient. Derrière moi, j'ai perçu un bruit de cavalcade. Le temps de tourner la tête, j'ai reconnu la silhouette de Toy qui courait en tenant la main d'un type mince et brun aux cheveux frisés. Quelque chose en moi se déchira. Ils s'étaient réfugiés dans le petit restaurant qui jouxtait les tables de billard au fond de la cour en impasse.

J'étais pris aux tripes. Figé de stupeur. Pris de vertige, les tempes serrées, les nerfs ébranlés, je venais de plonger dans un gouffre abyssal. Pétrifié, je restais là l'air idiot, immobile, vissé devant mon verre qui tiédissait, un sale brouillard devant les yeux, ne sachant pas comment dissiper mon trouble.

Je ne me souviens pas combien de temps s'écoula. De toute façon, ils étaient coincés et devaient repasser par là pour ressortir. J'avais froid. Il devait faire plus de trente degrés mais je grelottais en claquant des dents, comme saisi d'une crise de palu. Je frissonnais de tous mes membres. Les mains empoissées de sueur froide, je claquais des dents à côté de Blancs transpirant à grosses gouttes.

Quand Toy émergea pour venir planter son regard dans le mien, son beau visage énigmatique avait perdu de son habituelle sérénité.

— Tu n'es pas allée en Isaan ?

— Non, Toy avec farang long-time. Michael, suédois, bon cœur ! Moi prendre soin !

— Pourquoi tu n'as pas dit ?

— Pas vouloir casser ton cœur. Avant toi, Michael trois semaines à Pattaya. Après Michael aller Phuket. Seul, et puis revenir. Quand lui revenir, Toy aller avec lui !

— C'est pour cela que tu as inventé cette histoire de mariage.

— Oui. Pour ça.

— Tu aimes Michael ?

– Il envoie l'argent. Dix mille tous les mois. J'aime bien. Pas papillon comme toi.

Vieux reproche facile. *Butterfly*. Tout le passé refaisait surface malgré les mails, la réconciliation de façade. Toy n'avait jamais accepté d'avoir perdu la face. Une teigne qui présentait à son lépidoptère l'addition de son humiliation. Son regard fendu, devenu métallique, fouillait mon âme pour évaluer les dégâts.

Peut-être en jouissait-elle comme d'un tribut que je lui devais. Peut-être cherchait-elle simplement dans mes yeux la preuve que je l'aimais vraiment. Je respirais avec difficulté. J'étais conscient du ridicule. Un suceur de pute jaloux d'une fille de bar que tout le monde pouvait louer pour la baiser.

Je réfrénais l'envie furieuse de lui parler, de me lancer dans des explications inutiles, de me répandre en éclats de colère ou en torrents de larmes. Les choses étaient simples, elle était avec un autre client. J'aurais dû lui souhaiter de trouver un type bien, un qui prenne soin d'elle mais je crevais de jalousie. Un sale con. Toy s'était comportée selon son code social, préférant me mentir plutôt que me faire perdre la face. Je n'aurais pas dû attendre autre chose. Elle avait été correcte.

J'étais à la fois terrassé et soulagé de ne plus être dans le doute. Toy était la fille à laquelle je m'étais le plus attaché bien que ce ne soit ni la plus belle, la plus fraîche, la plus experte en amour ou même, dans les derniers jours, la plus sympathique. Je préférais finalement la situation actuelle à la douce tristesse des derniers jours passés ensemble. Elle m'avait manipulé en essayant, pour se donner bonne conscience, de me pousser à la rupture comme pour se convaincre que j'étais juste un *butterfly*.

Je comprenais son manège du dernier soir lorsque nous avions été au Tony's. Même le choix de ses vêtements minables ne devait rien au hasard. Elle avait tout calculé pour que tout s'arrête entre nous mais de mon seul fait.

Seul l'échec de cette tactique l'avait contrainte au mensonge, à manigancer ce départ fictif en pays Isaan. Il ne me restait plus qu'à quitter les lieux sans insister, à tourner la page avec un goût amer dans la bouche.

Avant de m'en aller, j'aurais bien voulu voir à quoi ressemblait son nouveau *boyfriend*. Histoire d'agrafer une gueule sur ma déroute, mais elle ne voulut pas me le présenter. Elle avait raison. Une curiosité malsaine, sordide et finalement inutile. Et puis, qu'il soit beau ou laid, j'aurais eu de la peine. J'ai fixé Toy afin de la garder en moi, pour toujours.

La dernière image que je garde d'elle, c'est le galbe exquis de ses traits cruels. Elle était debout, tournée vers moi ; le lac sombre de ses yeux me toisait depuis le bar. Pendant que je m'éloignais comme un automate, son regard ténébreux ne me lâcha pas, planté comme une lance noire en plein cœur.

Je me suis traîné jusqu'à ma chambre pour m'allonger. Mes jambes tremblaient comme les pattes d'un clebs en train de fourrer sa chienne. Mon visage brûlait. Un liquide froid et visqueux comme la sudation d'un fiévreux me coulait dans la nuque.

J'avais arrêté la climatisation mais je continuais à grelotter en observant le plafond de notre triste chambre nuptiale comme un cadavre raidi dans son sépulcre. J'ai froid. J'ai peur. Je ne sais plus si j'existe.

Dans le couloir de l'hôtel, des filles couinent. Quelqu'un piétine puis tambourine à une porte. La vie continue, rien ne s'est arrêté. Une attaque de panique me paralyse. Une terreur soudaine, glacée comme la mort s'empare de tout mon être. Ça y est, je vais crever dans cette chambre à la légère odeur de moisi. Autour insouciant, le monde continue à vivre indifférent à ma détresse. Une épouvante de condamné à mort me saisit.

Dehors, ça continue à s'envoyer en l'air, à bâfrer, à

roter l'ordure, à rire grassement. Bande de fumiers ! Les sons se font plus lointains. Ma vue se brouille, le sang bat mes tempes, ma pensée titube. La grande faucheuse est là, juste derrière la porte. Je comprends alors ce qu'est la véritable solitude, un avant-goût de l'insignifiance qui m'attend dans l'au-delà.

Dans cette chambre malsaine, pour la première fois de ma brève existence, j'ai vécu cette hémorragie de l'âme qui précède la mort. J'ai approché ma fin, immobile, comme paralysé, sur ce lit à bon marché, dans une cité-bordel à neuf mille bornes de chez moi. Tout ça parce qu'une pauvre petite putain brune m'avait largué. Mes yeux baignaient dans l'eau salée. Évacuer la douleur plutôt que tout garder en moi, à la thaïe.

Une page se tournait, Toy était apparue comme l'astre solaire dans la nuit de ma solitude et elle venait de disparaître aussi violemment. Un rêve qui avait duré l'espace d'une saison.

J'ai fermé les yeux pour essayer d'oublier tout cela, pour que tout ne fût qu'un cauchemar. Mais mes sens atrocement aiguisés ne pouvaient me tromper. Il y avait le vrombissement de l'air conditionné et puis là, au-dessus de moi, le plafond de cette chambre, ce même plafond qui avait abrité nos nuits.

9

J'ignore combien de temps, je suis resté claustré dans cette chambre. Étendu dans un linceul de sueur glacée. La nuit m'a trouvé harassé et vide, de ce vide qui vous hurle au plus profond du ventre.

Je suis descendu à l'Internet café pour envoyer un dernier message à Toy, pour lui assurer que je n'étais pas fâché, que je lui souhaitais *Good luck for you* et que j'espérais que Michael prendrait soin d'elle et de sa famille. Un mail bien nul de mauvais perdant. Si Gustin avait été là, il m'aurait sûrement traité de suceur de putes.

Tchaa a débarqué peu après. Elle voulait, à tout prix, aller dîner dans un restaurant de Naklua où bossait une de ses copines. J'ai compris une fois arrivé, que cette fille replète, une bonne poire qui possédait un mobile et une petite Honda, était à la fois sa cabine téléphonique et son taxi. Tchaa me proposa immédiatement de rendre visite à sa famille à Laem Chabang : une bourgade sur la route de Bangkok où vivaient ses parents, sa fille ainsi que son frère et sa sœur.

Il était plus de neuf heures, la nuit était tombée depuis un bon moment. J'avais devant moi une belle soirée grivoise que je ne voulais pas gâcher en me tapant, en pleine nuit, soixante bornes. Je connaissais plusieurs filles qui tapinaient à Pattaya à la suite de l'accident de moto du mari. Vu la densité du trafic et l'heure, je préférais éviter le voyage en deux roues.

Et puis, Gustin m'avait raconté sa visite aux parents de Lat à Bangkok. Tout le monde avait été dans ses petits souliers. Lui qui se savait regardé comme un extraterrestre et, surtout, un bon client de la fille (c'est-à-dire un gros ver blanc fait pour la paresse et la luxure). Les parents de Lat obligés de faire visiter à ce Farang leur maison miteuse devant des voisins qui comprenaient enfin que la petite qu'ils avaient vue grandir avait tourné pute.

Combien de Farangs avaient vécu la traditionnelle visite à la famille ? Préalable indispensable à une relation plus longue, plus officielle et, pourquoi pas, au sacrement du mariage. En ce sens, l'invitation de Tchaa était flatteuse, Toy ne m'avait jamais proposé de faire le voyage en Isaan. Nous nous amusions beaucoup ensemble, notre relation était parfaite au niveau physique et je ressentais une grande tendresse pour elle, mais Tchaa allait quand même un peu vite en besogne.

Le patron du restaurant, un grassouillet au sourire onctueux, fit office d'interprète lorsque la discussion se corsa.

– Je refuse d'aller à Laem Chabang voir ses parents ! Dites-lui ça !

– Pas grave, vous allez voir ses parents. Elle contente.

– Je m'en fous ! Traduisez-lui que je n'irai pas !

– Vous savez, filles thaïes très show off. Elles très fières de montrer leur farang à leur famille.

Tchaa m'avoua finalement qu'elle devait, de toute façon, y aller pour changer de fringues. Je compris alors qu'elle n'avait même pas de chambre à Pattaya. Quand elle était bredouille, elle squattait chez sa copine ou bien se tapait l'aller et retour en *songthaew* collectif. C'était non seulement cher, mais surtout épuisant. Elle insista pour que je l'attende à l'hôtel à minuit mais, connaissant la ponctualité locale, je lui ai proposé de prendre la clef à la réception. Depuis le temps, le portier la connaissait.

Le patron apporta l'addition. Tchaa avait enfourché la petite moto de la copine et démarra en trombe en partant du côté de Naklua. Pourvu qu'il ne lui arrive rien ! Je me faisais du souci pour sa fragile beauté de vingt ans.

Je disposais de pas mal de temps avant son retour. Je redescendis doucement la longue avenue de la Second Road qui menait de Naklua vers South Pattaya en matant dans les bars. Dans cette ville, j'ignorais cette mélancolie du soir quand le velours de la nuit recouvre Paris d'un manteau funeste. Ici, tout n'était que mouvement, bouillonnement, la nuit n'était que joie magique, aventure et découverte.

La vie ne se terrait pas dans les intérieurs pour se protéger, pour échapper à la malédiction nocturne mais au contraire pétillait, bouillonnait, se répandait dans les soï, dans le grouillement des bazars de nuit, remplissant les bars, les discothèques, déversant une foule euphorique dans les *soï*. Cette foule joyeuse ne déposerait les armes qu'au petit jour rendant les rues vides aux chiens jaunes et solitaires des soï.

Près du Big C, une fille me fit de grands signes insistants et me courut après. Décidément, les tapineuses étaient de plus en plus entreprenantes. Ce ne fut qu'après quelques instants que je reconnus Yaï, une vendeuse de fringues que Gustin allait voir régulièrement lors de mon premier séjour pour prendre des nouvelles de son ex. Avant mon arrivée, Gustin était sorti deux semaines avec Luk puis la belle était partie à Haïfa se marier avec un vieil Israélien. Je ne connaissais de Luk que les photos que Gustin m'avait montrées et je fus surpris de la voir au côté de Yaï. Elles étaient assises à une petite table en train d'apprendre la peinture sur ongles. Elle venait d'arriver pour trois mois. Elle en avait manifestement gros sur la patate.

– Gus m'a montré des photos de toi, mais tu es encore plus jolie en réalité. Tu es heureuse en Israël ?

— Moi, j'aime pas Israël.

— Tu aimes ton mari Luk ?

— Oui, oui, je l'aime mais pas Israël. Elle imita un homme armé. Boum boum. Beaucoup problèmes. Tout très cher, gens pas heureux. Ils viennent Thaïlande, parce que pas heureux !

— Comme les Farangs Luk, *same same*. Tu aimes manger la nourriture israélienne ?

— Pfuuh ! Non, mon mari aimer nourriture thaïe. Moi faire nourriture thaïe

Elle me demanda des nouvelles de Gustin. Apparemment, elle était toujours mordue. Yaï aussi l'aimait bien. Elle me demanda s'il n'avait pas, par hasard, un jumeau. Je lui dis en plaisantant que la France avait préféré arrêter le modèle. Gustin était unique et c'était tant mieux.

Luk voulait monter un business de peinture sur ongles en Israël. Elles me montrèrent leurs réalisations. Pas mal, mais les Juifs devaient sûrement avoir d'autres priorités.

Une troisième fille les accompagnait. Elle savait qu'elle était magnifique avec ses longs cheveux noirs et ses grands yeux de biche. Elle me dit s'appeler Noï. Yaï me raconta avoir aperçu plusieurs fois Lat, la copine de Gustin, au Tony's avec des Farangs. Décidément, difficile de garder un secret dans cette cité de verre, celui de Lat prenait l'eau de toutes parts. Je leur dis au revoir avant de tirer du côté du plaza du Soï 9 — là où j'avais rencontré Mi la dernière fois.

Une patronne de bar fêtait son anniversaire avec orchestre, ballons et danseuses en paillettes. Grosse densité de Farangs avec des grappes de filles qui dansaient sur le comptoir dans un délire joyeux.

Soudain, j'ai aperçu Mi. Je me suis perché sur un des rares tabourets encore libres. Trois danseuses en paillettes venaient d'entrer en action et se trémoussaient frénétiquement sur de la variété thaïe. Mi m'avait aperçu deux ou trois fois traîner par là. Je lui ai reproché de ne pas m'avoir fait signe. J'avais dû me tromper de bar et chercher dans le mauvais rade du complexe.

Elle a pris un wine cooler et je lui ai demandé des nouvelles de sa petite fille et de sa mère. Au moins, elle voyait que je me souvenais d'elle. Je lui racontai en riant la prochaine installation de notre Bob Marley blanc au pays du Sourire et aussi le flagrant délit de Lat surprise au bras d'un Farang. Elle pouffait de rire en mettant son doigt sur sa bouche pour que je garde le secret.

Je ne voulais pas lui faire croire que j'allais la prendre pour la nuit :

– Tu sais, j'ai une lady thaïe !

– Tu m'as oubliée. Je baise pas assez bien ?

Elle s'est mise à rire, pas vexée. Elle avait toujours cet air calme et soumis. Mais je sentais derrière sa nonchalance, une sérénité rare chez une fille de bar. Elle se tenait d'ailleurs toujours à l'écart de la nichée de cruches qui gloussaient derrière le bar en se trémoussant dès qu'un Farang apparaissait sur *Saï Song*, la Second Road.

– Tu vois cette fille *ting tong*, me dit-elle en désignant d'un geste doux une fille aux cheveux tressées de perles de couleur.

– Pourquoi *ting tong* ?

– Quand elle a argent de Farang, elle va au karaoké Mister John pour boire et passer la nuit avec *moneyboy*. Elle envoie rien à mama. Tout l'argent, c'est pour *moneyboy*. Elle amoureuse.

Je dévisageais la fille qui me gratifia d'un large sourire. Un tapin qui courait voir son gigolo dès qu'elle était en fond. Décidément, les Pattaya girls étaient imprévisibles.

Une entraîneuse s'était mise minable. Une murge épique. Caramélisée au Mekhong, elle titubait, les yeux vitreux, en bafouillant des insanités en thaï. Elle avança par saccades irrégulières avant de s'effondrer à mes pieds, comme si tous ses muscles venaient de lâcher d'un coup. Aussitôt, un jet liquide inonda le sol cimenté. Un renard formidable venu du fond des tripes à s'en embuer les yeux jusqu'à l'évanouissement. N'en finissait pas de dégueuler toute la gnôle ingurgitée, en se tordant dans d'infinies convulsions. Quand ce fut terminé, elle resta allongée à cuver au milieu de ses vomissures marbrées. Une odeur acide s'exhalait du béton. Il était temps de changer de rade. Lorsque je me suis levé, Mi m'a glissé la carte du bar :

– Tu m'oublies pas. Daobaï, c'est le nom du bar.

En repassant à l'hôtel, Tchaa n'était toujours pas rentrée. Il était plus de minuit. J'ai filé vers la Walking Street prendre un verre au Tony's. L'air enfumé grésillait de désir. En fendant la foule pour un repérage, je fus à nouveau happé par Yaï et Luk toujours accompagnées de Noï. Une quatrième créature s'était jointe à leur petite troupe en goguette. Une extraterrestre. Je n'en avais encore jamais vu d'aussi prêt, elle me salua en battant des paupières. Yaï, en pouffant, me questionna :

– Comment tu trouves ma copine ?

– Très jolie !

– Farangs aiment beaucoup ladyboy thaïs. Ils vont spectacle. Après, ils emmènent *kathoey* pour la nuit. Ladyboy thaïs plus sexy que les filles, affirma-t-elle en riant.

– Je t'assure Yaï, je préfère les vraies filles.

Je n'osais pas lui demander jusqu'à quel stade chirurgical la grande coquette intergalactique avait poussé son désir de féminité.

Pendant que je bavardais avec Yaï, Luk et Noï essayaient d'incendier la table voisine. Plutôt amorphes, les Farangs. Ça arrivait souvent, quand les types venaient de baiser à mort même les canons millésimés les laissaient de marbre. Noï réussit quand même à refiler son numéro de portable à un géant tout en viande et en mâchoire à l'air aussi conciliant qu'un routier en grève. Le prognathe a donné à son tour son numéro de portable que Noï a entré soigneusement dans son mobile.

Dégoûté, j'ai vidé ma bière en les saluant pour reprendre mon exploration interrompue. Et si, par chance, je tombais sur Chaew. J'avais vainement essayé de l'appeler mais son numéro de mobile était hors service, tout comme son mail. Dépité, j'ai décidé de poursuivre ma quête au Marine.

Beaucoup de femelles efflanquées, presque androgynes, papillonnaient dans les sunlights. Elles venaient racler un mâle pour la nuit. Mais toujours aucune trace de Chaew, elle semblait s'être volatilisée. Peut-être marchait-elle en cet instant dans une rue glacée d'Helsinki ou bossait-elle dans un FKK de Munich. J'avais le pressentiment qu'elle était loin d'ici.

Après une demi-heure de leur technotranse de merde, j'ai rejoint la foule de bovidés de la rue piétonne, bien décidé à rentrer tranquillement sur le coup des quatre heures. Ma bière à 140 bahts à la main, le cortex cotonneux, j'avançais, bien éméché, fendant le flot des filles publiques.

Sans réfléchir, porté par mon instinct, par les molles ondulations de la nuit, j'ai remonté la Beach Road pour me rendre au bar de Toy. Nut et une galopine aux yeux affaiblis, que je connaissais de vue, tuaient leur ennui, accoudées au comptoir.

Une gamine somnolait derrière le bar, perdue, vautrée au milieu des cartons de bière. Il n'y avait plus un seul client et elles allaient bientôt pouvoir fermer et rentrer coucher leurs jambes lasses, à moins que les plus vaillantes ne tentent leur chance au Marine Song.

Je ne pus m'empêcher de lancer quelques phrases lourdes d'amertume contre Toy. Les filles me disaient que c'est moi qui n'étais qu'un butterfly. Je leur révélai toute l'histoire et une des filles me lança un fataliste « *you know girls work bar* » qui résumait l'estime qu'elles avaient d'elles-mêmes.

Nut fixait sur moi un regard intéressé ; ses yeux étaient fatigués. Elle insistait pour m'accompagner.

– *You have no lady ?*

Puisque j'étais libre et qu'il était tard, cela aurait été dommage de gâcher. Je lui dis que j'attendais mon vol de retour et qu'après le coup de Toy, je ne voulais plus de ces filles thaïes qui mentaient comme elles respiraient. Mon ultime salve, dérisoire, contre la trahison de Toy.

Après, il me faudrait quand même finir par clore le chapitre.

10

Bien entendu, Tchaa n'était toujours pas rentrée à l'hôtel. Ses parents avaient eu raison de ne pas la laisser repartir si tard. La propriétaire de moto devait être restée en rade à son restaurant.

Vidé, un peu gris, j'aurais dû me coucher mais il ne me restait pas beaucoup de temps à Pattaya. J'ai pris une moto-taxi pour aller au plaza du Soï 2, plus précisément au Cosy Bar où j'avais rencontré Nong. Dormir seul dans cette ville dionysiaque me paraissait un sacrilège.

Nong, ma femelle d'apparat, n'était plus là. Retournée définitivement à Kanchanaburi. Dommage, ton corps opulent allait me manquer. Statue païenne. Vierge néolithique. Déesse de la fécondité. J'ai fermé les yeux imaginant ton ventre généreux qui s'évase pour me recevoir.

Un retraité français à catogan qui arborait une bouche trop grande encapuchonnée de moustaches à la gauloise tenait un bar voisin. Les filles riaient sous cape à cause d'un ivrogne. Un Thaï tout souillé de misère. Pieds nus, à la limite du coma éthylique, le type oscillait. Le proprio du bar, un verre de pastis à la main, me montra en rigolant une troupe de Nordiques pas très fraîche.

– C'est le groupe de Farangs qui lui a payé à boire.

Blindé, le noiraud décharné, la peau boucanée, interpellait en thaï les clients attardés qui semblaient éteints.

- Vous venez de quel coin de France ? me demanda le

vieux Gaulois avec l'accent du Sud

— De Paris. Enfin de banlieue. Vous êtes du midi ?

— De Marseille, mais j'ai vécu à Paris, quand j'étais gosse. Dans le onzième.

— Depuis longtemps en Thaïlande ?

— Six ans. Jamais retourné en France. Je m'y suis toujours emmerdé prodigieusement. De toute façon, j'ai toujours eu la désagréable sensation que les emmerdements ont commencé le jour de ma naissance. Plus tard, c'est ma rombière qui m'a pourri l'existence.

Torse nu, le Thaï dansait un slow avec sa bouteille de Mekhong. Décidément c'était le soir des beuveries.

— Vous aussi, vous avez une petite ?

— Vingt ans, elle m'adore. Mais attention, pas une fille de bar. Elle vient d'un village près de Petchabun. Elle n'est pas pourrie comme les money girls qui pensent qu'au pognon. Vous connaissez le Nord, Petchabun ?

— Non, je connais que Pattaya !

Une fille avait encaissé un billet de mille et prenait son sac pour rejoindre son client de l'autre côté du comptoir.

— Une belle région, mais pleine de camés….. À cause du trafic avec le Triangle d'Or. Un fléau ! Les héritiers de Khun Sa se sont reconvertis dans les amphétamines. Plus juteux que l'héroïne et moins risqué.

— Khun Sa ?

L'homme tripotait en permanence ses moustaches dans le genre revue gay des années quatre-vingt qui le faisaient vaguement ressembler à Tom Selleck dans Magnum.

— Le leader des Shan, une des ethnies birmanes qui trafiquent la dope. Depuis l'explosion de la demande d'amphétamines, ils se sont bien reconvertis.

— Ils ont pris le virage de la techno ?

– Ils ont surtout pourri une bonne partie de la jeunesse thaïe, surtout dans le Nord, vers Petchabun.

La fille a rejoint le Farang. Elle avait une bonne trentaine d'années et sa coupe au carré tranchait par rapport aux autres serveuses. Les Thaïes étaient très fières de leurs longues chevelures d'un noir presque bleuté et très peu se résignaient à des coupes plus courtes.

– À votre avis, pourquoi les Farangs aiment-ils tant les filles thaïes ?

– Tous les polytraumatisés qui traînent par ici en ont bavé des ronds de chapeaux avec les Européennes. Peuvent plus les voir.

– Mais pourquoi les Thaïes et pas un autre pays ?

– Un antidote. L'Européenne est grande, avec des seins proéminents, un gros cul, une carcasse de légionnaire, une peau claire, des idées revendicatives, un long nez. La Thaïe, petite, sans poitrine, une charpente de bouvreuil posé sur un cul miniature, une peau mate, des idées de soumission au mâle, un nez épaté. Un tirage en négatif des pétasses qui nous ont pourri l'existence. C'est bien simple, la plupart des Farangs qui ont goûté à la Thaïe ne peuvent plus blairer les femmes Farangs.

La bouteille de l'ivrogne venait de s'écraser sur le ciment.

– Ils se défoncent toujours comme ça les Thaïs ?

– Tin ? Il vit dans un gourbi. Le cul dans la boue dès qu'il pleut trois gouttes. Il se loue comme manœuvre sur les chantiers. Les jours de paie, il se prend des bitures bibliques. Le reste du temps, il est trop fauché pour se détruire.

– Ils sont comme nous, ils boivent pour oublier !

Ça puait l'alcool et le type titubait dans sa pisse, en se balançant sur la musique, pendant que les serveuses gloussaient à la vue de ce réjouissant spectacle. Je venais seulement de remarquer que l'ivrogne était boiteux. Le Gaulois embraya :

– Quand j'étais môme, au rez-de-chaussée de mon immeuble, vivait un vieux couple sans enfant. Ils doivent être morts depuis le temps. Lui, il partait à l'usine tous les matins. Le casse-croûte dans la musette. Sa vieille faisait des ménages et nourrissait les chats du quartier. En rentrant du turbin, il s'arrêtait au bistrot s'envoyer du Sidi Brahim. Les jours de paie, le vieux rentrait jamais avant minuit.

L'homme s'interrompit et considéra le flot humain de la rue.

– Quand il finissait par rentrer, il était tout rempli d'une vinasse dont j'aurais pas voulu pour déboucher mes chiottes, dit-il avec une sorte de dégoût.

Il se tourna vers moi.

– Alors la vieille, elle l'engueulait et l'autre, tout précomateux qu'il était, la traitait de vieille pouffiasse, de salope. Tout l'immeuble résonnait de leurs gueulantes. Après y avait comme un silence. Et puis, on entendait la vieille gémir. La première fois, j'ai cru qu'il l'avait frappée. Ça montait comme un gémissement de bête blessée. Ma mère dormait. Je suis descendu sans bruit, en pyjama, dans la cour de l'immeuble. C'était éclairé chez eux et la vioque couinait toujours.

L'homme s'arrêta de nouveau. Il jeta un regard vide sur une serveuse dont le visage faisait penser à une statue khmère. Des lignes très pures qui étaient les mêmes que celles qui servirent de modèles aux sculpteurs d'Angkor.

Il avala une gorgée de bière glacée, s'éclaircit la gorge, puis reprit le fil de sa pensée.

– Je me suis approché de la fenêtre de la cuisine. Elle était basculée par dessus de l'évier et lui, il avait relevé son tablier tout dégueulasse et il était en train de la besogner avec une grimace violacée. Je suis resté là dix bonnes minutes dans l'obscurité. Fasciné par ce spectacle immonde. Le vieux debout en face de moi, le front plissé, concentré sur la montée de son plaisir. Et puis, il a poussé un long grognement. Bon sang, je crois bien que c'était le seul jour où ces deux-là prenaient un peu de plaisir.

– Faut bien se payer des émotions, de temps en temps.

– Les Thaïs se shootent avec tout ce qui traîne pour tenir. Vous voyez pour mes serveuses, le choix est vite fait. Entre Tin et un Farang ! Même vieux.

Entre deux hoquets d'ivrogne, Tin se répandait en imprécations incompréhensibles contre les Farangs qui l'avaient rincé. Derrière le comptoir, une grosse fille lapait une soupe en enfournant avec ses baguettes les nouilles. Une odeur puissante de porc et de riz s'échappait de son bol. Le Gaulois avait repris.

– Vous aussi vous avez l'air de bien les aimer. Ça fait combien de fois que vous venez ?

– La deuxième, mais j'y prends goût. Un peu trop même.

– Vous en êtes encore à la phase culpabilisation. Vous payez mais vous assumez pas.

– Vous devez avoir raison.

– Un de mes amis a coutume de répéter « L'Occident est malade, Pattaya est son chancre ». C'est normal au début de culpabiliser mais dites-vous bien que Dieu, s'il existe, nous a créés avec des tripes et des couilles et qu'il n'y a pas plus de honte à se vider les secondes qu'à se remplir le premier. On a faim, on mange. Soif, on boit. Sommeil, on dort. Alors pourquoi ce chambard dès qu'il s'agit de baiser. La misère sexuelle n'est pas plus honteuse que la faim. Juste une souffrance née d'un besoin biologique insatisfait. Dieu nous aurait donné des besoins pour nous interdire de les satisfaire. À qui les curés veulent-ils faire croire ces conneries ?

– Ceux qui condamnent le tourisme sexuel pensent surtout aux pédophiles, aux filles trafiquées. La limite de cette satisfaction est le respect des autres.

La fille, une fois la soupe terminée, poussa un soupir et leva la tête. Je n'avais pas mangé depuis plusieurs heures. Le patron avait repris en haussant la voix :

– Je conchie les pédophiles. Ils ont fait beaucoup de mal à l'image de ce pays mais maintenant tout ça est fini. La police thaïe les a dans le collimateur.

– Je veux pas vous inquiéter mais l'image reste pas très bonne.

– La plupart des filles ont le choix. Beaucoup préfèrent trimer dans les rizières. Tenez, mon épouse par exemple, elle aurait jamais pu.

– Vous prêchez un converti. Et puis, qui de nous a vraiment le choix ? L'ouvrière bretonne qui vide des volailles huit heures par jour ? Elle préférerait peut-être écarter ses cuisses plutôt que celles des poulets. Tous ces salauds de la haute qui condamnent à la volée sont les premiers partouzeurs de France. Une belle brochette de dégueulasses qui ont la chance d'être servis à domicile. Moi, je me tape onze heures de vol. Au début quand je suis rentré en France, je ne pensais plus qu'à revenir. À en crever.

Un chauve d'une soixantaine d'années s'est assis en saluant le Gaulois d'un signe de la main. Il faisait penser à un cadre à la retraite, avec un voile de tristesse dans le regard.

– Dieter. Un chic type. Bavarois. Il a débarqué voilà deux ans. Juste après son divorce. Il sortait une serveuse du bar d'à côté. Le Barbeer, une fille de Chaiyaphum.

– Amoureux ?

– Raide dingue. Dès le début j'ai vu qu'il était sacrément ferré. Lek aussi, c'est pour cela que ce devait mal finir. Faut dire qu'elle était belle comme le jour, la petite Lek. C'est rare une bonne baiseuse de vingt-deux ans qui fait les trois trous. Les clients restaient greffés avec tout le séjour. Elle disait en riant qu'elle était moulue à force de se faire défoncer, que sa chatte tiendrait pas deux ans à ce rythme. Le frisé était mordu. Elle devait lui lécher les kiwis d'un air gourmand et imploser comme une supernova lui disant qu'il était un amant magnifique. Qu'il faisait pas plus de quarante balais. Une artiste, je vous dis !

L'Allemand n'arrêtait pas de fixer le flot de la rue comme s'il attendait quelqu'un. Le Marseillais avait repris :

— Deux mois plus tard, il a fait les papiers pour l'Allemagne. Je me souviens encore de la fête que son bar avait organisée pour le départ de Lek. J'ai rien fait ce soir-là. Tous les clients allaient au Barbeer faire la fiesta.

— Elle est restée longtemps en Germanie ?

— Trois mois ! Elle a pas supporté le patelin. Je l'entends encore comme si c'était hier — Il avait pris une petite voix nasillarde — Yerman très riches, grande maison mais la vie trop ennuyeuse. Et puis, ils aiment pas filles thaïes. Ils me regardent dans la rue. La vérité c'est que belle-maman ne l'avait pas acceptée et qu'elle la considérait au mieux comme une bête curieuse, au pire comme une putain.

— Mon pote Gustin répète que les Thaïes c'est comme le Rosé de Provence, délicieux sur place mais ça voyage mal.

— Je vous ferai goûter un jour du rosé qui voyage bien. Seulement, le vin c'est comme les filles, faut s'y connaître et Dieter, il s'y connaissait pas.

— Les plus belles choses sont souvent aussi les plus fragiles. Fin de l'histoire ?

— Tu parles ! Dieter a rappliqué deux semaines plus tard. Il s'était engueulé avec sa mère et avait vendu sa baraque.

– Qu'est-ce qu'ils ont fait ?

– Ils voulaient monter une guesthouse à Naklua. Il s'est fait arnaquer par tous les artisans du coin mais finalement, en janvier, il était le propriétaire d'une vingtaine de beaux bungalows avec piscine et d'une superbe villa pour eux. Ils m'ont invité pour la crémaillère.

– Ça marchait ?

– Ils ont payé tout vingt pour cent trop cher, mais ils ont ouvert au plus fort de la saison. Toujours complet. Des Allemands, des Autrichiens. À 400 bahts la chambre, ils se faisaient dans les deux cents cinquante mille bahts de chiffre d'affaires par mois. Avec sa retraite en plus, ça faisait un joli revenu. Mais il a dû repartir en mars.

– Pourquoi ?

– Sa mère a pas passé l'hiver. Il se sentait un peu coupable. Lek est restée pour faire tourner la guesthouse.

Une fille est venue s'asseoir près de Dieter. Elle lui parlait doucement la tête penchée. Il lui a offert un verre et a commandé une autre bière pour lui avec de la glace. Il s'était mis à pleuvoir. Une pluie fine comme celles des automnes parisiens.

– Il est resté un mois en Allemagne pour les papiers de l'héritage.

– Elle le trompait ?

– Je sais pas. En tout cas, elle l'appelait tous les jours. Dieter disait qu'elle lui manquait, qu'il en avait marre du notaire et des problèmes de partage avec sa sœur. Il est revenu un 1er avril. Ses clefs ont pas réussi à ouvrir la porte de la villa. La serrure avait été changée. Il a d'abord cru à une blague de son pote de Jomtien. À cause de la date.

– Et Lek ?

– Disparue alors il a paniqué. Les flics ont passé un

coup de fil au cadastre. Elle venait de tout vendre pour la moitié de ce que ça leur avait coûté. Quand il a voulu porter plainte, les coyotes ont bien rigolé.

– Pourquoi ?

– La cession était parfaitement légale. Il avait tout mis au nom de Lek. Elle n'avait fait que vendre ce qui lui appartenait.

– Tel épris qui croyait prendre. Pourquoi il a fait ça ?

Les Farangs n'ont pas le droit de posséder du foncier. Me demandez pas pourquoi. Sûrement, cette mythologie paysanne de la Terre sacrée, inaliénable. Toutes ces conneries de bouseux. Dieter avait voulu éviter un montage juridique compliqué. Il lui avait fait confiance.

L'Allemand venait de se lever lourdement de son tabouret. Il faisait penser à Helmut Kohl. La même bouille ronde, le même corps enveloppé. Il s'est éloigné sous la pluie fine d'un pas lent.

– Qu'est-ce qu'il a fait ensuite ?

– Il a été au village de Lek près de Chaiyaphum mais sa belle-famille affirmait, promis juré, ne pas l'avoir revue. Un pick-up Nissan flambant neuf était garé devant la bicoque. Y avait encore le plastique sur les sièges. Mais qu'est-ce qu'il pouvait faire ?

– Il en a retrouvé une autre ?

– Tu parles. Inconsolable. Il espère même la revoir un jour.

– À Pattaya ? Elle ne reviendra jamais !

– Pas sûr. Celles qui ont connu cette vie marécageuse ne restent jamais longtemps dans leurs trous merdeux. Elles finissent toujours par revenir. Mais vous connaissez le pire ?

– Non ?

– C'est pas la perte de tout son fric qui le chagrine le plus mais celle de Lek. Il est capable de se traîner à ses pieds, de tout lui pardonner. Il est vraiment mordu de cette salope.

Tin se mit vaciller, avant de s'effondrer tout du long sur le sol bétonné. Il gisait, cassé en deux pour mieux se vider les tripes dans un formidable bruit de déglutissement. Il s'était mis à geindre comme une souris prise au piège, avachi dans ses glaires foireux. Des relents acides montaient du béton chaud. Tin venait de dégueuler sans la moindre retenue tout le Mekhong ingurgité.

– Il va passer la nuit là. Demain, il aura fini de cuver, lâcha le Marseillais.

Les Farangs rigolaient. Ils passaient une sacrée soirée.

11

Dans la masse piaillant derrière le bar, une serveuse pleine de sève m'observait de biais, les yeux mi-clos, à la manière des chats.

Sai ressemblait à Toy. Décidément, j'avais du mal à en sortir. Elle venait du sud, de Krabi. C'était rare dans une ville qui était une véritable enclave Isaan. Elle décapitait en experte des cafards frits qui s'agglutinaient dans une barquette. La carapace de chitine craquait sous la nacre de ses dents blanches bien alignées. Elle boulottait les gros insectes graisseux avec un air gourmand. Le Gaulois me glissait dans l'oreille :

– Un bon choix. Sai fait pas le fion, mais c'est une diva de la pipe.

Elle parlait bien anglais et je lui ai offert un verre. Elle avoua trente-trois ans mais en faisait cinq de moins. Elle avait divorcé d'un homme apparemment riche, mais volage, et n'avait pas d'enfant. Elle complétait son travail au bar en cousant dans la journée.

La confiance installée, elle m'a montré la photo d'un Hollandais, la quarantaine épaisse, qui était prêt à l'épouser. Il était tard, je lui demandai si elle voulait bien « Go with me ». Elle a souri en encaissant les 200 bahts du bar fine.

Sai riait tout le temps, cela me changeait de la soupe à la grimace avec Toy, les derniers jours. Elle regrettait de ne pas avoir d'enfant et voulait fonder une famille avant qu'il ne soit trop tard. Apparemment, elle trouvait le Hollandais gentil, sans plus. Comme souvent, il s'agissait d'un pis aller.

Chaque fille se devait d'avoir un petit ami en Europe, mais de là à être amoureuse, il y avait un monde.

Sai faisant bien l'amour, elle avait de vrais seins de femme : lourds, doux et chauds comme du pain frais. La poitrine très sensible, elle se mit à gémir dès que je commençai à mordiller les cabochons grenus de ses mamelons.

Elle monta sur moi et me chevauchant avec vigueur me vida rapidement de la tension qui s'était accumulée depuis le début de la soirée. Nous avons bu des bières qui traînaient au frigo et je me suis endormi contre l'intolérable humidité de son ventre chaud.

Au matin, Sai entreprit de me polir le gland de sa langue de velours. Le Gaulois m'avait pas arnaqué. Une papesse de la turlute. En scène depuis deux ans, elle avait acquis une telle maîtrise technique dans l'Art de la pipe qu'elle aurait pu écrire un guide. Elle a recueilli ma semence dans la bouche avec un calme surprenant avant d'aller tranquillement se gargariser aux toilettes.

Onze heures, Tchaa pouvait débarquer à n'importe quel moment. Inutile de lui faire de la peine. Avec Sai, c'était bien mais elle me rappelait trop Toy. La pipe en plus, mais le fion en moins. Liaison dangereuse. Nous sommes allés déjeuner au Kiss. Elle avait mis des lunettes de soleil qui lui donnait un petit air de star hongkongaise.

Le groupe de Farangs de la table voisine s'empiffrait salement, se torchant la gueule de la manche, émaillant le repas de plaisanteries massives, tout fier d'accaparer l'attention avec leurs ébats grossiers. Je n'avais plus assez de bahts, l'argent filait entre mes doigts. Je lui ai donné un billet de vingt euros en déposant un baiser sur ses lèvres parfumées.

Je suis remonté pour une sieste qui se révéla un sommeil de plomb. Le téléphone sonna longtemps avant de réussir à me faire émerger. C'était le réceptionniste.

– Lady for you !

Tchaa a débarqué vêtue comme une lycéenne d'un tee-shirt trop large. Sa peau dégageait une odeur grasse, écœurante, de cuisine.

– My daughter sick… khit theeung… I miss you.

Elle m'expliqua avec des gestes que sa fille avait eu une perfusion. Pourquoi toujours ces mensonges à dormir debout ? Elles étaient incorrigibles.

Elle s'est douchée. Elle voulait faire l'amour. Le soir, nous avions prévu d'aller au Hollywood mais je n'avais aucune envie de me coucher aussi tard que la nuit précédente car elle m'avait proposé d'aller le lendemain au marché de Sri Racha.

J'ai allumé la télé de l'hôtel. Une flopée de chaînes globalisées déversait des monceaux de bêtises standardisées : rap américain, interviews nullissimes d'artistes sur MTV, nouveau film américain avec, bien entendu, l'inévitable serial killer, informations identiques ressassées en trente-six langues avec incrustation de l'indice du NASDAQ en bas à droite de l'écran. Guetté par l'épuisement, je finis par m'arrêter sur un tribun chinois, nouvel apôtre du capitalisme, qui haranguait un stade plein d'étudiants leur faisait répéter :

– Une seule chose est importante : faire de l'argent

Et la foule frénétique, enthousiaste de répéter le nouveau petit livre rouge que l'on avait choisi de leur inculquer. De la thune, du pognon, du blé, de l'oseille. À n'importe quel prix. Peu importaient les moyens dès l'instant où les objectifs du business plan étaient remplis et où je trouvais des produits pas chers au supermarché. Pas cher parce qu'une petite Chinoise avait été payée au lance-pierre pour le fabriquer. Écœuré par l'avalanche numérique, j'ai écrasé de rage le bouton de la télécommande pour faire taire le salaud de Chinetoque et je me suis couché.

Bien qu'il fût midi au mois d'août, le ciel de Paris était aussi sombre qu'un soir de novembre. La circulation s'était arrêtée. Les gens sont descendus des voitures pour fixer un point dans le ciel. J'ai levé les yeux comme eux. Une déchirure était en train de se former. Une cicatrice derrière laquelle la foule devinait une lumière intense tapie au-delà des nuées noires. Les badauds étaient silencieux comme remplis d'une terreur glacée.

Et puis la brèche s'est ouverte. Tout d'abord lentement, puis plus violemment, comme un ventre qui procrée. Un essaim s'est échappé en s'engouffrant dans cet espace lumineux.

De loin, ça ressemblait à de grands oiseaux blancs. Au moment où nous avons distingué les formes humaines, une vieille femme à côté de moi s'est signée. Ses lèvres murmuraient une prière. Le Je vous salue Marie, je crois.

Les nuées déversaient des légions d'archanges qui s'abattaient sur la Terre au nom de la colère divine. La lumière céleste qui s'échappait par la fissure faisait flamboyer les épées d'or et les armures étincelantes. Des myriades de chevaux ailés portant des serviteurs de guerre se sont ensuite engouffrées dans le sillage des archanges. Nous avons alors compris que ces cohortes ailées étaient envoyées par le Rédempteur pour purifier le Monde.

Notre Dame et toutes les églises de Paris se sont mises à sonner le tocsin. Le bruit des cloches emplissait la capitale et nous découvrions tous que c'était un son que nous avions oublié. Comme nous avions oublié qui nous étions. Un Dieu plein de courroux biblique envoyait ses myriades ailées remplir une œuvre d'Apocalypse et nous étions tous frappés de catalepsie, incapables de fuir la colère divine, d'échapper à l'embrasement du cosmos.

À l'intérieur de mon crâne, je sentais, pour la première fois, les pulsations de mon âme. Des sons me parvenaient par bribes métalliques dans une langue étrange que je ne comprenais pas.

Je me suis réveillé en nage au côté du corps assoupi de Tchaa. Je me suis alors souvenu du nom thaï de Bangkok :

Krung Thep… La Cité des Anges.

12

Le *songthaew* attendait d'être complet pour enfin prendre la route de Sri Racha. Quand je fus coincé entre une grosse femme asthmatique et un groupe d'écoliers et que le véhicule s'ébranla finalement, Tchaa m'annonça vouloir en profiter pour me présenter à sa famille. La visite du marché à prix défiant toute concurrence tournait à l'embuscade familiale.

Je ne pouvais pas faire d'esclandre. J'ai pris sur moi. Nous avons débarqué dans une casse installée en bordure de la route. Toute la famille de Tchaa travaillait dans la réparation de systèmes d'air conditionné. Le père décharné gisait, étendu dans un hamac pendant que le frère de dix-sept ans, perché sur une carcasse de camion, était en train de s'abîmer les mains à farfouiller dans un moteur noir de cambouis. La petite fille de Tchaa était adorable, une poupée de porcelaine très vive et toujours joyeuse. Comme sa mère.

« Belle-maman » et la petite-fille nous ont bien entendu accompagnés au marché. J'ai dépensé une petite fortune selon le standard local. La gamine a eu droit à une robe rouge dont elle était tombée amoureuse. Chargés de sacs de course, nous avons déjeuné de beignets frits de poisson dans un restaurant du port de Laem Chabang avant de rentrer en *songthaew* sur Pattaya. Sur la route du retour, une procession religieuse de lycéens endimanchés longeait la chaussée sous un soleil de plomb en l'honneur de Bouddha. Tchaa avait les yeux humides.

À l'hôtel, j'ai fait mon sac et vidé mon coffre. Tchaa

sanglotait comme une adolescente trahie par un premier amour.

— *I love you too much !* dit-elle d'une voix étranglée.

Son beau visage ruisselait. Je l'ai serrée dans mes bras pour la consoler. Je ne savais pas trop quoi dire, à part les stupidités habituelles du genre : Je ne t'oublierai jamais, je reviendrai. J'étais tout étonné qu'une femme puisse encore pleurer pour moi.

L'odieux minibus est arrivé comme prévu à six heures plein d'hommes, la queue rougie d'avoir trop fourré. Plein d'hommes en route vers la solitude, bientôt condamnés à l'exil dans leur propre pays. Tchaa a attendu avec moi, elle voulait m'accompagner jusqu'à l'aéroport mais ça ne rimait à rien.

Il fallait se résigner à la séparation. Deux heures de plus n'auraient rien changé. Elle avait cessé de pleurer et je sentais maintenant chez elle une détermination tranquille qui ne manquait pas de m'impressionner. J'admirais cette force précise et douce qui l'animait. Le seul fait de la contempler effaçait toutes mes misères.

Dans le minibus du retour, j'ai essayé de comprendre ce qui m'arrivait. Je crois qu'en découvrant cet empire des sens, j'avais réveillé une fêlure secrète au plus profond de ma personnalité, une fissure restée inaperçue des années durant.

J'avais toujours pressenti que je n'étais pas comme les autres. Cette étrange impression qu'entre moi et la buée du monde quelque chose de vaporeux s'était glissé. Un voile de lactescence opaline que les autres ne percevaient pas mais qui faisait de moi un intrus sans réelle prise sur les choses. Impression permanente de ne pas être vraiment là. Non, pas ailleurs non plus ! Disons plutôt nulle part. C'est ça, nulle part.

Il avait suffi de l'ébranlement de ce voyage pour que la fissure apparaisse, béante, gigantesque. On croit se connaître mais lorsque ça arrive, ça surprend ! Au point où je me demandais comment la construction avait pu tenir jusqu'à aujourd'hui. Avant de reconstruire, il faut démolir. Les travaux étaient déjà bien avancés.

Tout ce qui avait compté dans mon passé était devenu insignifiant. Je n'attachais plus de prix aux week-ends ou aux vacances. Ces miettes de vie, au milieu d'un univers dur et froid, accordées par un employeur mesquin me dégoûtaient par le seul fait que l'on m'octroyait avec parcimonie cette liberté que la moindre vermine animale née dans la fange avait en apanage à la naissance.

Le salariat m'était enfin apparu pour ce qu'il était : une gigantesque escroquerie sociale destinée à persuader des hommes de donner le meilleur de leur vie pour engraisser une poignée d'ingrats.

Toute mon éducation de soumission à l'ordre établi, de respect des valeurs de travail et d'effort n'avait été qu'une décérébration à grande échelle. J'avais été programmé comme les autres mais la compilation s'était mal déroulée. Quelque chose avait cloché. Erreur système, le programme avait planté et c'était tout un monde qui s'effondrait, ne laissant qu'une immense impression de vacuité.

Un vide terrifiant s'était insinué en moi mais son caractère absolu, sidéral était la meilleure garantie que le nettoyage en cours allait être complet, profond, définitif. Tout un disque dur à reformater. Le préalable à une renaissance, à une reconstruction encore à venir.

ÉPILOGUE

1

Au retour, un message m'attendait sur le répondeur. Antoine avait appelé. Il avait reçu mon e-mail de félicitations et téléphonait pour que l'on se voie. Je l'ai joint sur son mobile mais la communication était médiocre et nous avons convenu de nous voir le samedi suivant en fin d'après-midi, puis de dîner ensemble.

Il m'avait donné rendez-vous devant notre vieille école. Il y avait une éternité que je n'avais pas remis les pieds dans cette partie sans intérêt du Quartier latin, égarée entre la rue Mouffetard et le Boulevard Saint-Michel.

Je n'aurais pas dû accepter de revenir sur le lieu de mes chères études mais sur le coup, je n'ai pas trop su quoi lui proposer. Il y avait comme une évidence à se retrouver là où nous nous étions quittés. Je dus surmonter une certaine répugnance à retourner dans ce quartier où les classes dominantes assuraient l'immortel recrutement de leur bêtise.

De détour en détour, dans l'intimité suspecte de la pluie, j'ai erré au hasard dans ce labyrinthe de rues tristes créé par une race débile d'austères vieillards à barbichette. Univers de squares rabougris, dédale de trottoirs étoilés d'excréments où la pluie achevait de ramollir les déjections canines répandues par des clebs de petits vieux.

J'ai dilapidé cinq des meilleures années de ma jeunesse entre ces murs puant le renfermé. Un quartier de bibliothèques poussiéreuses, d'écoles-prisons aux épaisses murailles qui suintent l'ennui et les regards éteints. Les

355

momificateurs de textes, les petits salariés de chaires maigrement payées y pratiquaient un embaumement mortifère du savoir. Ils se perdaient en de futiles exégèses, s'abîmaient dans des autopsies stériles. Dans ces lieux sans âge, l'Université domestiquait la science pour mieux l'aseptiser et la désarmer.

Et pourtant, cette nécropole du savoir recelait des fulgurances que nos Maîtres savaient passer sous silence ou bien dissimuler sous un verbiage sibyllin. Comme ces sauces trop lourdes qui gâtent les mets les plus raffinés. Ces alchimistes du savoir y transformaient l'or en plomb. Ces êtres furtifs, imperméables à la lumière, distillaient méticuleusement l'ennui des œuvres les plus lumineuses. Ces tristes thaumaturges mettaient bas un bréviaire terne, sans saveur, comme leurs vies confinées.

J'ai perdu mes premières dioptries sur des sujets dont personne n'avait, à juste titre, rien à foutre. Je garde encore aujourd'hui un souvenir nauséeux de ces années incohérentes où je piétinais dans l'antichambre d'un monde adulte que je croyais passionnant. Je ne devais assister à aucun sacre, juste à l'effondrement des ambitions, je devrais dire des illusions, de ma jeunesse.

Ce n'est que bien plus tard que j'ai découvert que le vrai savoir fouille d'abord les tripes et que la tête ne vient que bien après. Le vrai savoir est jubilatoire, intempestif. Il nous libère des institutions engluantes qui se nourrissent des hommes et de leur liberté.

Oui ce n'est que bien plus tard que j'ai compris que le concept tue la vie, tétanise le réel. La vraie connaissance nous enseigne que les hommes sont malades de ne pas savoir vivre libres. Elle nous guide sur des chemins de traverse pour nous libérer d'un monde illusoire préoccupé de futiles activités. Dans ce siècle grégaire où nous sommes nés, la connaissance demeure le seul moyen de nous arracher à la banalité de nos vies, de devenir des êtres uniques. Finalement, j'ai plus appris dans les bras des putes que sur les bancs de l'Université.

Sous la pluie fine, qui vernissait le pavé, le quartier devenait fantomatique. Un enchevêtrement de rues mouillées, hantées par les âmes rabougries de milliers d'étudiants qui y avaient consumé leur jeunesse. Un monde calfeutré, fossilisé dans une gloire loqueteuse sentant déjà l'épitaphe. A ses Grands Hommes, la Patrie reconnaissante. Dans la grisaille pluvieuse, la devise du Panthéon semblait se moquer de mes tristes années estudiantines.

Antoine était là, un parapluie trempé à la main sur le trottoir luisant. Nous avons filé nous mettre au sec dans un café. Il n'avait pas changé. Comment peut-on rester aussi insensible aux ravages du temps ? Les années avaient glissé sur lui sans laisser de trace, comme l'eau sur les plumes d'un canard. Quelques rares cheveux gris, quelques ridules témoignaient symboliquement de ses presque quarante ans. Il avait gardé un visage mobile de jeune homme.

On s'est assis autour de deux expressos serrés. Une bruine fine mouillait les vitres du bistrot.

– Dis-moi, Antoine, tu t'es marié ?

– Non, je vis avec quelqu'un depuis cinq ans. Plus âgée que moi, elle a une fille en fac à Lyon. Et toi ?

– Marié avec deux enfants de sept et cinq ans. Une fille et un garçon. La famille parfaite, sauf que ça va pas très fort avec la maman depuis quelque temps.

– Je la connais ?

– Je crois pas. Une blonde en fac de Lettres, Florence. Pour une fois, c'est moi qui ai tiré le gros lot. Ça m'arrivait si rarement que je l'ai épousée.

– À l'époque déjà, je m'intéressais surtout à mon travail. Jamais été porté sur le cul. Un orifice avec de la chair autour. Trop de biologie derrière tout ça, un piège grossier de nos hormones pour faire des gosses. Rien de plus.

– Un piège ? Toute la vie, à ce compte-là, n'est qu'un piège.

– Plonger mon sexe dans ce trou mouillé en m'agitant comme un possédé pour échanger de l'ADN et des mycoses en prime. Très peu pour moi.

– Tu te serais bien entendu avec ma femme.

Des personnages tristes, assis devant leurs consommations semblaient n'avoir même pas la force de finir leurs verres pleins de bière pâle. J'avais l'impression que c'était les mêmes figurants, que nous nous étions quittés hier, au même endroit, à la même table. Pourtant, il y avait presque quinze ans. Le meilleur de nos vies.

– Tu me disais au téléphone que tu bossais à l'UBF ? Cette banque qui vient de se faire phagocyter ?

– Tu t'intéresses à autre chose qu'à tes recherches à présent ?

– Je me passionne d'économie justement à cause de mes recherches. Je serais d'ailleurs curieux de ton avis sur certains aspects de mon travail.

– Tu sais, je passe ma vie dans un placard à balai à analyser des crédits. Rien de captivant ! Et toi, tes étudiants ?

– Tu veux vraiment la vérité ?

– Tant qu'à faire.

– Des cohortes d'analphabètes dont on se demande comment ils ont pu avoir le bac. Faut juste renouveler le miracle en conduisant ces crétins jusqu'à la licence alors que l'on pourrait tout juste en faire des peintres en bâtiment. La vérité c'est que je fais du gardiennage de futurs chômeurs. Si je te montrais leurs copies, c'est à pleurer. Parfois, je me dis que c'est du second degré. Mais non, c'est plein d'une naïveté déconcertante, d'une bêtise sincère !

La pluie s'était mise à fouetter les vitres du café. Nous étions silencieux. Antoine attendait des questions. Il n'imaginait pas combien sa vie d'universitaire était maintenant éloignée de ma réalité. Il fallait que je m'intéresse. Antoine était mon ami.

– Ils disent quoi tes supérieurs de tout ça ? dis-je.

– Ils nous incitent à rechercher la zone proximale.

– La quoi ?

– La zone proximale. En clair, faire du médiocre pour se mettre à la portée des tocards que le secondaire nous envoie. Comme si l'enseignement ce n'était pas justement élever vers des choses nouvelles.

– Non, faut plutôt que tu mélanges du sérieux avec ce qu'ils aiment. Dans quelle mesure la pensée hégélienne et l'existentialisme ont-ils influencé les textes de rap ?

Antoine me regardait, amusé :

– Tu parles. Ils sont déjà incapables de dire où s'est déroulée la bataille de Marignan. Je voulais enseigner et faire de la recherche. Le social figurait pas dans le contrat initial sinon j'aurais fait animateur socioculturel.

– Très bien ton article sur Arendt, mais je n'ai pas vu où tu voulais en venir.

– Elle pense que la tentation totalitaire est liée à la condition de l'homme moderne.

– La démocratie a plutôt fait des progrès dans le monde au cours des dernières années.

– Tu parles des états mais avec la globalisation, j'ai même tendance à penser qu'ils sont en perte de vitesse.

– Excuse-moi de t'interrompre mais l'heure tourne. On dîne chez Félix ?

– Si tu veux, il y a au moins quinze ans que je n'y ai pas mis les pieds.

2

Dehors, le fleuve automobile engluait d'acier la capitale. Comme tous les samedis soirs, de lourdes vagues humaines fuyant la banlieue se ruaient sur la vieille ville qui s'étalait obscène au centre de l'immense agglomération. La pluie avait cessé. Soudain, Antoine hésita sur le trottoir mouillé.

– C'était pas là, Chez Félix ?

Un établissement, style branchitude cyberchic, avait remplacé le restaurant où, une fois par semaine, nous tentions d'oublier le graillon de la cantine. Chez Félix était devenu un de ces établissements bondés le samedi soir où la bousculade commence dès l'entrée.

Je connaissais trop bien ces lieux où la jeunesse dorée adorait se montrer : un décor minimaliste conçu par un designer à la mode, une carte pleine de plats prétentieux et hors de prix, un service arrogant, des garçons insolents se prenant pour des top models, fuyant à la moindre requête et vous balançant le plat sur la table avec un soupir ennuyé.

J'ai jeté un coup d'œil. À l'intérieur, une hôtesse d'accueil au sourire figé stockait les clients au bar entre un kir et un bol de chips. La clientèle bobo, plus bourgeoise que bohème, toute boursouflée d'un narcissisme dérisoire, était déjà là. Venue pour se montrer, pas pour dîner. C'était le genre d'établissement pour m'as-tu-vu parasites qui abusait clairement de la bienveillance des clients.

Antoine restait immobile avec l'air d'abominer autant que moi ce style d'établissement à petites bougies sur les tables. Je dis en plaisantant :

– Je crois que nous sommes en train de devenir des vieux cons.

– Ah oui. Et à quoi tu vois ça ?

– Au sentiment croissant d'être cerné de jeunes cons.

– Tant pis ! Notre Ancien Monde est mort et nous suivrons bientôt. Alors, autant avoir le courage de ses idées.

– Allons plus bas. Il y avait une vieille brasserie, on y mangeait bien ! Enfin, il y a quinze ans !

Il faisait bon et chaud dans la salle. Nous avons commandé deux choucroutes arrosées d'un Riesling. Antoine était reparti dans le seul sujet qui le passionnait.

– Curieusement, les régimes totalitaires ont toujours fasciné les esprits les plus brillants.

– Heidegger avec Hitler ou Sartre avec Mao ?

– La liste serait trop longue. Freud, Céline, Joliot-Curie, Brasillach, Aragon... Staline les appelait « mes dupes ».

– C'est le pouvoir qui les fascinait. Hegel était l'un des partisans les plus enthousiastes de Napoléon. Même Platon cirait les pompes de Denys de Syracuse.

– Il y a autre chose. De la naissance à la mort, nous nous débattons dans des vies absurdes et un beau jour, une théorie cohérente prétend donner un sens à tout cela. Comment ne pas être séduit ? La beauté du Diable en quelque sorte.

– Et ensuite ?

– Le pire. Les travaux pratiques. Plier la réalité à la théorie. Si le monde est imparfait, c'est parce qu'il s'écarte du modèle idéal auquel aboutit la théorie. Il faut « rectifier » la réalité. Les dégâts commencent à ce moment-là.

Au contact d'Antoine, je retrouvais l'excitation intellectuelle qui avait agité ma jeunesse, cette impression de m'enrichir, de m'élever dans une conversation qui dépassait le clapotement médiocre du quotidien.

– Il y a de nombreux autres critères pour identifier le totalitarisme comme, par exemple, le caractère arbitraire des sanctions, des purges.

– Pourquoi arbitraire ?

– Punir les coupables est à la portée de tout système politique mais punir un innocent est la marque du véritable pouvoir. Le vrai pouvoir ne s'embarrasse pas de notion de culpabilité. En frappant des innocents, voire ses serviteurs les plus zélés, le système montre sa toute-puissance. Le caractère arbitraire des disgrâces a pour effet de créer un climat de terreur. Il ne suffit pas d'être irréprochable pour être innocent.

Le serveur apporta la deuxième bouteille de Riesling que nous avions commandé. Le vin était glacé, délicieusement glacé, et il allait échauffer un peu plus nos vaisseaux sanguins. Antoine dévorait sa choucroute avec le même enthousiasme qu'il mettait à m'expliquer ses recherches. Je le titillai :

– Si le plaisir du sexe te répugne, on ne peut pas en dire autant de la table.

– Mon cerveau a besoin de glucose pour fonctionner. Manger est indispensable. Baiser accessoire.

– Mais il y avait quand même des types qui étaient sincères.

– Je vais peut-être t'étonner mais la plupart n'avaient pas conscience d'œuvrer à des projets funestes. La propagande se chargeait de les convaincre du bien-fondé du projet collectif. Ils perdaient toute vigilance morale.

– Faire le mal en croyant faire le bien ? C'est tout ce que tu as trouvé ?

Antoine sortit sa vieille bouffarde et commença à la curer soigneusement d'un air pensif. Je croyais deviner au fond de son regard une espèce d'inquiétude, d'anxiété.

– Ça fait longtemps que je travaille sur le sujet. Ce sont les travaux d'Arendt qui m'ont mis sur la voie. Au début, une simple intuition, une piste que j'ai abandonnée plusieurs fois, persuadé de m'être fourvoyé mais, chaque année qui s'écoulait, l'évolution du monde venait étayer mes conclusions, confirmer mes craintes.

– Où veux-tu en venir ? demandai-je, intrigué.

– Elle avait vu juste. Le totalitarisme a non seulement survécu aux chutes du nazisme et du communisme, mais il n'a jamais été aussi puissant. Il a simplement muté en une forme beaucoup plus insidieuse, beaucoup plus aliénante. Se développant là où personne ne l'attendait.

– Où personne ne l'attendait ? Je comprends pas.

Il leva un regard triste vers moi. Je sentais qu'il allait en venir au fait. D'un seul coup, je le trouvais plus âgé, plus soucieux. Les quinze années, pendant lesquelles nous nous étions perdus de vue, semblaient toutes concentrées dans la révélation qu'il allait me faire.

– Au cœur même des grandes entreprises globalisées. Le travail d'Arendt donne une grille de lecture d'une effroyable lucidité sur notre monde en guerre économique permanente. La nouvelle unicité de but est la recherche du profit, l'avidité.

Antoine souriait. Il venait de formuler ce que j'avais pressenti depuis des années. Sans jamais avoir réussi à le conceptualiser. Comme l'évidence de la gravité, révélée par Newton, s'était imposée à ses contemporains, le totalitarisme de notre monde sautait aux yeux. Les symptômes multiples s'emboîtaient, comme par enchantement, en une lumineuse explication.

Le malaise croissant, l'élimination de toute solution alternative par les théoriciens du libéralisme économique, les mégafusions, les imprécations lancées contre ceux qui n'adhéraient pas au concept de guerre économique, la création d'une nouvelle caste de dirigeants surpayés, l'envahissement de l'espace privé par le travail, les plans sociaux à répétition, les bilans frauduleux. Dans le silence feutré des Conseils d'Administration, loin d'états aveugles, un système monstrueux, omnipotent avait grandi.

Antoine venait de se resservir un verre de Riesling :

— Les intellectuels se sont, comme d'habitude, complètement fourvoyés. Obnubilés par la crainte de sa forme ancienne, ils n'ont pas vu que la bête avait muté pour mieux passer inaperçue. Ils criaient au loup dès qu'apparaissaient les défilés nostalgiques de l'extrême droite mais étaient aveugles à la véritable menace qui grandissait au sein de gigantesques structures privées. Quelques cinéastes ont pressenti ce danger en mettant en scène des entrepreneurs mégalo voulant devenir maîtres du monde. Mais on restait dans la fiction hollywoodienne, pas dans l'analyse politique.

Dans cette modeste brasserie parisienne, tout venait de s'éclairer. Je comprenais même ma fonction à l'UBF. La plupart des crédits, que nous accordions, servaient à financer des opérations d'acquisition, à nourrir la croissance monstrueuse d'entreprises toujours plus puissantes, toujours plus totalitaires. Antoine avait repris la parole avec un ton détaché et serein.

— Nous faisons semblant de croire que la menace porte moustache et uniforme, que les dictatures fleurissent sous le soleil du Moyen-Orient ou d'Amérique Latine ou bien alors dans les froidures slaves. Tout ça c'est du passé. Tintin au pays des Soviets.

— Mais nous sommes en démocratie.

— Ce néo-totalitarisme nous le fait croire. La contrainte par corps a simplement été remplacée par une manipulation mentale plus efficace. Faire oublier sa nature totalitaire a été son coup de génie, la garantie de sa pérennité. Ces méga-entreprises se pareraient de la plus sincère indignation si quelqu'un les mettait devant l'évidence de leur nature. Elles mettraient en avant leurs programmes humanitaires, les écoles subventionnées en Afrique, leurs multiples codes de déontologie et d'éthique. Comme Staline montrant les peuples baltes acclamant l'entrée des troupes soviétiques. De la poudre aux yeux, en beaucoup plus habile.

– Tu veux dire qu'elles sont devenues des monstres sans s'en rendre compte ? Que c'est la mise en œuvre de leur logique interne qui les a irrémédiablement conduits vers ce que tu décris ?

– Exactement, elles n'en ont pas conscience. Comme ce fut le cas pour le communisme. Le totalitarisme n'était pas forcément dans sa nature. Il n'y avait pas de dessein totalitaire, de volonté consciente de faire le mal. Le criminel c'est la dictature du but, l'application extrême du principe de la fin justifiant tous les moyens. Quelles que soient les conséquences, puisque le monde est en guerre, il faut tout sacrifier au but suprême. Le totalitarisme est une forme de renoncement collectif. Tout sacrifier pour un objectif, un seul !

– Et perdre son âme ?

– Oui car l'Homme est réduit au rôle de moyen. Il n'est plus la finalité mais est asservi à une autre finalité. L'organisation ne le sert plus, elle se sert de lui. La rentabilité pour quoi faire ? Personne ne peut répondre. Les bonnes questions sont celles que l'on ne se pose pas.

– La recherche du profit a toujours été le but des entreprises, ce n'est pas vraiment nouveau.

– Pas à cette échelle planétaire. Aujourd'hui, on peut accroître ses résultats et licencier quand même. C'est une quête obsessionnelle, un Graal jamais atteint. Et n'oublie pas que la taille des entreprises a explosé.

Antoine réfléchit, but une gorgée de Riesling. Derrière

la vitre, un couple commentait la carte. L'homme vêtu d'un loden bleu était un peu gras, le crâne déplumé. La femme était petite, vive, pas très jolie. Ils discutaient âprement. Elle l'écoutait argumenter avec une moue sur le visage, elle n'était pas convaincue. Lui semblait avoir faim. Finalement, ils se sont éloignés. Elle marchait devant pendant qu'il la suivait, la mine basse.

— Dis-moi, Antoine, comment fais-tu intervenir l'effet taille ?

— Par la distance entre le décideur et le salarié. Comme les gigantesques fusions ont créé une distance énorme entre les dirigeants et la masse, les milliers de licenciés sont devenus des anonymes pour le décideur.

— Comme l'étaient les déportés qui remplissaient les goulags ou les stalags ?

— Exactement ! Seules les grandes organisations permettent cet anonymat indispensable aux crimes de masse. Qu'importe le futur des ouvrières philippines aux dirigeants basés à Atlanta. Rayer d'un trait leur usine ne leur coûte rien sur le plan affectif. Ils jouent au Monopoly avec des vies économiques comme d'autres, quelques décennies plus tôt, déniaient un futur à un groupe ethnique. Abstraire le crime permet au criminel de se croire innocent. Hitler a-t-il jamais tué de ses propres mains ?

— Je vis actuellement une fusion et je t'assure que l'ambiance est horrible. Un chemin de croix avec au bout sa propre fin mais cela a eu le mérite de me faire réaliser l'aliénation de toutes ces années. Un réveil douloureux mais salutaire.

— Le syndrome des purges. Les apparatchiks jugés ont réalisé qu'ils avaient été bernés, qu'ils avaient vécu dans le mensonge. Ils ont accepté d'être aliénés mais même cela ne leur a été d'aucun secours. Mais tu connais le proverbe allemand « Hochstum kommt vor der Fall ».

— Excuse mon inculture mais mon allemand fout le camp. Il y a longtemps que je ne pratique plus que l'anglais des affaires.

— L'arrogance vient juste avant la chute

Antoine a souri en tirant sur sa pipe. De longues volutes de fumée montaient au-dessus de la table.

— Il y avait un talon d'Achille dans ma théorie.

— Lequel ?

— Elle était construite de l'extérieur par quelqu'un qui n'avait jamais connu l'intérieur du Léviathan et je voulais voir comment réagissait quelqu'un qui vit à l'intérieur de la bête.

— Et tu es fixé ?

— Ta réaction est éloquente. Si la vérité ne pouvait venir que d'un observateur extérieur au Moloch, elle devait se confronter à celui qui connait de l'intérieur le système totalitaire.

— En somme, je suis ta biopsie.

— Ma biopsie, comme tu dis, présente les mêmes symptômes que les victimes du communisme. Ceux qui ont compris avant les autres que tout cela conduisait à un désastre, à une terrible amputation des âmes. Le premier sentiment est un immense vide. Une déprime qui devient dépression quand on réalise avoir sacrifié ses plus belles années pour bâtir un monde plus dur et plus cruel pour ses enfants. Que nous avons été néfastes.

— Puisque tu aimes les proverbes, les Chinois disent que le poisson ne voit jamais la mer parce que pour la voir il faut en sortir. C'est exactement ce qui m'est arrivé. En rentrant de Thaïlande, j'ai réalisé que je vivais au sein d'un univers carcéral.

— C'est amusant que tu dises cela parce que Staline se méfiait des fonctionnaires qui avaient voyagé hors du bloc soviétique. Il les considérait comme dangereux, parce que pouvant porter un regard distancié et lucide sur le monde soviétique. Ils comprenaient avant les autres que ce qui était présenté comme une marche triomphante n'était qu'un naufrage, une lente immolation des âmes.

— Ces voyages ont fait de moi quelqu'un d'autre. Peut-être suis-je simplement devenu moi-même après m'être enfin débarrassé des scories accumulées par toute mon éducation, je devrais dire mon dressage. Là-bas, je vis plus intensément. J'ai ouvert les yeux sur le monde, redécouvert l'enthousiasme de mon enfance.

— Quarante ans c'est souvent l'âge des remises en question. Pendant vingt ans on nous bourre le crâne et il nous faut autant d'années pour se retrouver.

— Des choses, qui m'apparaissaient dérisoires, me bouleversent à présent et tout ce qui était gonflé d'importance m'indiffère. Mais c'est un véritable déchirement de devoir effacer des années d'apprentissage, de réflexes. Tout détruire avant de reconstruire.

Par la vitre, je voyais le flot des voitures. Les traînées de lumière jaune s'imprimaient sur ma rétine. Elles avançaient dans le froid de la nuit comme des étincelles de lumière essayant de trouver leur voie au milieu de ténèbres abyssales. Antoine était resté silencieux. J'ai repris.

— Je suis parti là-bas chercher du sexe comme beaucoup.

— Et qu'est-ce que tu as trouvé ? L'amour ?

— Je me suis raccroché à ces filles comme un naufragé qui essaie de flotter quelques instants de plus. Mais, j'ai trouvé quelque chose que je ne cherchais plus depuis longtemps, quelque chose que je croyais mort et dont j'avais fait le deuil sans m'en apercevoir. Je me suis retrouvé, enfin débarrassé de la gangue qui recouvrait ma véritable personnalité.

Les garçons étaient en train de débarrasser les tables qui se vidaient progressivement.

– La rencontre avec des filles qui m'ont tout donné contre un billet sali a déclenché une renaissance. La gangue, qui m'étouffait, s'est fissurée. Mais, le processus est inachevé. Je vais mieux mais je me sens encore fragile. Au sortir de mon état larvaire, la lumière blesse mes yeux.

– Cette métamorphose est latente en chacun de nous. C'est le seul but de toute éducation. Devenir soi-même. Souvent, il faut un choc émotionnel pour déclencher le processus. Il semble que côté chocs, tu aies été gâté récemment.

– Comme toi, j'ai eu le pressentiment d'un désastre à venir. Tu es parti de l'Esprit, des concepts pour comprendre une nouvelle oppression. Pour ma part, la révélation est venue des tripes. J'ai compris qu'il y avait danger.

– Comment ?

– Un réflexe animal, un instinct de survie qui m'a ouvert les yeux. Mais on ne répudie pas impunément son passé, même si c'est celui d'un captif. La liberté fait peur.

– Tu as le choix ?

– Non. Pas de retour en arrière possible J'ai une dette immense envers ces filles. Au fond, elles sont à l'origine de ma seconde naissance.

Antoine a retourné la deuxième bouteille de Riesling dans le seau. Il devait être près de minuit et les serveurs tournaient ostensiblement autour de notre table. Il était temps de partir. Nous avons payé avant de nous retrouver devant le restaurant.

– Tu vois, Antoine, avec le temps, la réalité est devenue plus pesante et j'ai même pris goût à l'alcool. C'est un moyen comme un autre d'échapper à cette vie inexorable qui nous fait faire ce que nous ne voulons pas.

– Nous cherchons tous les réponses aux mêmes questions mais cette quête ne peut être qu'individuelle parce que l'on est seul dans l'Univers. Je crois que l'on devient adulte lorsque plus personne n'est capable de répondre aux questions que l'on se pose et que c'est à nous, et à nous seuls, d'y répondre.

— Alors, je dois être en train de devenir adulte.

Antoine a souri. Son visage était plein de douceur et d'espoir. Il m'a fait promettre de venir le voir à Clermont-Ferrand.

3

Ma tante Nadette, la sœur cadette de mon père, est décédée. Les obsèques avaient lieu le surlendemain et je devais à ma famille d'être présent. Cette tante était la seule famille proche qui restait à mon père. Avec sa disparition, c'était un pan entier de son passé qui était englouti.

Je me suis rendu à la gare de Lyon. Cette gare crasseuse et fière était à l'image du délabrement ambiant d'un pays en chute libre. Des clochards incohérents à la saleté stupéfiante, le paletot roide de crasse, stagnaient, l'œil creux, la mine terreuse, en groupes confus.

Une puanteur mêlée de pisse fermentée et de chien crevé enveloppait les escaliers montant vers les quais et de petits groupes de racaille, la tempe en front de serpent, traînaient par deux ou trois à l'affût du mauvais coup, de la bonne affaire que pourrait offrir un traînard ou un étranger surchargé de bagages. Autour de moi, je ne voyais que d'effrayants voyageurs ressemblant à des morts.

J'ai pris le TGV pour mon passé. Le monde de l'enfance est un univers sans limites. Le champ des possibles se recroqueville avec l'âge. Le futur s'amenuise. Derrière la vitre, le monde dans lequel j'étais né défilait à toute allure comme pour me mettre au défi de le rattraper. Longtemps, l'Homme s'était heurté à un monde inerte où il fallait des dizaines de milliers d'années pour découvrir le feu ou inventer la roue. Tout restait à inventer et à construire. Et puis le monde avait accéléré. D'abord imperceptiblement, et puis de plus en plus vite, jusqu'à ce tourbillon d'instabilité dans lequel nous vivions, jusqu'à ce monde où tout avait déjà été inventé, tous les livres déjà écrits, toutes les phrases alignées, les concepts énoncés, toutes les erreurs commises.

Alors faute de cap, le mouvement était devenu une fin en soi. Être nomade, mobile, changer de métier quatre fois au cours d'une vie. En France, ceux qui professaient ce goût du risque, cette mobilité à outrance, appartenaient aux grands corps de l'état. Ils avaient passé la totalité de leur vie entre les sixième et septième arrondissements.

À presque quarante ans, je n'avais aucun patrimoine à transmettre à mes enfants. J'étais un salarié sans réel savoir-faire, un membre de cette classe moyenne en voie de déclassement. Mes études scientifiques m'avaient conduit à une impasse économique et sociale.

Les règles que mes parents croyaient coulées dans le métal n'avaient été qu'un boulet qui avait sombré avec le reste. Je ne pouvais même pas transmettre ma vision du monde à mes enfants. Je n'en avais plus aucune et même s'il m'était resté quelques principes, ils ne leur auraient servi à rien dans le monde stochastique, sans repère ni point fixe, qui était le nôtre.

Nous campions sur les ruines d'un monde qui s'en allait sans savoir quelle société nous allions construire, ni même si nous avions encore la volonté d'en créer une. Sur ce désarroi, le cancer totalitaire prospérait, il avait temporairement quitté les états pour diffuser en métastases au sein des grandes entreprises. Mais Antoine était persuadé que l'influence des grandes entreprises dans les élections américaines était le début d'une prise de contrôle des appareils étatiques. La lutte contre l'islamisme ou le terrorisme était déjà le prétexte à un durcissement des appareils juridiques et policiers. Guerre économique dans le monde privé. Guerre contre le terrorisme au niveau des états. La boucle était bouclée.

Dans quelques années, deux ou trois décennies tout au plus, les matières premières allaient commencer à se raréfier et la lutte pour les obtenir à s'intensifier. La population humaine atteindrait alors huit milliards d'individus. Tout cela ne pouvait que très mal finir. Je voulais demander au conducteur du train de ralentir, lui expliquer que l'on ne voyait plus le paysage, que c'était trop, trop vite. Que j'étais malade, et le monde avec. Mais il était trop tard, personne ne pouvait arrêter le cours de l'histoire.

La motrice s'est immobilisée dans un grincement métallique. Il était exactement 16 h 37, mon père m'attendait sur le quai de la gare. Il m'a serré la main sans un mot, l'air grave. Il était vêtu du vieil anorak qu'il enfilait dès les premières pluies de septembre. Octobre avait été frileux et l'automne était déjà bien avancé. Au-dessus de deux mille mètres, les montagnes étaient déjà blanches de neige.

Au terme d'une vie passée à tirer le diable par la queue, à faire des comptes d'apothicaires, mes parents étaient finalement devenus propriétaires de leur petite maison aux vitres embuées. Maintenant, ils étaient devenus deux petits vieux tout remplis d'habitudes. Je n'arrivais pas à m'y faire. Avec eux, je n'évoquais jamais mes problèmes personnels. Ils étaient persuadés que j'avais réussi dans la vie. Ils se seraient fait un sang d'encre si j'avais évoqué le divorce ou le chômage.

Comme le temps passe. La vie dure un clin d'œil. Bientôt, je serai vieux à mon tour. Bientôt, ce sera leurs funérailles qui se prépareront. Puis les miennes. Je ne sais pas si mes parents avaient été heureux ensemble mais, dans un sens, ils étaient bien habitués l'un à l'autre. Dans un monde où les couples atteignaient de plus en plus vite la date de péremption, cela n'était pas si mal. L'enterrement de Nadette était prévu pour demain matin.

J'ai retrouvé avec plaisir le vieux fauteuil éventré, l'odeur d'encaustique, de cire d'abeille de ces maisons sans âge. Il régnait déjà cette chaleur intime, cet ennui gourd de l'automne où la vie diminue où les maisons se referment en prévision d'un hiver long et froid. Bientôt, une pesanteur bienheureuse, une somnolence hivernale recouvrirait toute la vallée.

Comme à chaque fois que je venais, ma mère me gâtait comme le gamin que j'étais encore pour elle. Elle avait cuisiné du gibier tué par un vague cousin et l'odeur des pommes caramélisées, le parfum de cannelle, qui montait du four à gâteaux, me renvoyait à mon enfance à la fois si proche et si lointaine.

Mon père m'avait envoyé chercher un vieux Bourgogne poussiéreux, qui mûrissait, comme il disait, dans une odeur lente de pommes et d'humus humide. Le flacon était endormi à côté des pots de confiture sagement alignés sur les étagères de la cave. Une lie épaisse s'était déposée sur la paroi de verre. C'était un peu comme les petits dimanches d'autrefois. Toutes les odeurs enfouies du passé me revenaient.

Ma mère a ressorti de vieilles photos aux couleurs délavées. C'était donc moi, cet adolescent à lunettes, un peu gros. Et puis j'ai retrouvé ma chambre et les reliques d'une enfance heureuse. La mort dans sa sérénité m'a toujours fait penser à l'enfance. Les deux extrémités de la vie résonnent d'un même mystère. Comme si la destruction et la construction des êtres étaient coulées dans le même alliage.

L'enfance, un paradis un peu cotonneux où je me lovais au creux de la chaleur apaisante de la couette avant de plonger dans des rêves pleins de la vie merveilleuse qui m'attendrait matin après matin. Tiédeur enfantine des réveils magiques de ces matins d'hiver, lorsque l'on se précipitait à la fenêtre pour découvrir une campagne assourdie, étouffée sous une douillette somnolence par les trente centimètres de neige tombés pendant la nuit.

Dans ce bonheur fragile, évanescent, le moindre événement était une source de joie. L'album de Tintin que je ramenais, frémissant d'impatience, précieusement enveloppé de papier craquant et que je dévorais, la tête calée dans l'oreiller, dans ma chambre au parquet grinçant. Les cabanes construites dans la montagne avec les petits cousins. Les courses de luge sur la route verglacée. Le pain encore chaud. La crème de marrons avec le bonhomme vêtu de bogues qui souriait sur la boîte. L'arôme fruité de la gelée de framboise que préparait ma mère. Le parfum du chocolat Poulain.

Dans cette enfance protégée du monde par une fée domestique nommée maman, tout était prétexte à des émerveillements, à des plaisirs chauds, si proches. Même les maladies de l'enfance étaient douces, jours volés à l'école. Les yeux pleins de ce bonheur que je croyais éternel, je restais sourd à tous ces signes inquiétants qui s'accumulaient en nuées lourdes, menaçantes et qui me disaient que ce monde était menacé, condamné, que cette enfance claire n'était pas la vraie vie et que si mon père était un taiseux, un taciturne c'est qu'il connaissait le monde avide et dur qui nous guettait au sortir de l'enfance et que cela l'horrifiait.

Sur la table de la cuisine, mon père avait laissé une vieille enveloppe jaunie : l'extrait de naissance de ma tante. Elle était née le 17 juillet 1942. Le même jour, Paulus avait lancé sur Stalingrad l'offensive qui allait constituer le tournant de la guerre.

Son nom, soigneusement calligraphié, était couronné de la devise de l'État français : Travail, Famille, Patrie. Pourquoi Vichy avait-il ressenti le besoin de rappeler ce qui était alors une évidence ? La vie de l'homme ne s'était-elle pas, jusque là, toujours organisée autour de ces trois communautés ? Mais peut-être que le processus de désintégration était plus ancien que je ne croyais, qu'il était déjà à l'œuvre à cette époque. Aujourd'hui, tout cela n'avait plus d'importance, cette devise n'était plus qu'une épitaphe.

Bien sûr, le travail, et surtout l'argent qu'il procurait, restait d'autant plus la valeur dominante qu'il était rare : dur à trouver ; facile à perdre. Dans la grande cohue des nations, nous n'étions pas les mieux placés. Les grands groupes l'avaient compris en délocalisant massivement leur production pour accroître leurs profits. Pas compétitifs, on nous le disait chaque jour à l'UBF.

Mais, ce travail rare n'était plus, pour beaucoup, une source d'accomplissement mais une cause de souffrance morale. La fraternité ouvrière n'était plus qu'un vague souvenir. Le darwinisme social avait triomphé. La pénurie avait fait de chaque collègue un concurrent, nous le savions tous trop bien.

Pour le chapitre famille, le bilan était désastreux. Avant d'être recomposées, les familles avaient surtout été décomposées par l'action conjointe du féminisme, de l'économisme et de l'individualisme. Je pouvais compter sur les doigts de la main les couples de ma génération que je considérais comme heureux. Et encore, certains devaient bien cacher leur jeu. La survalorisation de la femme active par rapport à la mère au foyer, ravalée au rang de bobonne, avait eu pour conséquence majeure un accroissement du taux d'activité des femmes et un effondrement de la natalité européenne.

Selon certaines projections, les Allemands de souche ne devraient plus être que 22 millions à la fin du siècle. À l'Est les choses étaient encore plus graves, certains spécialistes prévoyaient que la Russie allait perdre la moitié de sa population dès 2050 pour descendre à 77 millions d'individus. La plupart des nations européennes étaient condamnées à s'effacer de la scène mondiale. L'Union européenne ne serait qu'un répit provisoire tant nos maux étaient communs.

Le concept national, déjà moribond, finissait de se dissoudre par le haut avec la mondialisation et par le bas avec le communautarisme croissant d'une immigration qui déstabilisait des pans entiers des vieilles sociétés européennes. Travail Famille Patrie. Je pensais aux mots d'Antoine, à cet homme désolé dont parlait Hannah Arendt et qui nous ressemblait tellement. J'ai replié soigneusement le bulletin de naissance de ma tante dans l'enveloppe en pensant qu'elle, au moins, ne verrait pas tout cela.

4

Comme tous les dimanches matins, j'ai eu du mal à me réveiller.

La cérémonie funèbre était prévue à dix heures. Le prêtre prononça les paroles d'usage sur la défunte dans un prêche sans surprises. Il y parlait de la vie, de la mort, de la vie après la mort. Il évoquait cette Nouvelle Alliance entre le Seigneur et les hommes qui devait rendre le monde meilleur.

Cette Nouvelle Alliance avait échoué, nous en étions tous conscients. Pendant le sermon, il régnait dans la nef un silence lourd, tout juste ponctué de petites toux sèches, intermittentes, de raclements de gorge. Je me sentais mal à l'aise, oppressé.

Il y avait longtemps que je n'avais pas assisté à un enterrement. Cette messe en annonçait d'autres, l'anéantissement définitif d'êtres plus proches. Mon père était immobile, la tête baissée, ses doigts jaunes de nicotine serrés autour du missel. Je crois qu'il avait fermé les yeux. Finalement, le vieux curé a prononcé les paroles ultimes :

— Seigneur, faites que notre sœur Bernadette connaisse le repos au Royaume des Cieux. Allez dans la paix du Christ.

L'estomac noué, je ne pouvais m'empêcher de penser à mes parents.

Pour les condoléances, le cercueil a été posé entre quatre cierges au centre d'une grande salle très claire attenante à l'église. Il fallait libérer la nef pour la messe de onze heures. Dehors, attiré par l'odeur de la mort, un consistoire de bigotes fébriles s'était déjà formé. Je considérais par la fenêtre leurs silhouettes de belettes bilieuses impatientes de s'enfiler leur messe dominicale, d'ânonner des bondieuseries incantatoires d'une voix chevrotante en branlant leurs chapelets. Comment avais-je fait pour me libérer de cette hérédité misérable ?

La bière en bois verni exhalait une odeur douceâtre de cadavre qui s'insinuait partout. Premières fermentations bactériennes à l'œuvre sous la mince enveloppe de la peau. Une légère buée de putréfaction, un voile fétide emplissait l'air de la salle mortuaire. La mort se répandait, écœurante et vague. Comme un avertissement à tous ces êtres qui sentaient déjà les chrysanthèmes. Mon père était bouleversé. Le dernier témoin de son enfance s'en allait. Un peu de son cœur cessait de battre.

Je revoyais des visages oubliés, enfouis au plus profond de ma mémoire. Vieilles tantes ventrues, ancêtres dodelinant de la tête, paysans endimanchés avec leurs têtes pointues de renards sournois. Tout le monde avait l'air affaissé, accablé de lassitude. L'air morne et ennuyé qu'ils affectaient allait mal à leurs visages couperosés.

Une vieille tante aux lèvres velues, le regard obscène, reniflait bruyamment dans un épanchement intarissable. On a les pleureuses que l'on peut.

Des enfants endimanchés à l'air niais et empoté s'ennuyaient docilement. Des vieux au regard désemparé discutaient de la maladie en branlant de la tête. Ils évoquaient en fins connaisseurs les métastases terminales, les rémissions passagères, les ultimes soubresauts. Ils commentaient les effets secondaires de la chimio. Le tout assaisonné de gréco-latin, pour faire médical. Je détournais la tête préférant ne pas savoir.

Beaucoup de ces êtres sentant la vieille fille déambulaient les mêmes morceaux d'ADN que moi. Un arbre généalogique au complet qui me rappelait vaguement mon enfance. Ils avaient quitté un gamin quelques années plus tôt et semblaient tout étonnés de retrouver un homme. J'embrassais les lèvres moustachues des vieilles tantes, je serrais les larges mains d'hommes en pardessus noirs qui répandaient une odeur de naphtaline.

Des ancêtres, les yeux noyés de tendresse, m'appelaient du prénom de mon frère. Nous faisions semblant de nous reconnaître, comme une tribu qui se renifle. Partout ce n'était qu'effusions ratatinées. Ils étaient de mon sang, issus de même agglomérat humain. Biologiquement, rien ne m'était plus proche que cet essaim qui bourdonnait autour de la morte.

D'un pas solennel, quatre hommes trapus ont ensuite porté la bière jusqu'au corbillard : une limousine noire, luxueuse, qui tournait au ralenti devant l'église. C'était une de ces matinées claires et translucides qui annoncent l'hiver prochain. La lumière grasse du soleil éclairait de biais les croix du cimetière.

Nous étions dimanche, un empâtement tiédasse persistait dans ma bouche. Enfant, je n'ai jamais aimé le dimanche. Un jour vide, inutile, où il ne se passait rien. La vie semblait suspendue, absente, on aurait dit qu'elle aussi semblait renâcler à ces journées ternes et mélancoliques.

5

Le lendemain matin, je me suis levé très tôt. J'ai pris le sac de mon père.

J'ai emprunté les chemins en lacets dans la fraîcheur stimulante des clairs matins d'automne. Un souffle résineux montait de la forêt. Malgré mon manque d'exercice, malgré les dix heures quotidiennes à synthétiser de la mauvaise graisse derrière mon bureau, je m'étonnais à chaque instant de voir mes membres répondre aux impulsions cérébrales. J'avais l'impression de renaître, de redécouvrir un corps, tout heureux de servir enfin à quelque chose.

Mon esprit était occupé par l'effort et je ne ressentais plus la lourdeur de ma pensée, le ressassement perpétuel des mêmes idées. Ma démarche devenait aussi joyeuse et légère que celle d'un jeune homme.

Après une demi-heure de marche dans l'air vif, je m'étais déjà élevé au-dessus de la vallée. Il faisait encore sombre mais on pressentait l'aube tapie quelque part derrière le Mont-Blanc. Bientôt, je pourrais contempler la vallée, les forêts d'où montaient les traînées de brume matinale, les lignes claires des routes, les moraines hachurées de vignes, les couloirs rocheux, la trouée du col vers le Nord et puis ces villages égrenés en chapelet le long de la vallée, minuscules, blottis autour de leur église.

Je sentais en moi une ivresse de force, le rythme des muscles. J'étais grisé par l'excitation de celui qui s'est levé avant les autres, par la joie de la vigueur retrouvée. Tout un reflux de sang étonné de cet exercice inhabituel irriguait ma pensée, l'éclaircissait.

Sur la pierre humide, mon pas allait plus vif, plus alerte. Je me sentais léger, souple, rapide, avançant à un rythme régulier. Je montais vers l'aurore qui encapuchonnait les sommets. La digue des crêtes allait rompre. Dans quelques minutes, ce liseré rose, presque doré, qui couronnait les cimes enneigées déborderait en une vague de lumière pour déferler vers les hommes, pour inonder les vallées encore toutes embuées d'humidité.

Là-bas, dans ces creux sombres, enveloppés d'ombre transparente, des empilements de générations avaient fait leur vie. Une existence harassante de labeur, de sacrifices, du berceau au tombeau. Une vie remplie de l'ignorance du monde, à expier en rémission des péchés, mais pleine de la certitude d'un au-delà lumineux. Et moi j'étais là, à contempler cette part de mon passé, à essayer de trouver une réponse à ce séisme qui m'ébranlait jusqu'aux tréfonds de l'âme. Que doit faire le voyageur qui a fait fausse route lorsqu'il est trop tard pour faire demi-tour ?

Malheureusement, ce n'était pas dans cette vallée froide et embrumée à la terre ingrate que se trouvait la solution. Leur seule réponse, c'était Dieu. Cette foi inébranlable qui permettait de supporter les pires tempêtes de la vie, les demoiselles du catéchisme avaient essayé vainement de me l'inoculer.

Enfant, j'avais été subjugué par l'or des chasubles, enivré par le parfum de l'encens. Un temps, la lumière dorée qui coulait des vitraux, les fastes surannés d'un vieux curé en surplis avaient édifié un monde merveilleux de pénombre et de mystère pour l'enfant que j'étais.

Mais la foi ne se décrète pas, je restais réfractaire. Un soir, je devais avoir dans les dix ans, j'ai compris que la mort était notre seule certitude, que Dieu n'était qu'un baume de l'âme contre les tourments de la vie.

Ce jour-là, j'ai réalisé que nous étions seuls au milieu du

vide stellaire. Nous voulions tellement croire que tout cela avait un sens, que nous n'étions pas des monstres produits par les hoquets moléculaires d'une soupe précambrienne. Nous voulions tellement croire en Dieu que nous l'avions créé à notre image. Ce jour-là, à dix ans, j'ai été un peu triste. Je savais que, désormais sans Dieu, je serais encore un peu plus seul et puis je me suis fait une raison de mon incroyance. De toute façon, j'aurais eu du mal à investir sur l'improbable bonheur d'une vie meilleure dans l'au-delà.

Plus tard, je me suis demandé pourquoi psalmodier ces vieux missels confits de poussière alors que le ventre de la femme est la matrice solaire du monde, le tabernacle du fils de Dieu incarné. Une cicatrice béante d'où la vie entre et sort comme les flux et reflux d'une marée sacrée.

J'ai compris que cette fente à l'origine de tous nos malheurs en nous infligeant d'exister était le seul antidote pour nous consoler de la douleur d'exister. Alors, j'ai retrouvé la lumière en rendant hommage au ventre de Marie, à celui de Marie-Madeleine, à celui de toutes les femmes, saintes ou putes, donneuses de vie et de plaisir. Femmes, vous êtes, sans le savoir, le Temple de Salomon, le Saint des Saints, l'origine du monde. En votre for intérieur se produisent le plus fabuleux des miracles, le plus aigu des plaisirs, l'amour le plus profond, la conception d'êtres parfaits.

Aimer le ventre des femmes, c'est se rapprocher de Dieu dans une prière charnelle qui fait d'un demi-dieu et d'une demi-déesse des créateurs de vie, des perpétueurs d'espèces. Plonger dans cette fente violente, vers cette bouffée de vie, c'est accomplir un sortilège d'icônes sacrées.

Aimer fait de nous des êtres divins capables d'engendrer la vie.

Non, je n'ai finalement pas complètement perdu la foi puisque j'ai fini par trouver, dans une concupiscence mystique, ma part de sacré sous la jupe des filles.

Le pain frais du jambon beurre, le blanc limé glacé bu au goulot de la gourde en métal avaient commencé à me redonner des forces. La lumière translucide avait enfin atteint les clochers.

Tout était simple dans l'air léger du matin clair. Bientôt, la vallée s'animerait de petits insectes englués dans leurs rassurantes habitudes. La plupart de ces hommes à la vie corsetée n'engageront jamais leur être profond. Ils ignoreront généralement qui ils sont, incapables de dégager la vraie personnalité qui sommeille en chacun d'eux. Ils vont demeurer à l'état d'ébauche, ne vivant que dans le clapotement d'un théâtre quotidien dont ils seront les pâles figurants.

Chaque jour, la distribution sera modifiée et des figurants vont disparaître, cédant leurs places dans un imperceptible processus de substitution. Que deviendront-ils après ? Est-ce donc si terrible que personne ne soit revenu nous le dire, nous laissant croire à notre éternité ?

Étions-nous condamnés à ces vies ladres de boutiquiers ? À déployer notre ruse pour accumuler des biens avec âpreté ignorant la funeste sentence prononcée le jour de notre naissance. Une vie cruelle et sotte, toute entière passée à exploiter la misère de nos semblables, dans une cupidité obscène et ridicule de condamnés à mort.

Une vie entière à marchander d'autres vies jusqu'au dernier souffle alors que la seule chose qui valait la peine était de donner et de recevoir un peu d'amour, de faire que le séjour terrestre soit, après nous, un peu meilleur. Essayer d'être moins seul l'espace d'une vie, de partager quelque chose avec nos frères d'infortune. Essayer d'être un Homme. Tout le reste n'était que foutaise au mieux ridicule, au pire criminelle.

En face, les montagnes encapuchonnées de neige étincelaient dans la légèreté merveilleuse. Le jambon beurre fondait dans ma bouche, le monde paraissait vierge, comme au premier matin du monde. J'avais enfin atteint la petite chapelle moussue d'Orgeval.

À l'intérieur, sous la voussure, une pénombre douce, enveloppante régnait. Le pâle sourire d'une vierge éclairait toute la chapelle. Ce n'était pas une Madone empreinte de douleur et de tristesse mais au contraire un visage étrangement doux. Les traits étaient d'une grande finesse presque sensuelle. À sa gauche, un Christ baroque souffrait sur la croix, son flanc d'albâtre ouvert sur une blessure béante.

Toute la tragédie de l'Humanité était réunie là, dans cette souffrance infligée aux hommes par leurs semblables et que le Christ avait voulu jeter à la face de l'Humanité dans une vaine tentative pour arrêter le cycle ininterrompu des crimes et des vengeances.

La clarté vaporeuse dispensée par les vitraux donnait un éclat presque surnaturel au beau visage souriant de Marie, à ses traits nimbés d'une douce lumière dorée. Ce n'était pas la mère de Dieu mais une simple jeune fille presque une adolescente, empreinte d'une beauté espiègle. Ce n'était pas l'Immaculée Conception que l'artiste avait voulu représenter mais une jeune femme, belle comme le péché, gourmande de la vie qui s'annonçait, heureuse de poser pour cet artiste. Peut-être son amant.

Ce sourire m'en rappelait un autre, celui de Bouddha. Ce n'était pas seulement le sourire de l'émerveillement, la béatitude de celui qui s'est enfin détaché du monde pour se rapprocher de Dieu, c'était surtout un sourire profondément humain, un sourire de compassion et d'ironie sur la condition humaine.

Ce doux plissement du visage qui nous disait que la seule issue était de rire à la face d'un monde que l'on ne peut affronter. Un sourire de premier matin du monde qui nous rappelait qu'un beau jour, nous avions été jetés sur cette sphère rocheuse perdue dans la nuit stellaire. Nés du néant, condamnés à y retourner après nous être débattus quelques années durant avec des vies chaotiques que nous n'avions pas choisies. Tout cela n'avait pas de sens, la seule solution pour ne pas hurler notre désarroi à la face de l'Univers, c'était cette expression ironique, cette arme des faibles. Le sourire de Bouddha ou de la Vierge nous disait : *Mai pen rai...* Ne t'en fais pas !

Puisque la farce cruelle de la vie n'a pas de sens, autant en rire, comme d'un jeu qui nous dépasse. Rire de notre condition, les deux pieds dans la glaise, la soupe au ventre, la tête dans la Voie lactée. Rire de tout pour exorciser la bêtise et la cruauté. Se réjouir de ce que la vie nous donne, oublier les souffrances et avancer vers cette mort, vers cette issue où, peut-être, il nous sera révélé la vraie raison de tout cela. Le vrai dessein de notre présence dans l'Univers.

En sortant de la chapelle, je me suis arrêté sur le seuil pour contempler les sommets poudrés d'or. L'astre qui s'élevait lentement dans le ciel baignait des millions de visages de la même lumière solaire.

En comprenant la douleur de ces filles, j'avais enfin compris l'être humain qu'il y avait en moi. J'avais vécu comme un orphelin, séparé de moi-même, et puis ces êtres, tout en bas de l'échelle sociale, m'avaient tendu le miroir qui m'avait permis de me retrouver. Ce miroir introspectif que j'attendais depuis si longtemps.

Je leur étais immensément reconnaissant de cette seconde naissance, de mon retour à la vie.

Là-bas, vers le soleil levant, sur les plages de Pattaya, ton visage d'ivoire, petite sœur siamoise, se préparait à un nouveau sabbat. Un visage qui, en m'arrachant à mon univers quotidien, en me jetant dans le maelström initiatique de la nuit, m'avait révélé l'ineptie, la vacuité de ma vie.

Enfin, ma conscience se déployait. Je me sentais comme un homme qui reprend connaissance après un long coma. Je comprenais le monde avec une netteté extraordinaire comme si mes capacités mentales avaient été décuplées, comme si le voile qui obscurcissait ma pensée venait de se déchirer. L'acuité de mes sens, de mon esprit devenait prodigieuse, comme si une drogue inconnue répandait sa puissance phénoménale dans mon organisme.

L'esprit fluide et transparent, je sentais mon bonheur se dilater, ma pensée radieuse monter, légère, ma poitrine s'élargir dans une joie presque charnelle, rempli d'une immense reconnaissance pour cette révélation. Je sortais d'une longue nuit.

Pour la première fois depuis longtemps, je recommençais à vivre.

*　　　　　*

*

Glossaire

Aloy : délicieux

Aray : quoi ?

Bar fine : paiement par le client au bar lorsqu'il emmène la fille. Il dédommage le bar de la perte temporaire d'une serveuse.

Boum thing : relation sexuelle

Butterfly : papillon, homme volage, infidèle

Cheap Charlie : radin

Chicken farm : « élevage de poulets », le surnom du Marine Disco

Disco Khrua : boîte de nuit avec de petites tables individuelles

Farangs : Occidentaux

Free lancer : prostituée travaillant en indépendante

Full Moon Parties : Rave parties organisées les nuits de pleine lune sur l'ile de Koh Pan Ngan

Ganja : Haschich

Hello girls/boys : rabatteurs

Jai dee : bon cœur, gentillesse

Jai dam : cœur noir, méchanceté, amertume.

Katoeys (ladyboy) : transexuels

Khao pat khung : riz frit crevettes

khit theeung : Tu me manques.

khwaai : buffles d'eau

Kiniao : pingre

Lady drink : boisson offerte à la fille sur laquelle elle

touchera une commission.

Long-time : passe d'une nuit

Maak maak : beaucoup

Mekhong : alcool thaï produite à partir de riz fermenté.

Mai pen rai : ce n'est rien !

Mai sanuk : déplaisir, désagréable

Mamasan : mère maquerelle

Mau mau : ivre

Money girls : prostituées

Nit noy : peu

Pai douay : On rentre ensemble

Paak waan : litt. Bouche sucrée, *sweet mouth* ou *seuwit-maou,* un flatteur, homme promettant beaucoup aux filles.

Plaza : complexe de bars

Sanuk : Plaisir, chose drôle, agréable

Short-time : passe durant de courte durée

Sister : nom que se donnent souvent entre elles les filles de bar lorsqu'elles sont amies.

Songthaew : Littéralement deux bancs. Pick-up servant de taxi collectif ou individuel.

Soï dogs : petits chiens jaunes des rues

Suay : jolie

Sweet mouth : litt. Bouche sucrée, homme promettant beaucoup aux filles.

Ting Tong : Fou

Waï : salut traditionnel les mains jointes en prière.

Ya baa : métamphétamines.

DU MÊME AUTEUR

Bangkok, cité des anges déchus (Toy Story)
SéditionS, 2012.

Patong beach, soleils noirs et nuits blanches
SéditionS, 2013.

Demain les barbares, chroniques du Grand effondrement
SéditionS, 2015.

Terminus Nosy Be aux Éditions Orphie, 2016.

L'auteur peut être contacté sur Facebook ou par mail :
fpwatch-poupart@yahoo.fr